JN353943

연북정·2

연뿌정

엮은이 김시태
발행일 1판 1쇄 2006년 12월 6일
발행인 김윤태
발행처 도서출판 善
디자인 디자인광
등록번호 15-201
등록날짜 1995년 3월 27일

주소 서울시 종로구 돈의동 114-1 초동교회 206호
전화 02.762.3335
팩스 02.762.3371
ISBN 89-86509-84-9 03810
　　　89-86509-82-2 (전2권)

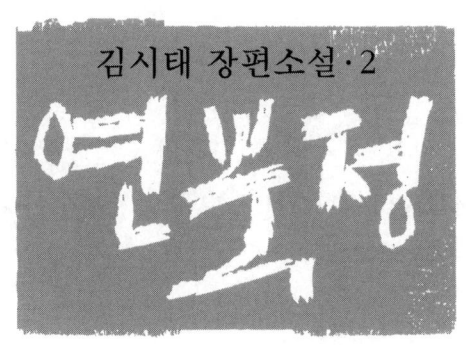

김시태 장편소설·2
연꽃정

산

작가의 말

고향을 찾아서

　이 소설은 내 영혼의 길찾기에 속한다. 그 세계가 어디에 있는지, 어느 쪽으로 어떻게 가야 할 것인지 모르지만 나는 무작정 떠나고 있을 뿐이다.
　조천은 아버지의 고향이다. 어렸을 때 가끔 들른 적이 있지만 내가 아는 것이라고는 이 마을의 중심부를 이루는 비석거리와 그 아랫쪽 바닷가에 우뚝 서 있는 연북정(戀北亭), 그리고 만세동산에 대한 약간의 일화 정도다. 이런 모든 것들은 어느덧 빛이 바랜 사물처럼 그저 멀고 아득하기만 하다. 그러나 나는 여태껏 조천이라는 끈을 놓지 못하고 있다. 여전히 조천 사람이고, 조천에서 늘 시작하고 있다. 거기 무엇이 있어서 나를 부르는 것일까.
　이 글을 쓰면서 뜻밖에도 많은 얼굴들과 만나게 되었다. 그 중에는 젊은 교사와 중학생들도 있고, 40대의 독립지사들도 있다. 까맣게 잊고 있었던 옛 기억을 더듬고 있노라면 나는 걷잡을 수 없는 슬픔에 몸을 떨며 한참동안 책상에 엎드려 있어야 했다. 의문이 꼬리를 물고 엄습해 왔다. 어쩌다 그들이 우리들 곁에서 영영 떠나 버렸는지, 그리고 제삿날이 오면 왜 우리들 코흘리개들만 쓸쓸히 자리를 지켜야 했는지…. 세상이 입을 꾹 다물어 버렸기 때문에 우리는 아무것도 모른 채 지난 반세기 동안 벙어리처럼 깊은 침묵 속에 매몰되어 버렸다.
　연북정과 만세동산은 조천의 자존심과 같은 것이다. 그 속에는 우리

시대 처참했던 역사의 자취가 묻어 있다. 최근에 다시 찾아가 보았더니 예전엔 전혀 생각할 수 없었던 새로운 변화가 나타나고 있었다. 잡초만 우거졌던 만세동산에는 어느덧 기념비가 서 있었고, 얼마 전까지만 해도 차마 입에 담을 수 없었던 옛 사람들의 이름이 또렷이 새겨져 있었다. 이건 정말 놀라운 일이었다. 나는 몇 번씩이나 그 이름들을 읽고 또 확인했다. 해방 정국의 혼미 속에서 한때는 '빨갱이'로 몰려 이 사회로부터 추방당한 좌파 지식인들이 뒤늦게나마 일제하 항일투쟁의 공로를 인정받아 세상에 다시 알려지게 된 것이다.

내가 이 소설에서 제시하고 싶은 것은 4·3 그 자체가 아니고 어린시절 내 기억 속에 각인되어 있는 연북정과 만세동산, 그리고 그때 그 사람들의 꿈과 열정이다. 세월이 많이 흘렀지만 지금도 그들의 정신적 분위기가 어떤 모호한 형태로나마 나의 한 구석에 뜨겁게 남아 있다. 그렇다. 그들은 곧 나 자신이다. 나는 그때나 지금이나 그들과 함께 있고, 그들을 통해 나의 존재를 확인할 수 있기 때문이다.

20세기 한국 사회의 근대화 과정을 더듬어보면 어느 날 갑자기 이루아진 것이 아니고 역사의 깊은 흐름에 닿아 있음을 알 수 있다. 지금은 그 빛이 더러 퇴색했다고 하더라도 우리 사회에 뿌리를 내리기 시작한 레지스탕스 문화는 두고두고 값진 결실로 남아 있게 될 것이다.

2006년 6월
김시태

차례 | 작가의 말 · 4

제4장 · 9

제5장 · 163

에필로그 · 331

제4장

77

 바람 한 점 없이 포근하고 아늑한 오후였다. 김기진 중령은 피크닉을 나선 듯한 상쾌한 기분으로 스리쿼터 앞좌석에 앉아서 주위를 둘러보고 있었다. 꿩 한 마리가 푸른 보리밭 위로 푸드득 날아오르자 그는 문득 차를 세우게 하고 뒷칸으로 건너갔다.
 "심 대위, 내하고 내기나 한번 할까? 이거로." 김 중령이 소총을 집어 들면서 물었다.
 "좋습니다." 심홍섭 대위도 흔쾌히 대답했다.
 "안주는 충분하겠다, 위스키로 하는 기 어떻겠나?"
 "네. 그거 좋지요, 위스키! 연대장님부터 먼저 모범을 보이시죠?"
 "그럼, 번갈아가면서 쏘기다. 자네, 자신만만한갑네."
 "길고 짧은 건 대어봐야죠. 연대장님 솜씨는 익히 들어서 잘 알고 있습니다만."
 김 중령은 명사수로 자처하고 있었는데 심 대위도 질세라 따라붙었다. 날아오르는 꿩을 명중시킬 때마다 일행은 자리에서 일어나 박수를 치며

"와아!" 하고 환호성을 질렀다. 차에서 뛰어내린 병사들이 돌담을 넘고 수풀 속을 헤치며 꿩을 주워 왔다.

오랜만에 사냥을 즐기다 보니 해질녘에야 겨우 한림에 도착했는데 자동차 헤드라이트가 말을 듣지 않았다. 그들은 하는 수 없이 한림여관으로 갔다. 마침 이 여관은 운전병의 친가여서 그들 일행을 가족과 같이 대해 주었다.

2층은 서울서 내려온 경찰 순회위문단이 차지하고 있어서 그들은 1층의 방 세 개를 잡았다.

"김 일병, 오늘 저녁은 꿩 파티다."

김 중령이 몹시 만족스러운 얼굴로 이 날의 수확물을 운전병에서 건냈다.

"일곱 마리 답니까?"

"하모, 이거면 우리 아홉 사람 충분할 끼라."

즐거운 하루였다. 김중령이 방에 들어가 잠시 쉬고 있는 사이에 심 대위가 어디서 구했는지 위스키 한 병과 2홉들이 소주 세 병을 들고 들어왔다.

"한 병밖에 못 구했는데요."

"어, 여서도 위스키를 판단 말이가?"

"양키 물건이 쫙 깔렸군요. 커피, 버터, 우유, 건빵, 플래시, 장갑, 야전잠바까지, 돈만 있으면 다 구할 수 있습니다."

"그래? 미국놈 세상 다 됐구만. 그란데, 오늘은 승부가 안 났다 아이가?"

"저도 그렇게 믿고 있습니다."

"좋다. 또 기회가 있겠지."

이 여관에선 꿩을 가지고 여러 가지 요리를 해 주었는데 그중에서도 꿩모밀국수가 담백하면서도 새콤한 것이 아주 일품이었다. 운전병은 이곳 주민들이 즐겨 찾는 토속 음식이라고 했다.

"좋기는 샤브샤브가 제일인데요." 심 대위가 말했다.

"그렇제? 다음엔 샤브샤브다. 위스키 다섯 병."

"네. 좋습니다. 다섯 병이라고 했죠?"

"하모."

병사들이 모두 제 방으로 돌아간 뒤에도 김 중령과 심 대위는 밤늦게 술을 마시며 즐거운 대화를 나누었다.

"맨스필드 대령은 전부터 아시는 사이인가 보죠?"

"하모. 오래 됐제. 소위 시절부터니까. 그 때, 그 양반이 5연대 군사고문으로 있었다 아이가."

"걱정입니다. 요즘 돌아가는 꼴을 보면."

"신경 쓸 거 없다. 우리는 고마 우리 일만 하면 된다카이."

"그렇지만, 언제 폭발할지 모르는 화산을 안고 사는 기분인데요. 연대장님, 맨 대령께 한 마디 해야 되는 거 아닙니까?"

"그런 소리 마라. 내가 얼매나 혼이 났는데?"

"혼이 나다뇨?"

"그런 일이 있다." 김 중령은 혼자 생각에 잠겨 있다가, "내만 낙동강 오리알이 된 기라. 함부로 뎀빌 일이 아이다. 심 대위, 지금 군정에선 우리 말을 안 듣는다. 치안 문제는 전부 경찰 소관인 기라."

"경찰이 지금 경찰입니까? 전혀 제 구실을 못하고 있는데."

"그니까 답답한 일 아이가. 군정청이 이대로 방치해 두었다가 어떡할란지 모르긋다."

"한 마디로 치안 부재, 행정 부재입니다."

"이기 헨실인 걸 우짜겠나."

"백 대령님 가셨습니까?"

"어. 오늘 아침 서울행 C-46기로. 총사령부 들어간다카데."

"정보국장을 맡는다고 들었는데요."

"그래."

"이곳 사정을 좀 알고 가셨나요?"

"어제는 맨스필드 대령하고 셋이 하루죙일 지냈는데, 뭐, 그런 분위기가 아이었다. 내는 마 그런 말 할 처지도 아이었고."

"딱한 일이군요. 벼라별 소문이 다 나도는데, 이러다 무슨 일 생기면 어떡할 겁니까? 우린 총알 하나 없는데요."

"그러니 말이다. 낮에 꿩 쏠 때도 그런 생각이 들데. 거, 뭐라카노, 비참한 느낌, 뭐 그런 거 있다 아이가? 경찰에만 무기를 제공하고, 이거 우리는 뭐꼬. 일본군이 버리고 간 구구식 소총을, 그것도, 바다 밑에서 녹이 슨 거를 좀 건져내 가꼬."

"군정청에서 뭔가 오판을 하고 있는 게 아닙니까?"

"글쎄, 꼭 그런 것만은 아닐 거로. 이것 봐라. 두 개의 무력 단체가 삐걱거리게 되면 위험하니까네, 한 쪽은 제한하는 기 수월하지 안겠나? 그러니까, 우리 군에는 병사양성 임무만 맡기고, 무기는 공급 안 하는 기지. 지금은 전시가 아이니까, 경찰을 통해 치안 문제만 해결하면 된다는 그런 계산 아이겠나?"

"그런데, 그 계산이 빗나가고 있습니다. 지금 제주도는 언제 터질지 모르는 판국인데요."

두 사람은 한 방에서 잤다. 여러 시간 사냥을 하고, 술을 마시고, 꿩요리를 배불리 먹은 탓인지 김 중령은 자리에 들자마자 곧 잠이 들었다. 이제 막 깊은 잠에 빠지려는데 갑자기 폭음이 쾅, 하고 터졌다. 후다닥 일어나 앉아 있으려니까 여기저기서 총성이 콩 볶듯이 나고 유탄이 난무했다.

"쉿! 창밖에 적이 있는 것 같습니다." 심 대위가 김 중령의 귀에다 입을 대고 속삭이듯 말했다. "우리 일행을 보고 던진 폭발물이 창문에 맞고 밖에서 터진 모양인데."

"빨리 서둘러라!"

김 중령은 본능적으로 기민하게 움직였다. 군화를 찾아 신은 다음, 소리를 죽여 가며 권총에 탄환을 장전했다. 조심스레 도아를 밀고 방 밖으로 빠져나간 그는 어둠 속에 서서 자기를 따르라고 부하들에게 손짓하면서 현관으로 나섰다. 잠시 밖의 동정을 살피고 나서 그는 권총을 높이 들고 바닷가 방향으로 있는 힘을 다해 달렸다.

조금 후, 그들이 묵고 있던 침실 쪽에서 다이너마이트 폭음이 들려왔다. 김 중령은 큰 바위를 발견하고는 그 뒤에 숨어서 방어 태세를 취했다. 일단 유리한 지점을 확보했으니 자신의 위치가 발각되지 않도록 엎드려서 적방을 주시했다. 전투 경험이 없는 병사들은 무기마저 없고 보니 공포에 떨면서 오직 지휘자의 일거일동만 살피고 있었다.

폭도들은 떼를 지어 다니며 총을 쏘고 고함을 질렀다. 뭐라고 떠들고 있는 것인지 알아들을 순 없으나 그들이 갖고 있는 총이 카빈 소총이라는 것만은 소리로 보아 구분할 수 있었다. 카빈은 미군과 경찰이 보유하고 있을 뿐인데 도대체 어떻게 된 일인지 그 정체가 의심스러웠다. 그러는 사이 총소리는 차츰 시가지 밖으로 멀어져 가고 있었다. 폭도의 수는 적어도 50명이 넘는 것 같았다. 갑자기 지서에서 사이렌이 울리고, 카빈 총성도 들려왔다. 아직 경찰이 지서를 사수하고 있는 모양이었다.

"지서로 가자."

김 중령은 부하들을 데리고 지서를 찾아 나섰다. 날이 밝아 폭도들이 이쪽 위치를 발견하기 전에 경찰과 합세, 폭도와 대적해야겠다고 생각했다. 어둠을 뚫고 가까스로 지서 앞으로 나아가자 이번에는 경찰이 그들을 적으로 오인하고 총알을 난사해 왔다.

"사격 중지! 사격 중지!"

김 중령은 고함을 질러 총격을 멈추게 한 뒤 전령을 보냈다. 서로 연락이 되어 지서에 들어가 보니 이미 그곳은 아수라장이 되어 있었다. 기물 하나 제대로 놓인 게 없었고, 부상자들은 아무렇게나 바닥에 나뒹굴고 있었다. 다행히 사망자는 없으나 피투성이가 된 중상자들이 많았다. 여기저기서 공격을 받은 사람들이 지서로 몰려오는가 하면, 처절한 통곡소리가 시가지 곳곳으로부터 들려왔다. 10여 명의 부상자를 살펴보니까 대부분 빈사 상태였는데 이상하게도 총을 맞은 자취는 없었다. 몽둥이로 얻어맞거나 죽창에 찔린 것이 분명했다. 무방비 상태로 있다가 급습을 받고는 한 번 교전도 못 해본 채 일방적으로 당한 것이었다.

폭도들은 지서를 습격해서 유치장 안에 갇힌 사람들을 풀어주고, 거기서 빼앗은 무기를 가지고 시가를 행진하면서 총을 난사하고 평소에 원한을 가졌던 자, 경찰과 서청 단원을 하숙시켰던 자, 또는 그 동조자를 찾아다니며 폭행한 뒤 산속으로 도주해버린 것이었다. 날이 밝아오자 부상자가 더 많이 옮겨져 왔으나 지서에서는 어떻게 손을 쓸 길이 없었다. 김 중령은 불안한 마음으로 스리쿼터를 타고 일행과 함께 연대 본부가 있는 모슬포로 향했다. 무기도 없는 병사들이 습격을 받았다면 어떤 꼴이 됐을지 생각만 해도 끔찍한 일이었다.

78

한림과 달리 모슬포는 의외로 평온한 분위기였다. 차는 마을을 지나 곧장 부대로 달렸다. 김 중령이 일어서서 멀리 연대 본부를 살펴보았으나 이전과 하나도 달라진 것은 없었다. 정문에는 보초가 예전대로 서 있었고, 아침부터 구령에 맞춰 훈련병들이 운동장을 뛰는 모습도 보였다. 그제서야 마음을 놓고 다시 자리에 앉았다.

잠시 후, 차는 본부 건물 앞에 가서 섰다. 부관들과 병사들 몇이 나와서 반갑게 그를 맞았다.

"자, 다들…."

김 중령은 서둘러 집무실로 갔다. 따라 들어온 부관들도 모두 상기된 표정이었다. 갑작스런 폭동 소식을 듣고 부대에서는 여간 긴장하지 않은 모양이었다. 지휘자까지 부재중이고 보니 충분히 그럴 만한 일이었다.

이윤락 중위가 그새 수집한 정보를 가지고 간단히 브리핑을 했다.

"01시를 기해 대대적인 폭동이 발생했습니다. 현재로선 전체적 상황을 파악할 수 없습니다만, 주로 북제주군 일대에서 봉화가 오르고 무장

한 폭도들이 지서와 민가를 습격했는데 그 피해는 적지 않을 것으로 보입니다. 규모와 공격 목표, 조직적 움직임으로 보아 이번 폭동은…."

이 중위는 괘도를 갖다놓고 지역별 상황을 그런대로 소상하게 알려 주었다.

"어젯밤 우리 일행이 한림리에 머물면서 직접 경험한 바에 따르면, 이 폭동은 해방 조국의 안위를 위협하는 중대한 사태 발생으로 판단된다. 아무리 치안 문제라캐도 우리 군에선 만반의 준비를 갖추고 있어야겠다." 김 중령이 브리핑을 마친 이 중위를 보며 물었다. "모슬포 지서엔 습격이 없었나?"

"없었습니다. 다만, 강필생의 집에 폭발물이 터져서 부상을 입은 정도입니다."

"강필생이라면 우익 진영의 열렬 청년인데."

"그렇습니다."

"수고했소. 다들 가서 식사부터 하도록 하지."

김 중령은 계속 연대장실에 머물면서 자체 방위 태세를 갖추도록 지시했다. 전 부대에 전투편성토록 비상 명령을 내리고, 그동안 비밀히 보관해 온 소량의 탄환이나마 분배했다. 일본군 8만 명이 퇴각할 때 바다에 버리고 간 것을 해녀를 시켜 건져낸 것이었다. 일본이 최후의 대미 일전을 꾀하고 있었던 이곳 제주도에는 폐기된 그런 무기들이 도처에 산재해 있었다. 도내 전 지역으로 척후를 파견하여 각종 정보를 수집하는 한편, 부대 상황과 이 날 하루 자신이 경험한 바를 모두 종합하여 제주도 군정 장관 맨스필드 대령에게 보내는 보고서를 작성했다. 그리고, 장병들의 전 가족을 영내에 수용했다.

그는 이윤락 중위를 불렀다.

"지금 출발할 건가?"

"네."

"어느 쪽 방향으로?"

"북제주군부터 먼저 가봐야겠습니다."

"잘 생각했다. 이곳 출신들을 대기시켜 놨으니까, 가면서 하나씩 내라 줘라. 휴가증 끊어주고, 사복으로 갈아입으라캤는데."

"한 가지 문제가 발생했습니다."

"뭔가?"

"개중에는 군복을 그대로 착용하겠다는 병사가 있습니다. 경찰에 쫓기다가 입대한 경우, 불안하니까네 아예 소속을 분명히 하겠다는 의도가 담겨 있는 것 같습니다."

"그리 해라. 그런 병사들은 둘씩 동행하도록 하는 기 어떻겠나?"

"네, 그래 조치하겠습니다."

"자, 이거." 그는 보고서를 이윤락 중위에게 건네면서 말했다. "드루스 대위를 찾아봐라. 이 보고서에는 요청하지 않았지만, 자체 방위를 위한 최소한의 무기가 필요하다. 그라고, 거기 정보로 누구보다 많이 확보하고 있을 테니까네, 잘 알아봐라. 아, 그라고 말이제, 아침에 내가 오면서 보니까는, 전주하고 전선이 거진 절단돼서 통신망이 완전히 나갔더라. 무전기가 꼭 필요한데."

"네, 알겠습니다."

"이 중위는 내 지프를 이용하도록 하라."

"네."

이윤락 중위가 곧 방에서 나갔다. 김 중령은 창가로 가서 그들 일행이 떠나는 것을 지켜보았다. 지프를 따라 스리쿼터 한 대가 정문을 빠져나가는 것이 보였다. 스리쿼터에 탄 병사들 가운데는 군복을 입은 자들도 서너 명 끼어 있었다.
 이 날도 넓은 연병장에서는 병사들이 훈련을 계속하고 있었고, 하늘은 맑고 푸르기만 했다. 멀리 내다보이는 나지막한 산봉우리들이 이전과 조금도 다름이 없었지만 현실은 그렇지 않았다. 옛 일본군 항공대가 사용하던 광대한 병사(兵舍)를 바라보고 있으면 그는 자신이 종이호랑이 같기만 하고, 연대장이라는 직책이 어쩐지 부끄럽게만 생각되었다. 총기라고는 일본군이 쓰다 버린 99식 소총과 대검을 조금 확보하고 있을 뿐, 탄환은 한 알도 보급을 받지 못했다. 반면, 경찰은 전원이 카빈 소총과 92식 중기관총, 그리고 미군 수송 장비에다 각종 신식 무전기와 기타 통신 기구 등 상당한 기동력과 화력을 갖추고 있었다. 미군정이 국내 치안을 전적으로 경찰에 맡기고 있었으며, 모든 전투 장비 보급도 경찰에 우선했기 때문이었다.
 창가에 서서 병사들의 훈련을 지켜보고 있던 김 중령은 갑자기 들려오는 노크 소리에 그쪽으로 눈을 주었다. 심흥선 대위였다.
 "어서 온나!" 김 중령이 소파로 가 앉으며 다급하게 물었다. "모슬포는 좀 어떻나?"
 "대체로 조용합니다만, 분위기가 많이 달라진 것 같습니다." 심 대위가 곤혹스런 표정으로 말했다.
 "그래?"
 "우리 군까지도 경찰과 한 패로 보는 모양인지, 여간 조심하지 않는 눈치군요."

"그럴끼다. 그건 아주 자연스러운 현상인데, 그럴수록 우리 군은 주민들과 가까이 지내야 한다. 오늘 우리 병사들을 사복으로 갈아입혀서 휴가를 보낸 것도 다 그거 때문인 기다. 주민들을 통해서 빨리 정보를 얻어내야 하는데."

"아무튼, 이번 폭동의 주된 공격 목표는 미군정과 경찰인 것 같습니다. 그중에서도 특히 일차적 타켓이 된 것은 경찰과 그 동조자들입니다. 한림여관에서 폭발물이 터진 것도, 실은 경찰을 겨냥했던 걸로 보입니다. 2층에 경찰 순회공연단이 머물고 있었거든요."

"내도 그래 보고 있다. 우릴 경찰로 오인했을 기다. 우리 9연대가 주둔하고 있는 이 일대에는 침범하지 않는 걸 보니, 우리 군만은 자극하지 않을라꼬 지들도 주의하고 있는 모양이다."

"연대장님, 이 사태가 이런 상태로 지속 확대될 경우엔 우리 국방군도 결국 개입할 수밖에 없다는 걸 지들도 잘 알고 있을 텐데요?"

"가들도 바보가 아닌 이상 그런 것쯤은 다 계산하고 있겠제. 현재로서는 작전상 우리까정 건드릴 필요가 없다고 판단하고 있는 기다. 아무튼, 폭동의 주모자하고 지휘 체계를 속히 알아내야 한다."

"보급 관계로 자주 드나들던 상인들까지도 모두 입을 꾹 다물고 있습니다."

"이해할 수 있다. 후환이 두려워서 안 그러나. 이런 때일수록 대민 활동을 더욱 강화해야 한다. 우리 국방군은 어디까지나 국민의 편에 서 있다는 인식을 심어나가야 된다."

79

 정보 담당 이윤락 중위가 작전을 마치고 오후 늦게 돌아왔다. 제주도 480리 길을 단숨에 달려온 것이다.
 "연대장님, 이거 보십시오."
 김기진은 이 중위가 건네준 삐라 뭉치를 한 장씩 훑어보았다. 어느 것이나 다 똑같은 내용이었으나 삐라 용지의 지질과 크기, 프린트 된 글씨체가 각각 달랐다.
 '경애하는 부모 형제 여러분! 4월 3일 오늘 여러분의 아들과 딸, 형제들은 무기를 손에 들고 일어섰습니다. 매국적 단독 선거에 반대하고 조국의 통일과 민족 독립을 쟁취하기 위하여! 여러분에게 어려움과 불행을 가져다 준 미제와 그 앞잡이의 학살 만행을 제거하기 위하여! 여러분의 골수에 스며든 원한을 없애기 위하여, 오늘 우리는 궐기하였습니다. 여러분의 자유와 행복을 되찾기 위해 목숨을 걸고 싸우고 있는 우리들을 원호하고, 우리들과 함께 조국과 인민을 이끄는 길로 결연히 떨쳐 일어서 행진합시다! 1948년 4월 3일 인민무장대'
 그리고, 그 아래에는 이렇게 호소하고 있었다.
 '친애하는 경찰관 여러분! 탄압하면 항쟁할 뿐이다. 제주도 빨치산은 인민을 수호하고, 인민과 함께 있다. 항쟁을 원하지 않으면 인민의 편에… 양심적인 공무원 여러분! 하루 빨리 선을 찾아 구하고, 소정의 임무를 완수하며, 직장을 지키고,…'
 "한 군데서 제작된 기 아인데?"
 "그렇습니다."

"이 중위가 메모한 거를 보면, 이거는 구엄, 이거는 한림, 이거는 애월… 삼양,… 조천,… 종이와 글씨가 모두 다르다 아이가? 그렇다면 아주 조직적으로 움직이고 있는 기 틀림없다. 동일한 시각에, 이래 많은 삐라가 마을 단위로, 그거도, 제주도 전 지역서 제작, 살포되고 있다고 생각해 봐라."

"삐라뿐만이 아닙니다. 이런 것들을 보면 한꺼번에 많은 인원이 산에서 각 지역으로 내려왔다고 보긴 어려울 낀데."

"그렇제? 이거는 민란이다. 주민들 협조 없이는 안 되는 일 아이가."

"동네 구석구석까지 일일이 찾아가서 공격하고 있는 걸 보면 그래 볼 수밖에 없습니다."

"그러니까, 폭도들은 민가에 잠복하고 있는 기다. 산이 아이고, 민가에. 그렇지 않고서야 마을 안 사정을 우째 그리 잘 알 수 있겠나? 그라고, 이 포고문을 봐라. 미군정과 경찰을 겨냥하고 있을 뿐, 공산주의 사상을 강조하는 대목은 하나도 찾아볼 수 없다 아이가?"

"네. 제가 보기에도 그기 특이합니다."

"그렇다니까." 김 중령은 삐라 한 장을 들고 다시 한번 읽어보았다. "단선 단정 반대를 대의명분으로 내세우고 있지만, 실제로는 이 부분에 주목할 필요가 있다. '미제와 그 앞잡이의 학살 만행'이니 '골수에 스며든 원한'이니 하는 거 말이다. 이 중위, 그렇지 않나? 내는 이 대목을 읽으민서 최근 발생한 일련의 고문치사 사건이나 밀무역 사건들이 연상되더라."

"그렇다면, 이건 정말 심각한 일입니다. 그동안 경찰에 쫓기다가 산간 벽지로 떠돌던 청년들이 이번 폭동에 대거 가담하고 있는 기 분명합니다. 우리 9연대도 그런 청년들이 꽤 많이 입대했을 낀데예."

"그래. 참고삼아, 명단을 알아보도록 해라."

이 중위를 보내고 나서 김 중령은 창가로 가 병사들의 훈련 광경을 지켜보았다. 일본군 출신의 일부 하사관들과는 달리, 신병들은 하나같이 실전 경험이 없는데다가 실탄 사격 훈련조차 받아본 적이 없다. 이번 사태가 다행히 경찰의 손으로 해결되면 모르지만 만에 하나 저 신병들이 일선 전투에 투입되는 날이면 어려움이 참으로 많을 것이었다. 이런 생각을 하고 있으면 연대장인 그로선 그저 안타까울 뿐이었다.

오후 늦게부터는 사복을 입은 장병들이 하나 둘 정문으로 들어오는 것이 눈에 띄었다. 멀리서 지켜보고 있던 그는 은근히 걱정이 되었다. 경찰에 쫓기다가 입대한 이 지역 젊은이들 중에서 한 명이라도 부대를 이탈하고 폭동에 가담하는 날이면 국방군의 위상에 큰 상처를 줄 일이었다.

그 때, 전화벨이 울렸다. 얼른 테이블로 돌아가서 수화기를 들고 보니 이윤락 중위의 다급한 목소리였다.

"조병옥씨 기자 회견입니다."

"뭐, 기자 회견?"

"네. 심상치 않습니다."

"알았다."

김 중령은 수화기를 놓고 얼른 라디오부터 켰다. 경무부장 조병옥이 기자들의 질문에 응하고 있었는데, 회견은 아주 짧게 끝이 났다. 며칠 안으로 진압할 테니 안심하라는 조 부장의 자신만만한 태도를 접하자 그는 더럭 겁이 났다. 치안부재 상태로 완전히 폭도들 천하가 돼 있는데 그렇게 단박에 사태를 수습하겠다면 힘으로 밀어부친다는 기 아이가?

김 중령은 암담한 심정이 되어 창가로 가서 섰다. 상황이 긴박하게 돌아가고 있는 것을 느낄 수 있었다.

며칠 안으로 진압하겠다니, 그는 그 말이 아무래도 마음에 걸렸다. 창밖의 저무는 하늘을 보며 생각에 잠겨 있는데, 이윤락 중위가 허겁지겁 달려왔다.

"무슨 얘긴데?"

"아, 그러니까, 연대장님," 이 중위는 몹시 당황한 표정으로 김 중령을 쳐다보며 더듬거리고 있었다. "그러니까, 조 부장의 말을 그대로 옮기자면, 이번 폭동은 한 마디로 공산주의자들의 책동이라는 겁니다."

"뭐라카노, 공산주의…?"

"네. 그래 못박고 있습니다. 더욱이 놀라운 거는, 경무부 공안국장 김정호를 비상경비사령관으로 임명하고, 응원경찰을 급파하여 무력으로 진압하겠다는 깁니다."

"으음!" 김 중령은 더 듣지 않아도 기자 회견의 골자를 간파할 수 있었다. "결국은 피를 보고야 말겠다. 사태는 일단 진정이사 되겠지만."

"그래 쉽게 말입니까?"

"그라모? 힘으로 밀어붙인다카는데?"

"…"

"이거는 조병옥의 정치 생명과 관련되는 문젠기다. 그러니까, 극단적인 처방을 내릴 수밖에. 생각해 봐라. 여차하믄 경찰의 실정이 드러날 끼고, 그러니 우짜든 공산주의 운운하면서 속전속결 작전으로 나가겠제."

80

 김 중령은 오후 늦게 지프를 타고 산간 지대로 나갔다. 잘 자란 보리밭이 검은 흙을 덮고 푸르게 솟아올라 있었으며, 가끔씩 꿩이 푸드득 날아갔다. 여러 날 연대 본부 막사에 갇혀 있다가 이렇게 나와 보니 상쾌한 기분이 들었다. 그는 차를 세우게 하고, 밖으로 나가 남청색 바다와 수평선을 바라보았다. 운전병이 길에서 조금 걸어 들어가다가 나무 밑에 가서 멈추었다. 오른 손을 앞으로 갖다대고 소변을 보는 모양이었다. 아마도 250고지는 족히 될 듯싶은데, 시야가 탁 트여 있어 대정면을 중심으로 한경면과 안덕면 일대가 한 눈에 들어왔다. 하늘은 눈이 부실 정도로 푸르고, 멀리 해변 마을의 초가지붕과 나무숲이 그림처럼 아름답게 보였다.
 조롱말이 이끄는 마차 한 대가 천천히 굴러 내려왔다. 중년 남자가 말과 나란히 걷고 있었는데, 그 아내인 듯 보이는 여자는 흰 무명수건으로 머리를 싸매고 빈 마차 위에 앉아 있었다.
 "안녕하십니까?"
 김 중령이 조심스레 말을 걸어보았다. 사내는 입을 굳게 다문 채 대답도 없이 허리를 조금 굽혀 보이면서 걸음을 멈추었다. 그리고, 의아한 눈으로 이쪽의 동정을 살피는 눈치였다. 이곳 사람들을 대할 때면 늘 그랬듯이 이 사내도 외지인을 여간 경계하지 않는 모습이었다.
 "다들 괜찮십니까?"
 김 중령은 짐짓 낮고 부드러운 목소리로 재차 말을 붙여 보았다.
 "예."

"혹시 습격 같은 건 없고예?"

"예."

"다행입니다. 어서 가이소."

마차는 곧 떠났다. 아낙네가 마차 위에서 고개를 돌려 이쪽을 보고 있다가 눈이 마주치자 얼른 돌아앉아 버렸다.

김 일병이 시동을 걸고 운전석에서 기다리고 있었다.

"가자."

김 중령은 다시 산야로 오르기 시작했다. 얼마 안 가서 병사들의 외침이 들려왔다. 2중대 1소대와 2소대였다. 소대장 두 명이 차례로 경례를 붙이며 지나갔다. 모두들 땀을 뻘뻘 흘리고 있었다. 장교와 하사관들은 모두 철모를 쓰고 있었지만 훈련병들은 대부분 배낭 뒤에다 걸치고 있었다. 어떤 훈련병은 철모가 너무 커서 귓전까지 덮고 있었다. 미군용으로 만든 거라 사이즈가 맞지 않는 모양이었다.

얼마쯤 가다 보니 낙오병 한 명이 절뚝절뚝 걸어 내려오고 있었다. 무척이나 힘들어 보였다. 김 중령이 차에서 내려 가까이 다가갔다. 낙오병은 걸음을 멈추고는 금세 쓰러질 듯 불안한 자세로 길옆에 서 있었다. 땀과 먼지로 쩔어 얼굴이 새까맣게 타 있었다.

"뭔 일이고?" 김 중령이 물었다.

"아무 일도 아임니더."

낙오병은 경례를 붙이고 나서 다시 걸어갔다. 김 중령이 불러 세웠다.

"다리 다쳤나?"

"아임니더."

"그라모, 와?"

"배가 아픕니더."

"배가 어떤데?"

"너무 아파서 정신을 차릴 수가 없습니더."

"누워 봐라."

"괘안십니더."

"여 풀 위에 누워봐라 안카나."

병사는 그제서야 풀 위에 쓰러져 누웠다. 김 중령이 두 손으로 배를 눌러 보았다. 병사는 "아아, 앗!" 하고 고통을 호소했다.

"쪼매만 참아라."

"미치겠습니더."

"쪼매만!" 김 중령은 손가락 끝으로 뱃똥을 꾹 누른 채 빙빙 돌렸다. "약을 안 묵고?"

"아, 악! 제가 잘 압니더. 이 병은."

"횟배를 앓는감네."

"네. 이러다 말든데예. 어릴 때부터 장 그랬십니더."

"저 차를 타라."

"괜찮심니더. 연대장님!"

"자, 타라 안카나."

운전병이 병사를 부축하고 차가 있는 곳으로 갔다. 차는 더 산으로 오르지 않고, 해변으로 내려갔다

"니 경상도서 왔나?"

"네, 밀양임니더. 연대장님도 경상도시지예?"

"오야."

"소대장님 보시면 큰일임니더. 안캐도 꾀병이라카는데예."

"그랑께, 약을 묵어야지. 당장 의무실로 가라."

"네."

"입대하기 전엔 뭘 했노?"

"시골서 어데 하는 일이 있심니꺼. 하도 심심한께네, 지원하긴 했는데."

"후회하나?"

"아임니더. 좀 까깝하기는 하지만."

"까깝하다고?"

"총 한 방 못 쏴보고 맨날 뛰기만 하니까네예."

아까 만났던 2중대 병사들이 구령에 맞추어 열심히 해변으로 뛰고 있었다. 차는 병사들의 행렬을 앞질러 몇 분간 달리다가 부대 안으로 들어갔다.

"김 일병, 의무실로 데려다줘라."

김 중령은 차에서 내려 집무실로 갔다. 이 날은 이윤락 중위가 예정보다 빨리 돌아와서 그를 기다리고 있었다.

"들어가자. 메칠 방에 갇혔더니 까깝키도 하고, 바람 좀 쐬었다." 김 중령이 자못 상쾌한 목소리로 말했다.

"김정호 그 사람, 하룻밤 사이에 돌변했습니다. 어저께 도착했을 땐 다소 유연한 태도를 보였는데, 오늘은 180도 달라진 깁니다." 이 중위가 방으로 걸어 들어가면서 말했다.

"자, 앉그라." 김 중령은 자리를 권하면서 상대방의 표정을 살펴보았. "예상했던 대로다. 현장에 와서 보니 그 길밖에 없다는 거 아이겠나?"

"오늘 기자회견에선 말입니다. 피를 보더라도 초기에 수습하겠답니다. 힘으로 밀어붙이겠다, 이건데요. 연대장님, 이래 되면 주민들 희생이 너무 클 거는 불을 보듯 빤한 일 아입니까?"

"그럴끼다, 그 사람들!"

"안하무인입니다. 그 사람, 여게 출신으로 제주경찰청장도 지냈다던데."

"바로 그 점이 문제다. 그 사람 자신이 직접적인 원인 제공자기도 하니까."

"그라니 그게 말이 됩니까? 폭도에게 조금이라도 정보, 식량, 숙사 등 편의를 제공한 자는 가차 없이 엄중 처단한다니, 연대장님, 이래 되면 제주도민치고 토벌 대상 아인 사람 아무도 없을 깁니다."

"두고 봐라. 제주도민 전체가 빨갱이라고 밀어붙이지 않나. 그 자들 주장대로, 만에 하나 외지서 침입한 공산주의자가 있는지 잘 살펴봐라."

"그런 흔적은 어데서도 찾아볼 수 없었습니다."

"내도 그렇게사 믿고 있지만, 혹시 아나? 그런 빌미를 줄 수 있는 어떤 낌새라도 있으면."

"그럴 가능성은 전혀 없습니다."

"이건 이 지역 내부에서 자발적으로 일어난 민란이 틀림없다."

"큰일입니다. 지역 주민들이 보며는 자기 아들이나 딸, 형제, 일가붙이들인데, 밥 한 끼만 줘도 모두 걸려들게 됐으니 말입니다."

"그래. 저쪽에선 무슨 변화가 없나?"

"지금까정은 주로 경찰과 우익 간부들을 노렸는데, 인자는 경찰 가족들을 일일이 찾아나서고 있습니다. 그거도, 백주에 말입니다. 무서울 기 없는 모양입니다."

"한 번 붙어보이까네, 별거 아이라 이기지. 하기사 신식 무기까지 좀 얻었으니까."

"지금 경찰은 실전 경험이 없는데다, 훈련도 별로 받지 않은 상태입니다. 반도서 응원경찰이 대거 투입되고 있지만, 가들도 뭐 다를 기 없습니다."

"그래도 폭도들하곤 비할 수 없을 만큼 막대한 인원과 화력을 갖추고 있으니까, 폭동은 곧 진압되겠지. 피는 보겠지만. 이번 폭동은 어디까지나 치안 문제에 속하는 거니까, 우리 국방군은 시종일관 중립적인 입장에서 조용히 지키봐야 할끼다. 총사령부서도 그런 지시가 있었다."

"알겠습니다. 여게 출신 병사들은 안직 한 명도 이탈자가 없었습니다."

"내도 그 점을 염려했는데, 천만 다행이다. 여게 출신들을 계속 파견하도록 해라. 정보를 얻는 덴 그보다 더 유익한 루트가 없을 기다."

"경찰이 애를 먹는 것도 그 때문입니다. 주민들이 고개를 돌리뿌릿는가 하면, 여게 출신들을 놔두고 외지 출신으로만 경찰관을 채우다 보니 정보를 얻을 길이 없는 거입니다."

"자승자박 아이가. 그렇다고, 과잉 진압을 해선 안 되는거제."

81

김 중령은 잠시도 자리를 비울 수가 없었다. 야전 침대 한 개를 갖다 놓고, 집무실에서 먹고 잤다. 틈만 나면 부관들과 정보를 분석하고 토의하는 것이 그날그날의 주된 일과가 되고 말았다.

하루는 바람을 쐴 겸 가족이 있는 곳으로 갔더니 젊은 아낙네들 몇이 막사 앞에 모여 서서 이야기를 나누고 있었다.

"안녕하십니까?"

그는 잠시 걸음을 멈추고 서서 인사말을 건넸다. 여인들이 의외라는 듯 모두 그에게 돌아서서 반갑게 맞았다.

"고생이 많지예? 쪼매만 더 참아 주이소. 곧 해결이 날 깁니더." 경상도 사투리로, 그가 다시 말을 걸어 보았다.

"아녜요."

"잠도 못 주무신다는데…."

"폭도들 와 그랍니까?"

여인들이 그제서야 한 마디씩 했다.

"연대장님, 우린 훈련 안 시켜요? 총 한번 쏴보고 싶은데."

그중 한 여인이 용감하게 나섰다.

"아, 그라요? 이 총 한 번 쏴 보시소."

김 중령이 허리에서 권총을 뽑아 그 여인에게 건넸다. 그 여인은 손을 내저으며 한 발자국 물러섰다. 여인네들이 서로 쳐다보며 히죽히죽 웃었다.

"와요? 무서운가베?"

그도 같이 웃으며 여인들을 바라보았다.

"연대장님!"

"네."

"우린 연대장님 멀리서만 뵈도 무서웠는데…."

"와요?"

30

"괜히, 그냥요."

"그라믄, 지금은 안 무섭소?"

"네. 재미있어요."

여인들은 또 웃었다.

"됐소, 그라믄."

김 중령은 가족이 머물고 있는 막사로 갔다. 아내가 어린것을 가슴에 안고 서서 그를 지켜보고 있었다. 오랜만에 어린것을 받아 안았다. 인제 겨우 한 돌이 지난 어린것이 애비를 알아보는지 눈을 말똥말똥 뜨고 쳐다봤다. 갑자기 측은한 마음이 들었다. 그는 아기를 두 팔로 높이 들어 올리고 헹가래를 해 보았다.

"퍼뜩 저녁 준비할께예."

"아이다. 인자 가야 된다."

그 때, 집 안에 있던 어머니도 그의 말소리를 듣고 밖으로 나왔다.

"쪼매만 더 참아 주이소."

"괜찮다, 내는. 애비 니가 고생이제."

"어데예. 지는 지 방에서 핀키 지냅니더. 밤엔 안 추우요?"

"인자 봄 아이가."

"또 들릴낌니더. 어무이, 쪼매만 참고 기다리소. 금방 집으로 갈기요."

"알긋다. 내 걱정은 하지 말고."

"야, 어무이."

김 중령은 어린것을 아내에게 건네주고 발길을 돌렸다. 어릿어릿 땅거미가 엷게 깔리는 저녁 한때의 병영이 이날따라 더욱 넓고 막막하게 느껴졌다. 그리고, 그 한 구석엔 어딘가 깊이를 알 수 없는 어떤 슬픔과 같은 것이 넓게 배어 있는 것처럼 생각되었다.

"김 일병, 오늘 저녁은 식당에서 할기다."

공허한 마음을 달랠 겸, 이 날은 부관들과 시간을 보내고 싶었다. 그는 집무실 창가에 잠시 서 있다가 장교 식당으로 갔다. 그가 식당에 들어서자 장교들이 수저를 놓고 일제히 일어서서 그를 맞았다.

"자, 앉그라."

김 중령은 그를 위해 마련해 놓은 빈 자리로 가서 앉았다. 부식은 그런대로 괜찮은 편이었다. 비상 시기에도 무기를 제공하지 않아 몹시 불안한 상태였지만 먹고 입는 것만은 군정청에서 알아서 잘 해주고 있었. 아직 돌아오지 못 했는지, 정보 담당 이윤락 중위가 보이지 않았다. 이 날은 좀 늦을 모양이었다. 한쪽 구석에 몰려 앉은 젊은 소위들이 아까부터 무슨 말을 주고받으며 키득키득 웃는 소리가 들렸다.

"그러니까, 장가를 가라구."

"장가, 좋지. 근디, 그 장가는 혼자 가나?"

"혼자 가제. 그라믄, 둘이 가나? 이 사람, 큰 일 날 사람 아이가. 친구 좋다캐도, 그거만은 혼자 가는 기다."

"야, 임마, 여자가 있어야지. 맨날 여기 처박혀 있는데, 넌 요새 여자 구경 했어?"

뭐, 이런 우스개들이었다. 김 중령은 모른 척하고 혼자 씩 웃고 말았다.

"시끄런 소리 작작하고, 자, 밥이나 먹어." 심흥섭 대위가 옆 자리에 앉은 한 소위의 어깨를 툭 치면서 말했다. "인제 좀 희망이 보이는 모양이지, 여자 소리도 나오고."

"희망이라니요? 폭도들이 갈수록 더 기승을 부린다는데요." 박일근 소위가 반문했다.

"그래봤자, 시간문제야." 박 소위의 곁에 앉은 김충구 소위가 끼어들었다. "지깐놈들이, 99식 소총 몇 정 갖고선 뭘 하겠나?"

"무슨 소리 하고 있어? 요샌 기관총까지 뺏고, 되레 공격적으로 나온다는데." 박 소위도 지지 않고 맞섰다.

"뭐야, 기관총을?"

"그렇다니깐!"

지난 10일 동안 비상 태세로 들어간 뒤부터 휴가는커녕 외출도 금지되어 있었다. 토요일과 일요일까지 꼬박 막사를 지키거나 훈련에 들어가야 했기 때문에 모두들 지금쯤은 꽤나 갑갑할 때가 된 것이다. 그러나 김 중령이 제일 걱정하는 부분은 군의 사기 문제였다. '기관총 운운' 하는 얘기는 어쨌거나 그냥 흘려 넘길 것이 아니었다.

식사가 끝날 무렵, 이윤락 중위가 뒤늦게 돌아왔다. 이 중위는 입구에서 비옷을 벗어 툭툭 털고 벽에다 걸어놓은 다음, 김 중령 앞으로 다가왔다.

"이리 와봐라." 김 중령은 그를 자기 곁에 앉도록 했다. "와 이제사 왔노?"

"네, 좀…."

이 중위의 대답이 석연치 않았다. 김 중령은 그를 쳐다보며 다시 물었다.

"지금도 계속 그러고 있나?"

"네. 마을이 불타고, 사람들이 모두 달아나는 바람에 폐허가 되고 있습니다."

이 중위가 식사를 하는 동안 김 중령은 그대로 지켜 앉아 있다가 집무실로 데리고 갔다. 잠시 비가 그쳤으나 달이 없는 껌껌한 밤은 몹시 쓸쓸한 느낌을 자아냈다. 김 중령은 어둠 속에 깊숙이 가라앉은 빈 연병장을 바라보며 묵묵히 걸음을 옮겼다.

"초토화 작전이 국제법상 금지돼 있다는 거는, 누구보다 맨스필드 대령이 잘 알고 있을낀데."

"다 알면서도 방관하고 있는 깁니다. 우짜든, 속히 해결의 실마리를 찾을라카는 속셈이겠지요. 그란데, 그기 오산이었습니다. 촌민들이 지레 겁을 집어먹고는 도망치고 있는데, 대부분 산으로 빠지고 있습니다. 해변으로 내리가봐야 시달리기만 할 테니께 피할라는 깁니다. 인자는 쫙 소문이 나서 중산간 거게 주민들은 토벌대 코빼기만 봐도 달아날라캅니다."

"오늘 신아일보 봤제? 경무부에선 토벌 성과 알릴라고 맨날 숫자만 늘어놓고 있다."

"눈 가리고 아웅하는 거지예. 무고한 양민들을 무차별 사살, 체포하민서."

"이대로 가다가는 이 나라가 어떻게 될 거인지 모르겠다."

"큰일입니다."

"이 중위, 우리는 허수아빈기라. 군정청이 다 알면서도 경찰의 손을 들어주고 있으니 말이다. 총사령부에서 별도 지시가 올 때까정은, 우리는 고마 눈 딱 감고 기다릴 수밖에 없지 않겠나?"

김 중령은 이 중위를 보내고 나서 불을 끄고 혼자 어둠 속에 앉아 있었다. 이 날도 서울 총사령부에서는 아무 지시가 없었다. 경무부의 눈치를 보며 사태를 예의 주시하고 있는 게 분명했다. 답답한 것은 연대장 자신뿐이었다. 말은 연대라고 하지만 1개 대대 병력밖에 안 되고 무기도 전혀 갖추지 못한 형편이니까 폭도들이 무모하게 덤벼들 것 같지는 않았다. 그러나 그렇게 생각은 하면서도 마음을 놓을 순 없었다. 현재와 같이 불안한 상황에서는 어떤 일이 일어날지 아무도 예측할 수 없는 것이기 때문이었다.

지난 밤부터 내리기 시작한 비는 한낮이 되자 뚝 그치고, 해가 좀 비쳤다. 김 중령은 전용 지프를 타고 아내와 함께 모슬포 시내로 나갔다. 참으로 오랜만의 나들이였다. 그는 길가에 차를 세우도록 한 다음, 운전병을 남겨둔 채 시장으로 들어갔다.
아내는 싱싱한 옥돔 한 마리와 날미역을 샀다.
"어무이가 좋아하시거든예."
"일품이라카이, 그기."
옥돔은 역시 미역을 넣고 끓여야 제맛이 났다. 아내가 어느새 이곳 음식에 맛을 들이고 있는 모양이었다. 게웃젓도 조금 사고, 나물과 부추, 그밖에도 서너 가지 푸성귀들을 샀다. 모두 어머니가 좋아하는 것들이다. 따뜻한 이 섬나라는 어느덧 봄이 무르익어서 푸르고 싱싱한 채소가 많이 나와 있었다. 아내가 여기저기 기웃거리며 물건을 고르는 동안 그는 이곳 사람들의 표정과 낯선 사투리를 놓치지 않고 하나하나 살피고 있었다. 다 팔아도 몇 푼 안 될 것을 벌여놓고 종일 한지서 시달리믄서도 웃음을 잃지 않는 이런 순박한 사람들을 갖고 뭐 공산주의? 그는 엊그제 있었던 경무부장 조병옥의 기자 회견을 떠올리고 있었다. 제주도민 80프로가 빨갱이다, 그러니 비행기에 휘발유 싣고 가서 몽땅 태워 죽여

뿌릴 수도 있다꼬, 이게 어데 말이나 되는 것가. 그러고도 미국 유학생이라꼬? 미국놈 비위나 살살 맞추민서 천하를 호령하고 있다, 이거지? 그런 자석이, 응?

그는 갑자기 몸을 부들부들 떨었다.

"당신, 어데 아파예?"

"아, 아이다. 가자."

"하모, 얼굴이 와 그라예?"

"아이라캐도."

두 사람은 시장 뒷골목으로 빠져나가 포구로 나섰다. 멀리 가파도가 눈에 들어왔다. 조그만 똑딱선 한 척이 손님을 가득 태우고 곧 그곳으로 떠날 채비를 하고 있었다. 시간이 나면 한 번 가보고 싶은 곳이었다.

"비가 올랑갑네예."

"그런가베. 갑재기 어두버졌다."

그들은 잠시 포구에 서서 바다를 바라보고 있다가 지프가 있는 곳으로 갔다. 모슬포에서 부대까지는 차로 몇 분밖에 안 걸리는 가까운 거리였다. 푸른 보리밭 사이사이로 유채꽃이 가는 곳마다 노랗게 피어올라 하나의 거대한 꽃밭을 이루고 있었다. 봄은 이 섬나라에서 유채꽃과 함께 절정에 도달하고 있는 듯했다.

"저녁때 오실랑가예?"

"다섯 시 반까지 안 가믄 어무이하고 같이 묵으소."

그는 아내를 데려다주고 나서 집무실로 갔다. 편지가 한 통 와 있었다. 같이 소위 임관을 했던 허 중령이 보낸 것이었다. 별 내용도 없는 안부 인사에 지나지 않았지만 서울에서 멀리 떨어진 변방에 와 있고 보니 한 줄 한 줄이 반가웠다. 이런 오지로 밀려 내려오게 되면 다 끝난 거라고 들 했는데 정말 그런가 싶기도 했다.

그 때, 전화벨이 울렸다.

"안녕하세요?" 드루스 대위였다.

"안녕하세요?" 김 중령은 적적한 터에 그의 목소리를 듣는 것이 너무 반가와서 한 마디 더 보태었다. "낚시도 종종 다니시구요?"

"어디 그럴 틈이 있어야지요. 연대장님, 요즘 왜 안 들르셨어요? 맨스필드 대령께서 만나고 싶어 하는데, 내일 좀 나오실 수 있을까요?"

"그러지요. 혹시 무슨 일이라도?"

"자세한 내용은 모르겠습니다만, 폭동 진압 문제에 대해서 깊이 상의할 것이 있나 봅니다."

"알겠습니다. 내일 보지요."

"네, 그럼."

김 중령은 수화기를 놓았다. 폭동 진압 문제에 대해서, 깊이 상의할 것이 있다, 이것은 뭔가 심상치 않은 일이었다. 그는 담배를 한 개피 꺼내서 입에 물고, 라이터에 불을 켰다. 그리고, 그 불꽃을 가만히 들여다보았다. 이렇게 마음이 혼란스러울 때면 늘 하는 버릇대로 라이터를 껐다가 켜고, 또 껐다가 켰다. 그러다 담배에 불을 붙이고 창가로 갔다. 다시 내리기 시작한 비는 저녁 무렵이 되자 더 거세게 쏟아지고 있었다. 희미한 불빛 속에서도 길게 선을 그으며 창밖으로 떨어져 내리는 굵은 빗줄기가 눈에 선명히 들어왔다.

테이블로 돌아가서 수화기를 들었다.

"이 중위, 지금 좀 볼까?"

"네. 곧 가겠습니다."

김 중령은 다시 담배에 불을 붙이고 창밖을 보고 있었다. 이윤락 중위가 달려왔다.

"군정청서 들어오라카는데."

"무슨 일입니까?"

"폭동 진압 문제라카는데, 뭐 좀 짚이는 기 있나?"

"글쎄요."

"자, 담배." 그는 담배를 권하면서 라이터를 켰다. "내는 요즘 군정청에 나가도 않고 가능한 한 맨스필드 대령과 일정한 거리를 두고 있었다. 그란데, 와 갑자기 보자카는지, 그걸 알 수 없다."

"우릴 끌어들일려는 기 아입니까?"

"끌어들이다니?"

"경찰만 가지곤 안 되겠다는 판단을 하고, 우리 9연대를 투입시킬라고…."

"이번 사태는 어디까지나 치안 문제에 관한 사항이다. 그래갖고 경찰이 혼자서 대응해 온 기고, 우리 군도 철저히 중립적 입장을 고수해 왔는데."

"글치만, 경찰의 한계를 느끼게 된 거지요. 제가 보기에도, 경찰만으론 해결할 길이 없습니다. 날이 갈수록 폭도들은 의기양양해서 그동안 뺏은 신식 무기로 오히려 경찰 토벌대를 유린하고 있는데요."

"으음!" 김 중령은 이 중위의 말을 듣고 보니 그동안 우려했던 일들이 현실로 다가옴을 깨닫게 되었다. "내일 가 보고, 총사령부에 전령을 보내야겠다. 이 중위, 내는 말이다. 해방 조국에서, 우리가 동포에게 총부리를 겨눌 순 없다고 본다."

"글치만, 우리 군은 지금 이럴 수도 저럴 수도 없는 미묘한 상태에 놓여 있지 싶습니다."

두 사람은 잠시 말이 없었다. 자칫하면, 경찰이 파놓은 함정에 공연히 자신들이 뛰어드는 꼴이 될 것이었다.

"내일, 같이 나가자."

"네."

"가 보고, 내일이라도 전령을 올리보내야겠는데…. 김충구 소위가 어떻나?"

"성실한 사람입니다."

"이 중위, 내는 말이다. 그런 줄도 몰르고," 김 중령은 잠시 고개를 떨구고 무슨 생각에 잠겨 있다가, "지난 달 하순쯤이었제. 밀수 사건 등, 경찰의 비리와 학정에 대해서 맨스필드 대령에게 솔직히 말을 했었다. 그건, 내 혼자 생각이 아이고, 이곳 친구들이 하도 부탁을 해갖고 내가 대신 전했던 기다. 그게 또 우리가 확보하고 있는 정보하고도 일치하는 거니까. 그런데, 내가 그 때 얼마나 당한 줄이나 아나? 처음엔 내 말을 수긍하드만, 제주경찰청장을 만난 후론 오히려 내를 의심하는 기 아이가. 경찰에 대한 중상모략이라꼬. 하도 기가 맥혀서 얼매동안 발을 끊고 있었는데, 뭔 생각인지 지가 먼저 연락을 했다."

"위기라고 느끼고 있을 깁니다. 이대로 가면 걷잡을 수 없을 테니까는."

"확실한 물증을 잡아놔야 한다."

"어제도 그래서 조천면 산간마을로 나가 사진도 찍고, 주민들 진술을 받아 적느라 늦어진 깁니다."

바람이 점점 거세게 일면서 창문을 두드리는 빗소리가 요란하게 들려왔다. 이 중위가 돌아간 뒤에도 김 중령은 불을 끄고 침대에 한참동안 걸터앉아 있었다. 군정청의 지시를 거부할 수는 없겠지만 그렇다고 무작정 순응하기엔 그의 양심이 허락하지 않았다. 점령군의 입장과, 그는 달랐기 때문이었다.

이튿날 아침, 김 중령은 서둘러 제주읍으로 향했다. 비가 그쳤지만 길은 몹시 질퍽거렸고, 자갈 위로 바퀴가 구를 때마다 차가 몹시 덜컹거렸다. 김 중령은 달리는 차 안에서 줄곧 왼편 바다 쪽으로 눈을 던졌다. 검푸른 파도와 흰 백사장, 옹기종기 모여 앉은 초가집들, 그리고 때로는 노오란 유채꽃이 안개에 덮여서 그림처럼 스쳐갔다.

"비상경비사령부가 설치되고 포고문이 발표될 때는 그 날로 사태가 수습될 것 같았는데, 그기 아이군요." 이 중위가 침묵을 깨고 말했다.

"그러니 말이다."

"이건 참 난센스입니다."

"너무 얕잡아봤던갑네. 그 사람, 김정호가."

"무기가 아깝습니다. 어제도 보니까 응원 경찰이 계속 반도에서 투입되고 있었습니다."

"그라믄 뭐 하노? 실전 경험도 없고, 훈련도 미처 받지 못한 사람들이."

차는 제주비행장을 끼고 동쪽으로 계속 달려갔다. 김 중령은 눈을 들어 창밖으로 시원스레 다가서는 넓은 들판을 바라보고 있었다. 멀리 헬리콥터 한 대가 지상으로 조용히 내려앉는 것이 보였다. 아마도 정찰 임무를 마치고 돌아온 모양이었다.

"김 소위!"

"네."

"자네 책임이 막중하네."

"명심하겠습니다."

"내 전화할테니께, 모다들 동백 다방에 가 있그라. 아 그라고, 점심 먼저들 하고."

군정청은 서문통 제주향교에 들어 있었다. 김 중령은 그 앞에서 차를 내려 곧장 군정장관실로 갔다. 여느 때 같으면 먼저 드루스 대위를 만나 농담이라도 몇 마디 나누었겠지만 이 날은 그럴 기분이 아니었다.

"어서 오시오."

맨스필드 대령이 일어나 악수를 청하며 반갑게 맞았다.

"안녕하십니까?"

"자, 앉아요. 그쪽 지역은 좀 어떻습니까?"

"비교적 조용한 편입니다."

김 중령은 악수를 하고 나서 상대방이 권하는 대로 쇼파에 자리를 잡고 앉았다.

"다행이군요. 여긴 아주 긴장이 고조되어 있습니다. 제주읍 하나도 자체 방어가 힘들 정도로."

"연대 정보팀을 통해서 듣고 있습니다."

"게릴라들이 9연대를 의식하고 있는 모양이지요? 9연대뿐 아니라 9연대가 주둔하고 있는 그쪽 지역은 일체 피하고 있는 걸 보면."

"무기가 없다는 것이 때로는 도움이 될 수도 있지요. 우리 같은 빈 깡통 건드려봐야 소리만 요란했지 아무 소득이 없을 테니까요."

"김 중령! 요즘 나는 당신을 생각하고 있었습니다. 내가 오판을 한 것 같아요. 두 번이나 좋은 충고를 주었는데."

" … "

"오늘은 우리 솔직히 터놓고 얘기합시다. 경찰은 이제 한계에 부딪쳤어요. 전투 능력도 문제지만, 이번 사태를 보는 시각이랄까 전략에 있어서도 그렇고요. 김 중령, 경비대가 나설 때가 되었나 봅니다."

"잘 알겠습니다. 그란데 문제는," 김 중령은 차제에 자신의 태도를 분명히 해 두어야 할 것 같아서 맨스필드를 정면으로 쳐다보면서 말했다. "지금 경찰에선 과잉 진압을 하고 있는데, 그건 오히려 역효과를 낼 뿐입니다."

"그럼, 김 중령은 어떤 전략을?"

"이 사태를 근본적으로 해결할라카모, 먼저 선무 공작부터 피야 한다고 봅니다."

"선무 공작, 그게 가장 바람직한 일이지요. 하지만, 지금은 기회를 놓쳤어요. 그럴 여유가 없는데."

"지는 그래 생각지 않습니다. 이전에도 말씀드린 바와 같이, 이번 폭동은 은제던지 발생하게끔 돼 있었습니다. 경찰의 비리와 학정으로 이 사회는 병들고, 곪을 대로 곪아 있었는데, 누군가가 그 상처를 터뜨렸을 뿐입니다. 장관님, 인자라도 늦지 않았으니 근원적인 해결의 실마리를 찾아보는 기 낫지 않겠습니까?"

"그럼, 구체적으로 말해서 어떻게 하는 것이…?"

"먼저 주민들을 안정시키고, 평화적 분위기를 조성하는 깁니다. 그라고, 빨치산들로 하여금 다시 한 번 생각할 기회를 갖게 하는 깁니다. 장관님, 한 가지만 여쭈어보고 싶습니다만."

"말씀 하십시오."

"경찰의 발표를 인정하십니까?"

"그건 무슨 뜻인지?"

"경찰에선 지금 매일같이 공비 토벌의 전과를 자랑하고 있습니다. 몇 명 사살, 몇 명 체포, 그란데 이 섬에 그렇게 많은 공산주의자가 있다고 보십니까? 그거는 아닙니다. 무고한 양민들을 무차별 사살하민서 통계 숫자만 늘이고 있는 기지요. 만일 경찰의 주장대로 그 사람들이 모다 공산주의자라고 한다면 이 섬은 벌써 평화를 찾았어야 하는 기 아입니까?"

"알아요, 무슨 말인지. 생각해 봅시다. 어떻든, 분명한 것은 경찰이 한계에 부딪쳤으니까 사태 수습을 위해 군이 전면에 나서야 하겠다는 것입니다."

"네, 좋습니다. 직접 전투에 참가하기 전에, 평화적 해결 방법을 모색하고 싶은데."

"소신대로 하십시요. 우리도 적극적으로 도와 드릴 테니."

"감사합니다. 장관님, 일을 진행할라믄 헬기와 차량, 무전기 등, 몇 가지 장비와 시설이 필요한데요."

"그렇게 하십시요. 드루스 대위와 상의하면서."

"그라모, 또 뵙겠습니다."

"건투를 빕니다."

김 중령은 군정장관실에서 나와 드루스 대위가 있는 정보분석실로 갔다. 드루스는 누구보다 호감이 가는 미국인이었다. 한때 기자 생활도 했다는 이 미국인은 정규군 출신이고 정보통이어서 대화를 하면 잘 통하는 데가 있었다.

"오, 미스터 킴! 잘 있었어요?"

"덕택에. 반갑소."

"자, 이리로." 드루스는 의자를 하나 끌어다가 자기 테이블 옆에 놓으면서 말했다. "장관님 뵈었어요?"

"지금 막 뵙고 나오는 길이오."

김 중령은 맨스필드 대령의 명령을 전하고 몇 가지 협조를 요청했다.

"잘 되었군요. 필요한 것은 언제든지 말해 주십시오."

"고맙소. 오늘은 이만 가봐야겠소. 자세한 이야기는 다음 만나서 합시다."

"좋아요. 기다리겠습니다."

두 사람은 악수를 하고 헤어졌다. 50여 명의 미군이 이곳에서 근무하고 있지만 드루스만큼 믿고 친근하게 대할 수 있는 사람은 없었다.

김 중령은 일부러 전화를 하지 않고 걸어서 동백 다방으로 갔다. 오랜만에 시가지 동정을 살피고 싶었던 것이다. 매일 전투가 벌어지고 있는 외곽 지대와는 달리 읍내 시가지는 평온하기만 했다. 행인들의 표정도 이전과 별로 다를 게 없었고, 가게들도 여전히 문을 열고 있었다. 관덕정 광장 북측에 자리잡고 있는 제주경찰청 앞에는 토벌대를 실어 나르는 군용 트럭 2대가 서 있었는데, 사람은 아무도 타지 않았고, 전투복을 입은 보초가 카빈 소총을 어깨에 멘 채 정문을 지키고 있을 뿐이었다.

관덕정 광장을 지나 칠성통 입구로 꺾어 들어가면 거기 바로 동백 다방이 있었다. 비교적 한산한 한낮의 시간인데도 손님들이 많이 앉아 있었다.

"이 중위, 점심들은 했나?"

"네. 방금."

"잘 했다. 비행기는 멧 시에 있나?"

"3시 20분에 가는 기 한 대 있답니다."

"그라모 아직 시간이 있는데, 드라이브나 하자."

김 중령은 차를 타고 가면서 이 날 있었던 일들을 조용히 알려 주었다.

"김 소위, 책임이 크다. 우선 먼저 참모장 정일권 대령부터 만나서 이 사실을 전하고, 지시를 받도록 해라. 그라고, 총사령부 각 부서를 방문하민서 그쪽 반응을 두루 살피도록 해라. 난, 여서 내릴란다. 이 중위, 이따 무근성으로 오게. 김 소위 떠나는 것 확인하고."

김 중령은 다시 걸어서 무근성으로 갔다. 이 집은 전화가 있어서 좋았다. 주인 방에 설치돼 있어 자주 들락거리긴 미안한 일이지만 급할 땐 어쩔 수 없이 신세를 지고 있었다.

82

예정대로 4시 조금 지나서 이윤락 중위가 돌아왔다.

"자, 앉그라. 우리가 제일 먼저 서둘러야 할 것은,"

김 중령은 그 사이 자기가 생각해 둔 계획을 제시했다. 앞으로 선무 공작을 펴기 위해서는 그때그때 필요한 전단을 다량 제작하고, 산간은 물론 해변 마을에도 골고루 살포하는 한편, 지역 유지들을 동원해서 빨치산측과 대화의 길을 터 나가야 했다. 이 일을 추진하는 데는 누구보다 제주일보 김 사장과 전 지사 박경훈의 도움이 필요했다. 이밖에도, 명단을 작성해서 사회 각 층의 인물들을 폭넓게 만나야 했다. 그동안 연대 정보팀에서 확보한 자료에 따르면 종교계, 특히 천주교 신자들의 협조를 받아야 할 것으로 보였다.

"지금 신문사 사장실로 전화를 넣어 봅니까?"

"아이다, 직접 가라. 사장이 없으면 박인덕 기자를 찾아라. 내는 여서 전단 초안을 작성하고 있을 테이."

"네, 그라믄 지는."

"경찰에서 눈치채지 않구로 비밀리에 진행해야 할끼다."

"네."

"차는 어딨나?"

"밖에 세워 놨습니다."

"김 일병 이리 들여보내고, 니는 고마 걸어서 조용히 가봐라."

김 중령은 책상도 없는 방에서 바닥에 엎드려 메모하기 시작했다. '불안에 떨고 있는 동포 여러분! 우리 군은 여러분의 안위와 평화를 위해….' 그는 평화라는 말 대신에 생존을 택했다. '안위와 생존을 지키기 위해 찾아 왔습니다.' 그는 수없이 쓰고, 또 지웠다. 그리고, 집과 가족을 잃고 방황하는 수많은 사람들의 얼굴을 떠올려 보았다. '우리 군을 믿고, 우리와 함께 합시다. 우리 병사들이 여러분의 친구가 되어 드릴 것입니다. 불에 탄 집은 새로 짓고, 허물어진 돌담은… 그리고, 상처는 더 덧치기 전에 빨리 치료를….'

그 때, 주인집 아주머니가 와서 전화를 알렸다.

"아, 알긋다. 이내 갈끼다. 응, 내 갈 때까정, 박 기자님도 있어 달라고… 그라제. 응, 응."

김 중령은 사복으로 갈아입고 나서 지프를 타고 제주일보로 갔다.

"니는 가 있그라."

그는 운전병을 돌려보내고, 신문사 사장실로 달려갔다. 사장은 없고, 이 중위와 박 기자가 기다리고 있었다.

"사장님 안 계신교?"

"바쁜 일이 있어서, 일찍 나가셨습니다. 자, 앉으시죠. 걱정 마시고, 원고는?"

"글쎄, 이기 어짤는지, 박 기자님이 검토해 주이소." 김 중령은 수없이 지우고 또 지워서 고쳐 쓴 자국이 그대로 남아 있는 초고를 박 기자에게 넘겼다. "부끄럽습니다. 이런 글은 처음 써보는 기라서."

"원 별말씀을." 박 기자는 단숨에 읽어 내려갔다. "좋은데요. 이거 참, 글은 이렇게 써야 되겠군요. 구체적으로, 솔직 담백하게."

"목숨이 걸려 있는 긴데, 거 잘 좀 읽어봐 주이소."

"호소력이 있습니다. 연대장님, 저는 기자 생활을 하고 있지만 이렇게 감동적인 글은 쓸 수 없습니다. 다만 한 가지 조언을 드린다면,"

"말씀하이소."

"여기 말미에, 날짜와 성명을 밝혔으면 합니다. 아주 분명하게, 국방경비대 제9연대장 김기진 중령이라고."

"좋습니다. 퍼뜩 만들어 주이소. 오늘 밤 안으로."

"야간 특근을 시킬려고, 사람들은 붙잡아 놓았습니다만. 몇 장이나?"

"우선 한 만장쯤."

"지금 우리 인쇄 시설로는 어림도 없습니다. 찍는 데까지 찍고, 내일 밤부터 계속 돌리기로 하지요."

"좋습니다. 그란데," 김 중령은 박 기자를 유심히 바라보면서 말했다. "비밀리에 진행시키야 할낀데."

"그런 것은 걱정 마십시오. 이미 문선부에 알려 놨으니까. 잠깐 기다리시지요."

박 기자는 붉은 잉크로 편집을 하고 나서 밖으로 나갔다.

"이 중위, 우린 지금부터 시작이다. 할 일 참 많다. 사장님 뭐라카든?"

"쾌히 승낙하셨습니다. 내일 또 뵙기로 했는데예."

"잘 했다. 박경훈 지사도 만나야 하는데, 그 문제는 들어가서 얘기하자."

조금 후, 박 기자가 돌아왔다.

"인제 들어가시죠. 나가서 한 잔 했으면 싶지만, 저는 좀 지켜보고 있다가 갈까 해서."

"괘안습니다. 내도 기달렸다 견본이나 보고 가야제."

"그럼, 잠깐만." 박 기자는 나가더니 술과 오징어포를 갖고 들어왔다. "이거, 조금 남은 건데 목만 축이시지요."

"고맙습니다."

"참 뜻깊은 시간인데! 우리 모두 연대장님을 위하여, 부라보!"

"부라보!"

"지성이면 감천이라고, 저쪽에서 무슨 반응이 있겠죠."

"하모. 노력해 보입시더."

"네, 옳은 말씀입니다. 노력해 보는 거, 그렇지요. 노력해 보는 거." 박 기자는 의미 있는 웃음을 웃었다.

밤늦게 신문사에서 돌아온 김 중령은 아침 일찍 군정청으로 가서 드루스 대위를 만났다. 차량과 소총, 무전기, 의약품 등, 필요한 지원을 약속받았다. 그리고, 한라산 깊숙이 전단을 살포하기 위해서는 헬기도 동원하기로 했다. 그는 이제서야 비로소 정규군으로 거듭 태어난 느낌이었다.

"이 중위! 작전을 바까서, 앞으론 한 마을에 10명 내지 15명 단위로 정찰개를 심어놓고, 본격적인 대민 사업을 피나가야 쓰겠다. 우선, 문제가 되고 있는 중산간 부락부터."

"우리가 첫째로 경계해야 할 것은, 게릴라들이 아이고 경찰입니다."

"그렇제. 경찰이제. 마, 걱정 말그라. 지금부턴 우리 군의 지시를 받아야 할꺼니까. 아까 심 대위한테 전화해서, 일차로 60명 보내라고 했다. 한시라도 냉큼 연락을 취할 수 있도록, 서로 간격을 좁혀서, 점선으로 배치하는 기 어떻나?"

"그기 좋겠습니다."

"내는, 오후에 헬기를 타고 나가볼란다."

"직접 나가실려고예?"

"그래. 게릴라들에게 먼저 알리놔야제. 지금까지 태도로 보면, 우리 군을 상대로 싸울 생각은 없는 모양이드만."

"임시연락사무소는 어디로 잡는 기 좋겠습니까?"

"서문교 근처가 좋겠제. 군정청도 가깝고."

"찾아보겠습니다. 숙소는 오늘 전화가 들어온다캤는데."

"좋다. 김 사장 한 시라고 했제?"

"네."

"우리 병사들이 2시까진 도착할낀데."

"제가 있겠습니다. 다녀오십시요."

"그라제. 퍼뜩 댕겨오끄마."

김 중령은 지프를 타고 제주일보사로 갔다. 사장실은 2층에 있었다. 그는 층계를 오른 다음 잠시 창가에 서서 심호흡을 했다. 멀리 한라산의 긴 능선만이 구름에 가려 아련히 떠 있었다. 지금 그의 심정이 저와 같으리라는 생각이 들었다. 숙제 밀린 아이처럼 그는 조심스레 문을 열고 들어갔다.

"어서 오세요."

"감사합니다, 사장님."

"별 말씀을."

"덕택에, 오늘 우리 병사들이 전단을 갖고 나가게 됐습니다."

"그래요? 잘 됐습니다. 오늘밤도 야간작업을 한다고 들었는데."

"현재 계획으로는 전단이 꽤 많이 필요할 것 같습니다. 어떻게 감사의 말씀을 디려야 할지…." 그러나 김 중령이 찾아온 목적은 다른 데 있었다. 그는 군인답게 자신의 견해를 우회하지 않고 직선적으로 제시했다. "누구보다 잘 알고 계시리라 믿습니다만, 저희 정보팀에 따르면, 지금 경찰에선 은밀히 초토작전을 쓰고 있습니다. 이건 아이라고 봅니다. 사장님, 이거만은 무신 일이 있어도 꼭 막아야 하지 않겠습니까?"

"…"

김 사장은 젊은이의 돌발적인 발언에 몹시 당황하고 있었다.

"이거는, 국제법상 금지되어 있는 깁니다. 하물며 해방 조국에서 이기 어데 말이 됩니까. 이제 와서 굳이 시시비비를 따지자는 건 아이고," 김 중령은 상대방을 의식한 듯 잠시 말을 끊고 있다가 천천히 목소리를 낮추고, "사장님, 제 생각으로는, 우리 모두 총을 놓고 대화로 풀어나가야 한다고 봅니다."

"그럴 수만 있다면 더 바랄 게 있겠습니까만…."

"가능합니다, 사장님! 책임자가 누군지, 안즉 밝혀지진 않았지만," 김 중령은 담배를 꺼내 상대방에게 권하고 나서 자기도 피우면서 말했다. "그 사람을 만날 수만 있다믄, 그래갖고 책임 있는 대화를 나눌 수만 있다믄, 그거는 얼매든지 가능한 일입니다."

"현재로선 책임자가 누군지, 어떻게 돌아가고 있는 건지, 아무도 모르는 실정인데."

"그래 지가 온 겁니다. 사장님, 그 사람을 찾아야 합니다. 그 사람만 찾으면 이야기가 될 깁니다. 분명한 거는, 그 사람도 이 섬에서 태어났고, 이 섬에서 살았고, 그라고 또 지금 이 섬에 있다는 것입니다."

"네. 그것은 분명하지요."

"그렇지예, 사장님? 이 점이 중요합니다." 김 중령은 자신도 모르는 사이에 다소 흥분된 목소리로 말했다. "지금 일각에서는 공산주의 운운하면서 외부 조종설을 들먹거리고 있습니다만, 지는 그렇게 보지 않습니다. 그 사람이 여게 출신이고, 그 사람한테도 부모가 있고 형제가 있다믄, 만나서 얼매든지 대화로 풀 수 있다고 봅니다."

"그렇지만, 그게…." 김 사장은 무슨 생각에 잠긴 듯 고개를 떨군 채 담배 연기를 잇따라 푸푸 내뿜고 있더니, "아시다시피, 그쪽 세계는 안개에 묻혀 있어서."

"그렇습니다, 사장님! 그래서 지가 온 기 아입니까? 그 사람을 찾아 보입시다. 책임 있게 우리와 대화할 수 있는 그런 사람을 하루 속히 찾아내야 합니다. 오늘은 시간이 없어서 고마 가봐야겠습니다만, 박 지사님과 상의해 주시이소. 지도 곧 찾아뵐라고 하고 있습니다."

"알겠습니다, 연대장님 뜻은."

"그럼, 저는…. 또 뵙겠습니다."

김 중령은 다시 군정청으로 돌아갔다. 정문 앞에는 스리쿼터 두 대가 세워져 있었는데, 병사들이 모두 완전무장을 하고 차에 타고 있었다. 김 중령이 지프에서 내려 그쪽으로 걸어가자, 그들은 일제히 그를 향해 경례를 붙였다.

"이 중위, 쌀 한 톨 간장 한 숟갈도 민폐를 끼쳐선 안 된다. 의약품도 실었제?"

"네."

"필요한 사람들은 노나주그라."

"네."

"니는 가서 위치 선정만 해 주고, 퍼뜩 오그라. 여게 일도 바쁘니께."

"네, 그라믄."

이 중위는 경례를 붙이고 나서 차에 올랐다. 병사들이 손을 흔들며 떠나갔다. 군인은 역시 무장을 해야제. 이제사 진짜로 군인이 됐구마. 김 중령은 부하들이 자랑스럽고 믿음직해 보였다.

83

그는 연대 정보팀을 동원해서 널리 동향을 살피는 한편, 지역 주민들과 폭넓게 접촉을 시도했다. 특히, 유력 인사들은 그가 몸소 찾아가서 도움을 요청했다. 경찰의 눈치를 보느라고 너도나도 몸을 사리고 있었기 때문에 그들과 가슴을 열고 허심탄회하게 대화를 나눈다는 것이 여간 어려운 일이 아니었다. 어떤 사람들은 아예 만나기조차 꺼려했다.

이 날도 유지들을 찾아다니느라 한나절을 보냈다. 그 사이 진행 상황을 보고하기 위해 군정청에 들렀더니 군정장관 맨스필드 대령이 찾고 있었다. 그는 곧 장관실로 가서 간단히 브리핑했다. 맨스필드 대령의 표정이 여느 때보다 굳어 있었다.

"그렇지만, 우리의 입장도 딱합니다." 맨스필드는 시종 일관 '우리의 입장'을 강조했다. "생각해 봐요. 지금 소련은 유엔에서 우리를 맹렬히 공격하고 있습니다. 미국이 점령하고 있는 여러 지역에서 폭동이 일어나고 있는데, 이것은 우리 미국이 약탈을 일삼고 있기 때문이라는 겁니다. 김 중령도 그렇게 생각하십니까? 우리가 언제 약탈을 했고, 이 나랏 사람들을 억압했습니까? 며칠 전만 해도, 유엔 주재 소련 대표부가 이곳 제주도 사태를 예로 들면서 우리의 입장을 아주 난처하게 만들고 말았습니다."

"쪼매만 더 여유를 주이소. 평화적인 해결 방법을 찾고 있습니다." 김 중령은 자리에서 일어났다. "곧 기쁜 소식이 있을 깁니다."

"잠깐!" 맨스필드 대령이 그를 다시 자리에 앉히면서 말했다. "당신의 애국 충정은 이해하겠소. 하지만 우리는 더 이상 기다릴 여유가 없습니다. 조금 후 퇴근 시간에 CIC로 가 보십시오. 딘 장군의 정치 고문이 오늘 서울에서 오셨습니다. 그 분이 무슨 말을 하든, 너무 당신 주장만 고집하지 않는 게 좋겠습니다."

무려 두 시간이나 맨스필드와 신경전을 벌인 끝에 김 중령은 우울한 마음으로 군정청을 나섰다. 어데로 가노? 그는 정문 앞에서 잠시 망설이다가 이 중위를 찾아 남문로 입구의 갈매기 다방으로 향했다.

어제 오전에 만났을 때만 해도 맨스필드 대령은 그렇지 않았다. 사무실에 단둘이 앉아서 전단의 문구들을 하나하나 재검토했고, 오후엔 L-5 헬기를 내주어 삐라를 살포할 수 있도록 도와주었다. 그란데, 어찌된 일일꼬. 와 갑자기 태도가 달라졌을꼬. 그는 의아하지 않을 수 없었다. 물론 처음부터 어려움이 없는 건 아니었다. 경찰측의 끈질긴 방해 공작에도 불구하고, 가까스로 군정 당국을 설득하고 그동안 산군과의 협상 루트를 찾고 있었는데, 이제 그런 모든 노력이 수포로 돌아가는 건 아닌지. 그는 무슨 일이 있더라도 이번만은 양보할 수 없는 일이라 생각했다. 김 중령은 2층에 있는 다방으로 올라갔다. 이윤락 중위가 남쪽 창가에 앉아서 신문을 보고 있었다.

"기다렸제?"

"뭔 일 있습니까?"

이 중위는 연대장의 얼굴을 유심히 살폈다. 어쩐지 표정이 밝지 않았다.

"아이다. 그래, 어떻더노?"

"만나보고 오는 길인데예, 안직까정은 이렇다할 만한 뚜렷한 반응이 없습니다. 그란데 말입니다, 오늘은 김 사장이 안 보입니다."

"내도 찾고 있다. 박 지사는?"

"어데 갔다가 인자 왔습니다. 방금 전화하이까네, 자기 집에서 만나자 캅니다."

"그래?"

"지금 같이 가 보시겠습니까?"

"아이다. 내는, 또 가볼 데가 있다. 이 중위가 먼저 갔다 온나."

"네. 그라믄 지는…."

이 중위가 총총히 밖으로 나갔다. 김 중령은 혼자 창가에 앉아서 한라산을 바라보았다. 4월 중순인데도 한라산 정상 바로 아랫켠에는 아직도 눈이 쌓여 있었다. 저녁 햇살을 받아 더욱 찬란하게 빛났다. 그 흰 점이 길게 동서로 뻗은 보라빛 능선보다는 조금 낮게, 그러나 산 중턱의 구름보다는 훨씬 더 높게 얹혀 있어서 아주 신비로운 느낌을 주었다.

그 때, 등 뒤에서 낯익은 목소리가 들려왔다. 박인덕 기자였다.

"여기 계셨군요."

"앉으이소."

"무척 바쁘신가 보죠? 기쁜 소식 없습니까?"

"그거는 내가 묻고 싶은 말인데."

"들으니까, 연대장님께서 몸소 헬리콥터를 타고 나가신다구요? 그러다가, 총질이라도 하면 어떡하실려고?"

"내는, 가들 믿습니다. 우리 군은 해치지 않을 거로."

박 기자는 순간 놀라운 생각이 들어 그의 얼굴을 찬찬히 뜯어보았다. 이 젊은 군인의 짙은 눈썹과 특히 뾰족하게 생긴 아래턱이 남다리 고집스럽게 보였다.

"그래도, 조심해야죠. 얄궂은 장난이라도 치면."

"어데예. 그 사람들도 우리를 이해하고 있는 깁니다. 그거는 확실히 분명합니다. 우리한테는 아직까정 한 번도 사격을 가해 온 일이 없었습니다. 그리고, 우리가 주둔하거나 정찰을 나간 곳에서는 철수를 해뿌리지예. 내는, 이런 점들을 종합해 볼 때 얼매든지 대화가 가능하리라고 믿고 있습니다. 도와 주이소. 박 기자님, 누구보담도 여게 출신들의 도움이 큽니다. 참, 오늘, 김 사장님 어데 가셨소?"

"글쎄, 아침엔 사에서 뵀습니다만."

"그래예? 김형 아직까정 서울 안 가시고?"

김 중령은 엉뚱한 데로 화제를 돌렸다.

"아직 안 갔습니다. 요즘 연락 없었습니까?"

"메칠 됐어예. 안부나 전해 주이소."

"바쁘지 않으시면 잠깐 나가서 한 잔…."

"아입니다. 내는 지금 나가볼 데가 있어서."

김 중령이 시계를 보며 일어섰다. 박 기자는 악수를 하면서 그의 표정을 살폈다. 무슨 일이 있기는 있는 모양인데 끝내 속을 내보이지 않았다. 어딜 가는 걸까? 다시 군정청으로 돌아갈 리는 없는데.

박 기자도 곧 일어나 그의 뒤를 따라나섰다. 김 중령은 관덕정 마당을 끼고 서쪽으로 걸어가다가 식산은행 옆 골목으로 사라졌다. 무슨 일일까. 퇴근 시간에, 그것도 CIC를 찾아가고 있다면, 아마도 거기 무슨 중대한 일이 기다리고 있는 모양인데. 박 기자는 혼자 생각해 보았으나 도통 그 속내를 알 길이 없었다.

84

CIC 사무실에는 사복 차림의 한국인 한 명이 미군 병사들과 앉아서 이야기를 나누고 있었다.

"연대장님이신가요?"

"네."

그 한국인은 김 중령을 데리고 안으로 들어갔다. CIC에선 임시로 개인 주택 한 채를 얻어 쓰고 있었는데, 이 집은 방이 여럿 달려 있었다. 김 중령은 그중 안쪽에 있는 제일 큰 방으로 안내를 받았다.

"어서 오시오." 기다리고 있었다는 듯이, 사복 차림을 한 외국인 신사 한 분이 그를 반갑게 맞았다. "자, 앉으시죠. 바쁘실 텐데, 이렇게 나와 주셔서 감사합니다. 나는 딘 장군의 정치 고문입니다."

"안녕하십니까? 경비대 소속 제9연대장 김기진 중령입니다."

알고 보니, 그 한국인은 비서 겸 통역관이었다. 양코배기 노신사는 자기의 직책만을 밝혔을 뿐 이름은 대지 않았다. 김 중령은 어느 정도 영어를 알아들을 수 있었기 때문에 그것은 통역관의 실수가 아니고 의도적인 것임을 직감했다.

"도착하는 즉시로, 맨스필드 대령의 브리핑을 받았습니다. 그렇지만, 여러 사람의 의견을 종합하고 싶습니다. 빨치산들과 대화는 잘 진행되고 있습니까?"

"노력하고 있습니다."

"아하, 그럴 만한 여유가 없는데요. 지금 우리 미국 정부는…"

이른바 정치 고문이라는 이 외국 신사는 국제무대에 있어서의 미국의 위상과 한반도의 여러 문제들에 대해 장광설을 늘어놓았다. 그리고, 마치 어린 학생을 대하듯 김 중령을 설득하기 시작했다. 김 중령은 일단 참을성을 가지고 그의 말을 끝까지 경청하기로 했다. 결국, 그의 요지를 간추리면 제주도 사태 때문에 미국의 입장이 난처해지고 있으니 가급적 빠른 시일 안에 수습해야 되겠다는 것이었다. 김 중령은 이제야 말로 모든 것이 분명해지는 느낌이었다. 맨스필드 대령이 오늘 갑자기 태도를 바꾸게 된 이유를 더 묻지 않아도 알 수 있을 것 같았다.

"무신 말씀을 하실라카는지, 잘 알겠습니다. 글치만예," 김 중령은 이 대목에 이르러서 한 마디로 뚝 잘라 말했다. "초토화 작전만큼은 안 됩니다."

"안 된다니?"

"잘 아시겠지만, 그거는 국제법상 금지돼 있습니다." 군사영어학교 출신인 김 중령은 마침내 영어로 말했다.

상대방도 눈치를 채고선 통역관을 밖으로 내보냈다. 김 중령으로서는, 비록 영어에 서툴다 하더라도 이렇게 중대한 대화는 통역관 없이 단둘이 앉아서 자유롭게 나누고 싶었다.

두 사람의 대화는 그다지 매끄럽지 못 했기 때문에 중간에 가끔씩 끊기곤 했다. 그럴 때마다, 푸른 눈을 지닌 초로의 신사는 자기의 나이와 관록을 의식하는 듯 여유를 보이며 젊은 장교에게 접근했다. 그리고, 제주도 사태의 심각성을 누누이 강조했다. 즉, 소련은 미국 정부를 국제적 선전 무대에 올려놓고 노골적으로 비난하고 있다는 것, 이렇게 되자 미국 정부는 조선에 있는 미 군정장관 딘 장군을 문책하고 조속한 시일 안에 폭동을 진압하라는 명령을 내렸다는 것이다.

"이 사태는 조선의 독립 문제와 직결되어 있습니다. 그러니, 연대장이 책임을 지고 하루 속히 진압해야 합니다. 그리고, 소련의 공산주의 선전을 봉쇄하기 위해서 우리는 이 폭동 사건을 '공산주의자들의 선동에 의한 반란'으로 규정할 수밖에 없습니다. 특히, 이 점을 유의해 주기 바랍니다."

"그런 거는 정치적 차원에서 결정할 문제지요. 공산 폭동인가 일반 민중의 폭동인가 하는 거는 진압 작전에는 하등의 영향을 미치지 않습니다. 더구나 이런 문제는 내 책임 소관도 아닙니다. 다만 이참에 한 가지 말씀드리고 싶은 거는, 이번 사태가 경찰에 대한 민중의 공포와 원한에서 야기된 기라는 점입니다. 폭도들 가운데는 물론 공산주의자들이 끼어 있지만, 그거말고도 민족주의자와 배타주의자 등 각양각색의 무리들이 합류하고 있습니다. 그거는, 가들의 삐라를 보면 잘 알 수 있습니다. 공산주의니 사회주의니 하는 용어는 우짜다가 사용될 뿐입니다. 가들의 투쟁 방식을 보면 일제하 공산주의 운동에서 많은 영향을 받고 있지만, 그라타캐서 가들이 모두 공산주의자는 아닙니다. 공산주의자의 숫자는 우리가 생각하는 거 맨키로 그리 많은 기 아닙니다. 고작해야 1, 2백 명 안팎에 불과할 깁니다. 아무리 미국 정부의 입장이 난처하게 됐다캐도, 내는 해방 조국의 군인으로서 사상과 관계없이 뭣도 모르고 허덕이는 이 땅의 민중을 무차별 사살할 수는 없습니다."

"당신의 뜻은 잘 알겠소. 아무튼, 이 문제는 대단히 중요하고도 심각한 것이니까, 하루에 한번씩 만나서 신중하게 토론하기로 합시다."

눈이 푸른 노신사는 끝까지 미소를 잃지 않고 관대한 자세로 대해 주었다. 그러나 그의 얼굴은 두 개로 분열하고 있었다. 하나는 민주주의와 정의를 사랑하는 것이고, 또 하나는 자기 나라의 이익을 위해서는 어떤 희생도 감수하겠다는 것이다. 미국인의 이러한 양면성은 김 중령이 이미 맨스필드 대령에게서도 발견했던 것이지만, 이제 이 노신사를 통해 다시 재확인하는 셈이 되었다.

김 중령은 숙소에 돌아온 뒤에도 내내 입맛이 썼다. 저녁을 거른 채 자리를 펴고 누웠다. 어둠 속에 혼자 뉘 있으려니까 점점 생각이 복잡해졌다. 자기가 할 수 있는 일이란 이 세상에 아무것도 없었다. 미국이라는 거대한 힘 앞에서 아무리 덤벼봤자 절벽에 계란을 던지는 꼴이 되었다. 글치만, 하고 그는 자신에게 이렇게 타일러 봤다. 니는, 이 나랏 사람이다. 지금이사 국방경비대가 미군정의 지시를 받고 있어도, 머잖아 이 나라는 자주적인 정부를 수립할 기다. 그 때까정은, 우짜든, 꾹 참고 견디야 된다. 그러니까, 니는, 무신 일이 있드라도 조국과 민족에 배반되는 행동은 할 수 없는 기라.

어두운 방에서 김 중령이 혼자 끙끙 앓고 있을 때 이 중위가 돌아왔다.

"연대장님, 소주 한 잔 하시지예."

"와? 무슨 좋은 일이라도 있나?"

"우선 잔부터 받으시소."

이 중위는 불을 켜고 간단한 술자리를 마련했다. 술자리래야 방바닥에 신문지를 깔고 건빵 한 봉지와 오징어 다리, 그리고 술잔 두 개를 벌여 놓은 것이었다.

"오래간만에 숨통이 좀 틔일 것 같습니다."

"그래, 무신 일인데?"

"오늘부터는 지역 유지들이 활발하게 움직이고 있습니다. 메칠만 더 기다리보랍니다. 뭐 좋은 소식이 있는 갑지예."

"그래?"

"역시 그 사람들은 루트를 알고 있는 것 같습니다. 오늘은 김 사장이 안 보이서 걱정했는데, 알고 보이까 박 지사하고 어델 갔나 봅니다. 말은 안 하지만예, 루트를 알고 있는 기 분명합니더."

"이 중위! 조심해야 된데이. 신의를 저버리마 안 되이까네. 인자는 그분들도 우리를 믿고 적극적으로 나서는 모양이제?"

"예."

"특히, 경찰측에 비밀이 새지 않구로 해야 된데이!"

김 중령은 누구보다 경찰을 경계하지 않으면 안 된다고 생각했다. 경찰의 방해도 문제였지만, 만일 비밀이 새어 나간다면 이곳 유지들이 일제히 손을 떼어버릴 것이기 때문이었다. 이번 일은 그래서 더욱 어려웠다. 그들은 귀순 공작이 실패하면 폭도들에게, 성공하면 경찰에게 보복을 당하게 될 것이었다. 이러한 불안 심리를 해소하기 위해 그는 그동안 여러 차례 그들의 신변 안전을 약속해 왔다. 이제 그 결실을 보게 된 것이다.

"자, 한 잔 더 하그라."

김 중령은 계속 술을 권했다. 이 중위도 오늘은 보람을 느꼈는지 꽤나 즐거운 표정이었다.

김 중령은 새삼스럽게 주머니의 전단 한 장을 꺼내서 읽어보았다.

1. 국토를 방위하고 외적과 전투하는 것이 주임무인 군은 동족 상쟁을 원치 않는다. 제주도민을 적으로 삼을 생각은 추호도 없다.

2. 주의·사상과 일체의 불만은 정치적으로 평화적인 수단에 의해 해결해야지 무력 수단에 호소하는 것은 무고한 도민의 유혈만 조장시킬 뿐 해결 방법이 되지 않는다.

3. 즉시 무기를 버리고 귀순하면 내가 책임지고 안전을 보장하겠으며

일체의 전과를 불문에 붙이고 귀가시키겠다. 이에 대한 요구가 있으면 그 요구 조건을 다룰 회담을 하자. 연락을 하라.

  4. 이상과 같은 관대한 처분에도 불구하고 공산주의 사상을 앞세우고 무력을 사용한다면 민족 분열을 조장하고 조국 독립을 방해하는 민족의 공적(共敵)으로 규정하고 군은 철저한 무력 징벌을 할 것이다.

  초대 지사였던 박경훈의 자택에서 비밀 회합을 가진 뒤 작성하고 제주일보사에서 은밀히 인쇄했던 것이다. 박경훈은 어엿이 도백의 자리에 있었지만 빨갱이로 몰려 경찰에서 한때 고초를 당한 일이 있었다. 다른 사람들은 더 말할 나위도 없었다. 그런데도, 이곳 유지들이 군의 귀순·선무 공작에 대해 적극성을 띠게 되었다니 참으로 반가운 일이 아닐 수 없었다.

  "누가 주모잔지, 우선 그거부터 알아야 할낀데."

  "기다리보는 게 좋을 것 같습니다. 그 분들이 나서믄 뭐라도 윤곽이 잡히지 않겠습니까?"

  "글쎄."

  김 중령은 문득 초조한 기분이 들었다. 그래서 그는 그 정치고문이라는 자의 이야기를 간단히 한두 마디로 요약해 주었다.

  "연대장님, 그기 말이나 됩니까? 와, 이 모양이 됐는데예? 군정청이 다시 그딴 식으로 나온다카믄 우리 군은 싹 손을 떼뿌야 됩니다. 경찰에서 그런 무자비한 작전을 쓰다가 공연히 무고한 촌민들을 빨갱이로 몰아부치고, 인자 우리한테 뒤집어씌우는 꼴이 되었십니다. 우리 군이 우째서 동족 살상을 해야 됩니까? 결자해지라고 했으니까네, 구어 먹든 삶아 먹든, 이래 사태를 악화시킨 경찰이 알아서 처리하라고 하지 말입니다." 이 중위가 드디어 분통을 터뜨리기 시작했다.

"자, 이거, 잔이나 받그라." 김 중령은 그를 달래면서 말했다. "이 중위, 흥분하지 말고 내 말 잘 들어야 된데이! 우린 어떤 일이 있다캐도 동족에게 총을 겨눌 수 없데이. 그거는 파멸인기라. 그라이, 목숨을 걸고서라도 하루 속히 서둘러서 평화적인 해결 방법을 찾아야 된단 말이라. 내 말, 알아 들겠제? 지금 누굴 원망한다캐도 무신 소용이 있겠노. 하루 속히, 시간을 다투어가꼬, 일을 서둘러야 할 뿐인 기라."

이 중위가 뛰어 나가더니 다시 술을 사 가지고 들어왔다. 두 사람은 안주도 없는 깡소주를 밤이 늦도록 마시다가 고꾸라져 버렸다. "연대장님예! 아아, 연대장님예!" 김 중령은 이 중위가 잠꼬대처럼 이렇게 외치는 소리를 들으며 눈을 감았다. 그동안 친동생처럼 아껴 온 자기의 부관이 제 곁에 붙어 있다는 것이 무엇보다 흐뭇하고 믿음직스러웠다.

김 중령은 이튿날도 CIC로 정치고문을 찾아갔다. 아니, 끌려갔다고 해야 옳을 것이다. 이제는 노신사를 만나는 것이 빼놓을 수 없는 일과가 되고 말았다. 하모. 2차 대전을 승리로 이끌고 이 땅을 차지하게 된 미국이라카는 나라는 오늘의 로마 제국이 아이가. 내는 그 로마 제국의 총독, 아이다, 그 전권대사를 만나러 온 기라. 그는 여기에 생각이 미치자 제 자신이 너무나 초라하게 생각되었다. 그렇지만, 28세의 젊은 군인답게 옷깃을 여미고 당당하게 걸어 들어가 사무실을 노크했다.

눈이 푸른 그 노신사는 어제와 마찬가지로 정중하게 일어서서 자리를 권했다. 오늘은 처음부터 통역관을 불러들이지 않았다. 이곳에서 근무하는 한국인 아가씨가 다과를 갖다 놓고선 곧 나갔을 뿐이었다. 김 중령은 차를 마시면서 그의 표정을 살펴보았으나 도무지 그 속을 알아볼 수가 없었다. 겉으로는 아무 일도 없는 사람처럼 그저 담담하기만 했다. 김 중령에겐 오히려 그 담담함이 섬뜩한 느낌을 자아냈다. 서울서 이곳 변방의 섬나라까지, 그거도 총독 나으리의 보좌관이 말이다. 이래 달려와서는 메칠씩 묵을 때는 여간 다급한 기 아일낀데.

그 노신사는 바로 본론으로 들어가지 않고 이것저것 딴 얘기만 꺼내고 있었다. 그러다가는 군과 경찰의 관계를 묻기도 하고, 경찰의 토벌 작전과 주민들의 반응에 대해 묻기도 했다. 다 알고 있으면서도, 괜히 상대방의 심중을 떠보는 것 같았다. 그러나 김 중령은 이 기회에 자기의 입장과 태도를 좀더 분명히 밝혀두는 게 좋을 듯싶었다.

"아시다시피, 경찰에서는 진작에 초토화 작전을 써 왔습니다. 글치만, 그 결과는 우째 됐습니까? 결국, 무고한 농민들만 빨갱이로 몰고 희생시키는 꼴밖에 안 되었습니다." 김 중령은 이 대목에 이르자 자기도 모르는 사이에 감정이 고조되어 가쁘게 숨을 내쉬며 말했다. "당신도, 산과 들에 헤매는 그 많은 농민들을 공산주의자라고 보십니까? 폭동이 일어나이까네, 경찰의 최고 책임자인 조병옥 경무부장이 제주도 경찰청의 잘못된 보고에 입각해갖고 제주도민 8할 이상이 공산주의자라고 발표한 바 있는데, 정말 그래 생각하십니까? 내는 그 반대라고 생각합니다. 경찰의 초토화 작전이, 빨갱이 아닌 빨갱이를 대량 생산해낸 것입니다."

그러자, 눈이 푸른 그 노신사는,

"연대장님! 당신은 참으로 정의감이 강한 청년입니다. 열렬한 민족주의자이며 애국자이기도 합니다. 훌륭한 군인이구요. 나는 이런 점에서 당신을 존경합니다. 그렇지만 아직 젊고 세상 경험이 부족해서 자신에게 돌아올 이득과 손실을 분간하지 못하고 있는 것 같군요." 이렇게 입을 연 다음, 자기와 함께 찍은 미 해군 수병의 사진 한 장을 꺼내서 김 중령에게 보여 주었다. "내 아들이지요. 나이로 보나 성격으로 보나, 당신하고 닮은 점이 참 많아요. 이 애도 성격이 너무 강직해서 탈입니다. 내가 몇 번 충고를 해 주었는데도 듣지 않더니 결국은 기회를 놓쳐 버리고 지금 엄청난 고생을 사서 하고 있습니다. 당신도 내 말만 들으면 명예와 부를 한꺼번에 얻을 수 있을 텐데 너무 고집을 부리는군요."

그 노신사는 마치 자기의 아들을 대하듯이 동정적인 말로 김 중령을 타이르기 시작했다. 기회는 자주 있는 것이 아니므로 자기의 충고를 받아들여야 한다는 것이었다. 그리고, 그는 몇 가지 제안을 했다. 김 중령이 초토화 작전을 감행하여 임무를 완료한 후에 민족주의자들로부터 미움을 받아 이 땅에서 살기 어렵게 된다면 가족과 친척을 데리고 미국에 이민 가 살도록 해 준다고 했다. 미국은 황금만 있으면 모든 행복을 다 누릴 수 있는 곳이라는 설명도 덧붙였다. 그러면서 미국 생활을 소개하는 각종 잡지를 가져다가 보여 주었다. 처음에는 5만 달러를 주겠다고 했다가 10만 달러를, 나중에는 얼마든지 돈은 대어줄 수 있으니까 마음껏 요구해도 좋다고도 했다. 요점은 민족 반역자가 되는 한이 있더라도 이 기회에 개인적인 행복을 꾀하고 미국으로 달아나라는 것이다.

"잠깐! 어떻게 그런 말씀을…." 김 중령이 노골적으로 불쾌감을 표시하자, 그 노신사는 잠시 주춤하더니 또 입을 열었다.

"돌아가서 잘 생각해 보시고, 내일 다시 만나 대답해 주십시오."

이렇게 해서 두 사람은 헤어졌다.

개새끼! 김 중령은 침이라도 탁 뱉어주고 싶었지만 꾹 참고 그 방을 나섰다. 누군가가 보이지 않는 손으로 그의 등 뒤에서 목을 조이는 것만 같은 야릇한 느낌을 받았다.

85

김 중령이 CIC에 드나든 지도 어느덧 4일이나 되었다. 그는 눈이 푸른 그 노신사를 하루도 빠짐없이 만나야만 했다. 이것은 고문 아닌 고문이었다. 오전에 그 노신사를 만나고 나면 오후에는 군정청에 잠시 들렀다가 헬리콥터를 타고 산간 부락을 찾아 다녔다. 연대장인 그가 직접 나가서 전단을 살포한 데에는 그만한 이유가 있었다. 만일의 경우에 대비해서 이곳 지리를 소상히 파악해 두고 싶었던 것이다.

그가 다니는 곳에서는 폭도의 저항을 찾아볼 수 없었다. 폭도들은 아직도 군을 신뢰하고 있는 것 같았다. 기회 있을 때마다, 그는 장병들에게 단단히 일러두었다. 정찰을 나갈 때는 쌀을 가지고 가서 스스로 해결하도록 했으며, 부득이한 사정으로 민간에 취사를 의뢰할 경우엔 반드시 대가를 치르도록 했다. 장병들은 이러한 연대장의 지시에 잘 따라 주었다. 그들은 닭 한 마리 곡식 한 톨도 손을 대지 않았다. 뿐만 아니라, 굶주리는 사람에게는 자신들의 양식을 나누어주기까지 했다. 병자들은 찾아가서 치료해 주고, 의약품도 제공했다. 군은 이렇게 해서 주민들에게 좋은 인상을 심게 되었는데, 그것은 지금까지 약탈을 일삼아 온 경찰 및 그 동조자들과 판이하게 구분되었다. 처음에는 군이 토벌의 제1선에 나선다니까 경찰보다 더 무자비하게 살육을 감행할 줄 알고 공포에 떨고 있었던 주민들이 일단 안도의 숨을 내쉬게 되었다. 주민들의 이러한 우호적 반응은 곧 폭도들에게 전달되었고, 폭도들은 군과의 교전을 피할 뿐 아니라 군의 정찰 지역 내에서는 철수해 버렸다.

"저기, 게릴라들이 모여 있는데."

"노, 노. 게릴라들이 아이오. 경찰에 쫓겨서 방황하는 순박한 농민들이요. 내려가 보입시다." 김 중령은 미군 조종사에게 외쳤다. "어서, 더 가까이 내려가 보입시다."

헬리콥터가 산마루를 따라 언덕배기로 접근하자 그들은 모두 일어서서 손을 흔들었다. 김 중령도 기체 밖으로 상반신을 드러내 보이며 열심히 두 손을 흔들었다. 순간, 그의 가슴은 격정으로 끓어올랐다.

86

이튿날 아침, 이윤락 중위가 산 너머 모슬포에서 달려왔다. 방으로 들어서기가 바쁘게 전단 몇 장을 주머니에서 꺼내더니, 그는 그중 하나를 골라 김 중령에게 건넸다.

"이거는 게릴라들이 분명합니다."

"그래?" 김 중령은 빼앗듯이 얼른 받아서 읽어보았다. "맞다. 이건, 게릴라들이다. 우리 전단에 대한 화답인 기 분명한데, 그란데 이 사람들 말이다. 우릴 의심하고 있구마. 지네들 근거지에 대한 정보를 얻고 지휘자를 체포하려는 수작이 아니냐, 뭐 그리고, 우리 군이 시간적 여유를 얻기 위해 기만작전을 쓰는 기 아이냐꼬…?"

"글치만, 이거는 말입니다. 우리쪽 의도를 타진하는 거로 볼 수도 있는데."

"그라제. 아무튼, 첫 반응이니까."

"예. 그 점이 중요합니다."

"일단은 긍정적으로 받아들이는 기 좋겠제?"

"그렇습니다."

"이건 또 뭐꼬?" 김 중령이 급히 또 한 장을 집고 들여다보며 물었다.

"보실 필요 없습니다. 경찰에서 뿌린 것들인데예, 우리 군과 연대장님을 음해하고 있습니다. 게릴라들과 이간시킬라꼬 말입니다." 이 중위가 사뭇 열띤 목소리로 김 중령을 쳐다보며 말했다. "연대장님, 지금 가시지요. 유지들 만나갖고 우리 뜻을 분명히 해 둘 필요가 있습니다."

"내는 먼저 군정청부터 가봐야 한다. 이 중위가 가갖고 상황을 보고, 필요하믄 즉각 전화하라."

"그라믄, 지는 김 사장님 출근하기 전에 빨리 가 만나야겠습니다."

"아침은 묵었나?"

"이따 묵을랍니다. 장병들이 주워 왔길래 곧장 달려온 걸요."

이 중위가 서둘러 방을 나섰다. 김 중령은 팔을 걷어 시계를 보았다. 8시 55분. 그는 두 손을 꼬옥 모아쥐고 지그시 눈을 감았다. 이번 기회를 놓치면 끝장이라는 불안과 초조감 때문에 신음하듯 몸을 부르르 떨며 일어났다. 손에 잡히는 대로 바삐 옷을 걸치고 밖을 나섰다. 얼마나 이 날을 고대하고 있었는데 지금 자신이 왜 이렇게 떨고 있는지 이해할 수 없었다.

군정청은 숙소에서 걸어서 15분밖에 안 걸리는 가까운 거리에 있었다. 그는 차를 이용하지 않고 걷기로 했다. 현재 자신이 처해 있는 현실을 좀더 가까이 들여다보고, 확인하고 싶었다. 행인들은 여전히 지나다니고 있었고, 점포들도 모두 문을 열고 있었다. 겉으로 보면 세상은 어느 하나 달라진 게 없고, 뭐 그렇게 위급할 것도 불안할 것도 없었다. 서문교를 지나, 군정청이 들어 있는 향교 쪽으로 막 나설 때였다. 국방색 군용 트럭 두 대가 멀리 맞은편에서 헤드라이트를 켜고 숨가쁘게 달려오는 것이 보였다. 그는 본능적으로 걸음을 멈추고 서서 차가 지나가기를 기다렸다. 그가 예측했던 대로 트럭 안에는 허술한 행색을 한 촌민들이 무더기로 바닥에 몰려 앉아 있었으며, 어깨에 총을 멘 인솔 경찰이 트럭마다 그 뒷자리에 2, 3명씩 서 있었다. 전투복 차림의 경찰관들은 어디 먼 곳에서 온 이국 병사들처럼 교만해 보였다. 그는 시가지 한복판으로 트럭이 사라져가는 것을 지켜보고 있다가 다시 걸음을 떼어 놓았다.

드루스 대위가 자기 테이블에 앉아서 서류 뭉치를 뒤지고 있었다. 김 중령은 다짜고짜로 다가가 테이블 위에 전단 몇 장을 늘어놓았다. 그 미국인 장교는 의아한 눈을 하고 김 중령을 쳐다보았다. 김 중령이 그중 한 장은 집어서 펼쳐보이며 귓속말로 번역해 주었다.

"오 케이."

드루스는 놀란 사람처럼 벌떡 일어나더니 앞장서서 군정장관실로 갔다. 씩씩하게 빠른 걸음으로 달려가는 그 활발한 거동으로 보아 이 미군 장교도 일의 중요성을 깊이 인식하고 있는 것 같았다.

이번에는 드루스가 그 쪽지를 맨스필드 대령에게 건네며 간단한 브리핑을 했다.

"잘 됐습니다. 오늘은 내가 CIC로 가서 정치 고문을 만날 테니까, 두 분이 상의해서 모든 걸 신속하게 처리해 주십시오. 그리고,"

군정장관 맨스필드 대령이 폭도들에게 다시 만들어서 보낼 메시지의 내용을 구체적으로 설명했다. 이 미군 대령은 대단히 꼼꼼한 사람이었다. 회담 당사자가 누구냐는 것에서부터 회담의 성격과 방향, 기대되는 성과에 이르기까지 낱낱이 예를 들면서 따져 들었다. 그래서, 세 사람은 이 문제에 대한 진지한 토론을 가졌다. 김 중령은 마침내 그들과의 오랜 관계를 다시 회복하게 된 것 같아서 기뻤다.

맨스필드 대령은 현재까지 이 회담에 대해 희망을 걸고 있는 게 분명했다. 그가 나간 뒤에도, 김 중령은 드루스 대위와 함께 그 방에 남아서 계속 전단의 문구들을 작성했다. 김 중령이 광주 4연대 작전참모로 있을 때 드루스는 연대 고문이었다. 처음부터 궁합이 잘 맞는 편이었지만 제주도에서 다시 만나 두 사람 사이의 우정이 더욱 깊게 다져지고 있었다. 더구나, 드루스는 정보통이어서 이 작전에는 아주 안성맞춤이었다.

"우린 지금 안개 속을 걷고 있군요." 드루스 대위가 말했다.

"그라제, 안개 속을." 김 중령이 받았다. "조심하지 않으믄 큰코 다칠 낀데. 한라산의 날씨는 종잡을 수가 없으니까네. 우짤 때는, 안개가 하도 짙게 끼이서 한 발작도 움직일 수 없지. 글치만, 참고 견디마 그 안개도 결국 걷히고 말 거요."

"그럴까요?"

"안개도, 구름맨치로, 한 군데 오래 머물진 못 하지요."

"기다려 봐야겠군요." 드루스 대위는 새로 작성된 전단 원고를 들여다보며 말했다. "이게 문젭니다. 지휘자가 누군지, 이것부터 알아야 할 군정청은 숙소에서 걸어서 15분밖에 안 걸리는 가까운 거리에 있었다. 그는 차를 이용하지 않고 걷기로 했다. 현재 자신이 처해 있는 현실을 좀더 가까이 들여다보고, 확인하고 싶었다. 행인들은 여전히 지나다니고 있었고, 점포들도 모두 문을 열고 있었다. 겉으로 보면 세상은 어느 하나 달라진 게 없고, 뭐 그렇게 위급할 것도 불안할 것도 없었다. 서문교를 지나, 군정청이 들어 있는 향교 쪽으로 막 나설 때였다. 국방색 군용 트럭 두 대가 멀리 맞은편에서 헤드라이트를 켜고 숨가쁘게 달려오는 것이 보였다. 그는 본능적으로 걸음을 멈추고 서서 차가 지나가기를 기다렸다. 그가 예측했던 대로 트럭 안에는 허술한 행색을 한 촌민들이 무더기로 바닥에 몰려 앉아 있었으며, 어깨에 총을 멘 인솔 경찰이 트럭마다 그 뒷자리에 2, 3명씩 서 있었다. 전투복 차림의 경찰관들은 어디 먼 곳에서 온 이국 병사들처럼 교만해 보였다. 그는 시가지 한복판으로 트럭이 사라져가는 것을 지켜보고 있다가 다시 걸음을 떼어 놓았다.

드루스 대위가 자기 테이블에 앉아서 서류 뭉치를 뒤지고 있었다. 김 중령은 다짜고짜로 다가가 테이블 위에 전단 몇 장을 늘어놓았다. 그 미국인 장교는 의아한 눈을 하고 김 중령을 쳐다보았다. 김 중령이 그중 한 장을 집어서 펼쳐보이며 귓속말로 번역해 주었다.

"오 케이."

드루스는 놀란 사람처럼 벌떡 일어나더니 앞장서서 군정장관실로 갔다. 씩씩하게 빠른 걸음으로 달려가는 그 활발한 거동으로 보아 이 미군 장교도 일의 중요성을 깊이 인식하고 있는 것 같았다.

이번에는 드루스가 그 쪽지를 맨스필드 대령에게 건네며 간단한 브리핑을 했다.

"잘 됐습니다. 오늘은 내가 CIC로 가서 정치 고문을 만날 테니까, 두 분이 상의해서 모든 걸 신속하게 처리해 주십시오. 그리고,"

군정장관 맨스필드 대령이 폭도들에게 다시 만들어서 보낼 메시지의 내용을 구체적으로 설명했다. 이 미군 대령은 대단히 꼼꼼한 사람이었다. 회담 당사자가 누구냐는 것에서부터 회담의 성격과 방향, 기대되는 성과에 이르기까지 낱낱이 예를 들면서 따져 들었다. 그래서, 세 사람은 이 문제에 대한 진지한 토론을 가졌다. 김 중령은 마침내 그들과의 오랜 관계를 다시 회복하게 된 것 같아서 기뻤다.

맨스필드 대령은 현재까지 이 회담에 대해 희망을 걸고 있는 게 분명했다. 그가 나간 뒤에도, 김 중령은 드루스 대위와 함께 그 방에 남아서 계속 전단의 문구들을 작성했다. 김 중령이 광주 4연대 작전참모로 있을 때 드루스는 연대 고문이었다. 처음부터 궁합이 잘 맞는 편이었지만 제주도에서 다시 만나 두 사람 사이의 우정이 더욱 깊게 다져지고 있었다. 더구나, 드루스는 정보통이어서 이 작전에는 아주 안성맞춤이었다.

"우린 지금 안개 속을 걷고 있군요." 드루스 대위가 말했다.

"그라제, 안개 속을." 김 중령이 받았다. "조심하지 않으믄 큰코 다칠 낀데. 한라산의 날씨는 종잡을 수가 없으니까네. 우짤 때는, 안개가 하도 짙게 끼이서 한 발작도 움직일 수 없지. 글치만, 참고 견디마 그 안개도 결국 걷히고 말 거요."

"그럴까요?"

"안개도, 구름맨치로, 한 군데 오래 머물진 못 하지요."

"기다려 봐야겠군요." 드루스 대위는 새로 작성된 전단 원고를 들여다보며 말했다. "이게 문젭니다. 지휘자가 누군지, 이것부터 알아야 할 텐데."

 새로 작성하고 있는 전단 원고의 첫 항목을 손가락으로 가리키면서 드루스가 고개를 저었다. 김 중령도 그 부분이 제일 난감한 대목이었다. 폭도의 조직이 단일한 것인지, 여러 갈래로 분화되어 있는 것인지, 과연 전 조직을 이끌어갈 만큼 실질적인 실력과 권한을 가진 자가 있는 것인지, 이런 제반 사항을 알고 있어야만 효과적으로 회담에 임할 수 있었다. 그런데, 지금까지 수집된 정보에 따르면 누가 누군지 분간할 수가 없었다. 조직 자체가 그야말로 안개의 성처럼 끝이 보이지 않았다. 지금까지 명단에 오른 수많은 이름들은 한결같이 가짜 두목들이어서 점점 그들의 머리를 혼란시킬 뿐이었다.

 두 사람은 이 점을 분명히 해 두기로 했다. 즉, 실질적인 지휘자가 직접 회담에 임해야 하며, 회담에서 다루게 될 모든 사항은 즉석에서 결정되고 실행되어야 한다는 것이다. 드루스는 이렇게 해서 어렵사리 만든 전단 원고를 가지고 제주일보사로 떠났다.

 점심때가 다 되어서야 맨스필드 대령이 돌아왔다.

 "아무튼, 이야기가 잘 진행되고 있으니까 수신껏 추진해 보십시오."

 "감사합니다."

 "한 가지 꼭 당부해 두고 싶은 것은, 현재 미국 정부가 처하고 있는 어려운 상황을 이해하고 어떤 형태로든 폭동을 하루 속히 진압할 수 있는 길을 모색해 달라는 점입니다."

 "알겠습니다. 내일 다시 뵙지요."

 김 중령은 군정청을 나서 제주비행장으로 향했다. 일단 위기는 모면한 셈이지만 앞으로가 문제였다. 지금까지 여러 차례 접촉한 바로는 군정청 중앙 본부에서 파견된 그 미국인 노신사가 그렇게 호락호락 물러날 인물이 아니었다. 어떻든 하루 속히 회담을 성사시키고 행동으로 보여주는 것밖에는 문제를 해결할 길이 없었다. 그는 씁쓸한 기분으로 주머니를 뒤지다가 운전병을 돌아보았다. 급히 그 방에서 나오느라고 담배를 놓고 온 것이다.

"이 중위는 어데 갔노?" 그가 신경질적으로 물었다.

"모르겠습니다." 운전병은 언제나 그랬듯이 무뚝뚝한 표정으로 대답했다. "김 사장님하고 나가시더군요."

"김 사장하고? 몟 시에?"

"열 시쯤 됐을 겁니다."

"신문사 차 타고?"

"네."

융통성이 없는 운전병은 묻는 말밖에 대답할 줄 몰랐다. 김 중령은 그래도 이 운전병이 믿음직스러워서 좋았다. 이곳 토박이인 이 운전병의 무뚝뚝한 말과 표정을 통해 그는 제주도민의 독특한 성격을 읽고 있었다.

부산 5연대 소속의 진해 주둔 1개 대대가 9연대에 배속되어 제주비행장에서 설영(設營) 준비를 하고 있었다. 군에서는 귀순·평화 공작을 꾀하는 한편, 만약을 위해 토벌을 위한 준비도 갖추고 있었다. 경찰토벌대가 아무런 준비 없이 공명심만 탐내 작전을 시작했다가 실패한 전철을 밟지 않기 위해서는 신중하고 치밀한 계획을 세워야 했다. 그는 운전병을 남겨둔 채 장병들이 일하는 곳으로 걸어갔다. 남청색 바다를 끼고 서쪽으로 달리는 일주 도로변에는 어느덧 봄이 무르녹아 있었다. 푸른 보리밭 사이로 노오란 유채꽃이 여기저기 피어 있어서 마치 거대한 자연의

심포니를 보는 듯했다. 막사는 어느 정도 뼈대를 갖추어서 장병들이 사용하는 데에는 별로 불편함이 없었다. 귀순공작이 끝나는 대로 김 중령도 숙소를 이곳으로 옮길 계획이었다.

이윤락 중위는 해질녘까지 돌아오지 않았다. 김 중령은 기다리다 못해 무근성 하숙집으로 돌아갔다. 어딜 갔길래, 전화 한 통화 없노. 밤이 깊어갈수록 조바심이 났다. 아무리 바쁘더라도 자신의 행방을 알리고 다녔었는데 이 날은 웬일인지 연락이 뚝 끊기었다. 갈만한 곳은 전화를 넣어 봤으나 찾을 길이 없었다. 어디서 봉변을 당한 건 아닌지 불안하기도 했지만, 한편 이 중위가 없는 시간은 공허하기 그지없었다. 그는 잠을 자지 않고 뜬눈으로 앉아서 기다렸다. 시계는 새벽 1시, 2시, 그리고 2시 30분을 가리키고 있었다. 이 중위는 3시가 다 되어서야 돌아왔다.

"와, 뭔 일이고?" 인기척이 나자 김 중령이 벌컥 문을 열고 내다보며 물었다.

"연대장님, 죄송합니다. 차가 고장 나는 바람에예." 이 중위는 몹시 고달픈 얼굴로 말했다.

"차가?"

"박 지사님과 김 사장님도 이제 막 들어갔습니다."

"아아니, 어쩌다가?"

"그래 됐습니다. 연대장님," 이 중위는 씩 웃으면서 말했다. "오늘 아주 좋은 경험 했습니다. 얼마 못 가서 차가 고장났는데예, 그 사람들이 마차를 대주어서 그걸 타고 왔습니다."

"그 사람들이라니?"

"게릴라들 말입니다. 아주 친절하고 좋이예. 오늘은 이야기도 많이 했습니다. 그 사람들 입장과 의문점도 충분히 알게 되었고."

"그렇나? 고생 마이 했다. 그래, 좀 믿을 만하더나?"

"물론이지요." 이 중위는 확신을 가지고 대답했다. "지금까지 마이 접촉해봤지마는 이번만은 썩 다릅니다. 뭣보담도, 부러 허세를 부리거나 엉뚱한 소릴 해갖고 이쪽을 당혹스럽게 하는 일도 없었습니다. 그래갖고, 우리는 아주 진지하게 의견을 교환할 수가 있었습니다. 우짠지 그런 느낌이 들어갖고, 돌아오는 길에 김 사장님께 물어보이꺼네, 구면이라고 합니다."

"뭐 하던 사람인데?"

"일본서 유학했고, 지금은 조천중학원에서 교편을 잡고 있답니다. 헤어질 때 김 사장님께 살짝 물어봤더니 지인철이라캅니다."

"지인철이라. 그라믄, 그 사람 조천 지씨 집안이겠구마. 그 학교 지금도 문을 열고 있나?"

"이번 학기부터 폐쇄됐습니다."

"그래?" 김 중령은 잠시 생각에 잠겨 있다가 다시 말했다. "신뢰감이 필요하데이. 서로 믿을 수 있어야지 이번 회담이 성사될 수 있는 기라."

"그렇습니다. 그쪽에서도 우리 의도를 최종적으로 타진해보는 것 같았습니다. 연대장님, 그래도 우리가 지금까지 열심히 씨를 뿌리온 보람이 있었습니다. 공산주의자 말고는 적으로 인정하지 안 한다카든가 나머지 사람들은 죄과의 대소를 불문에 붙인다카든가, 공산주의자까정 귀순하믄 용서한다카는 우리의 관대한 포고령을 보고, 가들도 마이 생각해본 것 같습니다. 특히, 경찰을 대할 때랑은 다른 시각으로 우리 군대를 보고 있는 기 역력히 드러났습니다."

"맞다! 우린, 이거만 갖고도 큰 성과를 거둔 기라."

"연대장님!" 이 중위가 그를 쳐다보며 말했다. "참말로 그 사람이 공산주의자겠습니까? 돌아오민서도, 내는 그 사람이 계속 머리에서 떠나지 않았습니다. 그 사람이사 명문가의 자제라카는데, 그 뿐입니까, 최고의 지성과 교양을 느낄 수가 있는 사람이었는데, 어짜다가 그런, 야만적 살인과 방화를 일삼는, 잔인무도한 테러리스트가 되었단 말입니까?"

"그럴 수도 있겠제."

"참말로 알 수 없는 일입니다."

"가들은 테러리즘 자체를 미화하고 있을 기다. 일종의 영웅적 행동으로 말이다. 이건, 가들의 행태를 보믄 잘 알 수 있제. 백주에 불을 지르고 사람을 죽이지만서도, 가들은 아무데서나 그런 만용을 부리지는 안 했데이. 그러니까, 저그들의 행동을 합리화하고 있는 게 틀림없는기다. 경찰과 서북청년, 우익 인사, 그라고 요새는 선거 보이콧이라카는 구호를 내걸고 선관위원들을 해치고 있다카는데, 이것도 저그 나름대로 명분을 찾고 있는기라."

"숭요한 거는, 폭도와 경찰 사이서 허덕이는 많은 양민들이, 우짜든 폭도의 쪽에 붙고 있다는 깁니다."

"맞데이. 이 중위, 폭도들은 사람을 죽이도 골라서 죽이고, 아무나 죽이진 안 했다꼬! 더구나, 일반 양민을 해친 일은 거의 없는기라! 그란데, 경찰에선 산으로 달아난 양민들을 모조리 빨갱이로 몰고 있으니까네, 이기 말이나 될 일이가? 오죽해야, 불쌍한 양민들이 우리 정찰대가 주둔하고 있는 데를 찾아와서 빌붙으라카겠나? 누가 뭐라캐도, 우리 군대만은 싱신을 바싹 차리고 오늘의 민족 현실을 똑바로 직시해야 될 기라. 이 중위, 내는 요즘, 이 군복을 벗어던지뿌고 싶은 충동을 매일 매일 경험하고 있다카이. 한데, 내가 이 군복을 벗어뿐다고 해결되는 건 아인기라. 그건, 결국, 비겁한 행동인기라. 내는 오늘 이 중위가 목숨을 걸고 적진에 뛰어들어간 것도 다 이런 충정에서 나온 기라 믿고 있데이."

"연대장님, 기다리보지요. 좋은 소식이 곧 안 있겠습니까? 아마 지금쯤은 그 사람들도 잠을 안 자고 모여 앉아갖고, 의견을 모으고 있을 테니께. 연대장님, 그란데," 이 중위는 갑자기 생각이 난 듯 고개를 들고 그를 빤히 쳐다보며 말했다. "이상한 사람을 하나 보았습니다."

"이상한 사람?"

"예. 우리가 일어설라카는데 그 사람이 불쑥 들어왔습니다. 권총을 차고 각반까지 하고 있었는데예, 첫 눈에 아, 이 사람이구나 하는 생각이 들었습니다."

"이 사람이라니?"

"지휘관인 기 분명합니다. 그란데, 그 사람 참 이상했습니다. 아무 말도 않고 가만히 앉아서 우리를 지키보고만 있는 깁니다. 낭중에 그쪽에서 인사를 시키자 '수, 수고한다'고 한 마디 했을 뿐입니다."

"이름도 안 밝히고?"

"예."

"어떻게 생겼더노?"

"키가 작고 땅땅한데다 과묵한 편이고, 말을 좀 더듬는 것 같았습니다."

"그래?"

"짚이는 데라도 있습니까?"

"있다, 그런 사람! 이덕구라고. 조용히 알아보그라."

"어떤 사람입니까?"

"관동군 중위로 여서 근무했었제. 그 사람 빨리 만나야겠다. 김 사장도 모른다카든?"

"예."

"그럴 리가 없는데."

"이덕구라고 했지요?"

"그래. 내일부터 알아보그라."

부임 초에 잠깐 만난 적이 있지만 그 후론 한번도 못 봤다. 내가 와 그 생각을 몬 했노. 그 사람을 찾아봐야제. 여게 출신인데다, 바루 여게서 근무했으니께 전략적 잇점도 마이 갖고 있을 텐디. 그란데, 어찌 된 일일꼬. 마땅히 군정청 리스트에 들어 있어야 할낀데. 그라믄, 그 사람 오래 안 보이더니 그래 깊숙이 숨어 있단 말가.

김 중령은 자리에 누운 뒤에도 이런저런 생각으로 쉬이 잠을 이룰 수 없었다. 이튿날 아침 신문사로 전화를 걸어 박인덕 기자를 찾았다. 같은 일본 유학생이고 3·1 발포사건 때도 고생들을 같이 한 걸로 보아 친분이 있을 게 분명했다. 더구나 김경준이하고는 같은 조천 출신이었나. 이 사람들 사이에는 모종의 깊은 연관이 있을 게 확실해 보였다.

마침 박 기자가 출근해 있었다.

"이덕구씨 잘 아시지요? 그 양반 빨리 만나게 해 주이소." 김 중령이 단도직입적으로 물었다.

"글쎄, 지금 그 양반 어디 있는지 찾아봐야 할 텐데요." 박 기자는 갑작스런 질문에 한 발 물러나서 적당히 둘러댔다.

"빨리 좀 만나 봤으면 싶은데."

"알겠습니다. 찾아보지요."

"부탁합니다."

김 중령은 전화를 끊고 군정청으로 갔다. 드루스 대위가 기다렸다는 듯이 군정장관실로 그를 안내했다.

"앉으세요, 김 중령! 저쪽에선 또 무슨 반응이 없었습니까?" 맨스필드 대령이 담배를 권하며 말했다.

"기다리고 있습니다. 곧 소식이 있을 것 같습니다만." 김 중령은 확신을 갖고 대답했다.

"그래요?"

"회담 내용에 대해서 다시 한 번 확인해 두는 기 좋을 듯한데."

"좋습니다. 그럼, 우리 세 사람이 토의하기로 하지요." 맨스필드는 이미 준비해 둔 페이퍼를 김 중령과 드루스 대위에게 각각 한 장씩 나눠주면서 말했다. "아까 드루스 대위로부터 보고를 받고 몇 가지 메모해본 것입니다. 이번 회담의 중요성에 관해서는 이제 내가 구태어 되풀이해서 말하지 않더라도 두 분이 잘 알고 있으리라고 믿습니다. 이번 회담은 반드시 성사되어야 합니다. 누구보다도 김 중령이 그 사람들의 정서와 요구 조건을 잘 알고 있을 테니까, 그런 점들을 고려해서 유익한 의견을 제시해 주기 바랍니다."

말은 그렇게 했지만, 그의 메모는 사실상 지시나 다름이 없었다. 김 중령이 읽어보니까 그 속엔 별로 문제될 것이 없었다. 이 지역의 군정장관으로서 그는 경찰의 패전과 무능력에 실망하고 있었고 또 장차 자기에게 떨어질 상부의 문책을 염려하던 중이었으므로 이번 회담의 가능성을 듣고 희망과 용기를 되찾고 있는 듯했다.

이제 남은 것은 구체적인 회담 장소와 시간의 결정이었다. 세부적인 이런 모든 문제들은 전적으로 김 중령에게 맡기기로 되었다.

"막상 회담에 임하게 되면, 당신도 갑자기 병이 나거나 서울로 출장을 가는 게 아닙니까?"

맨스필드는 농담조로 말했지만 그 속엔 뭔가 가시 돋친 비아냥이 섞여 있었다.

"네? 병이 나다니, 그거는 또 무슨?"

"아, 그런 일이 종종 있었지요. 오해하진 마십시오." 드루스 대위가 끼어들었다. "결정적인 기회가 몇 번 있었는데, 이쪽에서 철석같이 약속을 해놓고는 회담 당일에야 엉뚱한 핑계를 대고 기피해버린 것입니다. 당시 제주도지사 유해진씨는 겁을 집어먹고 급병을 구실로 불참했고, 경찰토벌사령관 김정호씨는 급한 출장을 이유로 군정장관의 허가도 받지 않고 이른 아침에 민간 선박을 징발하여 서울로 올라가 버렸습니다. 그 다음엔 제주감찰경찰청장 최천씨였는데, 이 사람도 역시 급병을 이유로 불참했습니다. 그 다음, 네 번째로 선정된 사람이 제주도 민족청년단장이었는데, 이 사람만이 용감해서 몇 명의 단원들과 함께 민청 깃발을 앞세우고 약속된 회담 장소로 올라갔지요. 그런데, 이번에는 저쪽 대표가 나타나지 않았다는 겁니다. 폭도가 약속을 지키지 않았는지, 이쪽에서 겁이 나 그곳 지정 장소에 가지도 않고 둘러대는 것인지 확인할 수 없으나, 아마도 십중팔구는 이쪽 청년단장이 중간에서 돌아와버린 것 같군요."

"그러면, 나도 그 날 가봐야 알겠는데."

"아닙니다. 나는 당신의 그 고집스러움을 믿고 있습니다. 당신의 고집스러운 성격이 나를 힘들게 한 적도 가끔 있었지만, 그것이 바로 당신의

연북정 79

매력이기도 하지요."

맨스필드가 의미 있는 미소를 지었다. 그 때, 전화벨이 울렸다. 드루스가 수화기를 들더니 김 중령에게 넘겼다. 이윤락 중위였다.

"어, 내다."

"연대장님, 연대 본부로 곧 돌아가야 하겠습니다. 내일, 그쪽에서 시간과 장소를 알리준다캅니다."

"알았다. 보안 유지에 만전을 기하도록 하고."

"명심하고 있습니다. 어느 쪽으로 오실랍니까?"

"갈매기 다방에서 보자."

"지금 2시 30분인데예, 4시쯤 가겠습니다."

"그래."

김 중령은 전화 내용을 간단히 요약해서 맨스필드 대령에게 보고한 다음, 그 방을 나섰다. 드루스 대위가 현관까지 나와서 악수를 청했다.

"성공을 빕니다."

"고맙소."

김 중령은 키가 크고 빼빼마른 그 외국인 친구가 이 날따라 더욱 가깝고 다정하게 느껴졌다. 언제 보아도 낯설기만 한 미국인 공동체에서 그래도 그 친구만은 자기의 고충을 이해하고 어루만져 주는 유일한 존재였다.

다방으로 들어서다 보니까 마침 박인덕 기자가 카운터에서 계산을 하고 있었다. 김 중령은 그를 데리고 안으로 들어갔다.

"찾아봤습니까?"

"사방으로 수소문을 하고 있습니다만."

"만나면 전해 주소. 우리가 사는 길은 하나뿐이라고."

"하나뿐이라니요?"

"그렇게만 전해 주소. 오늘은 시간이 없어서 긴 말씀 못 드립니다."

"무슨 좋은 소식 없습니까?"

"기다리봐야지요. 차차 있을 깁니다. 그란데, 박 기자님," 김 중령은 시치미를 떼고 다른 말로 돌렸다. "김형 연락 없습니까?"

"글쎄, 좀 이상합니다."

"와요?"

"쫓기고 있습니다. 지난 번 고문치사 사건에 연루된 게 아닌가 싶습니다만."

"하아, 기가 찰 일이군요." 김 중령은 담배를 꺼내 박 기자에게 권하면서 말했다. "그기야 세상이 다 아는 일 아이입니까? 저그들이 은폐시킬라 카다 들통이 나이까네, 인자는 엉뚱한 사람 잡을라는 거지요. 당분간 몸 조심하고 있으믄, 지가 돌아오는 대로 드루스 대위한테 단디 일러 놓겠습니다."

"일이 그렇게 단순하지 않은 것 같은데."

"괘않습니다, 쥐구멍에도 볕 들 날 있다카는데, 다 잘 풀리겠지요."

"연대 본부로 가십니까?"

"아, 네, 곧 돌아올 깁니다. 김형에게 전해 주이소. 꼭 좀 만나자칸다고."

"다녀오세요."

"그라믄, 또 뵙지요."

김 중령은 이윤락 중위가 도착하자 지체하지 않고 일어섰다.

87

 박 기자는 왜 김 중령이 이덕구를 만나자는 건지, 그 의도를 알 수가 없었다. 그는 김 중령이 떠난 뒤에도 혼자 그 자리에 앉아 있다가 북신 작로 양촌집으로 갔다. 양 문관이 먼저 와서 기다리고 있었다.
 "경준이도 곧 올 거야. 지금 남수각이래. 오늘 청에서 무슨 냄새 못 맡았어?"
 "무슨 냄새?"
 "기자 코는 개코라면서, 그것도 모르면 어떡해? 무슨 좋은 일이 있는 것 같은데 말야, 맨 대령 봤지? 요즘 계속 울상이더니, 오늘은 갑자기 신수가 환해졌어." 양 문관이 소리를 죽이고 귓속말로 했다. "아까, 드루스 대위가 불러서 갔더니 정보 자료를 검토하고 있었어. 보니까, 산군 지휘자 명단이었는데, 특히 덕구형을 주목하는 눈치였어."
 "그래? 김 중령도 덕구형을 찾고 있는데."
 "것 봐. 무슨 낌새를 챈 것 같어. 지금까진 명단에도 없었는데 말이야."
 "나도 그게 의문이야. 사실상 모든 군사전략은 덕구형이 맡고 있을 텐데."
 그 때, 김경준이 방문을 열고 들어섰다. 며칠동안 안 보이더니 몹시 초췌한 얼굴이었다.
 "김 중령이 찾고 있던데."
 "그 양반, 지금 하숙에 있나?"
 "아까, 귀대했어. 자네 걱정 하고 있더군."
 박 기자는 쉬지 않고 잔을 비웠다.

"이 사람, 숨 넘어 가겠네. 천천히 마셔." 양 문관이 아직도 의문이 풀리지 않은 듯 박 기자를 건너다보며 말했다. "또, 평화 회담 추진하는 거 아니야?"

"뭐, 평화 회담? 하하하." 박 기자는 우스워 죽겠다는 듯 술을 쭉 들이키고 나선 양 문관에게 잔을 건네며 말했다. "평화회담이라. 그거 참 이름 하나 좋군. 자넨, 그러니까, 그 평화라는 말을 어떻게 생각하나? 그건 말일세. 그, 그건… 점령군들이 갖고 노는 노리개는 될지 모르지만, 우, 우린 말이야 아무 소용도 없는 거야. 양 문관, 내 말 듣고 있어?"

"이 사람, 벌써 취했나?"

"그래, 나 취했다. 자넨 언제까지 거기 붙어 있을 거야? 양코배기들 쫑까 노릇이나 하면서?"

박 기자가 아까부터 폭주를 하더니 어느새 술기운이 도는 모양이었다. 양 문관은 이해가 갔다. 잉크 냄새가 싫다고, 입버릇처럼 늘 하소연하면서도 여직 그 허울 좋은 기자증을 달고 군정청에 기웃거리는 걸 보면 그저 안타까울 뿐이었다.

경준은 시계를 보며 일어났다.

"곧 올께. 여기 있을 거지?"

"아아니, 이 사람들이!"

"곧 온다니까."

경준은 부랴부랴 대성여관으로 달려갔다. 현관으로 들어서자 카운터를 보는 주인집 여자가 주위를 한번 둘러보더니 1층 맨 끝에 있는 조용한 방으로 그를 안내했다. 허윤석이 혼자 기다리고 있었다.

"어서 오게. 요즘 고생이 많다고 들었는데?"

"뭘요?"

"미안하네. 이런 때 나오게 해서."

"최세진이가 어떻게 눈치를 챘지요?"

"그 놈, 아주 요물이야. 전화를 조심하게. 전화국 교환수들이 다 체크하고 있을 거야. 경준이, 자네한테 꼭 좀 물어볼 게 있어서…."

"말씀하시지요."

"김기진이 말이야, 자네가 잘 안다고 들었는데?" 윤석이 갑자기 목소리를 낮추고 경준의 곁으로 허리를 조금 굽혀 보이면서 말했다.

"네, 잘 압니다만."

"이건 참 중대한 문젤세. 자네만 믿고 솔직히 묻겠네만, 그 사람, 혹시 공명심에 들떠서 일을 그르칠 사람은 아닌가?"

"그런 사람 아닙니다. 아주 분명하고 꼿꼿한 사람이지요. 만주에서 같이 지내봐서 누구보다 제가 잘 압니다."

경준은 관동군 시절에 경험했던 몇 가지 일화를 예로 들어 김 중령의 성격과 취향, 처세관 등을 소상하게 알려 주었다. 윤석이 한 마디도 놓치지 않으려는 듯 관심을 가지고 듣고 있었다.

"그러니까, 정의감이랄까 애국심도 강한 편이란 말이지?"

"물론이죠."

"좋아! 자네 말만 믿겠네. 이건 아주 중요한 문젠데."

"믿어도 됩니다."

경준은 어쩐지 의아한 느낌이 들었다. 평소와 달리 윤석이 긴장한 태도로 꼬치꼬치 캐묻는가 하면 같은 말을 몇 번이나 반복하면서 재확인하곤 했다.

"오늘 나 만난 얘기는 일체 비밀로 해 주게."

"알겠습니다. 아까 들으니까, 모슬포로 귀대한 모양이던데."

"그래? 몇 시쯤?"

"글쎄요. 박 기자 말이, 저녁땐가 봅니다. 박 기자 지금 양촌집에 있습니다만."

"아니야. 난 지금 바쁜 일이 있어서."

윤석은 잠시 생각해 보았다. 결단의 순간이 다가오고 있었다. 8시 25분 전. 늦어도 8시까지는 아지트로 돌아가야만 레포와 만날 수 있다. 그래야만 오늘밤 안으로 지인철이 받아보고, 또 그것을 상부에 보고할 수가 있겠지. 그는 일종의 의무감을 느끼기도 했다. 자기 한 사람의 판단과 행동이 만인의 생사를 좌우할 수도 있을 것이기 때문이었다.

"한번만 더 묻겠는데, 그러니까 그 사람, 믿을 수 있단 말이지?"

"네. 믿으십시오. 믿어야 한다니까요. 만주에서 같이 지내봐서, 누구보다도 제가 잘 압니다."

"그 사람은, 이번 사태를 치안 문제로 보고, 군의 엄정 중립을 주장한다고 들었는데."

"그렇습니다. 김 중령은 끝까지 자기 주장을 굽히지 않을 겁니다."

"알았네. 자넬 믿겠네."

"아, 형님!" 경준은 자리에서 급히 일어나려는 윤석을 붙들었다. "그 사람, 충직한 군인입니다. 혹시 무슨 위해라도…?"

"아니야. 그런 것이 아니야. 자넨 좀 있다 나오게."

윤석이 황급히 일어났다. 경준은 그가 시키는 대로 조금 앉아 있다가 방을 나섰다. 윤석이 이미 어둠 속으로 떠난 뒤였다. 그가 떠난 어둠 속에는 이덕구가 있고, 지인철이 있었다. 그리고, 수많은 옛 동지들이 있었다. 지금 양촌집에 있는 그 두 사람도 바로 이 어둠 때문에 신음하고 있었다. 그런데, 왜 나는 혼자 이렇게 떨어져 있는 것인가? 돈, 명예, 지위…? 아니면, 신변의 위험 때문에…? 경준은 자신이 오늘처럼 부끄럽고 원망스러운 적이 없었다. 양촌집으로 가는 동안 몇 번이나 걸음을 멈추고 서서 자신에게 물어보아야 했다. 이럴 바에는 차라리 이지훈과 그때 떠날 것을, 그는 지금 서울에 가 있는 것도 아니고 제주도에 있는 것도 아니었다. 자신의 그런 엉거주춤한 자세가 제일 미웠다.

88

김 중령이 연대 본부에 도착했을 땐 이미 해가 지고 땅거미가 짙게 깔리고 있었다. 여러 날 자리를 비워 두었기 때문에 그는 먼저 심흥선 대위를 불러 부대 내의 상황을 점검한 다음, 혼자 집무실 창가에 서 있었다. 알 수 없는 고독과 적막감이 서서히 내부에 쌓여 오면서 육체적 피로까지 자극하고 있었다. 이 날만큼은 가족과 함께 보내야겠다고 생각하고 집무실을 나섰다. 늙은 어머니와 아내, 그리고 어린것의 얼굴이 어둠 속에서도 또렷이 보이는 것 같았다. 그는 어두컴컴한 연병장을 가로질러 가족이 있는 막사를 향해 곧장 걸어갔다. 아무도 없는 텅 빈 연병장이 더욱 어둡고 넓게 느껴졌다. 한참 걷고 있는 동안 생각은 다시 생각을 낳고 그의 머리 속을 점점 복잡하게 흔들어 놓았다. 무엇보다 게릴라들의 정체가 궁금했다. 지휘자는 누구인지, 과연 이번 회담에 그들 전체를 대표할 수 있는 그런 실력자가 나올 것인지, 그것이 의문이었다.

정문 초소의 카바이트 불빛이 유난히 쓸쓸해 보였다. 그는 그 불빛을 건너다보며 계속 어둠 속으로 걸어갔다. 어둠은 모든 것을 덮어 버리지만 때로는 어떤 한두 가지를 따로 떼어내 핵심적으로 보게 해 주었다. 게릴라들이 무엇을 꿈꾸고 있는지, 왜 이런 일을 하게 되었는지, 그는 아무리 생각해봐도 이해가 가지 않았다. 세상이 너무 어둡고 절망적이니까, 구원의 빛이 보이지 않으니까, 정상적인 방법과 절차로는 해결할 수 없다고 보고 사람들은 마침내 혁명이라는 비상수단을 선택하게 되는 것일까. 이런 경우, 성공이니 실패니 하는 것은 아무 의미도 없을 것이다. 만일 승리가 보장되어 있거나 그런 어떤 확신이 있어서 혁명을 일으킨다면 그것은 이미 혁명이 아니다. 그것은 한낱 시정잡배들이 노리는 노름판이나 투기만도 못한 것이리라. 그렇지만 지금 제주도에서는 너무나 엉뚱한 일이 벌어지고 있었다. 바다로 둘러싸인 절해고도에서 뭐 이렇다 할만한 특별한 무기도 없이 무력 폭동을 일으킨다는 것은 누가 보아도 믿기지 않는 일이었다. 게릴라들이 어쩌다 이런 모험을 하게 되었는지, 왜 이래야만 했는지, 이것이 이 섬에서는 어떤 의미를 지니고 있는 것인지, 그는 어둠 속을 걸으며 줄곧 이 물음에 매달려야 했다.

문을 두드리자, 기다렸다는 듯 아내의 음성이 들려왔다.

"내다."

"예? 언제 왔어예?"

아내는 서둘러 문을 열었다.

"어무이는?"

"주무시는데예."

그가 군화 끈을 풀고 있는데 어머니가 어느새 달려나와 그의 곁에 섰다.

"잠은 무신 잠, 그냥 눠 있는 기지."

"안 춥습니꺼?"

"아이다."

아내는 어린것이 깰까 봐 조심스레 걸어가더니 가스등을 켰다.

"저녁은예?"

"했다. 오다가."

"그라도 시장할낀데."

"괘안타." 그는 아내에게서 눈을 떼고 노모를 바라보았다. "어무이, 여 게 답답하시지예? 쪼매만 기다리주이소."

"내사 무신 걱정이가? 집에서 따순 밥 묵고 펜키 지내는데. 애비 니가 고생이제."

"인자 곧 평화가 올 거라예. 걱정 놓으시소."

그는 이렇게 말하면서도 어머니의 얼굴을 다시 한번 살펴보았다. 내일 회담이 잘못될 경우, 지금이 어머니를 볼 수 있는 마지막 시간이 아닌가 하는 생각이 들었다.

"어무이, 여게 바람이 참말 맵지예?"

"아이다. 아까 저녁답은 우리 석이랑 셋이서 한 바쿠 돌았데이. 유채 꽃이 참 곱데이. 니는, 그래 제주읍에 있었나?"

"예, 어무이."

"와 그라나, 가들이." 어머니는 걱정스러운 눈으로 아들의 얼굴을 살 피고 있었다. "큰 일이데이. 그 폭도놈들이 없는 일을 만들어갖고."

"다 잘 풀릴 깁니더. 주무이소, 어무이."

그는 스토브가 있는 곳으로 가서 나무떼기를 몇 개 더 집어넣었다. 집이란 누구나 자기 방에 금방 불을 지필 수 있는 곳이다. 그리고, 그 곳이 그립고 찾아가야만 할 때 언제나 맞아들여 주는 곳이기도 하다. 그러나 이러한 행복감은 그와 반대로 불안을 재촉하는 것이 되었다. 이 시간만이라도 모든 생각을 끊어버리고, 그저 한 집안의 가장이며 한 어머니의 아들로 남아 있고 싶었다.

어린것이 잠에서 깨어 칭얼대자, 아내는 가슴에 안고 실내를 왔다 갔다 하면서 재우고 있었다. 그는 소리를 죽이고 조심스레 걸어가 이불을 덮고 누웠다. 잠시 후, 아내가 와서 아기를 눕혔다. 그리고, 자신도 그의 곁에 나란히 누웠다. 이제 그는 제 자리로 돌아온 느낌이었다. 집이 가정이 되려면 식구들과 생활을 같이 해야겠는데 너무 오래 떨어져 있었던 것이다.

겨우 눈을 붙였는데 새벽에 일찍 깨고 말았다. 참으로 소중한 시간이, 그리고 그에게 있어서는 마지막이 될지도 모르는 이 엄청난 은총이 때로는 두렵고도 부담스러운 짐이 될 수 있다는 걸 깨닫게 되었다. 그는 어두운 창을 응시하면서 아내와 아이의 고른 숨소리를 듣고 있었다. 이윽고 아내가 이불 속에서 슬그머니 빠져나가 옷을 주워 입기 시작했다. 아내가 주방으로 간 것을 확인한 뒤에야 그는 자리에서 일어났다. 가스등 밑에 놓인 조그만 탁자로 가서 몇 마디 유서를 쓰고는 편지 봉투 속에 담은 다음, 서랍 안으로 밀어 넣었다. 그의 하루는 이렇게 첫 단추를 맨 셈이었다. 그러고 보니, 오늘이 그의 짧은 생애에 있어 결정적인 계기가 될 수도 있는 그런 날이기도 했다.

그는 야릇한 충동에 이끌리듯 문을 열고 밖으로 나갔다. 막사들이 가지런히 도열해 있는 집 주위를 둘러보았다. 이른 아침의 대기 속에는 신선한 미각이 있고, 무엇인가 새로운 꿈과 가능성을 일깨워 주는 어떤 힘이 있었다. 그는 계속 걸어가면서 두 팔을 뻗기도 하고, 이슬에 젖은 맑은 공기를 깊숙이 들여 마셔 보았다. 가능하면 모든 것을 긍정적으로 수용하고 싶었다. 지금까지 그가 관찰해 온 바로는 폭도들이라고 해서 보통 사람과 조금도 다를 것이 없었다. 어쩌면 직접 만나 대화를 하다 보면 뜻밖에도 문제가 잘 풀릴 수 있을지도 모르는 일이었다. 생각이 여기에 미치자 그는 마음이 가벼워졌다.

돌아가서 식구들과 함께 식사를 하고, 여느 때와 같이 경쾌한 마음으로 출근했다.

89

연대 본부에 도착한 그는 서둘러 참모 회의를 소집했다. 그리고, 밖으로 비밀이 새지 않도록 철저히 보안을 지킬 것을 당부한 다음 이 날 있을 회담과 그 중요성에 대해 대충 요약해서 말해 주었다.

"무엇보다, 회담 장소를 상대방에게 위임한 것은 잘못 되었다고 봅니다."

"그렇습니다. 연대장님이 단신으로 적진에 뛰어드는 건 자칫하다 저쪽의 기만전술에 말려들 위험이 있는데요."

"쌍방이 무력을 배경으로 하는 중간 지점서 1대 1로 만나는 기 어떻습니까?"

참모들은 한결같이 의문을 제기했다. 그렇지만 입장을 바꾸어서 보면 사정은 쌍방이 똑같을 것이었다. 저쪽에서는 이쪽이 파놓았을지도 모를 함정을 우려하여 자기들 진영에서의 회담을 고집하고 있었다.

"내도 많이 생각해 보았는데, 지금 상황으론 그거저거 따질 때가 아닌 것 같다."

김 중령은 이미 각오한 바가 있었기 때문에 이 부분에 대해서만은 자기에게 맡겨 줄 것을 당부했다.

회의가 끝나자, 그는 혼자 방에 남아서 연락을 기다리기로 했다. 참모들이 염려했듯이, 회담에 성공하고 살아 돌아온다는 것은 그렇게 쉬운 일이 아닐 것이었다. 이제 그는 50프로의 가능성을 향해서 돌진하는 셈이 되었다. 서랍 속에 몰래 넣고 나온 유서의 한 토막이 떠오르기도 하고, 이런 사정을 전혀 눈치 채지 못한 아내가 평소와 마찬가지로 두 살짜리 첫 아이를 등에 업고 막사 밖에까지 따라나와 배웅을 하던 것이 눈에 선히 보이기도 했다.

이윤락 중위가 드디어 폭도들의 연락을 가지고 왔다. 회담 시간은 오후 1시이며, 구체적인 장소는 구억리 중산간 도로에서 폭도들이 안내하겠다는 것이었다. 무기는 일체 휴대하지 않도록 되어 있었다.

"됐다. 이 중위, 내하고 같이 가자."

"네."

"그라믄, 출발 준비하라."

김 중령은 전 장교와 사병들을 연병장에 집합시키고, 단상으로 올라갔다.

"장병 여러분! 만약에 폭도들이 공산주의를 앞세워가꼬 우리의 애국애족 정신을 외면하고 연대장인 내를 살해한다카믄 가들은 분명 민족반역자들일 것이다. 남아 있는 여러분은 철저히 공산 폭도들을 타도하고 전멸시키서 내의 원한을 갚고 내 영혼을 위로해 다오."

연대장의 훈시가 끝나자, 장병들은 일제히 큰 소리로 맹세했다.

김 중령은 만일의 경우에 대비하여 자기를 대행할 지휘관을 정한 다음, 오후 5시까지 귀대하지 않으면 연대장인 자기가 살해된 것으로 판단하여 전투작전을 개시하도록 지시했다.

12시 40분, 김 중령은 장병들이 도열한 사이로 걸어나가 정문 앞에서 정보주임 이윤락 중위와 함께 지프에 올랐다. 일행은 운전병까지 모두 3명이었다.

산 너머로 흰 구름이 몇 송이 떠 갈 뿐, 하늘은 맑고 푸르렀다. 들판엔 철쭉꽃이 군데군데 피어 있어 마치 녹색의 대자연을 붉게 수놓고 있는 듯했다. 이렇게 아름다운 세상에서 사람들이 음모를 꾸미고 총을 겨누며 피를 흘려야 한다고는 도저히 생각하기 어려웠다. 차는 대정면 사무소를 지나자 산길을 따라 곧장 한라산으로 향했다. 부대에서 작전 거리 15키로 지점에 이르렀을 때였다. 앞에 가던 목동이 돌연히 소를 길 한가운데로 몰아 차를 가로막았다.

"연대장님이십니까?"

그 목동은 허리를 굽혀 정중하게 인사했다.

"그렇소."

김 중령이 짧게 대답하고, 고개를 끄덕였다. 그 목동은 황색기를 흔들며 신호를 보낸 다음, 소학교로 가라고 했다.

정문에는 2명의 보초가 서 있었고, 그밖에도 5, 6명이 그 주위에 대기하고 있었다. 차가 정문으로 다가가자 보초는 구 일본식 거총으로 예를

표했다. 차는 계속해서 학교 안으로 들어갔다. 교정에 모여 있던 5, 6백 명의 남녀가 낯선 손님을 향하여 일제히 시선을 던졌다. 김 중령이 차에서 일어나 손을 흔들며 반갑다는 인사의 뜻을 전했다. 그러나 그들의 표정은 딱딱하게 굳어 있었다. 어떤 중년 부인 하나가 당황한 듯 손을 흔들어 답례를 하다가 곧 내려놓았다.

김 중령은 이윤락 중위와 함께 어느 실내로 안내되었다. 그 방은 예닐곱 평쯤 되어 보였는데, 햇볕이 잘 드는 일본식 다다미방이었다. 아마도 교장의 내실인 듯싶었다. 방 한가운데엔 예쁘장한 탁자 한 개가 놓여 있었다. 10여 명이 탁자를 중심으로 그 안쪽에 서 있다가 김 중령을 맞았다. 그 중에는 키가 훤칠하고 미목이 수려한 한 청년이 끼어 있었다.

"김달삼이라고 합니다. 이렇게 찾아 주셔서 감사합니다." 그 미남 청년이 자리를 권하면서 유창한 서울 말씨로 말했다.

"제9연대 연대장 김기진입니다." 이쪽에서도 정중하게 답례했다.

김달삼이 담배와 차를 권했다. 김 중령은 그 미남 청년의 됨됨이부터 먼저 살펴보았다. 눈썹은 검고 뚜렷했으며, 눈·코·귀 한 군데도 빠짐없는 20대 초반의 사나이였다. 혈색이 유난히 희고 맑았다. 누구에게나 호감을 줄만한 청년이었다. 또, 대단히 겸손했고 침착하게 보였다. 반면, 그의 주위에 둘러앉은 사람들은 거의 나이가 사오십을 넘긴 자들이었는데, 햇볕에 탄 검은 피부와 굵은 주름살로 보아 이 지역 출신의 농부들인 것 같았다. 그들은 줄곧 눈을 내리깔고 곁눈으로만 흘끔흘끔 훔쳐보았다. 서울 출신으로 보이는 그 미남 청년과는 아주 대조적인 모습들을 하고 있었다. 이덕구는 이 자리에 없었다.

김 중령은 무엇보다 김달삼의 정체에 대해 의문이 갔다. 연소한 미남 청년이 사오십대의 중년 괴한들을 지배하는 실권자라고 보기는 어렵기 때문이었다.

"당신이 진짜 실권자요?" 김 중령이 단도직입적으로 김달삼을 보며 물었다.

"왜 그런 말을 하시오?"

"하도 미남이고 영화배우 같아서 그렇소. 내가 상상했던 그런 무자비한 살인 방화범이라꼬는 생각할 수가 없네요."

김달삼은 껄껄 웃기만 했고, 나머지 사람들도 폭소를 터뜨렸다.

"당신의 질문 요지는 알겠소. 그런데, 사람은 정신이 중요한 것이지 나이와 같은 건 문제가 되지 않소." 김달삼이 마침내 입을 열었다.

회담으로 들어가기 전에 한참동안 신경전이 벌어지고 있었다. 그 때, 험상궂은 한 사나이가 김 중령의 허리에 찬 권총을 가리키며 성난 목소리로 외쳤다.

"약속 위반이오. 비무장으로 오게 돼 있는데 왜 권총을 차고 있소? 회의 중에는 우리가 보관할 테니, 그 권총을 내놓으시오."

좌중은 갑자기 긴장되었다.

"당신들은 와 그리 겁이 많소? 당신들 수백 명이 이 권총 한 자루를 몬 당한단 말이요? 염려하지 마소. 이 권총은 군인들이 비겁한 자에게 배신을 당했을 때 자기의 자존심을 보호할라카는 자살용에 지나지 않는 기요." 김 중령이 짐짓 웃으며 말했다.

"허, 이거, 무례를 범했소. 자, 본론으로 들어갑시다." 김달삼이 이렇게 말하면서 그 자를 제지했다.

"여긴 참 경치가 좋소. 잠시 구경을 하고 나서 회의를 해도 시간이 충분할 거 같소." 김 중령은 이런 분위기 속에서 회의를 할 기분이 안 난다는 것을 이렇게 암시적으로 말했다.

"좋소. 자, 담배나 피우시지요."

김달삼은 과묵한 편이어서 가만히 앉아 상대방을 주시하고 있다가 툭툭 말을 던지는 버릇이 있었다. 김 중령이 담배에 불을 붙이고 일어섰다. 그 방은 창문이 반쯤 열려 있었다. 창밖에는 수십 명의 폭도가 무장을 하고 2, 3미터 간격으로 순찰을 하고 있었으며, 학교 교정에는 남녀노소 할 것 없이 수많은 군중이 모여 웅성거리고 있었다. 자세히 보니, 교정에 모인 사람들은 대체로 농촌의 청년 남녀이며 여자가 과반수는 될 것 같았다. 무기는 구 일본군 99식 소총이 많았고, 그중 일부는 미제 카빈을 갖고 있었다. 무기를 갖춘 자는 대략 30명 정도였고, 나머지 사람들은 맨손이었다. 순찰자들은 가끔씩 방안을 들여다보곤 했는데, 그것은 어딘가 위협적인 느낌을 자아냈다. 김 중령은 오히려 미소를 띠고 그들에게 손을 흔들어 보였다. 거기엔 수고한다는 뜻이 담겨 있었다.

이렇게 해서 30분가량 차를 마시고 담배를 피우면서 잡담을 하다 보니까 창밖의 순찰자들은 간 곳 없이 사라져 버렸다. 아마도 김달삼이 중지시킨 모양이었다.

"대단하네요. 의식주도 문제겠지만, 서로 통신은 우째 취하고 있소? 연락이 디기 정확하고 신속하던데."

김 중령이 넌지시 상대방의 의중을 떠보았다. 그러자, 김달삼은 '만사가 오케이'라고 허세를 부릴 뿐 일체 고충은 말하지 않았다. 김 중령도 덩달아 허세를 부렸다. 만일 오늘 회담이 결렬되면 둘은 전투장에서 만나게 될 거라고 잘라 말한 다음, 꿈에도 생각지 못한 엉뚱한 거짓말을 늘어놓기 시작했다.

"당신네들이 경찰과 교전하는 걸 지키본 적이 있는데, 석다(石多)의 제주도에서는 돌담을 방책으로 하는 사격전이 피해가 많고 효력이 없다카는 거를 알게 됐소. 이런 데선 역시 박격포가 제일인 것 같소. 그래서 상부에 신청했드만, 박격포 부대를 파견해 준다카던데."

이것은 공연한 엄포에 불과했다. 9연대는 물론이고 전 경비대를 통틀어 박격포는 단 1문도 없었다. 그렇지만 김달삼은 꽤 충격을 받은 듯했다. 김 중령은 이 기회를 놓치지 않고 계속 파고들었다. 그동안 정찰병들의 보고 내용을 종합해 본 결과, 폭도들의 무기는 99식 소총 수십 정에 불과하고 탄환도 충분히 갖추지 못한 상태인데 이러다간 무고한 양민들만 희생시키게 되지 않을까 염려된다고도 했다.

김달삼도 여기서 밀리지 않겠다는 듯 항변했다. 일본군이 두고 간 무기가 산중에 많이 쌓여 있는데, 그보다도 더 중요한 것은 투쟁의 열과 정신력이라 했다. 그러고, 자신들의 배후에는 이 투쟁을 적극적으로 지지하는 민중의 힘이 뒷받침하고 있다고도 했다. 겉으론 괜히 싱거운 잡담이나 늘어놓고 있는 듯했으나 실은 상대방의 진의를 알아보는, 그야말로 불꽃 튀는 긴장의 순간이 지속되고 있었다.

"당신은 미 군정하의 군인인데, 오늘 이 회담 결과에 대해서 충실히 이행할 권한이 있소?"

"잘 지적했소. 내는 단순히 연대장의 자격으로 온 기 아이라, 어디까지나 미 군정장관 딘 장군의 지시에 따라서 왔고, 또 내가 가진 권한은 미 군정장관 딘 장군의 권한을 대표하는 기요. 그러니까, 오늘 내가 이 회담에서 결정하는 것은 바로 미 군정장관의 결정이라고 보아야 할 기요."

"그러면, 회담이 되겠소. 나 역시 제주도 도민 의거자들로부터 전권을 위임받았소."

긴 탐색 끝에 드디어 본격적인 회담이 시작되었다. 김달삼이 미리 준비한 메모 쪽지를 손에 들고 보면서 공산주의자들이 흔히 사용하는 연설조의 어조로 20분 가까이 열변을 토했다. 김 중령은 인내력을 가지고 끝까지 들었다. 그런데, 놀랍게도 그의 말에는 공산주의 사상에 대한 언급이나 표현이 거의 들어 있지 않았다. 민족반역자와 일제 경찰, 서북청년단을 제주도에서 몰아내고 그 대신 제주 출신의 선량한 관리와 경찰관으로 교체시켜 사회 기강을 바로잡아 준다면 무조건 순종하겠다는 것이다. 그렇다면, 폭도들의 요구 조건은 생각했던 것보다 너무 단순해서 그리 어려울 게 없을 듯했다. 말할 것도 없이, 경찰이나 서북청년들 가운데서 살인·고문·강간·약탈을 일삼아 온 자들을 자기네들한테 인도하거나 처형하라고 나설 줄 알았는데, 그런 얘기도 없었다. 김 중령은 그들의 요구 조건이 상당히 정당성을 내포하고 있으며 폭동 진압의 대가치고는 과히 비싸지 않은 것이라 생각했다. 그렇지만 그들의 진정한 의도를 알기 위해서는 더 신중을 기할 필요가 있었다.

"해방이 되고 3년 동안 내는 미 군정하에서 군인 노릇을 하믄서 미국의 자유 민주주의를 배았는데도 민주주의가 뭔지 도통 모르겠소. 당신도 마찬가지일 기요. 3년 동안에 공산주의 사상을 연구했다고 해보이 얼매나 알겠소? 똑똑히 알도 못하문서 공산주의니 민주주의니 해가미 아까운 청춘과 생명을 베리는 거는 죄악인기요. 우리가 현재 확실히 알고 믿을 수 있는 단 한 가지 사실은 민족을 위한 자주 독립일 뿐이요. 퍼뜩 무기를 버리고 내하고 같이 조국 독립을 위해 노력해 보입시다." 그는 김달삼에게 다시 물어보았다.

"당신 지금 무슨 소리를 하고 있는 거요?" 김달삼이 갑자기 얼굴을 붉히며 큰 소리로 말했다. "다시 한 번 말해 보시오. 우리를 공산주의자라고? 내가 당신을 잘못 본 모양이오. 당신은 정의감이 강하고 선과 악을 식별할 줄 아는 자인 줄 알았는데, 실망했소. 민족 반역자나 일제 악질 경찰이 자기네들의 죄상을 은폐하기 위해 아무나 공산주의자라고 덮어씌우듯이 당신도 우리를 공산주의로 몰아붙이려는 게 아니오? 당신이 정말 그렇게 생각한다면 우리는 이 회담을 더 이상 진행할 필요가 없소. 우리는 최후의 1인까지 싸울 것이고, 이제는 더 믿을 곳이 없으니 이북에 연락하여 소련군의 지원을 요청할 수밖에 없소."

"연락할 방법은 있소?" 김 중령이 즉각 반문했다.

"있고말고." 김달삼은 허세를 부렸다.

"공산주의자가 아이라카마 당신은 왜 이래 어마어마한 유혈 폭동을 일으켰소?" 김 중령은 그를 진정시키기 위해 이렇게 말했다.

"당신도 잘 알고 있을 텐데, 왜 진실을 감추려는 거요?" 김달삼이 노기 띤 얼굴로 김 중령을 쏘아보며 말했다. "무고한 인민들이 경찰에 구금되어 고문치사를 당하는 이 현실을 당신은 어떻게 보시오? 지금이라도 우리의 요구 조건이 관철되고 자유스럽게 살 수만 있다면 우리는 당장 무기를 버리고 집에 돌아가겠소."

김달삼은 어디까지나 폭동이 아니고 의거이며 정당방위라고 했다. 이러한 그의 주장은 전혀 근거가 없는 것이 아니었다. 김 중령은 이 대목에 이르러서 다시 한번 생각해보지 않을 수 없었다. 최근에 연이어 발생한 고문치사 사건과 같은 것은 누구에게 책임이 있든 간에 그런 걸 따질 필요도 없이 혼란한 사회현실을 그대로 반영하는 것이며, 그것이 곧 반란의 직접적인 요인이 되었다고 볼 수도 있기 때문이었다. 그는 그래서 상대방의 뜻을 존중하면서 그 잘못을 동시에 묻는 양면작전을 쓰기로 했다. 즉, 폭력은 어떤 이유로든 정당화될 수 없으며 문제 해결에 아무 도움이 되지 않는다는 것을 강조하고 싶었다.

"좋소. 당신네들의 뜻을 최대한 존중하기로 하겠소. 딘 장군에게 사실 그대로 보고해서 다시는 그런 불행이 재연되지 않도록 하겠소. 그 대신, 조건이 있소." 김 중령은 하나씩 그 조건을 제시했다. "오늘부터 지서 습격 등 일체의 전투 행위를 중단하고, 빠른 시일 안에 무장을 해제해야 됩니다. 그리고, 범법자의 명단을 작성하여 우리에게 넘겨주되 즉각 자수하는 깁니다. 그렇게만 한다카믄 우리도 당신네들을 위해 모든 노력을 아끼지 않겠습니다."

"명단을 작성, 제출하라구요? 당치도 않은 말을! 당신이 겨우 그런 말이나 하러 왔소? 의거에 참가한 사람은 누굴 막론하고 신변의 안전과 자유를 보장해야 되오." 김달삼이 완강히 반대했다.

논의가 구체화되면 될수록 이 회담은 많은 난관에 부딪쳤다. 특히, 범법자 처리 항목에 이르러서 가장 큰 어려움을 안고 있었다.

"자진 귀순하면 관대한 처분을 내릴 깁니다. 사형이나 종신형과 같은 중형에 처하지 않도록 하겠습니다. 연대장인 내는 물론 군정장관 딘 장군의 이름으로 약속하는 바이니 믿어 주시오."

김 중령이 아무리 설득하려고 해도 김달삼은 들은 척도 하지 않았다. 이렇게 옥신각신하다 보니 어느새 시간은 오후 4시 반 가까이 됐다. 그렇다고 모처럼 얻은 기회를 여기서 포기할 수도 없는 일이었다. 김 중령은 이런 때일수록 가슴을 열고 솔직하게 대응하는 것이 최선의 방책이라고 생각했다.

"내는 지금 돌아가야 합니다. 5시까지 귀대하지 않으면 내 부하들은 회담이 결렬되고 내가 당신들한테 살해된 기라 단정해갖고 보복 전투를 개시할 겁니다. 이래 되면 불필요한 오해와 유혈만 가져올 뿐인 기요. 오늘은 이걸로 일단 휴회를 하고 내일 또다시 시간을 정해서 이 자리에서 만나입시다." 김 중령은 시계를 들여다보며 초조한 심정으로 이렇게 말했다.

"인제 보니, 당신은, 평화 회담을 빙자하여 우릴 정탐하러 온 모양이구려. 오늘 안으로 결말을 짓지 못하면 이 회담은 사실상 결렬된 것이나 마찬가지요." 김달삼은 딱 잘라 말했다. 이렇게 되자, 그를 정점으로 하여 양쪽 옆자리와 그 뒤에 빼곡이 둘러앉은 자들까지도 덩달아서 소란스럽게 쑤군대기 시작했다.

김 중령은 진실을 말했을 뿐인데 그의 간곡한 호소가 오히려 왜곡되고 부작용을 일으킬 뿐이었다. 이제야말로 비장의 카드를 사용할 수밖에 없었다.

"좋소. 마지막으로, 한 가지만 더 제안하겠소." 그는 이것이 받아들여지지 않으면 회담이 결렬되더라도 할 수 없는 노릇이라고 생각하고 심각한 태도로 말했다. "범법자의 명단을 작성해갖고 그 책임자를 분명히 밝히되, 명단에 기재된 사람들의 자수와 도피는 자유 의지에 맡기기로 하겠소. 그리고, 당신이나 모든 지휘자들은 중벌을 면키 어려울 테이까네, 당신네들이 책임을 지고 무장 해제와 귀순을 약속한다카믄 합의서에 명문화하진 안 해도 내 개인적으로 당신네들의 도외 탈출을 돕겠소. 필요하다면, 모슬포항에는 나포된 일본 어선이 10여척 있으니까, 그중 한 척을 제공할 수도 있소."

"그렇다면, 회담을 계속해도 좋을 것 같소."

"고맙소."

회담장은 다시 분위기가 호전되었고, 김달삼은 김 중령의 제안을 쾌히 수락했다. 김 중령이 악수를 청했다. 김달삼은 그의 손을 잡고 좌중을 둘러보며 기염을 토했다.

"앞으로는 모든 책임을 당신이 져야 하오. 약속이 제대로 이행되고 평화를 다시 회복하게 되면 나는 당당히 법정에 서서 투쟁할 것이오. 이번 우리의 의거는 어디까지나 정당방위였음을 밝히고, 경찰의 압정과 만행을 만천하에 공표하겠소."

김달삼의 쾌남아다운 면모가 폭도들의 호응을 불러일으키기에 족했다. 비록 나이는 젊지만 그만한 학식과 배포라면 능히 이 많은 사람들을 지휘할 수 있으리라는 생각이 들었다.

"옳소. 내도 공감하는 바가 있어서 당신네들을 끝까지 돕고 싶소. 이것만은 내 진심이니 받아주시기 바라오." 시간에 쫓긴 김 중령은 빨리 이 회담을 마무리 짓는 뜻에서 간곡히 당부했다.

이렇게 해서 일단 어려운 고비를 넘기고 구체적으로 하나하나 실마리를 풀어나가게 되었다. 게릴라와 경찰을 가릴 것 없이 쌍방이 즉각 전투 중지 명령을 내리기로 하는 한편, 제일 먼저 처리해야 될 것은 귀순자 수용 문제였다. 합의된 절차에 따라서, 다음 날 12시를 기해 모슬포 연대 본부와 제주읍 비행장에다 각각 1개소씩 수용소를 설치하되 군이 직접 관리하고 경찰의 출입은 금하기로 했다. 그러고, 서귀포와 성산포에도 가급적 빨리 수용소를 설치하기로 했다. 이밖에도 상호간의 연락 및 협조 사항 등을 논의함으로써 평화 회담은 마침내 성사되었다. 이제는 성실한 약속 이행만 남았다. 이렇게 되면 평화가 오고 제주도 폭동 사건은 완전 진압되는 것이었다. 무려 4시간에 걸친 신경전과 긴장에서 해방되자 김 중령은 일종의 허탈감마저 느꼈다.

"귀대 시간이 지났으니까, 속히 가봐야겠습니다." 김 중령이 김달삼과 그의 부하들을 둘러보며 말했다.

"수고했습니다. 자, 그럼, 일어나시죠." 김달삼은 끝까지 정중한 태도로 작별의 인사를 했다.

그 때, 김달삼의 곁에 앉은 한 사나이가 불쑥 나섰다.

"믿어도 됩니까?"

"뭘 말입니까?" 김 중령이 반문했다.

"합의서의 약속이 정말 그대로 이행되는 건지, 그게 아무래도 궁금합니다." 그 청년이 거듭 의문을 제기했다.

"알겠소. 그래 불안하시다믄 내 가족을 인질로 잡아나도 좋소. 내일 아침, 우리 어무이와 아내, 인제 돌이 지난 내 아들놈을 일로 올리보내겠소." 김 중령이 진지한 표정으로 말했다.

"감사합니다. 그렇게까지 애국애족하시니 무어라 표현할 길이 없습니다." 김달삼은 감격하여 눈물어린 눈으로 김 중령을 주시하더니 마침내 입을 열었다. "송구스러워서, 노령하신 노모님과 연약한 부인과 아드님을 불편한 산에서는 모실 수 없습니다. 그렇지만, 보시다시피 전원이 이토록 불안을 느끼고 있으니 가족을 연대 내에서 민가로 옮기도록 하시죠."

"좋소. 장소를 정하지요."

"전(前) 면장댁이 어떨까요?"

"그 집은, 내가 전에 숙소로 쓴 적이 있소."

"알고 있습니다. 그게 좋겠군요. 그럼, 병사들의 파견이나 출입을 일체 금해 주십시오."

"알겠소. 시간이 촉박해갖고, 내는 이만 가봐야겠소."

김 중령이 일어났다. 김달삼과 그의 부하들도 모두 일어났다. 방에서 나온 김 중령은 이윤락 중위와 함께 교정을 가로질러 정문 쪽으로 걸어나갔다. 사람들이 우르르 몰려들었다. 여기저기서 감격의 함성이 터졌다. 이제는 집에 돌아갈 수 있다면서 어떤 여인은 엉엉 울기도 했다. 또 어떤 여인은 퉁퉁 부은 젖가슴을 드러내 보이면서, 빨리 집에 돌아가 아기에게 젖을 먹이게 해 달라고 애원했다. 그들은 마치 김 중령의 부하가 된 것처럼 그의 주위에 몰려들어 둥그렇게 둘러싼 다음, 여러 가지 부탁을 했다.

"아무 걱정 말고 귀순하십시오."

김 중령은 큰 소리로 외치면서 차에 올랐다. 그의 일행이 정문으로 빠져나갈 때까지 거기 모여든 사람들은 모두 열렬하게 손을 흔들었다. 김 중령도 일어서서 손을 흔들었다.

지프는 산길로 나서자 해변을 향해 쏜살같이 달려갔다. 300고지의 높은 지대여서 멀리 연대 본부가 조그만 그림처럼 한 눈에 내려다보였다. 부대에선 병사들이 두 대의 트럭과 스리쿼터에 나누어 타고 출동 준비를 하는 참이었다. 김 중령은 담배를 꺼내 물었다. 후우-, 하고 안도의 숨을 쉬는 순간 가슴 속에선 갑자기 뜨거운 슬픔이 끓어올랐다. 말없이 눈을 감았다. 긴장이 풀린 탓인지 피로가 한꺼번에 몰려들었다.

"연대장님!"

"으응."

"김달삼이 그 사람 배우 같던데예. 그런 사람이 우째 폭도 대장이 됐는지 모르겠습니다." 이 중위는 아직도 흥분이 가라앉지 않아 큰 소리로 떠들었다.

"참말로!" 김 중령은 그저 몽롱한 느낌으로 여전히 눈을 감은 채 대꾸했다. "알 수 없는 일이제."

바람이 세차게 불고 있었다. 이 중위가 계속 모자를 눌러쓰며 큰 소리로 말했으나 바람 때문에 제대로 들리지 않았다. 지프가 정문을 거쳐 연병장으로 들어서자 장병들이 일제히 환호했다. 김 중령은 일어나 두 팔을 번쩍 들었다. 부하들이 고맙고 소중할 뿐이었다. 차는 그의 집무실이 있는 연대 본부 앞에서 섰다. 차에서 내린 그는 한참동안 팔을 흔들고 나서 장승처럼 그 자리에 우뚝 서 있었다. 비로소 자신이 살아 돌아왔다는 사실을 실감할 수 있었다.

"이 중위, 전 장병을 집합시켜!"

"네."

김 중령은 곧장 방으로 들어가 수화기를 들었다. 드루스 대위가 받았다. 퇴근 시간이 조금 지났는데도 사무실에 남아서 기다리고 있었다. 김 중령은 이 날 있었던 회담 상황과 결과를 간단히 요약해서 알려 주었다.

"책임자가 틀림없는가요? 처음 듣는 이름인데."

"아마도 닉네임일 겁니다."

"그렇겠죠. 빨치산들은 으레 닉네임을 쓰니까요."

"믿어도 될 것 같습니다. 오늘 밤 12시를 기해 전투를 중단하기로 했으니, 기다려 보입시다."

"오 케이! 성공을 축하합니다. 장관님께 즉시 보고 드리겠습니다."

"그라믄, 내일 아침 군정청에서 봅시다."

"기다리겠습니다."

김 중령은 전화를 끊고 연병장으로 나가다가 멀리 숙소가 있는 곳을 바라보았다. 아기를 가슴에 안은 아내와 노모가 막사 밖에 나란히 서서 이쪽을 향하고 있는 것이 보였다. 순간 가슴이 뭉클했다. 가족의 존재를 이토록 뜨겁게 느껴본 것은 처음이었다.

"장병 여러분! 우리는 기어코 해냈다. 이제 이 섬에도 평화가 찾아온 것이다." 벅찬 감정을 억제하며 연단에 오른 그는 자신도 모르게 흥분되어 큰 소리로 외쳤다. 먼저 회담의 성과를 알리고 나서 귀순자 보호와 수용소 설치에 따르는 제반 사항을 지시했다. 그리고, 최선을 다해서 각자 맡은 바 임무에 충실해 줄 것을 당부했다. "우리는 지금 민족의 운명을 좌우하게 될 중대한 시점에 있다. 여러분은 이 점을 각별히 유의하고 귀순자 보호에 만전을 기해 주기 바란다. 여러분의 한 걸음 한 걸음이 얼마나 소중한 것인가를 자각하고, 가련한 동포를 보살피는 것이 바로 조국 건설에 이바지하는 길임을…."

무려 30분 동안 열변을 토한 그는 이윤락 중위를 대동하고 급거 제주읍으로 향했다. 차는 왼쪽으로 바다를 끼고 달렸다. 서쪽 하늘엔 어느덧 노을이 붉게 타오르고 있었다. 그는 무엇에 홀린 사람처럼 하염없이 노을을 바라보고 있었다.

"피곤하지예?"

"으은제, 오늘 같은 날 와 피곤하노? 힘 나는데! 이 중위, 저 노을 보래

이. 참말로 아름답제?"

김 중령이 담배에 불을 붙이고 나서 뒷자리에 앉은 이 중위를 돌아다봤다.

"네, 똑 타는 것 같습니다. 연대장님! 참 좋은 곳인데예, 역시 사람들이 제일 문젭니다."

이 중위도 만족스럽게 웃었다.

"사람들이, 그렇제? 사람들이 문제인 기라."

김 중령은 문득 예이츠의 싯귀가 떠올랐다. '노을은 수천만 마리 깃 붉은 새가 날아오르는 것을….' 그러나 그의 눈은 평화를 들을 수 있는 그런 고요한 상태가 아니었다. 탱탱 불은 젖가슴을 통째로 드러내 보이며 속히 집으로 돌아가게 해 달라고 하던 그 부녀자들의 외침이 지금도 귓가에 생생하게 들려오는 것 같았다. 그는 이런 악몽에서 깨어나려는 듯 짐짓 붉게 타오르는 노을을 응시하고 있었다.

"연대장님, 참말로 꿈만 같습니다."

"인자 고마 해결이 났으면 좋겠는데."

김 중령은 눈을 감고 생각해 보았다. 고요함 속에서 고요함을 지키는 것은 누구나 할 수 있는 일이다. 그러나 소란한 상태에서 고요함을 간직하는 것이야말로 인간의 모든 노력 중에서도 가장 가치 있는 일일 것이었다.

90

김 중령은 이튿날 아침 군정장관 맨스필드 대령에게 보고하기 위해 먼저 군정청부터 찾아갔다.

"미스터 킴!" 맨스필드는 노상 '미스터 킴'을 연발하면서 칭찬을 아끼지 않았다. "큰 일 했소, 미스터 킴! 정말 큰 일 해냈소."

그는 너무 기뻐 어쩔 줄 몰라 했다. 이런 때 보면 양놈들은 똑 어린애 같다. 단순하기 그지없다. 드루스 대위도 싱글벙글 입을 다물지 못 했다. 김 중령은 그들과 오랜 우정을 회복하는 듯했다. 그동안 미국인들과 일을 하면서 민족적 비애를 느껴 왔지만 이 날만은 그런 모든 앙금을 씻어 버리고 싶었다. 그러나 그에겐 이 자리가 몹시 부담스러웠다. 그들의 생리를 너무나 잘 알고 있었기 때문이다. 뜻을 같이 하다가도 상부로부터 새로운 지시가 내리게 되면 그들은 즉각 태도를 바꾸고, 명령에 복종한다. 그리고, 자기네 나라의 이익을 위해선 한 발짝도 양보할 줄 모른다. 이것이 미국인의 생리다. 언제 어떤 불벼락이 닥칠지 모르기 때문에 그는 늘 그들을 경계하지 않을 수 없었다.

"김달삼이라고 했지요? 그런 사람은 명단에 없는데." 드루스가 손에 들고 있던 정보자료를 김 중령에게 건네면서 말했다. "이 사진첩을 보십시오. 그 사람 얼굴이 있는지."

김 중령은 한 장 한 장 넘기다가 주춤했다. 이승윤. 몇 번 들어본 적이 있는 낯익은 이름이었다. 사진 밑에는 영어로 그렇게 적혀 있었다.

"바로 이 사람입니다." 김 중령이 손가락으로 가리키면서 말했다. "이 사람이 틀림없습니다."

"그래요?"

드루스는 빠르게 사진첩을 들추더니 셋이 함께 찍은 사진 한 장을 골라냈다. 김달삼이 이덕구와 나란히 서 있었는데, 또 한 명은 누군지 알 수 없었다.

"이 사람들도 그 자리에 나왔나요?"

"아니오."

"이 사람 일본군 중위 출신인데, 요즘 통 행방을 알 수 없습니다." 드루스가 이덕구를 가리키며 말했다.

"나도 그래 살펴봤지만, 그 자리엔 나오지 않았습니다."

"빨치산에 가담한 게 사실이라면 주요 지휘관으로 활동하고 있을 텐데, 이 사람 지금 어디서 뭘 하고 있는지 알 길이 없습니다."

드루스는 이렇게 말하면서 인명록을 펼쳐 놓았다.

이승윤(22세). 대정면 대정리 출신. 대정중 교사(사회·역사 담당). 남로당 제주도당 조직부장. 일본 육사에 다녔다고도 하고, 도쿄 소재 중앙대학 법학과에 다녔다고도 하나, 확실한 것은 알 수 없음. 남로당 중앙당 선전부장 강문석의 사위.

김 중령은 참고삼아 이덕구의 항목도 읽어 보았다. 이승윤과 비슷한 점이 많았다. 일본 유학을 했고, 현직 교사라는 점, 그리고 남로당 제주도당의 간부로 활약하고 있다는 점이 그랬다.

드루스는 두 사람에 관련된 자료들을 간추려서 맨스필드 대령에게 건넸다.

"좋습니다. 다시 검토해 보지요. 미스터 킴, 이번 회담의 결과에 대해서 기대가 큽니다. 끝까지 좋은 결실을 맺어 주기 바랍니다."

맨스필드는 시종 웃음이 가득한 얼굴로 김 중령의 손을 굳게 잡았다.

"감사합니다. 장관님, 도와주이소."

김 중령은 서둘러 그 방을 나섰다. 차에서 기다리고 있던 이윤락 중위를 대동하고 그는 곧바로 비행장으로 달려갔다. 한시도 마음을 놓을 수 없었다. 바다를 끼고 길게 뻗어나간 제주 비행장 한 구석에는 장병들이 어느새 텐트를 치고 손님 맞을 준비를 하고 있었다. 그는 쉬지 않고 장병들을 찾아다니며 격려했다. 그러고, 귀순자 처리에 만전을 기하도록 지시했다.

그가 보기엔 제일 아쉬운 것이 쌀과 의약품과 덮고 누울 모포였다. 이 중위를 시켜 현재 부대가 확보하고 있는 보급품 일체를 점검하도록 했다. 그들이 갖고 있는 걸로는 턱없이 부족하겠지만 드루스 대위에게 협조를 요청할 생각이었다. 한낮이 지나도록 귀순자는 한 명도 보이지 않았다. 아마도 겁을 집어먹고 이쪽 동정을 살피는 모양이었다. 그는 그럴수록 텐트도 더 많이 치고 먹을 것도 충분히 장만하면서 참을성 있게 기다리기로 했다.

사무실로 돌아간 그는 종일 창가에 붙어 서서 초조한 마음으로 시간을 보냈다. 이 날 따라 한라산이 더 멀고 아득하게 보였다. 저 산 속 어딘가에 숨어 있을 사람들을 생각하며 이런 모든 것이 조금도 아깝지 않았다. 그는 드루스 대위에게 전화를 걸어 구호물자를 부탁한 다음, 창가로 돌아갔다. 해가 질 무렵부터 몇 명씩 떼를 이루어 귀순자들이 도착하기 시작했다. 그는 조심스럽게 텐트가 있는 곳으로 가 보았다. 장정은 몇 명 되지 않았고, 대부분 노약자와 여인들이었다. 굶주림과 공포에 떨고 있는 사람들의 표정을 한눈으로 읽을 수 있었다. 그들이 가지고 온 무기는 한결같이 못쓰는 것들이었으며, 카빈은 한 정도 없었다.

장병들은 귀한 손님을 모시듯 귀순자들을 각별히 보살폈다. 귀순자들이 도착하면 제일 먼저 먹을 것을 주고, 안정을 취하도록 했다. 첫 날은 이렇게 한가로이 지났지만 이튿날부턴 사정이 달라졌다. 귀순자 숫자가 급격히 늘어 텐트가 부족할 정도였다. 전황도 눈에 띄게 달라졌다. 게릴라들은 약속대로 28일 밤 서부지역에서부터 전투를 중지했다. 이제 이 섬에도 총소리가 그치고 평화가 오고 있음을 알 수 있었다. 사람들은 그래서 이번 회담을 4·28 평화회담이라고 부르게 되었다. 아직 몇몇 지역에서 소규모의 산발적인 전투가 있었으나 그것은 시간이 해결해 줄 것이었다.

김 중령은 종일 연락 사무소에 틀어박혀 전황을 살폈다. 보고에 따르면 그동안 주도권을 장악하고 경찰을 괴롭혀 온 게릴라들이 어느새 종적을 감춘 듯 조용히 사그라들고 있었다. 일단 큰 고비는 넘긴 셈이었다. 그러나 더 무서운 적은 경찰이었다. 언제 또 어떤 방식으로 방해 공작을 펼지 모르기 때문이었다. 그는 각 지역으로 병사들을 풀어 철저히 감시하도록 했다. 그리고, 게릴라든 경찰이든 누구를 막론하고 훼방꾼이 있을 때는 즉각 체포하도록 명령했다.

아침에 나간 이윤락 중위가 이 날은 일찍 돌아왔다.

"김달삼이 그 사람 이승윤이 맞습니다. 1·22 사건 때 붙잡았다가 호송 도중 놓치고 말았답니다."

"와?"

"관덕정 근처에서 경관 2명을 때려눕히고 달아나 버렸다고 합니다. 그 후론 어디 가 숨었는지 찾을 길이 없었는데예, 인자 보니 빨치산 총사령관으로 활동하고 있다는 깁니다."

"그라믄, 그 자가 대표성을 갖고 있는 기 확실한 기가?"

"네. 그건 확실한 긴가 봅니다. 연대장님, 그 사람 보통 사람 아닙니다. 아주 부잣집 아들인데, 남일차부도 그 사람네 거랍니다. 친척에게 맡겨 놓고는 한번도 가보지 않는답니다. 돈 같은 건 관심도 없고, 사상운동에만 전념하는 겁니다."

"그래, 믿을 만한 사람이라든?"

"그런 거 같습니다."

"됐다. 좀 더 두고 보자. 일단 총소리는 멎은 것 같은데."

"앞으로가 문젭니다. 경찰에서 이번 회담을 긍정적으로 볼 것 같지 않습니다."

"내도 그게 제일 걱정이다. 그 놈들이 또 어떤 장난을 칠란지 알 수 없다. 이덕구는 알아봤나?"

"루트를 찾고 있습니다."

"잘 알아보그라. 이러다 무슨 일이 발생할 때는 그 사람이 필요할란지 모르긋다."

"점심은 하셨습니까?"

"했다"

"그라믄, 지는 점심 하고 나가보겠습니다."

"조심하레이. 지금이 제일로 중요한 때니까. 잘 살펴봐야 할 기다."

이 중위는 한시도 쉬지 않고 정보를 찾아 나섰다. 전선이 뚜렷이 구분되지 않는 이런 상황에서는 정보를 얼마나 확보하느냐는 것이 승패의 관건이 되기도 했다. 빨치산의 윤곽이 인제 좀 드러나기 시작했지만 그 미궁 속을 파헤치기엔 역부족이었다. 김달삼과 이덕구, 어떻든 일본 유학생들이 주도하고 있는 건 분명한데 그 실체를 파악할 길이 없었다.

해가 진 뒤부턴 귀순자의 발길이 뚝 그쳤다. 김 중령은 무근성 숙소에 가 있다가 박 기자의 전화를 받았다. 그 걸걸한 목소리가 유난히 생기에 차 있었다.

"연대장님, 큰일 하셨습니다. 이번 회담은 천추에 길이 빛날 것입니다."

"감사합니다. 다들 도와준 덕분이지예."

"이거, 그냥 지나갈 수 있습니까? 축배를 들어야지요."

"좋소. 김경준씨 델꼬, 퍼뜩 나오이소."

"그 친군 지금 좀 그렇군요."

"와요?"

"쫓겨 다니는 신세가 되었습니다."

"뭐라꼬요? 드루스 대위가 진작 경찰에 알리났으니까 걱정 말고 델꼬 나오소."

김 중령은 사복으로 갈아입고 집을 나섰다. 권총은 그래도 잊지 않고 허리춤에 차고 다녔다. 전선이 명확히 그어져 있지 않은 이런 상태에서는 언제 어디서 습격을 당할지 모를 일이었다. 밤거리는 더구나 신경이 쓰였다. 어딜 가든지 정보계 형사들과 그 끄나풀들이 따라다닐 테니 늘 긴장하지 않으면 안 되었다.

이렇게 어수선한 시절인데도 칠성통의 저녁 한 때는 호황을 이루고 있었다. 그는 가게들이 제법 즐비한 번화가를 거쳐서 산지천 방향으로 나갔다. 서울미락이라는 일식집은 박 기자가 즐겨 찾는 단골 식당의 하나였다.

"아직 안 왔능교?" 김 중령은 주인 마담의 안내를 받으며 2층으로 올라갔다.

"박 기자님 곧 오신대요. 전화 왔어요."

여주인이 돌아가서 쓰끼다시와 따끈따끈한 정종 한 곱부를 보내 주었다. 김 중령은 혼자 앉아서 조심스럽게 뜨거운 술을 홀짝홀짝 마시고 있었다. 그 때, 갑자기 회담 장면이 떠오르고, 교정에 모여 서서 큰 소리로 외치던 여인들의 음성이 들려왔다. 그것은 그 후에도 계속 그를 따라다니고 있었다. 김달삼! 그는 속으로 은밀하게 그 이름을 외어 보았다. 훤칠한 키에 잘 생긴 얼굴, 일본 유학까지 한 부잣집 아들이라카는데, 그 사람이 왜 폭동에 가담했을꼬? 지 말로는 절대로 공산주의자가 아니라 카던데…. 그는 이 대목이 늘 의문이었다. 공산주의자가 아니라카면, 그러면…? 지금 저 산야는 물론이고 시내 구석구석에 그런 젊은이들이 들끓고 있다고 생각하니, 이건 정말 두고두고 생각해봐야 할 일이었다.

잠시 후, 두 사람이 쌍둥이처럼 나란히 걸어 들어왔다.

"축하합니다, 연대장님! 단신으로 적진에 뛰어 들었다고?" 박 기자가 악수를 청하면서 말했다.

"그기야 내 임무 아이오?"

"정말 놀랐습니다. 우린 그래서 축배를 들고 있었지요, 이 친구하고, 단 둘이서."

"그라요? 안직 빠른긴데."

"아까 군정청에 들렀더니, 드루스 대위도 얼굴이 확 폈더군요. 그 사람, 코쟁이들치곤 좀 다르지 않습니까?"

"그렇지요. 이번에 저를 많이 도와주었습니다. 그라고," 김 중령이 경준을 보며 말했다. "김형, 마음 푹 놓고 다니이소. 그 양반이 경찰청장한테 단디 일러뒀느갑드라. 고얀 놈들! 그기, 도대체, 언 나랏 사람들인지 모르겠단 말이다. 세상이 달라졌는데도, 그 놈들은 여태 옛 버릇을 몬 고치는 모양이제."

"조심하십시요. 이번 평화 회담도, 그 자들이 어떤 음모를 꾸밀지 모릅니다."

"그래서, 정찰개들만 아이고, 1개 분대씩 병사들을, 특히 중산간 부락 중심으로 쫙 깔아놨제."

"잘 했어요. 끝까지 지켜봐야 할 겁니다."

"박 기자님," 김 중령이 정색을 하고 말했다. "이덕구씨 말입니다. 빨리 좀 만날 수 없습니까?"

"알아보고 있습니다. 혹시 무슨 일이라도…?"

"으은제, 그런 기 아닙니다. 오랜만에 만나보는 거이 피차간 이로울 것 같아섭니다. 박 기자님! 빨리 좀 알아봐 주이소."

"그 양반 요즘 통 못 보았습니다만, 좀더 수소문을 해 보지요. 연락할 길이 있을 겁니다."

"고맙습니다. 박 기자님, 자, 술이나 드입시다." 김 중령이 술잔을 높이 치켜들었다.

"잠깐만!" 박 기자가 벌떡 일어나더니 굵은 목소리로 외쳤다.

"김기진 연대장님 만세!"

"만세!"

"30만 제주도민 만세!"

"만세!"

"국방 경비대 만세!"

"만세!"

세 사람은 마시고 또 마셨다. 유쾌한 하루였다. '달도 하나 해도 하나 사랑도 하나 이 나라에 바친 몸 나도 하나이련만….' 그들은 통금시간도 잊은 듯 이 노래를 부르며 젊음을 불태웠다.

91

김 중령은 아침 일찍 제주 비행장으로 달려가 귀순자 수용소를 돌아보고 있었다. 귀순자 중엔 부녀자가 절반 가까이 되었다. 심지어 한두 살 밖에 안 된 어린것들까지 어른들 틈에 끼어 칭얼대고 있었다. 폭도라기 보다는 뭣 모르고 산 속으로 달아났다가 살 길을 찾아 내려온 가엾은 피난민들에 지나지 않았다. 이 사람들에게 죄가 있다면 촌구석에 박혀 농사를 지으며 세상물정 모르고 살았다는 것뿐일 것이다. 김 중령은 무엇이 그리도 두려운지 말없이 앉아 눈을 내리깔고는 이쪽 눈치만 살피고 있는 사람들을 보며 연민의 정을 느끼지 않을 수 없었다. 공산주의가 어떻게 생겨먹은 건지 아무것도 모르는 이런 무지한 농민들을 깡그리 빨갱이로 몰아세우고 있는 현실이 너무나 안타깝고 원망스러웠다.

장병들은 연일 텐트를 치고 손님을 받느라 분주했다. 귀순자 수는 하루하루 늘어 그새 500명을 웃돌고 있었다. 이대로 가면 이 비행장이 난민수용소로 바뀌게 되었다. 김 중령이 일일이 텐트 안을 들여다보며 순찰을 돌고 있는데 이윤락 중위가 몹시 상기된 얼굴로 뛰어 왔다. 문득 불길한 예감이 들어 그는 이 중위를 데리고 텐트 밖으로 나갔다.

"연대장님, 큰 일 났습니다. 어떻게 이런 일이…." 이 중위는 흥분한 나머지 말을 잇지 못했다.

"이리 온나."

김 중령은 누가 들을까 봐 목소리를 낮추고 앞장서서 풀밭으로 걸어 나갔다. 뜻하지 않은 사고가 발생한 모양이지만 어쩐지 이 중위의 보고를 받는 것이 부담스럽기도 하고, 이런 땔수록 감정에 휩쓸리지 않고 냉정을 기하고 싶었다.

"자, 앉그라."

그는 바위를 깔고 앉으며 우선 담배부터 찾았다. 이 중위가 담배에 불을 붙이고 나서 자초지종을 설명하기 시작했다. 그것은 참으로 놀라운 사건이었다. 경찰이 감히 미군을 공격하다니, 도무지 믿기지 않는 일이 벌어진 것이다. 김 중령은 마침내 이 중위의 말을 끊고 물었다.

"그라니까, 드루스 대위도 현장에 있었단 말이제?"

"드루스 대위가 직접 진두지휘를 하고 있었다캅니다. 귀순자가 150명 정도 됐던 모양인데, 미군 병사 4명하고 우리 경비대 병사 12명도 같이 있었다캅니다."

"우리 병사들도?"

"네. 2중대 1소대로 알고 있습니다. 귀순자들을 일로 인솔하던 참이었는데 졸지에 공격을 받은 깁니다. 완전무장한 경찰 30명이 92식 일본군 중기관총과 카빈총으로 귀순 폭도하고 미군들을 기습 난사하기 시작한 거라예. 순식간에 폭도들은 총에 맞아 죽고 나머지 생존자도 산으로 도주하고 말았습니다. 경찰은 미군하고 9연대 병사들을 향해서 계속 집중 사격을 퍼부었다캅니다. 가들은 중기관총을 앞세우고 드루스 대위 일행을 몰아붙인 깁니다."

"그래서?"

"처음엔 공비인 줄 알고 있었는데, 상대방이 갑재기 중기관총으로 쏘아대이까네 얼매나 당황했겠습니까? 그래도 드루스 대위가 2차대전의 용사답게 2명의 미군 병사를 시키서 M-1총으로 중기관총 사수를 사살하고 일제히 경찰 지휘관을 집중 사격해서 가를 쓰러뜨렸습니다. 그라니까, 경찰은 5명의 시체를 버리고 제주읍 방면으로 도주해뿌맀답니다."

"그라믄, 한 명도 생포된 자는 없나?"

"있습니다. 쓰러진 5명을 조사해 보니까, 한 명이 양쪽 다리에 부상을 입고 살아 있었다캅니다. 중상은 아이었는데, 그 자는 제주경찰청 경위였습니다. 군정청으로 데리고 가서 치료를 해 준 다음 심문했드만, 가는 '상부의 지시에 의해 폭도하고 미군하고 경비대 장병을 사살해서 폭도들의 귀순공작 진행을 방해하는 임무를 띤 특공대'라고 자백했다는 깁니다."

"그래? 군정청에선 지금 이 문제를 우째 처리하고 있나?"

"격분한 맨스필드 군정장관과 드루스 대위가 제주경찰서장을 소환해서 문책했습니다. 무용채 서장은 도망해서 온 부하들한테 들어서 사건의 진상을 사전에 알고 있었기 때문에 당황해서 대답을 못 했습니다. 조사해서 내일 보고하겠다카고는 부상자하고 중기관총을 인수해 돌아갔답니다."

"뭐라, 부상자를 델꼬 갔다고?"

"예."

"그기 뭔 소리고? 아직도 가들을 모르고 있나. 증거 인멸을 위해서, 그 부상자를 감추어 놓고는 다신 안 내놓을낀데."

"하지만, 지금은 군정치하인데, 그렇게까정 나올 순 없겠지요."

"두고 보그라. 가들이 뭔 짓은 몬 하겠노."

김 중령은 어떤 상황인지 직접 알아보기 위해 군정청으로 달려갔다. 같은 동족으로서 그 자들이 하는 짓을 보면 너무나 창피해서 어떻게 군정청의 미국인들을 대해야 할지 부끄러운 생각이 앞섰다. 글치만, 곪은 부위는 터지고야 마는 법. 이제라도 미국인들이 일제 경찰의 잔인성을 인식할 기회가 된다면 불행 중 다행일 거라고 자위했다. 일제 치하에서 민족을 배반하고 온갖 만행을 일삼아 온 자들이 미국의 군정치하라고 해서 달라질 게 없었다.

맨스필드 대령이 혼자서 방안을 왔다 갔다 서성거리고 있었다. 몹시 흥분한 탓으로 얼굴이 붉으락푸르락 했다.

"조심하십시요. 경찰의 방해 공작이 노골적으로 일어나고 있습니다. 언제 당신의 목숨을 노릴지도 모르는 일입니다." 그는 소파로 가서 털썩 주저앉으며 말했다. "김정호씨를 불렀소. 비상경비사령관으로서 그 사람이 어떻게 나오는지 관찰해 보아야겠소."

김 중령도 소파로 가서 그의 맞은편에 앉았다.

"장관님, 기대하지 않는 기 좋을 깁니다. 와 부상자를 돌리보냈습니까?"

"반성할 기회를 준 겁니다."

"만일 그 부상자를 감추어 놓고 시치미를 딱 떼뿌믄 어쩌실 깁니까?"

"뭐라고? 미스터 킴, 지금 무슨 말을?" 맨스필드는 벌떡 일어나 창가로 가더니 김 중령을 돌아다보며 말했다. "나는 지금까지 당신의 조언을 무시하고 경찰측의 주장만을 받아들였다가 번번이 실수를 범했소. 이번만은 속지 않을 거요. 김 중령, 그런데 우리는 각자 입장이 다르오. 나는 미국 군인이고 당신은 조선 사람이오. 당신이 지금은 비록 미군정 소속의 경비대 장교라고 하지만 엄연히 조선 사람이란 말이오. 나는 이 점을 인정하오. 때로는 우리 두 사람의 몫이 다르기 때문에 어려움을 겪기도 했지만, 나는 개인적으로 당신을 이해하고 있소. 당신의 애국적 태도를 비난할 생각은 없소. 그렇지만, 이 자리를 빌어서 한 가지 분명히 말해 두고 싶은 것은, 세상이 당신의 뜻대로만 되지는 않는다는 것이오. 지금은 우리도 이 지역 사정을 충분히 고려한 끝에 당신의 주장이 옳다는 점을 인정하고 상부에 그렇게 보고해 왔지만, 중앙 본부에서는 전혀 다른 시각을 갖고 있소. 당신도 이 점을 잘 알고 임해야 할 것이오."

"알고 있습니다. 현실이 그렇다캐서 양심을 속일 순 없습니다." 김 중령은 의미심장한 어조로 말했다. "현실은 현실이고, 내는 내일 뿐입니다. 만일 현실에 굴복할라믄 차라리 이 군복을 벗는 기 낫겠습니다."

그 때, 김정호가 군정장관실로 출두했다. 김 중령은 그 자리를 피해주어야 한다고 생각하면서도 맨스필드 대령으로부터 아무 말이 없었으므로 창가로 가서 멀리 떨어져 서 있었다. 도대체 어떤 작자인지, 김정호의 정체를 알고 싶었다.

예상했던 대로, 두 사람의 대화는 처음부터 삐걱거리기 시작했다.

"그러니까, 그 경위가 가짜란 말이오?" 맨스필드 대령이 성난 목소리로 반문했다.

"네, 그렇습니다. 공산주의자입니다." 김정호는 한 마디로 잡아떼었다.

"당신 지금 제 정신을 가지고 하는 말이오? 우리가 직접 심문을 했는데도?"

"이 사건은 공산 폭도들이 경찰을 중상하기 위해 저지른 짓입니다. 다시 말씀드리면, 경찰을 미군정과 군대와 이간시키려고 폭도들이 경찰로

위장해서 기습한 것이지요. 이런 악랄한 수법으로 우리를 괴롭히는 공산주의자들이 지금 이 지역에는 많이 있습니다. 그들은 수단과 방법을 가리지 않습니다. 드루스 대위에게 총격을 가한 자들도 실은 공산주의 사상을 가진 제주도 출신 경찰이었습니다. 폭동이 일어나자, 그 자들은 중기관총 등 무기를 가지고 폭도들에게 가담하여 현재까지도 경찰 복장을 하고 다니면서 민가를 습격하고 선량한 양민을 학살하고 있습니다. 어저께 생포된 그 경위도 한때는 제주 경찰서에서 근무한 적이 있었지만 공산주의 사상을 가진 자로서 폭동 발발 초기에 부하들을 데리고 산으로 도망간 사람입니다. 그 자는 어젯밤 조사를 받던 중 감시 소홀을 틈타서 자살하고 말았습니다. 조금이라도 의심이 가신다면 사체를 검증해 보십시요."

"…"

맨스필드는 기가 막혀 아무 말도 못 하고 상대방의 얼굴을 바라보았다. 김정호가 계속 제 주장을 펴 나갈 뿐이었다.

"장관님, 군정청이 우리의 보고를 신뢰하지 않는 것은 바로 공산 폭도들이 원하는 것입니다. 이 점을 명심해야 됩니다. 공산 폭도들은 미군정과 경찰을 이간시켜 경찰을 제주도에서 쫓아내고 제주도에 공산주의자들로 구성된 인민공화국을 수립하는 것이 목적입니다. 그러니까 우리의 보고를 믿어 주셔야 합니다. 이것만이 공산 폭도들을 타도하는 길입니다."

참으로 천인공노할 잔인 행위가 아닐 수 없었다. 자신들의 음모와 죄상을 은폐하기 위해 부하를 살해하고서 김정호는 대사를 외우듯이 기기묘묘한 연출을 해 보이는 것이었다. 김 중령은 그의 시커먼 속마음을 꿰뚫어볼 수 있었다. 그는 너무 분노가 치밀어 신을 원망하지 않을 수 없었다. 신은 우째서 이런 악독한 자들을 맨들어 냈노? 혼자 속으로 이렇게 외치며 맨스필드 대령의 표정을 살펴보았다. 맨스필드 대령은 넋을 잃은 사람처럼 한참동안 말없이 앉아서 김정호를 주시하고 있었다. 떠들고 싶은 대로 마음껏 떠들라는 그런 태도였다.

두 사람은 아주 대조적이었다. 한 쪽은 열변을 토하고 있는데, 또 한 쪽에선 묵묵부답이었다.

"그만!" 마침내 맨스필드가 소리를 질렀다. "그 경위를 데려오시오. 그 사람에게 물어봐야겠소."

"죽었습니다. 스스로 목숨을 끊은 겁니다."

그러자, 맨스필드가 벌떡 일어섰다.

"나가시오. 나는 더 이상 당신의 말을 들을 자격이 없소. 당신의 풍부한 상상력에 대해 감탄할 뿐이오."

그는 빨리 나가달라는 손짓을 했다. 김정호가 아무렇지도 않다는 듯 유유히 웃으면서 그 방을 빠져나갔다.

92

아까 그 해괴망측한 광경을 보고 나니 김 중령은 제주 비행장의 임시 막사에 돌아온 후에도 일이 손에 잡히지 않았다. 짐승만도 못한 놈! 그런 것들이 이 나라 경찰이라꼬! 그쯤 되면 자기 부하도 얼마든지 죽일 수 있는 것이었다. 그는 뒤통수를 얻어맞은 것처럼 힘이 쭉 빠지고 의욕을 상실해 버렸다. 그러나 고쳐 생각해보면 여기서 물러설 순 없는 일이었다. 안 되제. 절대로 안 되제. 인간의 존엄성을 포기하는 것, 그거는 젤 큰 범죄다. 여게서 물러선다카마 내도 마찬가지로 공범자가 되는 기다.

그는 모슬포 연대 본부로 전화를 걸어 작전 참모를 바꾸도록 했다.

"내 연대장인데. 긴급 명령이니까 즉각 실행에 옮기도록 하라."

그는 부대를 각 지서 부근에 배치하여 지서를 습격하는 폭도든, 폭도를 공격하는 경찰이든 가릴 것 없이 군대의 명령에 불복하는 자는 무조건 사살하라는 엄명을 내렸다. 그리고, 이 사실을 경찰과 폭도 양측에 통고하고 모든 전투를 중지시키도록 했다. 훗날 어떻게 되는 한이 있더라도 현재 자기가 작전권을 쥐고 있는 한 강경 조치를 취할 수밖엔 없다고 판단했다. 그리고 나서, 그는 이윤락 중위를 불렀다.

"경찰 토벌대가 폭도를 가장해서 민가를 방화하고는 폭도의 소행으로 선전한다카는 말이 있는데."

"저도 그런 정보를 갖고 있습니다."

"그라믄, 정찰을 강화해서 철저히 탐지하고 만일 그런 사실이 발견될 시는 가차 없이 처단하라. 아까 군정청에 들렸다가 김정호라는 작자를 우연히 볼 기회가 있었는데, 그 사람, 제정신이 아이드만. 비상경비사령부 사령관이라는 자가 그런 판국이니, 뭔 짓인들 몬 하겠노?"

"오늘 온 신아일보 인터뷰 기사 보셨습니까?"

"몬 봤는데."

"그걸 보셔야 합니다."

이 중위가 자기 방으로 가서 신문 스크랩을 가져 왔다. 김 중령은 손에 들고 읽다가 땅바닥에 내동댕이치고 말았다. 일본군 20만이 두고 간 작전 시설이 해방 후에도 그대로 남아 있어서 반도들이 그 시설을 이용하고 있다느니, 반도들을 잡아다가 문초해 보면 대개가 백정들로, 좌익 계열에서는 일부러 잔악한 살인을 감행하기 위하여 남조선 각지로부터 백정을 모집해다간 도구로 쓰고 있다느니 하는 새빨간 거짓말을, 김정호는 공공연히 발설하고 있었다. 이런 작자라면 자기의 죄상을 은폐하기 위해서 무슨 짓인들 못 하랴 싶었다.

"야가 은제 서울에 갔었나?"

"우리가 구억리에서 회담을 갖고 있던 바로 그 날 아침에 부랴부랴 상경한 거로 알고 있습니다. 경무부장 조병옥 등 경찰 수뇌들하고 협의한 후, 즉각 이 기자 회견을 가진 거로 되어 있습니다. 우짜든, 경찰측에서는 지금 야단이 난 깁니다. 우리 경비대가 평화적으로 해결할 경우에는 즈그들의 오류하고 무능이 드러날까 봐 전전긍긍하고 있습니다. 그래서, 이 사건을 국제공산당과 연계지어 갖고, 그 잔인성을 강조하는 데 혈안이 돼 있습니다."

"잘 봤다. 한 가지 통탄할 일은, 군정청 중앙 본부가 이 사건을 철저히 이용할라카는 기다. 그라니까, 소련하고 공산주의를 공략하기 위한 선전 자료로 삼을라카는 거제, 조병옥 등 경찰 수뇌부는 군정청의 그러한 속셈을 일찍 간파해 갖고, 즈그들의 정치적 보호막으로 써묵는 기라."

"이래 되믄, 불쌍한 우리 동포들만 희생되는 기 아입니까?"

"그렇제. 고래 싸움에 새우등 터지는 꼴이 된 기라. 내는 말이다. 이 사태를 통해서, 인간이 얼매나 잔인할 수 있는지, 그 잔인성의 실체와 범위를 배우고 있는 셈인 기라."

"연대장님!"

"와?"

"한 번 죽지 두 번 죽습니까? 지는 이미 각오했습니다."

"이 중위, 고맙다."

김 중령은 씁쓸한 기분으로 밖을 나섰다. 장병 10여 명이 귀순자 수용소 앞에 모여 있었다. 무슨 일인가 하고 그쪽으로 걸어갔다. 가까이 갈수록 신음소리가 들리고, 뭔가 소란한 분위기가 느껴졌다. 그는 걸음을 재촉했다.

장병 한 명이 달려와서 경례를 붙였다.

"환자가 발생했습니다."

"어데?"

김 중령은 그 장병을 따라 천막 한편으로 갔다. 사람들이 구석구석 쭈그리고 앉아 있었는데 마치 거지 떼의 소굴을 보는 것 같았다. 한 노파가 여인의 손을 붙들고 큰 소리로 외치고 있었고, 그 곁에는 어정쩡하게 생긴 사내가 겁에 질린 얼굴로 서 있었다. 몹시 다급한 상황이었다.

"차를 가져온나! 빨리, 내 차를!"

"네."

그 장병이 급히 뛰어갔다.

"할마이, 아를 놀라캅니까?" 김 중령은 허리를 굽혀 노파에게 물었다.

노파는 당황한 눈빛으로 힐끗 쳐다보더니 다시 환자의 쪽으로 돌아앉아 버렸다. 그러곤, 환자의 손을 붙든 채 뭐라고 큰 소리로 외칠 뿐이었다. 김 중령이 무슨 말을 하든 막무가내였다.

"어데가 아픈 기요?" 김 중령이 이번에는 환자의 곁에 서 있는 사내한테로 다가가서 물었다.

"살려 줍서! 선상님!" 그 사내는 두 손을 싹싹 비비며 엉뚱하게도 딴

소리를 했다.

"어데가 아프시냐니깐."

"예, 예, 아기를…."

"알았소. 기다리시오."

환자의 신음소리는 절규에 가까웠다. 김 중령이 다급한 마음에 천막 밖으로 막 뛰쳐나가려는데 차가 왔다.

"김 일병! 이 사람들 병원으로 데려가."

"네."

"해산 후엔 바로 귀가조치 하도록!"

"저 남자도 말입니까?"

"오야."

김 중령은 환자와 함께 노파와 그 사내도 딸려 보냈다. 차는 곧 넓은 풀밭을 가로질러 쏜살같이 달려갔다. 차가 시야에서 사라질 때까지 그는 그 자리에 그대로 서 있다가 바다가 보이는 방향으로 걸어갔다. 멀리 수평선이 참으로 아득하게만 생각되었다. 이 막막함. 그는 풀밭에 주저앉아 울고 싶은 심정이었다. 환자보다도, 노파보다도, 어정쩡하게 서 있던 그 사내가 왜 그런지 그의 뇌리에서 떠나지 않았다.

93

김정호는 화가 꼭대기까지 올랐다. 빌어먹을 놈들, 무슨 일을 그렇게! 뒈져라, 뒈져! 군정장관실에서 당한 일을 생각하면 치가 떨려 걸음을 제대로 옮길 수 없었다. 사령관 전용 지프를 타고 경찰청으로 가는 동안에도 가만히 앉아 있기가 거북했다. 집무실에 도착하자 그는 소파에 벌렁 드러눕고 말았다. 머저리 같은 그런 놈들을 부하로 데리고 살 생각을 하니 더욱 기가 찼다. 그러면서도 한편으론 고소한 마음이 들기도 했다. 처음부터 각본을 단단히 짜고 간 것이긴 하지만 그 양코배기 대령의 공격을 척척 받아넘기고 유유히 빠져나올 수 있었다는 것은 자기가 보기에도 아주 통쾌한 일이었다. 이만하면 제 연기력을 충분히 발휘한 셈이었다. 내가 누군데? 산전수전 다 겪고 지금 이 자리까지 버티어 왔는데, 뭐 그깐 일로…? 어림도 없지. 나 김정호가 호락호락 넘어갈 줄 알았나.

"어, 미쓰 킴!" 그는 부속실 비서를 찾았다.

"네에, 부르셨어요?"

"수사과장, 지금 당장!"

"네."

김정호는 아직도 흥분이 가라앉지 않아 담배에 불을 붙이며 창가로 갔다. 잠시 후, 수사과장이 왔다.

"부르셨습니까?"

"앉아요." 김정호는 돌아보지도 않고 창가에 서서 말했다. "최세진씨 지금 어디 있소?"

"여기 어디 멀지 않은 곳에 살고 있는 걸로…."

"이 빠가야로 같은! 그 사람 지금 무슨 일 하느냐고?"

"아, 네에, 작년에 옷 벗고 지금은 보조원으로 뛰고 있습니다."

"그 사람 빨리 찾아서, 나한테 오라고 해! 오늘 바로 복직 수속 밟고."

"네. 알겠습니다."

김정호는 계속 창가에 서서 담배를 피우고 있었다. 그래도 믿고 일을 맡길 만한 사람은 최세진이었다. 수사과장이 겁을 집어먹고 총총히 나간 뒤에도 그는 혼자 창가에서 담배를 피우고 있다가 제 자리로 돌아갔다. 이것저것 신문을 뒤져봤으나 제주일보는 물론 어느 중앙지에도 아직 회담에 관한 기사는 실려 있지 않았다. 철저한 보안 조치가 필요했다. 미친 것들, 뭐 평화회담이라고? 그는 그 '평화'라는 말만 들어도 치가 떨렸다. 평화회담? 흥! 내 눈에 흙이 들어가는 한이 있더라도 절대로 그런 일은 없을 테니, 두고 보라지.

그는 경무부로 전화를 걸까 하고 수화기를 들었다가 놓았다. 아침에 상부로부터 질책을 받은 생각을 하니까 현재로선 잠자코 때를 기다리는 편이 나으리라는 판단이 들었다.

94

그날 오후 늦게야 소식을 들은 최세진은 즉각 비상경비사령관실을 찾았다. 다행히 김정호 사령관이 퇴근하지 않고 방에 있었다.

"찾으셨습니까?"

"어서 오게. 이거 얼마만인가? 벌써부터 자넬 찾고 있었는데."

"죄송합니다. 제가 이런 꼴이 됐으니 찾아뵐 면목도 없고…."

"무슨 소릴! 지금이야말로 자네와 같은 유능한 일꾼이 필요한 때야. 날 좀 도와줘야겠어."

"사령관님, 미력이나마 제가 할 수 있는 일이라면 목숨을 걸고 싶습니다."

"고마우이. 정말 고마우이. 지금 나는 사면초간데, 자네만 믿겠네."

"네? 어떤 놈들이 사령관님을… 천부당만부당한 일입니다. 우리 제주도가 낳은 최고 경찰 총수님을… 말씀만 해 주십시요. 제가 싹 쓸어버리겠습니다."

"입에 담기도 민망하네만, 그 뭐 평화회담이라고, 그게 어디 말이나 되는 건가. 그렇게 되면 우리 경찰의 꼴이 뭐가 된단 말인가? 이놈의 제주도가 온통 빨갱이 물이 들었으니, 쯧쯧."

"그렇습니다. 이대로 두고 볼 수는 없지요."

"자네, 무슨 좋은 묘안이라도 있나?"

"있습니다. 있고말고요. 요즘 돌아가는 꼴을 보면서, 저도 밤잠을 설치고 생각해 보았습니다만."

"그래? 무슨 좋은…?"

"문제는 간단합니다. 휴전 상태가 벌써 사흘째 계속되고 있는데, 그걸 깨버리는 거죠. 그러면 회담은 그 날로 끝장이 나는 것 아니겠습니까?"

"그걸 어떻게 깨지?"

"먼저 폭도를 유인하고, 방화를 하고, 그 다음엔 우리가 그 놈들을 공격하는 겁니다. 확실한 증거를 남기기 위해선 촬영을 하는 것도 좋겠군요."

"촬영을?"

"네. 간단합니다. 우리가 무전을 치면, 사령관님께서 즉각 군정청에 알려서 헬기를 동원하도록 하지요."

"그래 그래. 그건 내가 맡지."

"이런 일은 단칼에 베어 버리는 것이 좋겠습니다. 제게 맡겨 주시기만

한다면 책임을 지고….”

"좋아. 자네만 믿겠네. 발령이 곧 나겠지만, 오늘부터 바로 근무하도록 하게." 김정호는 수화기를 들고, 지시했다. "최세진씨 지금 보낼 테니,… 어, 어,… 우리 생사가 달린 문제야, 그렇게 알고… 어, 그렇지. 차질 없도록… 오늘부터 바로 사람도 붙여주고… 알았소. 수고하시요."

세진은 몸 둘 바를 몰랐다. 김 사령관이 전화로 지시하는 동안 그는 몇 번이나 자리를 고쳐 앉곤 했다.

"수사과장이야. 어서 가보게."

"네, 사령관님! 오늘밤 안으로 계획을 수립하고, 내일 즉각 작전을 개시하도록 하겠습니다."

"시간을 다투는 문제니까 속히 서둘러 주게."

"걱정 마십시요."

"첫째도 보안, 둘째도 보안일세. 쥐도 새도 모르게, 빈틈없이 처리하도록!"

"네. 명심하겠습니다."

세진은 곧 그 방에서 나가 1층으로 내려갔다. 층계를 밟는 그의 발걸음이 날아갈 듯이 가벼웠다. 지난 1년 동안 온갖 수모를 견디며 보조원 생활을 해 온 보람이 있었다. 이 기회를 잘 살리기만 하면 한때 수사주임으로서 누렸던 영광을 다시 회복할 수 있다는 일념으로 가슴 뿌듯해 오는 기쁨과 자부심을 느꼈다. 수사과장실 앞에서 그는 숨을 크게 한번 쉰 다음, 도어를 밀고 들어갔다.

95

 5월 2일 낮 2시께였다. 폭도들이 제주 읍내와 가까운 오라리 마을을 습격하여 민가를 불지르고 양민을 학살했다는 긴급 보고가 날아들어 왔다. 9연대 수뇌부는 이 보고를 받고 대경실색했다. 누구보다도, 며칠 전에 김달삼과 만나 평화회담을 성공적으로 이끌어낸 연대장 김기진 중령과 정보참모 이윤락 중위가 불시에 뒤통수를 얻어맞은 것 같은 큰 충격을 받았다.
 김 중령은 직접 현장을 돌아보기 위해 출동 명령을 내렸다. 지프엔 김 중령과 이윤락 중위가 탔고, 스리쿼터에는 완전무장한 병사 10명과 정보요원들이 탔다.
 "연대장님! 이건 중대한 배신행위가 아닐 수 없습니다."
 "배신이고 말고! 즈그들이 먼저 약속을 깨고, 우리를 기만했어."
 "백주에, 그것도 제주 읍내서 2키로밖에 안 되는 가까운 마을을 습격했다카믄 그 놈들이 우리를 궁지에 몰아 넣을라카는 기 분명합니다. 조사해 보고, 그 놈들이 의도적으로 저지른 기 분명하다믄, 우리도 본격적으로 토벌에 나서야 하겠습니다." 이 중위가 사뭇 격분한 어조로 말했다.
 "아암! 설사 그기 고의가 아니라캐도 즈그들이 책임을 져야 한다." 김 중령은 멀리 한라산을 바라보며 떨리는 목소리로 말했다. "이중위, 그란데 말이다. 하필이면 이런 중대한 시기에 무신 의도로 이런 일을 벌였느냔 말이다. 난, 그기 궁금하다. 우짜든, 이 사건은 단디 알아봐야겠다. 아무래도 심상치가 않다."
 김 중령은 도무지 이해가 가지 않았다. 전투가 일단 중지되고 평화로운 분위기 속에서 귀순이 순조롭게 진행되고 있는데, 하필이면 이런 시기에, 전술적으로 봐서 아무 가치도 없는 한 작은 마을을 왜 폭도들이 공격했는지, 그 내막을 알고 싶었다.

오라리 현장에 도착한 것은 오후 3시 조금 못 미처서였다. 마을은 죽은 듯이 조용했다. 소학교 정문 앞에는 경찰 트럭 한 대가 서 있었다. 연대장이 탄 지프와 군용 스리쿼터가 마을 입구로 들어서는 것과 때를 같이해서 그 트럭은 곧바로 철수했다. 김 중령은 순간 이상한 예감이 들었다. 4·28 회담을 전후해서 작전의 주도권이 경찰에서 경비대로 넘어와 있는데도 경찰이 비밀리에 행동하고 있는 것이다. 그는 지체하지 않고 병사를 풀어 주민들을 찾아보도록 지시했다.

사람들이 다 어디로 갔는지 마을은 텅 비어 있었다. 한참 후, 병사 한 명이 겁에 질린 소녀를 데리고 왔다. 소녀는 고개를 푹 숙이고 두 손을 부들부들 떨었다. 김 중령은 우선 그 소녀를 안심시킨 다음, 목소리를 낮추어 조심스럽게 물어 보았다.

"사람이 죽었다카는데, 그기 사실인가?"

"네에." 그 소녀는 여전히 공포에 떠는 듯한 가녀린 목소리로 대답했다.

"어디, 가 보자."

김 중령은 그 소녀를 앞세우고 병사들과 함께 마을 밖 들판으로 나갔다.

잡초가 우거진 언덕바지에 40대쯤 되어 보이는 한 여인이 쓰러져 있었다. 총알은 오른쪽 등을 뚫고 왼쪽 가슴으로 나와 그곳에 피가 흥건히 괴어 있었다. 김 중령은 담요 같은 걸 구해 오도록 하고, 그 시신 위에 덮어 주었다. 그 소녀는 그 때에야 의식을 회복한 듯 울음을 참느라고 어깨를 들먹이고 있었다. 김 중령은 그 소녀의 곁으로 다가가서 손을 잡고, 차근차근 경위를 물었다.

"어머니영 불을 끄고 이시난, '경찰! 경찰!' 하면서 사람들이 막 도망쳤습니다. 우리도 경해연…." 그 소녀는 말을 하다 말고는 어억억, 하고 울었다.

"그래서?"

"우리도 정신어시 뛰었습니다. 총소리가 하도 요란하게 난, 그냥 막 뛴 겁니다. 그 때, 어머니가…." 소녀는 더 말을 잇지 못 했다.

"어머니가, 그래서?"

"어머니가 총알을 피해연 엎드린 줄 알고 나도 같이 엎더정 이섰는디, 나중에 보난 어머니가…."

"그 때, 비행기도 떴다카는데?"

"예. 잠자리 비행깁니다. 하도 무서완 딱 엎더정 이시난, 머리 위에서 부릉부릉 하는 소리가 났습니다. 총소리가 그친 뒤에도, 그 비행긴 날아 다녔습니다."

"처음에 와서 불을 지른 사람들은 잘 아는 분들이었능교?"

"아닙니다. 육지 사람들 같았습니다. 아, 참, 어떤 사람이 이북 말을…."

"이북 말을, 뭐라꼬?"

"그 집 하르바님이 달려나완 사정하니까, '이 간나새끼가, 이 뺄갱이가' 허멍 막 발로 찼습니다."

"알았다."

김 중령은 소녀를 데리고 병사들과 함께 마을로 돌아갔다. 이윤락 중위가 공회당 앞에 서서 기다리고 있었다.

"연대장님, 이거는 아입니다. 이거는, 폭도가 아이고 우익 청년들 소행입니다. 저기 사람들을 찾아서 알아보니까, 모두 똑같은 진술을 하고 있습니다."

"그래?"

"우익 청년들이 불을 놓고 주민들을 괴롭히니까 게릴라들이 공격했습니다. 그러자, 이번엔 경찰이 달겨든 깁니다."

김 중령은 이제 무엇이 보이는 것 같았다. 그는 가까이 있는 빈집으로 들어가서 난간에 걸터앉았다. 담배를 피우면서 가만히 생각해 보았다. 이 사건은 아주 치밀한 각본 아래 진행된 것이었다. 우익 청년들이 게릴라를 유인하고, 마침내 경찰이 달겨들어 게릴라들을 몰아내는 수순으로 꾸며져 있었다. 그 때, 왜 미군 헬기가 동원됐는지 그게 제일 궁금한 일이었다.

"가자!"

김 중령은 지프에 올랐다. 동구 밖으로 나가다가 차를 세우고 돌아다보니 할머니 한 분이 허리를 구부린 채 두리번거리고 있었다. 죽음처럼 고요한 마을의 한 모서리가 해질녘 희미한 어둠 속에서 아련하게 비쳤다. 그는 다시 차를 타고 가면서 생각해 보았다. 이건 분명 경찰이 파놓은 함정이었다. 그러고 보니, 경찰측의 최근 태도가 여러 모로 석연치 않았다. 요즘 난무하고 있는 여러 가지 유언비어들이 그 좋은 예가 되었다. 군정장관 맨스필드에게 들어간 악선전 중의 하나는 연대장이 폭도들에게 기만당하고 있다는 것이었다. 경찰은 폭도들이 귀순을 가장하고 시간적 여유를 얻어서 전열을 재정비한 후 대대적인 기습을 할 준비를 하고 있다는 정보를 정식 보고서로 작성해 군정청에 제출했다. 반면, 제주

읍과 각 부락에는 연대장이 폭도를 기만하여 폭도 전원을 귀순시켜 놓고 일시에 몰살하려 한다는 낭설이 나돌고 있었다. 맨스필드 대령이 이 모든 것들을 경찰에 의한 귀순 방해 공작으로 판단하고 이 점을 특히 유의하도록 지시한 바도 있었다. 이런 정황들을 종합해 볼 때, 이 방화 사건은 생각보다 복잡하게 얽혀 있을 것이었다. 문제는, 이 함정에서 어떻게 벗어나느냐는 데 있었다.

김 중령과 이 중위는 조사 보고서를 작성하고 이튿날 제주도 군정장관 맨스필드 대령을 찾아갔다. 그의 표정이 밝지 않았다. 회담에 대해 그토록 만족스럽게 여겼던 이 미국인이 갑자기 딴 사람이 되어서 처음부터 보고는 들으려고도 않고, 엉뚱한 소리만 늘어놓았다.

"지금 동화여관에는 CIC와 G-2 간부들이 와 있습니다. 그 분들과 만나서 협의하십시오."

김 중령은 그 때에야 미군 정보기관 간부들이 제주에 와 있다는 사실을 알게 되었다. 그는 어안이 벙벙했다. 군정장관의 뒤에는 또 어떤 큰 세력이 도사리고 있다는 것을 직감적으로 느낄 수 있었다. 글치만, 하고 그는 생각했다. 저 사람은 어차피 외국인인기라. 아이제, 점령군의 한 장교에 불과하제. 상부의 명령에만 충실하면 되니까, 답답한 건 우리 쪽이다.

그는 청사에서 나가 지프가 있는 곳으로 갔다. 이윤락 중위가 지프에 앉아 기다리고 있었다.

"내는 CIC로 간다. 먼저 숙소에 가 있그라."

"연대장님, 어쩌려고 그러십니까? 가봐야 뻔한 노릇인데."

"그래도 가봐야제."

김 중령은 관덕정에서 내려 차를 보내고 혼자 걸어서 동화여관으로 갔다. 이 여관에는 미군 중령과 소령이 와 있었다. 중령은 G-2 장교였으며, 소령은 CIC 간부 요원이었다. 김 중령은 주민들의 진술을 토대로 작성한 조사 보고서를 꺼내 오라리 방화사건의 경위를 설명했다. 그러나 CIC 소령은 연대장의 보고를 일축해 버렸다.

"경찰 보고와 다르군요. 그것은 말할 것도 없이 폭도들이 한 짓입니다."

"경찰측의 보고만 믿으마 되겠습니까? 이 사건은 대단히 중요한 의미를 지닐 수 있기 땜에, 사실을 정확하게 규명할라카마 미군과 경비대, 경찰의 3자 합동으로 현장 조사를 재실시해야 합니다."

김 중령이 이렇게 따져 들었으나 미군 장교들은 막무가내였다. 그들은 김 중령의 말을 아예 들으려고도 하지 않았다. 김 중령은 더없는 모욕감을 느꼈다. 언제까지 이런 수모를 받아가면서 미 군정하의 군인 노릇을 해야 될 것인지, 그는 당장이라도 집어치우고 싶은 마음뿐이었다. 그 군복을 입고 있는 한 그는 어떻든 미 군정청의 지시를 받아야 할 처지에 있었다.

"해안선에서 5키로 이상 떨어진 중산간 지대를 적성 지역으로 간주하고, 토벌을 강화하시오."

CIC 소령은 오히려 한 술 더 떠서 이런 엄청난 지시를 내렸다. 그라믄, 초토화 작전을 감행하란 말이가? 야들도 똑같은 패거리군! 김 중령은 고개를 들어 CIC 소령의 얼굴을 가만히 뜯어보았다. 역시, 자기하곤 종족이 다른 인간이었다. 피부가 다르고 골격이 달랐다. 나쁜 놈들! 눈한번 까딱 안 하고 이런 어마어마한 범죄를…. 이거는 안 된다! 이거만은! 차라리 이 군복을 벗으믄 벗었제, 난 그런 짓 못한다! 놈들은 지금 인디안 사냥을 꿈꾸고 있는 기라! 그는 서툰 영어로 항변하다가 마침내 그곳에서 쫓겨나고 말았다. 속이 끓고, 머리가 천근만근 무거웠다. 무근성 하숙집까지 어떻게 걸어 왔는지 모를 정도로 몹시 흥분되어 있었다.

이 날은 비행장 임시본부와 수용소로 나갈 용기도 잃어 버렸다. 완전히 곤죽이 되어서 하숙에 드러눠 있는데 전화가 걸려 왔다. 드루스였다.

"빨리 나오시죠. 딘 장군이 서울서 내려온다는데."

"알았습니다."

김 중령은 정신없이 지프를 타고 달려갔다. 이런 때 딘 장군을 만날 수만 있다면 같은 군인으로서 진솔하게 자기의 입장과 전략을 호소하고 싶었다.

"어서 오세요. 김 중령!" 맨스필드는 집무용 테이블에 앉아 있다가 소파가 있는 곳으로 나오면서 말했다. "자, 앉아요. 드루스 대위 만났습니까?"

"전화 받고, 지금 막 나오는 길인데요."

"딘 장군께서 내일 여기 오셔서 수뇌회의를 갖는답니다. 이 회의는 대단히 중요한 의미를 지니고 있습니다. 어쩌면, 이 회의가 제주도민의 운명을 좌우하는 결정적인 계기가 될 것입니다. 그런데, 주의할 점은," 맨스필드는 사뭇 진지한 태도로 김 중령을 보며 말했다. "전에도 누차 강조한 바와 같이 우리가 여기서 폭동을 보는 시각과 중앙 당국의 시각은 근본적으로 많은 차이를 보이고 있습니다. 이러한 시각차를 좁히기 위해서라도, 우리는 만반의 준비를 갖추고 이 회의에 임해야 할 겁니다." 맨스필드는 무슨 생각을 하는 듯 잠시 침묵을 지키고 있다가 다시 말을 이어나갔다. "김 중령, 딘 장군은 우리들의 건의를 받아들이지 않고 있어요. 당신도 대개 짐작은 하고 있겠지만, 우린 그래서 참으로 난처한 처지에 놓여 있습니다. 그러니, 당신이 이곳 상황을 상세히 보고하고 앞으로의 대책과 작전을 잘 설명해줘야 하겠습니다."

"알겠습니다. 장관님, 최선을 다해서 준비하겠습니다만, 장관님께서도 저희들을 끝까지 도와주십시오."

"내가 할 수 있는 일이라면."

"감사합니다."

김 중령은 그 방에서 나가 드루스 대위를 찾았다. 드루스는 많은 자료와 증거물을 테이블 위에 쌓아 놓고서 기다리고 있었다.

두 사람은 곧바로 작업에 들어갔다. 정보를 수집, 정리, 인쇄할 수 있는 온갖 시설을 갖추고 있는 군정청에선 예상했던 대로 유익한 데이터를 다양하게 확보하고 있었는데, 김 중령은 그 중에서도 특히 사진첩에 눈이 갔다. 주제별로 차근차근 묶어서 편집한 이 사진첩만 보아도 사태의 추이를 한눈으로 알아볼 수 있을 것 같았다. 드루스는 사진과 녹음, 서류 뭉치, 경찰이 민간인들로부터 빼앗은 압수물에 이르기까지 모두 남김없이 제공해 주었다.

"고맙습니다. 드루스 대위!" 김 중령이 몇 번이나 이 미국인 장교에게 고개를 숙여 감사의 뜻을 표했다.

"천만의 말씀! 내가 아니고 하느님께 감사를 드리시오. 나도 하느님께 감사하고 있소. 당신과 같은 좋은 친구를 만나게 해 주었으니까."

두 사람은 밤늦도록 보고서를 작성했다. 군정청의 광범한 자료에다가 이윤락 중위가 갖다 준 9연대 정보팀의 자료를 참고하여 4·3 폭동의 발생배경과 현황을 일목요연하게 정리해 나아갔다. 김 중령은 영어 구사 능력이 부족했기 때문에 드루스 대위가 거의 대부분 타이핑해 주었다. 기자 출신인 이 미국인 장교는 사물을 보는 직관력이 상당히 탁월해서 자료 해석에도 큰 도움이 되었다.

96

김 중령은 전날 작성한 보고서와 정보자료가 든 가방을 들고 제주중학원 구내 향교 자리에 있는 군정청 회의실로 갔다. 회의는 12시 정각에 시작되었다. 비밀리에 열린 이 수뇌회의에는 미 군정장관 딘 장군을 비롯해서 경무부장 조병옥, 민정부장 안재홍, 경비대 총사령관 송호성 준장, 제주도 군정장관 맨스필드 대령, 제주도지사 유해진, 경비대 제9연대장 김기진 중령, 제주도 감찰경찰청장 최천, 딘 장군의 전용 통역관 김씨 등 모두 9명이 참석했다.

"이 회의는 딘 장군의 명에 의하여 누구든지 자유로이 의견을 말할 수 있습니다만, 회의 내용은 극비이므로 누설자는 반드시 군정재판에 회부될 것입니다. 이 점을 각별히 주의해 주시기 바랍니다." 사회를 맡은 맨스필드 대령이 이렇게 선언한 다음, 맨 처음으로 제주도 감찰경찰청장 최천에게 브리핑을 하도록 했다.

"이번 사태는 국제 공산주의자에 의해 철저히 계획되고 조직 훈련되어서 발생한 것으로," 최천은 종래의 경찰측 입장을 대변함으로써 공산주의 폭동으로 규정하는 한편, 군·경 대병력을 투입하여 합동작전으로 토벌할 수밖에 없다고 주장했다. 그리고, 현재 제주도는 완전히 공산주의자의 소굴이 되어 있으므로 어떤 희생을 치러서라도 무력에 의한 진압이 시급히 요구된다고 주장했다.

그 다음으로, 송호성 장군이 의견을 말할 차례가 되었다.

"나보다는 연대장이 이곳 실정에 대해 잘 알고 있을 테니까 연대장이 설명하도록 하지요." 송 장군은 일어서서 김기진 중령에게 군의 작전계획을 발표하라고 명했다.

"이 사건은 여러 가지 복합적인 요인에 의해 발생한 것입니다. 그러니까, 단순히 공산주의자의 소행이라고만 볼 수는 없습니다. 여서 가장 문제가 되는 거는," 그는 거리낌 없이 자기의 의견을 밝히기 시작했다. 즉, 이 지역 주민과 경찰이 오랫동안 갈등을 빚어 왔는데 이것이 폭동 발생의 직접적인 도화선이 되었다고 하고 그 실례로 3·1 발포사건과 밀수사건 등을 언급하고 나서 계속 말했다. "폭동자 수가 갑자기 수만으로 증가한 것은 경찰의 초동 대책과 작전의 실패에서 기인한 것입니다. 실제로 무장한 인원은 200명 이내에 불과하고, 나머지는 여러 가지 불가항력으로 입산하거나 산간벽지에 떠도는 동조자일 뿐입니다. 저는 이에 대한 대책으로 다음과 같은 몇 가지 진압 방법을 제시하려고 합니다. 첫째, 적의를 가진 폭도하고 일반 민중 동조자를 분리시키갖고, 폭도를 제주도민으로부터 고립시키는 것입니다. 둘째, 그러기 위해서는 무력에 의한 토벌과 선무·귀순공작을 동시에 병용해서 전개하는 섯입니나. 즉, 한편으로는 회유와 선무를 하며 또 한편으로는 이에 불응하는 자들을 토벌하는 것입니다. 셋째, 이 작전의 방해 요소는 경찰의 기강 문란이고 이기 폭도 증가의 요인이 되고 있으니까, 전 제주도 경찰을 군의 지휘하에 두는 것입니다. 작전의 통일성을 기할라캐도 이기 꼭 필요합니다."

그는 이렇게 말하고 나서, 여러 가지 물적 자료와 사진첩을 제시했다. 그 사진첩에는 맨스필드 대령이 영문으로 적은 상세한 설명이 붙어 있어서 더더구나 설득력이 있었다. 그걸 유심히 들여다본 딘 장군은 마침내 흥분해서 얼굴을 붉혀 가며 김 중령의 건의를 즉석에서 채택하는 한편, 경찰을 군에 배속시키겠다고 했다. 그리고, 경무부장 조병옥에게 거칠게 사진첩을 집어던지면서 불쾌한 어조로 말했다.

"닥터 조! 이것, 어떻게 된 일이오? 당신의 보고 내용과 전연 다르지 않소?"

장내는 갑자기 술렁거리기 시작했다. 사진첩을 두루 살피고 있던 조병옥은 당황한 나머지 단상으로 뛰어올랐다. 그는 자기가 설명하겠노라고 우리말로 인사를 하고는 그 다음부턴 유창한 영어로 열변을 토했다. 처음엔 영어로 한 말을 자신이 통역하는 식으로 하다가 열을 띠자 우리말을 싹 치워 버리고 영어로만 떠들었다. 영어를 모르는 안재홍 민정부장과 송호성 총사령관, 유해진 도지사는 무슨 말을 하는지 알아듣지 못하고 멍하니 쳐다보고만 있었다.

"이것은 모두 허위 조작된 것입니다. 경찰을 중상하기 위해 만든 게 분명합니다." 조 부장은 사진첩을 펼쳐 보이면서 이렇게 말했다. 그리고, 그는 김 중령을 손가락으로 가리키면서 큰 소리로 외쳤다. "저기, 공산주의 청년이 한 사람 앉아 있소. 나는 오늘 처음으로 국제 공산당이 무서운 조직력을 가지고 있는 걸 알았소. 헝가리, 루마니아, 체코슬로바키아 등지에서 그랬듯이 처음에는 민족주의를 앞세운 폭동으로 정부를 전복하고 나중엔 본색을 드러내는 것이 국제 공산당의 상투 수단이오."

"닥치라!" 김 중령이 벌떡 일어나더니 고함을 질렀다.

그러자, 딘 장군은 김 중령을 제지하며 연설을 방해하지 말라고 명령했다.

"민족주의의 가면을 쓴 청년들이 먼 외국에서만 활동하고 있는 줄 알았더니 현재 우리나라에도 있소. 바로 저 연대장이 그런 청년이오. 우리 경찰의 조사에 의하면 저 청년의 아버지는 국제 공산주의자이며 소련에서 교육을 받고 현재 이북에서 공산당 간부로 열렬히 활약하고 있소. 저 자는 자기 부친의 교화를 받고 공산주의자가 되었으며 자기 부친의 지령에 따라 행동하고 있는 것이오." 조 부장은 가끔씩 김 중령을 손가락으로 가리키며 계속 열변을 토했다.

던 장군은 깜짝 놀라 김 중령을 쳐다보았다. 누구보다 큰 충격을 받은 사람은 맨스필드 대령이었다. 이런 줄도 모르고 군정청의 모든 자료까지 제공해 준 것이었다. 정말 이럴 수가 있을까! 국제 공산주의자가 바로 나와 함께 일을 하고 있었다니! 그는 너무나 놀란 나머지 김 중령을 의아한 눈초리로 살피기 시작했다. 상황은 급격히 달라지고 말았다. 저런, 저 고약한 놈! 이대로 뒀다간 내가 공산주의자로 낙인이 찍히고 말겠구만! 김 중령은 격분해서 이성을 잃고 말았다. 자리를 박차고 일어나 단상으로 뛰어 올라갔다. 연설 중인 조 부장에게 달려들어 복부를 친 다음 멱살을 잡고 내동댕이치려고 했다. 조 부장은 의외로 힘이 장사였다. 유도 3단인 그가 아무리 애를 써도 50줄에 들어선 이 초로의 정치인은 쉽게 넘어지지 않았다.

두 사람은 단상에서 격투를 벌이게 되었다. 김 중령이 손에 잡히는 대로 조 부장의 넥타이를 잡아당기니까 조 부장은 그만 목을 졸리게 되었다. 조 부장은 숨을 못 쉬고 컥컥 비명을 질렀다. 경찰청장 최천이 말리러 올라갔으나 김 중령의 발길질에 급소를 차여서 그도 그만 비명을 지르며 나뒹굴었다. 던 장군이 보다 못해 송호성 장군에게 싸움을 말리라고 고함쳤다. 김 중령은 아랑곳하지 않고 고래고래 소리 지르며 조 부장에게 욕설을 퍼부었다.

"무고한 사람을 공산주의자라고 몰아붙이나? 흉칙한 놈! 에끼, 이 나쁜 놈! 니가 독립운동을 했다꼬, 애국자라꼬? 인자는 네 속을 알겠다! 자기의 죄상이 드러나니까네, 거꾸로 내를 공산당으로 모는 기가? 당장 취소하지 안 하믄 죽일뻴끼다!"

김 중령은 필사적으로 조병옥에게 덤벼들었다.

"이놈 연대장! 누구에게 폭행을 해? 네놈이 죽을려고 환장을 했어? 손을 놓고 말로 해."

송 장군은 자리에 앉은 채 입으로만 호령호령했는데 굳이 일어나 말릴 뜻은 없는 듯했다.

"연대장! 손을 놓으시오. 폭행을 멈추시오. 외국 사람들이 우리를 야만인이라고 흉을 보니 어서 손을 놓고 말로 하시오."

안재홍 부장도 덩달아 큰 소리로 외쳤지만 그 역시 소리만 지를 뿐 단상으로 오르지는 않았다. 유해진 지사가 마침내 단상으로 올라가 김 중령의 손을 떼어놓으려고 했다. 하지만 그는 원체 노령이어서 역부족이었다. 김 중령은 미친 듯이 덤볐다. 회의장은 순식간에 난장판이 되고 말았다.

"저 사람들이 싸움은 말리지 않고 떠들고만 있는데, 뭐라고들 하고 있소?" 딘 장군이 통역관 김씨를 옆으로 불러서 물었다.

"안 부장과 송 장군은 김 연대장에게 '너는 공산주의자다, 나쁜 놈이다.' 하고 욕설을 퍼붓고 있습니다." 통역관 김씨가 능청스럽게도 이렇게 대답했다.

김 중령은 그런 상황에서도 통역관의 말을 듣고 화가 치밀 대로 치밀었다. 그는 두 손으로 조 부장의 넥타이를 붙잡은 채 단하로 끌어내리면서 통역관을 발로 걷어찼다. 통역관은 비명을 지르며 마루바닥 위로 나뒹굴기 시작했다. 하필이면 음부의 급소를 얻어맞은 것이었다. 딘 장군은 급히 문을 열고 나가 경호원을 불렀다. 몇 명의 엠피가 달려들어 왔는데, 그 중 2명이 양쪽에서 김 중령의 팔을 붙잡아 조 부장으로부터 떼어놓고는 그를 어린아이처럼 번쩍 들어다가 의자에 앉혔다. 그러고 나서, 그의 두 팔을 잡고 꼼짝 못하게 했다. 이렇게 해서 장내의 소란은 일단 수습되는 듯했으나 사람들은 계속 흥분하고 있었다. 딘 장군은 "콰이엇, 콰이엇!"(조용하시오) 하면서 진정하라고 명령했다. 2, 3분 동안의 침묵이 흐른 뒤, 딘 장군은 조 부장에게 다시 설명을 계속하도록 했다.

"저 사람은 국제 공산당원입니다." 단상으로 오른 조 부장은 끝까지 자기의 주장을 펴 나갔다.

"나쁜 자식! 내 아버지는 다섯 살 때 죽었는데, 천벌을 받을 놈, 이놈, 새빨간 거짓말을 하다이!" 김 중령도 고함을 지르며 욕설로 맞섰다.

"콰이엇!" 딘 장군이 일어서서 외쳤다.

그런데, 이상한 일이 벌어섰다. 안재홍 부장이 난데없이 탁자를 두드리며 방성통곡을 하기 시작한 것이다.

"아이고 분하다, 분해! 연대장 참으시오. 이것이 다 우리 민족의 자력으로 해방이 된 것이 아니고 남의 힘을 빌려서 해방이 된 때문이오. 그러니, 이런 억울한 일을 당하는 것이오. 연대장! 참으시오!"

그는 한참동안 울음을 그칠 줄 몰랐다. 장내는 순식간에 조용해지고 그의 통곡소리만 들렸다. 조 부장이 연설을 중단하고, 김 중령도 욕설을 멈추었다. 딘 장군은 무슨 영문인지 몰라 안 부장과 조 부장 두 사람을 번갈아 살피고 있었다. 잠시 침묵이 흐르고 있었다.

"오늘 회의는 이것으로 해산이오."

딘 장군은 마침내 침묵을 깨고 폐회를 선언했다. 그리고는, 벌떡 일어나 빠른 걸음으로 회의장을 휙 나가 버렸다. 조 부장을 비롯해서 참석자들이 줄줄이 그 뒤를 쫓아 허겁지겁 밖으로 나갔다. 회의장에는 안 부장과 송 장군, 김 중령, 이렇게 세 사람만 남게 되었다.

"저는 어릴 때 아버지를 잃고, 편모슬하에서 자랐습니다. 제 부친이 공산당원이고, 지금 이북에서 활동하고 있다니, 이거는 새빨간 거짓말입니다. 조 부장이 이런 허위 조작을 하고 저를 국제 공산당원으로 몰고 있는 것은, 다름이 아니옵고,"

김 중령은 조 부장이 왜 저런 식으로 나오고 있으며, 자기가 그의 주장을 받아들일 수 없는 것인지, 그 이유를 밝히지 않을 수 없었다.

"민족의 비극이오. 이것은 민족의 비극이오."

안 부장은 오직 이 말만을 되풀이할 뿐, 다른 말은 하지 않았다. 송 장군도 더 할 말이 없다는 듯 묵묵히 고개를 떨구고 앉아 있었다.

그 때, 미군 병사 한 명이 달려 왔다.

"빨리 나오십시오. 장군님이 기다리십니다."

딘 장군의 전갈을 받고 두 사람은 황급히 그 병사를 따라나섰다. 김 중령은 넋을 잃은 듯 혼자 우두커니 창가에 서 있었다. 조금 후, 몇 대의 차량이 정문을 거쳐 비행장이 있는 서쪽 방향으로 사라져 갔다. 그러나 그는 아무데도 가야 할 곳이 없었다. 그저 그렇게 서 있는 것, 어딘가 먼 길을 찾아 가다가 그렇게 뚝 떨어져 있는 느낌이었다.

97

다음 날 오전 11시 경에는 박주영 중령이 난데없이 제주읍 서문통 소재 연대임시본부 겸 연락소로 찾아왔다. 김 중령은 반갑기도 하고 너무 뜻밖의 일이어서 자리에서 벌떡 일어났다.

"자네가 여길 우째?"

"연대장 발령 받고 왔다."

박 중령이 무뚝뚝하게 대답했다. 김 중령은 그 한 마디를 듣는 순간 정신이 아찔했다. 하룻밤 사이에 자기가 해임되었음을 직감했기 때문이었다. 그는 아무 말도 못 하고 장승처럼 우뚝 서서 한참동안 상대방을 바라보았다. 하필이면 지금과 같이 어려운 상황에, 그것도 죽마고우인 박 중령이 자기의 후임으로 오다니, 이거야말로 신의 장난이라고 밖엔 생각할 수 없었다.

"앉그라."

김 중령은 넋을 잃은 사람처럼 상대방을 멀거니 바라보고 있다가 겨우 이렇게 말하고 나서 제 자리에 털썩 주저앉았다. 다리가 후둘거려 더 이상 서 있을 수도 없었다.

"그래 됐다. 어젯밤 돌연히 명령을 받고, 지금 막 오는 길이다. 맨스필드 대령을 통해서 대충 이곳 사정은 듣고 왔다만, 어쩌다 이 지경까지 이르렀나?" 박 중령도 좀 머쓱한 느낌이 들어 곁에 있는 빈 의자를 끌어당기며 조심스럽게 말했다.

"이 지경이라니?"

"몰라서 묻나? 내는 명령을 받고 왔을 뿐이니께, 오해는 하지 말거라."

"알겠다. 자네가 어떤 밀명을 받고 왔는지. 다만 친구로서 한 가지 말해 주고 싶은 거는," 김 중령은 가쁜 숨을 몰아쉬고 나서 다시 말을 이어 나갔다. "우린 어디까지나 조선 사람이다. 지금은 군정치하에 있지만 언젠가는 독립된 조선군으로 다시 태어나야지 않겠나?"

"뭐라구? 자네가 그 따위 생각을 하고 있으니까 일을 이렇게 망쳐놨지. 지금 중앙에선 어떻게 돌아가고 있는지, 알고나 하는 소리야?"

김 중령은 그 순간 섬뜩한 느낌이 들었다. 박 중령이 파견된 이유가 너무나 분명해졌기 때문이다. 지금까지 자기가 온갖 수모를 당하면서 지켜온 최후의 보루가 한꺼번에 무너지고 있음을 깨닫게 되었다. 그러나 그로서는 막을 수 없는 일이었다. 분노와 함께 슬픔의 감정이 그를 한없이 무겁게 짓누르고 있었다.

그 때, 전화벨이 울렸다. 김 중령은 몇 차례 울릴 때까지 망설이고 있다가 마침내 수화기를 들었다. 맨스필드 대령이었다.

"김 중령! 내 얘기 오해하지 말고 잘 들어주십시오."

"말씀하시지요."

"박 중령이 연대장으로서 명령권을 갖는 대신, 김 중령은 연대장의 고문이 됨과 동시에 작전 지휘를 맡아 주십시오. 작전의 결과에 대한 책임도 물론 김 중령이 져야 된다고 봅니다만."

"네? 지금 무슨 말씀을 하는 건지, 내는 이해가 안 갑니다. 한 사람은 명령권을 갖고, 또 한 사람은 작전 지휘를 맡는다니, 이기 어느 나라 군대서 하는 일입니까? 도통 감이 잡히질 않는데…."

"구체적인 얘기는 직접 만나서 하기로 하고, 일단 여기 그대로 있도록 해 주십시오."

참으로 비정상적인 지휘 계통과 책임 한계였다. 현재의 제주 상황으로 보아 이해가 전혀 안 가는 건 아니지만 아무튼 납득하기 어려운 조치인 것만은 분명했다. 김 중령은 막막한 심정으로 앉아 있었다. 그가 전화를 받는 동안 박 중령이 말없이 나가더니 다시 돌아오지 않았다. 한 시간 이상 기다리고 있다가 그는 어쩔 수 없이 혼자 모슬포 연대 본부로 돌아갔다. 일이 이렇게까지 된 이상, 하루 속히 연대장 이취임식을 갖고 나서 이곳을 떠나고 싶은 심정뿐이었다.

98

최세진은 이번 오라리 작전으로 김정호 사령관의 신임을 받게 되었다. 이걸 계기로 뭔가 더 큰 고기를 낚아 올려야 할 텐데 그게 무언지 골똘히 생각에 잠겨 있었다. 그는 자기 테이블에 앉아 있다가 벌떡 일어나 창가로 갔다. 그리고, 문을 반쯤 열어 젖혔다. 여기서 한 걸음만 더 나가면 자기 세상이 될 것인데 그게 잡힐 듯 잡힐 듯 하면서 손에 들어오지 않았다. 그는 그래도 숨을 쉴 수 있을 것 같았다. 이젠 복직도 했겠다, 사령관의 신임을 받고 있으니 겁날 것은 하나도 없었다. 지난 1년 동안 경찰에서 밀려나 보조원 생활을 하면서 겪은 온갖 수모를 생각하면 못할 일이 없을 듯했다. 창가에 서서 두 활개를 펴고 실컷 숨을 들여 마시기도 하고, 딱딱하게 굳은 어깨 근육도 펴 보았다. 창밖으로 지나가는 행인들을 하나하나 눈여겨보며 세상을 깜짝 놀라게 해 줄 어떤 기발한 생각을 찾고 있었다. 그 때, 그의 머리 속에 줄곧 떠오르는 것이 하나 있었다. 김경준, 그 놈이 아직 산에 오르지 않고 여기 남아 있으니 그 놈의 뒤만 잘 밟으면 뭔가 큼직한 대어를 끌어올릴 수 있다는 계산이었다.

"정 형사, 인젠 박인덕이 풀어 줘."

"안직 아무것도 못 줏었는데요?"

"그래도 풀어 줘. 대신, 그 뒤를 잘 밟으란 말이야. 우리가 지금 찾는 것은 그 뒤에 숨어 있는 큰 덩어리야. 그걸 놓치면 안 돼."

그는 무슨 영감을 얻은 듯 정 형사를 데리고 자기 테이블로 갔다. 아직 애송이긴 하지만 잘 훈련시키면 좋은 사냥개로 써먹을 만했다.

"내 말 잘 들어." 그는 종이에 낱낱이 기록하고 도표를 그려 가면서 자세히 설명해 주었다. "이 놈들은 일본에서 같이 공부했고, 들어온 후에도 지하활동을 같이 했어. 요즘 싹 꼬리를 감추었지만, 잘 들여다보면 몸통이 보일 거야. 이덕구, 허윤석, 김달삼이, 다 같은 패거리거든."

"김경준이는 서울 가서 고시 공부 한다는데?"

"이 바가야로! 고시 공부 하는 놈이 처가살이나 하고 있어? 박인덕이, 양 문관이 다, 벌써 산에 오를 건데 왜 여기 남아 있겠어? 세포활동 하고 있는 거 아냐? 통역이니 기자니 하는 것은 허울 좋은 간판에 지나지 않아."

"오늘부터 잠복근무를 내보낼까요?"

"자네가 직접 따라붙어. 눈치를 채면 안 되니까, 먼발치로. 적당한 거리를 두고."

"알겠습니다."

"이번에 박 기자 그놈을 불러들인 것은 미끼를 한 번 던져본 것밖에 안 돼. 이제부터가 시작이야. 지금 지서로 연락해서, 내보내라고 해. 그 다음부턴 자네 몫이야. 그러고, 필요하면 김 형사를 달고 다니도록 하지."

"네. 그렇게 하겠습니다."

세진은 젊은 후배의 등을 두드리며 격려해 준 다음, 밖을 나섰다. 며칠 동안 밤샘 근무를 하느라 목이 뻑뻑하고 어깨가 무거웠다. 하루 이틀 상황을 보다가 조천으로 나갈 생각이었다. 그동안 쌓아둔 밭문서도 챙기고, 정례도 한번 찾아보고 싶었다. 별볼일없는 촌년치곤 제법 애교도 있고 가슴이 뜨거운 계집이었다.

99

박 기자는 사흘째 감감무소식이었다. 알아보고 있다는 양 문관도 한나절이 지나도록 전화 한 통화 없고, 김 중령도 연락이 끊겼다. 김 중령이 묵고 있는 하숙집 여주인 얘기로는 어제 나가서 들어오지 않는다고 했다. 신문사 편집실도 전혀 행방을 모르고 있었다. 경준은 장모님의 눈을 피해 뒤뜰로 나갔다. 넋을 잃은 사람처럼 꼬박 전화통만 붙들고 기다리는 장모님이 안쓰러워 견딜 수 없었다. 줄곧 담배를 피우며 좁은 공간을 왔다 갔다 서성이고 있는데 진순이가 학교에서 돌아왔다.

"일찍 왔구나."

"조퇴했어요. 오빠 아직 소식 없죠?"

"기다려 보자."

"또 붙들려간 거 아녜요? 전에도 그렇게 당했는데. 형부, 제발 신문사 그만두라고 해요."

진순이가 잠시 서 있다가 집 안으로 돌아갔다. 경준은 다시 담배에 불을 붙이고 뜨락을 걷고 있었다. 조금 후, 장모님이 급히 부르는 소리가 들렸다.

"김 서방, 전화!"

"네에."

그는 담배를 손에 든 채 후다닥 뛰어 들어갔다. 장모님이 수화기를 들고 있다가 그에게 건네주었다.

"여보세요."

"아, 나야. 인덕이 지금 여기 있어. 강내과에."

양 문관이었다.

"알았어. 곧 갈께."

전화를 받는 동안, 장모님이 초조한 눈으로 그를 지켜보고 있었다. 취재차 서귀포 쪽으로 멀리 나갔다가 차가 고장 나는 바람에 늦어졌다고, 그는 장모님께 적당히 둘러대고 나서 집을 나섰다. 그동안 걱정했던 대로, 박 기자는 어딘가 끌려갔다가 지금 병원에서 치료를 받고 있는 게 분명했다. 장공천 의원이 문을 닫게 되자 그 자리엔 다른 병원이 들어서 있었다. 그는 칠성통을 가로질러 그 병원이 있는 원정통으로 달려갔다. 두 사람은 아무렇지도 않다는 듯 병원 현관의 긴 나무의자 위에 나란히 앉아 있었다. 경준이 박 기자의 얼굴을 뜯어보며 다짜고짜로 물었다.

"좀 어때?"

"어떻긴! 자, 가세."

박 기자가 짐짓 웃어 보였으나 그 음성이 밝지 않았다. 그들은 천천히 걸어서 서부두 입구로 갔다. 거기 조그만 주막은 그들이 오랫동안 즐겨 찾는 곳이었다. 뱃사람들 몇이 자리를 잡고 있었으므로 주인이 거처하는 작은 살림방으로 들어갔다.

이 주막은 언제나 부담이 없어서 좋았다. 술값도 쌌지만 자유롭게 대화를 나눌 수 있었다. 술이 몇 잔 들어가자 박 기자는 그제서야 안정을 되찾는 모습이었다.

"지난 번 그 토벌대 기사 때문이지?" 경준이 넌지시 말을 건네 보았다.

"아직 확실한 건 모르겠는데, 아무튼 단단히 벼르고 있었나 봐." 박 기자는 연거푸 술잔을 비우더니 조금씩 털어놓기 시작했다. "며칠 전 다방에서 사찰주임을 만났더니, 다짜고짜로 그러더라고. 당신, 한라산 폭도와 무슨 관계가 있느냐고. 뭐, 사상이 의심스럽다나."

"그 새끼, 이북 출신이잖아? 툭하면 빨갱이 빨갱이 떠들고 다니는…." 양 문관이 말했다.

"일정 때 관록 가지고 한몫 하는 놈이지. 그저껜 우리 신문사 기자 하나가 그랬어. 경찰이 구수회의를 열고 날 제거하기로 했으니, 조심하라고."

"최천 경찰청장도 신문사로 협박전화를 했다면서?" 양 문관이 물었다.

"응. 낌새가 이상해."

"그래, 최 청장이 뭐라고 하는?" 양 문관이 또 물었다.

"경찰과 민간을 이간시키는 허위 기사를 썼다는 거야."

"새끼들, 그런 기사는 중앙지에도 벌써 여러 차례 났었잖아? 죽은 폭도들 중엔 놀랍게도 장님이 끼어 있었다고, 그거 나도 읽었는데."

"으음!" 박 기자가 신음하듯이 길게 숨을 쉬고 나서 또 잔을 들었다. "때가 온 것 같어."

"무슨?"

양 문관이 의아한 눈으로 박 기자를 바라보았다.

"글쎄, 뭔진 모르지만."

"그래. 나도 그런 느낌이 들어. 경준이를 쫓더니 이번에 갑자기 자넬 끌어들인 걸 보면."

"아무튼, 자네가 수고했네. 오늘 오후, 제주서로 이송하길래, 난 이젠 살았구나 했지. 그런 데선 언제 어떻게 맞아 죽어도 쌩판 모르게 됐어."

"여긴 뭐 다를 게 있나?"

"죽일려면 굳이 여기까지 보낼 필요 없잖아? 이번도 드루스 대위가 도와줬나?"

"그 친구가 직접 경찰에 찾아가서 단단히 엄포를 놓았다더군."

"앞으론 어떻게 할 거야?" 경준이 물었다.

"글쎄, 좀 생각해 봐야겠어. 이러고 있을 때가 아닌 것 같은데." 박 기자가 목소리를 낮추고 양 문관에게 은밀하게 말했다. "연합신문에서 무슨 기사 못 봤지?"

"무슨 기사?"

"모리배들이 또 날뛰고 있어. 내가 취재한 걸 가지고, 고 기자가 직접 서울로 갔는데."

"그래? 아직 그런 기사 못 봤는데."

"그럴 거야. 그저께 아침 목포배 타고 갔으니까, 아직 나오진 못 했을 거야. 고 기자 돌아온 다음 무슨 일 있으면 즉각 연락 주게."

"알았어. 그 새끼들 지금도 미련을 못 버리고 있는 모양이지?"

"개버릇 남 주겠나? 일정때부터 그러고 산 놈들인데! 지금 성산포엔 말야, 한 건 할려고, 부산이나 마산서 오는 배들이 계속 잠복하고 있어.

밀수선 잡으면 막바로 실어보내는 거야. 아무 기록도 안 남기고. 이번엔 그 현장을 카메라로 잡고 띄웠으니까, 꼼짝달싹 못할 테지."

"이 사람, 참!"

"만일 그 기사 나오게 되면 난 단단히 각오해야 돼."

박 기자는 옷 안으로 손을 넣고 가슴께를 어루만지면서 고통스러운 표정을 지었다.

"그야 그렇지. 이번엔 그냥 넘어갈려고 하지 않을 테니까." 양 문관이 초조한 얼굴로 박 기자를 지켜보면서 말했다.

경준은 두 사람의 대화를 들으며 혼자 생각에 잠겨 있었다. 무언가 좋지 않은 징후가 주위에 감돌고 있다는 것만은 분명히 느낄 수 있었다.

100

연대 본부 막사 앞에는 못 보던 지프 한 대가 서 있었다. 김 중령은 그 차를 유심히 눈여겨보면서 곧장 집무실로 갔다. 아니나 다를까, 박주영이 먼저 와서 기다리고 있었다. 김 중령은 자기의 눈을 의심하지 않을 수 없었다. 소파에 앉아서 담배를 피우고 있는 그 사람이 옛 친구 박주영이라고는 생각하기 어려웠다. 살면서 이렇게까지 배신감을 느껴본 것은 처음이었다.

김 중령은 심흥선 대위를 불러 이취임식을 준비하도록 했다. 그리고, 이 윤락 중위를 시켜서 가족을 전 면장댁에서 영내로 옮겨 주도록 부탁했다. 그동안 애써 쌓아 온 게릴라와의 모든 협상이 이것으로 끝이 났음을 실감하고 있었다. 그는 울적한 마음을 달래기 위해 창가로 갔다. 넓은 병영에는 땅거미가 서서히 깃들고 있었다. 훈련을 마친 병사들이 막사로 돌아가고 있었다. 그동안 낯익은 풍경들이지만 오늘은 어쩐지 예사롭지가 않았다. 무언가 뜻밖의 상황이 벌어지고 있는 것 같은 불길한 느낌을 감출 수 없었다.

 곧 이어 이취임식으로 들어갔다. 김 중령은 특별히 할 말이 없었다. 후임 연대장을 소개하고 나서 바로 하단했다. 빨치산과 회담차 나가기 위해 여기 이 연병장에 모였던 것이 불과 1주일밖에 안 되었는데 오늘 이임사를 하고 있는 자신이 그저 공허하게만 느껴졌다.

 박 중령이 단상에 오르자마자 열변을 토하기 시작했다. 그는 주로 이데올로기 문제를 강조하고 있었는데, 그의 어조는 대단히 단호했다. 우리나라 독립을 방해하는 제주도 폭동 사건을 진압하기 위해서는 제주도민 30만 명을 깡그리 희생시키더라도 무방하다는 것이었다. 그렇게 해서라도 우리나라가 독립을 하는 게 제일 중요한 일이라고 역설했다. 이러한 발언들은 말할 것도 없이 초토화 작전을 뜻하는 것으로 군정청 중앙당국과 조병옥 등의 견해를 그대로 반영하는 것이기도 했다. 김 중령은 가만히 앉아서 듣기가 민망스러웠지만 공식 석상인 만큼 꾹 참고 끝까지 자리를 지킬 수밖에 없었다. 앞으로 제주도가 어떤 곤경에 처하게 될 것인지, 오늘 이 취임사만으로도 충분히 예상할 수 있는 일이었다.

 김 중령은 그 자리에서 박 중령과 헤어졌다. 악수를 하는 그의 손이 가볍게 떨리는 것을 느꼈다. 예의가 아닌 줄 알지만 박 중령과 함께 가서 축배를 든다는 것은 그의 양심이 허락하지 않았다. 그는 곧장 가족이 있는 막사로 돌아갔다.

아무것도 모르는 아내가 반갑게 그를 맞았다. 이렇게 일찍 귀가해본 적이 없었다.

"저녁은예?"

"어. 같이 묵자. 어무이는?"

"잠깐 나갔어예. 아이 델꼬."

아내는 주방으로 가서 저녁상을 보았다.

그는 묵묵히 창가로 갔다. 무어라고 아내에게 말해 줄 수가 없었다. 하염없이 창밖을 보고 있으려니까 어머니가 어린것을 등에 업고 주춤주춤 걸어오는 것이 눈에 띄었다. 순간, 땅속으로 숨어버리고 싶은 충동을 느꼈다. 그렇게 부끄러울 수가 없었다. 무슨 큰 중죄인이 된 것처럼 얼굴이 갑자기 뜨겁게 달아올랐다.

그런 상태로는 도저히 어머니를 대할 면목이 없었다.

"잠깐 걷다 오께."

"다 되었는데요."

"어무이하고 먼저 묵으소."

아내가 붙잡는데도 그는 밖으로 나섰다. 지금이라도 당장 총사령부로 달려가서 송호성 상군을 만나고 싶었다. 며칠 진 수뇌회의 때 제 눈으로 똑똑히 보고 갔는데, 어떻게 이런 일이 일어날 수 있는지 도저히 이해할 수가 없었다.

그는 이튿날 연대장실로 갔다. 내키지 않는 걸음이었지만 제주도 군정장관의 지시이므로 마지막까지 연대 고문으로서 최선을 다해야 한다고 생각했다. 그러나 두 사람은 처음부터 의견이 맞지 않았다. 무엇보다, 토벌에 관한 개념이 서로 달랐다. 불과 5분도 못 되어 그들의 대화는 파국을 달리고 있었다.

"자넨 진짜로 답답한 사람이네. 이렇게도 세상 물정을 모른단 말이가. 아무튼, 내 임무 수행에 방해가 되니까네 자넨 제발 이곳을 떠나줘야겠네." 박 중령은 한 마디로 뚝 잘라서 말했다.

"좋다. 떠나달라믄 떠나주지. 자네, 그란데, 한 가지만 분명히 해 두겠는데 내 말 잘 들으래이. 딘 장군도 좋고 조병옥도 좋지만, 우린 군인일세. 그것도, 조선 인민의 군인일세. 이 점을 명심하그라."

김 중령은 곧 제주비행장으로 향했다. 운전병을 똑바로 볼 수도 없었다. 이렇게 부끄러운 생활을 하느니 차라리 깨끗이 군복을 벗어 던져버리고 싶은 심정이었다. 그는 지금 어떤 다른 사람보다 친구에게 당한 배신감이나 수치심 때문에 몸을 떨어야 했다. 아무리 처지가 다르고 사회적 욕구가 다르다 해도 오랜 우정이 이렇게 급격히 무너질 수 있는 것인지 회의가 갔다.

박주영이라면 누구보다 자기가 잘 아는 죽마고우다. 한 동네에서 자라고, 군사영어학교도 같이 입학했으며, 소위 계급장도 똑같이 달았다. 결혼할 때는 들러리를 설 만큼 가까운 사이였다. 오사카 외국어학교 출신으로 영어에 능통하고, 구 일본군 소위로 제주도에서 근무했다는 점이 이번 인사에 많이 반영되었을 것이다. 그러나 그보다도 이번 인사에 더 크게 작용한 이유는 그가 딘 장군으로부터 직접 그 밀명을 받고 왔다는 사실일 것이다. 김 중령 자신이 군정청 중앙 당국의 비위를 건드리고 경무부장 조병옥으로부터 미움을 받는 처지이고 보니 얼마든지 해임될 수도 있고, 다른 사람으로 교체될 수도 있는 일이다. 그렇지만 박 중령이 저렇게까지 적대적으로 나온다는 건 전혀 예측하지 못 했던 일일 뿐 아니라, 친구로선 도무지 참고 견디기 힘든 일이었다. 상부에 잘 보여서 출세도 하고 보신도 할 수 있겠지만 어떻게 이렇게 친구를 헌신짝처럼 내동댕이칠 수 있단 말인가.

 그는 무엇보다 박 중령이 취임식에서 한 말이 내내 머리에서 떠나지 않았다. 조국의 독립을 위해서는 제주도민 30만 명을 희생시켜도 무방하다는 말이 그것이었다. 공적인 석상에서 그런 말을 공공연히 할 수 있다는 것이 그저 놀랍기만 했다. 그것은 진원을 캐면 제주도민 80프로가 빨갱이들이니까 비행기에 석유를 싣고 가서 다 태워죽일 수도 있다고 한 조병옥의 발언을 그대로 옮겨놓은 것이나 다름이 없었다.

 제주 공항에 도착하고 보니 다행히 대기 중인 L-35기가 한 시간 후에 출발한다고 했다. 모슬포 연대 본부로 전화를 걸어 우선 이 사실을 이윤락 중위에게 알렸다. 그리고, 자기 아내에게 전해 달라고 부탁했다.

"수고했네."

"안녕히 가십시오."

 김 일병은 차렷 자세로 서서 경례를 붙였다. 경례를 받는 김 중령의 손이 부르르 떨려 왔다. 김 일병은 그동안 전속 운전병으로 정이 들 대로 들었다. 이런 때 밥 한 끼도 못 사주고 떠나는 자신의 처지가 너무나 초라하고 부끄러웠다. 운전병까지 보내고 나니 그는 지금 아무도 살지 않는 무인도에 뚝 떨어진 기분이었다. 그렇게 막막할 수가 없었다. 무작정 풀밭으로 나가 걷고 있었는데, 멀리로 수용소 텐트들이 눈에 띄었다. 갑자기 눈물이 콱 쏟아질 것 같았다. 그는 그 자리에 우뚝 서서 텐트들을 멀거니 바라보았다. 어쩌면, 자신의 지금 처지는 그 빈 텐트들과 같은 게 아닐까 하는 생각이 들었다. 그 다음 순간, 그는 귀순자들을 떠올리고 깜짝 놀랐다. 그 사람들, 어떻게 될 것인가. 지금쯤은 모두 영창에 들어가 있을 텐데. 여기에 생각이 미치자, 그는 그야말로 큰 죄를 지었다는 걸 깨닫게 되었다. 빨갱이 아닌 빨갱이로 그들이 앞으로 당할 고통을 생각하니까, 모든 책임이 자기에게 있는 것같이 여겨졌다. 아니, 자기가 그 사람들을 공연히 끌어들여 빨갱이로 만들어 버린 셈이 되었다. 갈수록 머리가 복잡해져서 풀밭 속으로 계속 걸어 나갔다. 문득 김경준이 떠올랐다. 그는 즉각 사무실로 달려가서 수화기를 들었다. 다행히 집에 들어 있었다.

"나다. 퍼뜩 나오그라. 지금 여게 제주비행장인데, 자리를 하나 부탁해 놓테니께. 아,… 그게 아이고,… 내는 오늘 제주도를 떠나게 됐다니까. 같이 올라가자."

김 중령이 간곡히 말했으나 경준은 끝까지 거부했다. 진작 갔어야 했는데 시기를 놓친 셈이었다. 김 중령은 허탈한 마음으로 창가에 가서 섰다. 누가 또 제2의 국제 공산당원으로 조작되어야 할 것인지, 세상이 그저 불투명하고 막막하기만 했다. 다시 전화를 걸까 하다가도, 그 친구의 고집스런 성미를 잘 아는 터라 더 이상 긁어봐야 아무 소득이 없다는 걸 깨닫게 되었다. 멀리 창밖으로 한라산을 보고 있으려니까, 불과 1주일 전에 만난 김달삼의 얼굴이 아주 먼 과거처럼 쓸쓸하게 보였다. 순간, 자신이 더없이 작고 초라하게 생각되었다. 서울로 가서 총사령부의 송 장군을 만나봐야 뭐 별로 뾰족한 수가 없겠지만, 그래도 자기의 입장과 태도만은 분명히 밝혀 둘 필요가 있다고 믿고 있었다.

101

경준은 수화기를 놓고 멍하니 앉아 있었다. 모든 움직임이 일시에 정지하고, 자신은 진공관 속에 놓여 있는 듯한 미묘한 느낌이 들었다. 그런 가운데서도, 분명한 것은 이제 운명이 결정되어 있다는 사실이었다. 조천으로 갈까. 그렇지만 그것도 무의미한 일이었다. 가족을 만난댔자 아무 할 말이 없었다. 그는 무심결에 펜을 들었다. 이형. 나를 더 이상 기다리지 마시오. 나는 이미 틀린 사람이오. 이형이 내 몫까지 맡아서 꼭 시험에 붙어 주기를…. 몇 줄 쓰다 말고 찢어 버렸다. 이런 때, 왜 하필이면 이지훈을 생각게 된 것일까. 지금 막 비행기를 타고 떠나는 김기진이나, 서울서 고시 준비에 여념이 없을 이지훈이나, 그들은 모두 자기하고는 아무 관계없는 먼 세계에 살고 있었다.

그는 군정청으로 전화를 걸어 양 문관을 찾았다.

"여보세요?"

"아, 나야."

"지금 어딘데?"

"십이야. 시간 있으면 오현단으로 나와."

"오현단?"

"응."

"알았어. 30분 후에."

경준은 처음 느껴보는 야릇한 심정으로 처가를 나섰다. 장모님이 이 날 따라 대문까지 쫓아 나왔다.

"다녀오겠습니다."

"기여. 곧 올 것가?"

"당분간 못 뵐 겁니다. 또, 연락드리지요. 유나 엄마한테도 그렇게 전해 주십시오."

"얘야, 게난…."

그는 장모님이 말을 마치기도 전에 얼른 걸음을 떼어놓았다. 한참 걷다가 뒤돌아보니 장모님이 대문밖에 서서 그를 계속 지켜보고 있었다. 그는 곧장 걸어갔다. 만일 살아서 돌아오지 못 한다면 이 처가집 동네도 마지막이 될 것이었다. 장모님의 조그만 몸집과 그 흰 머리칼이 어쩐지 멀게 느껴졌다.

제주읍은 이 섬에서 지난 한 달 동안 유일하게 전투가 없었던 곳이므로 겉으로 보기엔 그런대로 평온을 유지하고 있었다. 그는 큰 길을 피해 샛길로 갔다. 오현중학원 마당에는 학생들이 방과 후에도 남아서 공을 차고 있었다. 그 학생들을 바라보고 있으려니까 추억처럼 슬픈 생각이 났다. 해방이 되고, 조천중학에 잠시나마 머물고 있을 때가 그의 생애에 있어 가장 아름답고 꿈 많은 시절이었다. 지금은 그 학교가 이미 폐쇄되었고 교사와 학생들도 뿔뿔이 흩어지고 말았지만 그 열정과 포부만은 영원히 잊을 수 없을 것 같았다. 그는 중학교 건물을 지나 오현단 밑 돌층계로 가서 앉았다. 김기진과 축배를 든 것이 불과 며칠밖에 안 됐는데 세상은 어느새 완전히 달라져 버렸다. 한 사람은 마침내 서울로 떠났고, 자기는 산으로 가게 되었다. 이것이 옳은 판단인지, 그러나 그런 것은 아예 따지지 않기로 했다.

잠시 후, 양 문관이 왔다.

"김 중령이 연대 고문으로 남아 있게 됐어." 양 문관은 돌층계에 나란히 앉으면서 말했다.

"무슨 소릴 하고 있는 거야?"

"그래도 낫지 않겠어? 이곳 사정에 정통한 사람이 있는 것이."

"이 사람, 참 안타깝군. 아까 6시 반쯤에 떠났다니까. 서울로."

"뭐라구? 오늘 군정청에서 들었는데. 분명히."

"나하고 직접 통화했어. 비행장이라더군. 지금쯤 서울에 도착하고 있을 거야."

경준은 전화 내용을 좀더 자세히 알려 주었다.

"하하하." 양 문관은 미친 사람처럼 큰 소리로 웃었다. "그럴 수도 있겠지. 요즘 시국이란 게, 우리 제주도 날씨 모냥으로 여간 변덕이 심한 게 아니니깐. 자넨 왜 따라가지 않았나?"

"그게, 내 운명일세. 전화를 끊고 나서 생각해 봤는데, 결론은 그거야. 운명."

"그럼, 자넨?"

"가야지. 박 기자 연락 없었어?"

"아침에 군정청 들렀길래 귀띔해줬어. 연합신문 고 기자 어젯밤 검거됐다고. 서울 샀나온 세 들통났나 봐."

"그랬군. 떠난다는 말만 하고 곧 전화 끊는 걸로 보면 상황이 긴박한 거 같았는데."

"빌어먹을 세상! 가서, 술이라도 한 잔 해야지."

"그럴 시간 없어. 자네, 미안하지만, 내 집사람 만나서 잘 말해 주게. 당분간 못 볼 테니까."

그들은 다시 중학교 운동장으로 나섰다. 해가 지고, 서서히 땅거미가 내려앉고 있었다. 어린 학생들이 돌아갈 생각은 않고 계속 게임에만 몰두하고 있었다. 두 사람은 묵묵히 운동장을 가로질러서 교문이 있는 곳으로 갔다. 이윽고, 경준이 먼저 입을 열었다.

"그동안 참 망설였네. 무작정 상경할 수도 없고. 그런데, 이렇게 마음을 정하고 보니 오히려 홀가분한 기분이야. 모든 건 생각하기 나름인가 보지."

"어디로 갈 건데?"

"허 선배부터 만나야겠어."

경준은 허윤석을 생각하고 있었다. 허윤석을 만나면 지인철이 지금 어디서 무엇을 하고 있는지 알 수 있을 것 같았다.

"나도 곧 갈 거야. 몇 가지만 마저 처리하면." 양 문관이 그의 곁으로 바싹 다가서면서 말했다.

"그럼."

"잘 가게."

경준이 어둠 속으로 떠났다. 양 문관은 망연히 서서 하늘을 우러러보았다. 실낱같은 초승달이 희끗희끗 길게 깔린 엷은 구름 사이로 떠 있었다. 모두들 가고 빈 자리에 혼자 서 있는 느낌이었다. 이제 자신도 떠날 때가 된 것이다. 구름에 가려서 보이지 않던 달이 다시 가냘프게 얼굴을 내미는 걸 확인하면서 그는 집으로 발길을 돌렸다.

제5장

102

 제주경찰서 형사들이 잠복근무에 들어갔다는 소문이 나돌면서 이 마을은 갑자기 한파를 만난 듯 움츠러들기 시작했다. 아직 초저녁인데 거리는 텅 비어 있고, 만세집에도 손님의 발길이 뚝 끊겼다.
 "그나저나 시끄럽겠어. 사름이 둘이나 죽었시니."
 주인아저씨가 씁쓸한 얼굴로 현준을 바라보며 자리에서 일어났다.
 "맞수다. 이런 땐, 집이 강 잠이나 자는 게 좋쿠다."
 "경허주. 나도 오늘은 그만 문을 닫아사 허크라. 혼저덜 들어가."
 "예. 수고업서."
 현준은 서둘러 가게에서 나가 새코지로 향했다. 파도소리만 들릴 뿐 사람이 다니지 않는 밤길은 더욱 어둡고 황량했다. 박승휴의 소행이 아닌지, 아까부터 이 생각 때문에 머리가 무겁고 징징 아팠다. 설마 그럴 리야 없겠지 싶으면서도 선뜻 아니라고 뿌리칠 수 없는 복잡하고 미묘한 심경 속에서 그는 쫓기듯 걸음을 재촉했다. 기어코 메가네를 해치우고야 말겠다고 결의를 다지고 있었던 박 동무의 모습이 어둠 속에서도 눈에

선히 보이는 듯했다.

이모는 벌써 자고 있는지 불이 꺼져 있었다. 현준은 곧장 뒤뜰로 걸어 들어갔다. 집 모퉁이를 도는 순간 누군가가 방 앞에 서 있는 것을 발견하고 깜짝 놀랐다. 불안하고 두렵게 느끼고 있었던 어떤 사실이 현실로 다가서고 있음을 깨닫게 되었다. 그는 잠시 주춤하고 서 있다가 박승휴의 곁으로 갔다.

"여기서 뭘…?"

"바람을 보고 있어."

현준도 반사적으로 고개를 들어 살펴보았다. 처마 끝 짚새기가 하늬바람을 타고 동북쪽으로 가볍게 나부끼고 있는 걸로 보아, 날씨는 그런대로 좋은 편이었다.

"배 타고 나갈려고?"

"이참에 아주 멀리 떠야겠어."

"멀리라니, 어딜?"

"일본으로 갈까 해."

"뭐, 일본?"

"그래."

"가는 배는 있대?"

"그럴 거 뭐 있어? 이 두 팔로 노 젓고 가지."

승휴의 목소리가 몹시 상기되어 있었다.

"노 젓고?"

현준이 의아한 마음으로 그의 얼굴을 쳐다보았다.

"어때? 오늘처럼, 사나흘만 날씨가 좋으면."

"이 사람, 농담치곤 근사한데!"

"농담이 아냐. 우린 빨리 빠져나가야지, 시간이 없어." 승휴는 바람결에 파르르 떨고 있는 짚새기를 손가락으로 가리키며 사뭇 진지하게 말했다.

"지금?"

"응, 지금! 시간이 없다니까. 이젠 더 생각하고 말고도 없어. 이 기회를 놓치면 우린 영 끝장이야."

"…"

승휴는 현준을 데리고 방으로 들어가 자기의 계획을 털어놓았다. 사나흘만 큰 바람이 없으면 경비정의 눈을 피해 제주바다를 건널 수 있을 테고, 그러면 일단 안전지대에 나갈 수 있다는 계산이었다. 현준은 이런 엉뚱한 생각을 하게 된 박 동무의 고충을 모르는 바 아니었으나 그건 너무 무모한 짓이었다. 노 하나만 믿고 저 넓은 바다를 건넌다니, 그는 그저 막막한 심정이 되어 상대방을 가만히 지켜보았다.

"내 말 잘 들어. 난, 사람을 죽인 거야! 그것도, 저쪽 사람을 말야! 생각해 봐, 저쪽에선 눈에 불을 켜고 땅끝까지도 쫓아올 텐데, 우리가 무슨 수로 배겨나겠어? 문선이 형이 돌베네 집에 있을 텐데, 빨리 가서 말해. 일본으로 튀는 거야. 난, 지금, 포구로 가서 기다릴 테니까."

승휴는 끝내 고집을 꺾지 않고 벌떡 일어나 나가려고 했다.

"잠깐!" 현준이 그를 끌어앉히며 말했다. "너, 정말, 정신이 있어? 없어? 형사들이 쫙 깔렸는데 지금 어딜 가겠다는 거야? 상황을 더 지켜봐야지."

"짜식, 너까지 우릴!" 승휴는 달려들어 현준의 멱살을 잡았다. "이게, 어디, 나 혼자 살겠다는 거야? 말해 봐, 나 혼자 살겠다는 거냐구? 응?

년, 무사할 줄 알어?"

현준은 돌발적인 공격에 넋을 잃고 승휴가 하는 대로 몸을 내맡겼다. 이윽고 승휴는 방바닥에 주저앉더니 엉엉 울기 시작했다. 잠시 후, 애원조로 바뀌었다.

"우린 지금 독안에 든 쥐야. 시간이 없어. 형사들이 구석구석 뒤지고 있을 텐데."

"알았어. 어딜 가든 그건 니 자유야. 하지만, 지금은 안 돼. 서너 시간만 더 기다려. 내가 배를 몰고 나갈 테니까 자넨 먼저 새남터 어영바위에 가 있어."

"좋아! 세 시간이야. 문선이 형을 꼭 붙들어줘. 문선이 형만 응낙하면 창식인 저절로 따라올 거야. 이제 무슨 수가 있겠어? 물귀신이 될지언정 일단 가보는 거지, 안 그래?"

"정 그렇다면 할 수 없지. 혼자 고집 부리지 말고, 가다가 안 되겠으면 돌아와. 앞으로 몇 개월만 숨어 있으면 무슨 수가 나지 않겠어? 나도 도울 테니까."

"고맙다. 가는 데까지 가 보고."

"김철호도 같이 있었나?"

"메가네만 처치할 생각이었는데, 엉뚱한 놈이 걸려든 거야. 그 자식, 뚝심만 믿고 달려드는 바람에."

승휴는 목이 메어 말을 잇지 못 했다.

"그거야 정당방위 아니겠어?"

"그걸 누가 믿어? 잡히면 끝장인데."

"그 말은 옳아. 문제는, 노 하나만 믿고 저 바다를 넘는다는 거지."

"할 수 있나. 우린 지금 막다른 골목이니까. 형사들이 어떻게 알고 왔지?"

"김철호가 죽을 때 말했나 봐. 조천 청년들이라고."

"그 새끼, 그러니까, 목숨이 붙어 있었던 모양이지?"

"곧 죽었대. 니들 이름을 몰랐으니 망정이지."

"새끼, 등신 같은 놈, 메가네만 믿고 날뛰다가…."

"메가네 그 놈이 문제였어."

"난, 후회하지 않아. 할 일을 했을 뿐이니까."

현준은 정지로 가서 보리쌀도 서너 되 포대에 담고, 대롱대롱 벽에 걸려 있는 건어물도 닥치는 대로 끌어내려 포장했다. 된장, 고추장, 마늘, 식초, 그리고 보니 물이 제일 걱정이었다. 아쉬운 대로 이수병 두 개를 가져다가 가득 채웠다. 이 정도면 2, 3일은 거뜬히 견딜 것으로 보고, 방으로 갖고 갔다. 승휴가 벌렁 드러눠 팔목시계만 들여다보고 있었다. 몹시 불안하고 초조한 표정이었다. 현준이 짐을 내려놓으며 말했다.

"한 잔 해야지?"

"좋아!"

승휴가 벌떡 일어나 앉았다. 현준은 정지로 뛰어가서 먹다 남은 술과 김치 한 보시를 가져 왔다.

"자, 부라보!"

"부라보!"

그들은 단숨에 잔을 비웠다.

"이거, 뭐, 출정식을 하는 기분인데." 승휴가 짐꾸러미를 만져보면서 말했다. "이건 뭐야?"

"가면서 요기나 하라고."

"짜식! 너 정말 꼼꼼하구나. 난 그런 생각도 못 했는데."

"배에 보민 취사도구가 있을 거야. 배고플 땐 괴기도 좀 낚으고."

"알았어. 고마워."

"난 바당에 많이 나가봐서 아는데, 하루 이틀은 괴기만 낚앙 먹어도 살 수 있어. 잘 찾아보민 소주도 두어 병 있을 거야."

"죽지 않으민 살 테지. 열한 시 다 됐는데."

"게민, 조심행 가."

"잘 말해 줘. 우린 이 길밖에 어시난."

"걱정 마! 승휸! 무신 일이 이서도 희망을 잊지 말아."

"고맙다."

현준은 굳게 악수를 하고 나서 이문선을 찾아 나섰다. 열이틀 달이 제법 봉긋이 솟아오르고 있었다. 형사들의 눈에 띄지나 않을까 조심스레 어둠 속으로 걸어 들어갔다. 마침 이웃집이 제삿날이어서 사람들이 떠드는 소리가 바깥 골목까지 들려왔다. 그는 잠시 문간에 서서 동정을 살펴본 뒤 안으로 들어갔다.

"승훈 지금?"

이문선이 친척집 헛간에 숨어 있다가 현준을 보자 마당으로 급히 뛰어나왔다.

"지금 막 갔수다. 새남터 어영바위 알주예? 형님, 일본이든 어디든 그건 의논해영 정허고, 일단 여길 뜹서."

"알았네."

"게민, 배 가정 가쿠다. 혼저 갑서. 참, 창식인 어떵 헐 거우꽈?"

"데령 가사주."

현준은 포구로 나섰다. 이따금 멀리서 개 짖는 소리가 컹컹 들려올 뿐 주위는 고요했다. 도둑고양이처럼 발소리를 죽이고 살금살금 배들이 매어 있는 곳으로 접근했다. 할아버지가 타고 다니는 것은 그중 두 번째였다. 그는 더 생각할 겨를도 없이 밧줄을 잡아 당겨 배로 올랐다. 그리고, 슬그머니 노를 물 속으로 담갔다. 할아버지한텐 용서받을 수 없는 큰 죄를 짓는 일이겠지만 지금은 그런 걸 따질 때가 아니었다.

도구들은 그대로 놔두었다. 배가 고프면 낚시를 할 수도 있으리라. 배를 떼어놓기가 바쁘게 힘껏 노를 저었다. 누가 숨어서 지켜보고 있을 것만 같았다. 방파제를 돌아 포구 밖으로 나가기만 하면 되겠는데, 형사들이 소리치거나 총을 쏜댔자 그대로 내뺄 생각이었다. 순간, 자신도 바다를 건너 멀리로 달아나는 것 같은 기분이 들었다.

그는 포구를 벗어나자 곧장 앞으로 직진했다. 시간이 걸리더라도 뭍에서 느끼지 못할 만큼 충분히 떨어져 있다가 동지들이 있는 곳으로 갈 작정이었다. 한참 후에야 노를 놓고 돌아서서 바라다봤다. 마을은 희미한 달빛 속에서 어슴푸레 그림자처럼 물위로 떠 있었다. 그러나 그 그림자는 너무 미약해서 정체를 알아보기 어려웠다. 생각보다 꽤 멀리 나온 셈이었다. 그래도 자주 나다니던 곳이어서 대충 짐작이 갔다. 그는 남쪽으로 방향을 바꾸고 다시 배를 밀어붙였다. 땀에 젖은 옷이 싸늘하게 얼어붙기 시작했다. 하늬바람이 가고 샛바람이 부는 여름의 문턱으로 다가서고 있으나 밤바다는 여전히 차고 썰렁했다.

"여기야."

박승휴였다.

현준은 그 쪽으로 가서 배를 대었다. 이문선과 김창식도 나와 있었다.

셋은 모두 배로 뛰어 올랐다.

"어디로 갈 거우꽈?" 현준이 이문선을 향해 소리쳤다.

"어떵해여. 가는 디까진 가봐사주." 이문선은 이미 각오한 듯 단호하게 말했다. "살암시민 만날 날 이실 거라."

"형님, 그디 잘 봅서. 석유지름이영 라이타영 다 이시난. 경허고, 그디 주낫도 있수다."

"고마와! 아시, 편지 허크라."

그들은 서둘러 배를 떼어놓았다.

모든 걸 포기하고 나면 오히려 힘이 생기는 것일까. 잠시 머정을 나가는 사람처럼 셋은 옷차림도 가볍게 하고 그렇게 떠나갔다. 이여도 사나 이여도 사나. 그들이 노를 저으며 숨 고르는 소리가 바람을 타고 가냘프게 들려 왔다. 꺼져 가는 영혼의 마지막 흐느낌과도 같이.

"이여도 사나 이여도 사나…."

현준은 계속 귀를 기울여 그 울음과도 같은 가냘픈 곡조에 매달리고 있었다. 그러나 그것뿐, 인간의 음성은 곧 무거운 바다에 용해되어 자취를 감추어 버렸다. 그들이 까맣게 사라진 뒤에도 그는 바위틈에 쪼그리고 앉아 어둠 속을 응시했다. 밤과 파도소리뿐, 사람이 숨쉬고 끼어들 곳이라곤 아무데도 찾아볼 수 없었다. 끊임없이 육중한 몸을 뒤틀며 어둠을 삼키고 있는 바다―혁명이니 조국이니 하는 것도, 아니 모든 인간 존재가 바다에 닿으면 의미를 잃고 말았다. 다만 그 한 마디가 거대한 바다의 포효 속에서도 지워지지 않고 내내 그의 의식 속에 맴돌고 있었다. 살암시민 만날 날…. 이문선의 어눌한 표정과 목소리가 그토록 따뜻하고 정겨울 수가 없었다. 이게 그들을 보는 마지막 순간일지도 모른다는 불안감이 그를 더욱 외롭게 만들었다.

103

봉화는 이 날도 어김없이 타오르고 있었다. 며칠동안 평화가 찾아오는 가 싶더니 그 꿈은 곧 사라지고, 이전보다도 더 치열한 전투가 벌어지고 있었다. 현준은 언덕 위에 서서 멀리 어둠 속에서 타오르는 불길을 바라보고 있다가 집으로 발길을 돌렸다.

이 날은 할아버지와 한 방에서 잤다. 할아버지가 애지중지하는 그 배를 생각하면 은근히 걱정이 됐다. 날이 밝으면 모든 사실이 드러날 거고, 할아버지는 깊은 상처를 받게 될 것이다. 그러나 지금은 그런 걸 염려할 때가 아니었다. 목숨을 걸고 먼 바다에 뛰어든 사람들도 있는데 사사로운 감정에 매달리는 건 잘못이었다. 그는 몹시 고달팠기 때문에 내일 다시 생각하기로 하고 우선 눈을 붙이고 싶었다.

새벽에 돌연 잠이 깬 그는 그 조막배가 떠오르고, 겁이 더럭 났다. 이건 보통 일이 아니었다. 꼬박 뜬눈으로 밤을 샜다. 창호시문이 어떻게 밝아오고, 노인이 쿵쿵 마른기침을 하며 밖으로 나간 뒤에도 꼼짝 않고 그 자리에 누워 있었다. 다급한 김에 무작정 배를 몰고 나갔지만 이제 보니 여간 큰 낭패가 아니었다.

뒤늦게 아침밥을 한 술 뜨는데 동네 어른이 황급히 달려와서 어머니에게 그 소식을 알렸다.

"삼춘, 큰일 났수다. 배가 어서졌댄 허는디."

"무시거?"

"하르바님 배가 어서졌댄 마씸."

"것사 무신 말이라. 배가 어서지다니."

"게난 말이우다."

"야, 현준아! 현준아!"

신촌집은 작은아들이 밥을 먹고 있는 챗방을 향해 큰 소리로 외쳤다. 두 사람의 대화를 엿듣고 있던 현준은 그제서야 숟갈을 놓고 난간으로 나갔다. 어머니가 어느새 골목 밖으로 달음질치고 있었다. 그는 아기를 안고 마당 한 구석에 서 있던 형수와 함께 어머니의 뒤를 따라갔다.

포구에선 사람들이 바다로 나갈 준비를 하고 있었다. 그 조막배가 매어 있던 자리만 덩그라니 비어 있었다. 현준은 그 빈 자리를 보는 순간 얼굴이 화끈 달아오름을 느꼈다.

"이 사름아, 하르바님이 걱정이라. 빌레아방이 모셩 갔는디, 저디 어디 비석거리 간 이실 거라." 배에서 도구를 챙기던 노인이 어깨를 펴고 일어서면서 말했다. "원, 시상에, 이런 일도 있는가. 생전 처음 보는 일인디."

현준은 넋을 잃은 듯 말없이 그 자리에 서 있었다. 신촌집이 아들을 대신해서 그 노인에게 물었다.

"아지바님, 게난 아침부터 어십디가?"

"우린 누게 생각이나 해서? 하르바님이 말허난 그제사 알았주. 멀리는 안 가실 거라. 형사덜이 와 있댄 허난, 암만해도 급헌 사름덜이 탕 간 모양이라."

"경 허주만, 무사 우리 밸 예?"

"기달려 봐. 어디서 나올테주."

현준은 쫓기듯 숨을 몰아쉬며 할아버지를 찾아 나섰다. 할아버지는 만세집에 앉아서 빌레아방과 술을 마시고 있었다. 현준의 눈에는 그 모습이 너무나 참담해 보였다.

"하르바님, 그 배 멀리 가진 안 해실 거우다."

현준이 노인의 곁으로 가서 앉았다.

"…"

노인은 말없이 잔을 들었다.

"맞아. 멀리 가진 안 해실 거라. 암만해도, 급헌 사름덜이 탕 간 모양인디."

빌레아방이 대화 속에 끼어들었다. 현준은 가슴이 울렁거리고 얼굴이 화끈거려 더는 그 자리에 앉아 있을 수 없었다. 일어나 가게주인한테 가서 자리회 한 접시를 시키고 나서 2홉들이 소주 한 병을 들고 돌아갔다. 노인은 여전히 허탈한 얼굴로 창밖을 내다보고 있었다. 무슨 말을 어떻게 해야 좋을지 몰라 현준은 입을 굳게 다물고는 노인의 빈 잔을 채웠다.

"걱정 마라. 메칠 수눌엉 댕겸시민 무신 소식 이실 거난." 빌레아방이 무거운 분위기를 의식한 듯 침묵을 깨고 말했다.

"예. 나강 찾아보쿠다. 어디 가까운 디 이실 거우다."

현준은 이렇게 대답하면서 엉거주춤 자리에서 일어났다.

"어신 짓 허지 말고, 고만히 놔둬. 배 어디 안 가실 거난."

노인이 비로소 입을 열고 현준을 바라보았다. 그 음성이 몹시 단호했기 때문에 현준은 가슴이 덜컹 내려앉는 것 같았다. 그는 몸 둘 바를 모르고 잠시 거기 서 있다가 마침내 가게를 빠져 나가 다시 포구로 내려갔다. 형사들의 눈을 피하기 위해서였다. 어머니와 형수가 이미 그곳을 떠난 뒤였다. 하릴없이 서서 선창 밖으로 사라져 가는 조막배들을 바라다보며 기회를 엿보고 있었다. 사람들은 모두 바쁘게 움직이고 있었고, 아무도 자기의 행동을 의심하고 있는 것 같지는 않았다. 그는 조심스럽게 광콧으로 건너갔다.

"배가 없어졌다고?" 아지트에서 기다리고 있던 부영진이 먼저 입을 열었다.

"응."

"타고 나간 거 아냐?"

"글쎄, 나도 지금 포구에서 오는 길인데."

"틀림없어. 형사들이 길목을 지키고 있으니까, 그 배 타고 내뺀 거야. 걱정 마. 멀리 가진 않았을 테니까, 어디 이 근처에 있겠지."

어느새 소문이 여기까지 퍼져 있었다. 현준은 가는 곳마다 똑같은 말과 의문에 부딪쳐야 했다.

"지우는 어딜 갔지?"

"곧 올 거야. 하필이면 왜 그 밸 타고 간 거야? 이러다간 자네까지 의심을 받게 됐어."

"그건 그렇고," 현준은 화제를 바꿀 수밖에 없었다. "이젠 선거가 며칠 안 남았는데, 최종 점검을 하고 보고서를 작성해야겠어. 난 동쪽으로 돌고 올 테니까, 자넨 오늘 지우하고 서쪽으로 나가지. 삼양 가면 빗개도 들려봐. 선거위원 중엔 여직 사퇴하지 않은 치들도 있다는데."

"대청쪽이 더 문제야. 그쪽 사람들하고 의논해볼께. 요즘 선거가 임박하니까, 대청놈들이 완장을 차고 아주 당당하게 나선다는 거야."

"짜식들, 본때를 보여줘야 해."

"그런데 말야!" 영진이 몹시 불쾌하다는 듯 얼굴을 찡그리며 말했다. "양놈들이 점점 설치고 있어."

"그 놈들은 건드리지 말고 그냥 놔두라는 지시가 있었잖아?"

"그래도 그렇지, 눈 뜨곤 못 볼 지경이야. 어저껜 양놈들이 면사무소 들러서 호통을 치다 갔대."

"왜?"

"선거인 명부를 딴사람 시켰다는 거야."

"딴사람이라니, 그건 또 무슨 소리야?"

"우리 유격대가 겁나니까 면에선 돈 주고 엿장수를 시킨 거지. 궤뜨르서 한 놈 붙잡았는데 말야, 엿판 속에 선거인명부와 투표용지를 감추고 있었대."

"그래?"

"그 새끼들 왜 그러지? 여기가 어디 지네 나란 줄 아는 모양이야. 어저께도 보니까, 양놈들이 직접 차를 몰고 뛰어다니고 있더라구."

"다급하니까 별짓을 다하고 있을 거야. 그럼, 조심해서 다녀오게."

현준은 서눌러 일어났다.

"김 동무!" 영진이 그를 붙들었다. "우린 언제까지 이러고 있을 거야? 다들 선을 찾아 떠나고 있는데."

"이 사람, 무슨 소리를?"

"생각해 봐! 이렇게 숨어 있다간 우리 모두 말라죽고 말 거야. 무슨 대책을 세워야하지 않겠어?" 영진은 입버릇처럼 또 불만을 터뜨렸다.

"몰라서 묻나? 우린 어디까지나 조직원이고, 상부의 지시 없이는 한 발작도 움직일 수 없다는 거, 자네가 누구보다 잘 알고 있지 않나?"

"그렇지만, 이대론 버티지 못할 거야."

"기다려! 선거 끝나면 무슨 지시가 있을지 모르니까."

현준은 아지트를 나섰다. 부영진의 말따마나 훌훌 다 털어버리고 유격대로 갈 수 있으면 좋겠지만 그것은 자기가 선택할 수 있는 일이 아니었다.

새코지를 거쳐 바닷가로 빠지면 신흥은 조천에서 불과 30분도 채 걸리지 않는 가까운 거리에 있었다. 그는 줄곧 바다를 보며 걸어갔다. 이만하면 날씨는 잘 고른 셈이었다. 지금쯤 그 조막배가 어딜 헤매고 있는지 궁금증이 일어 그는 가끔씩 걸음을 멈추고 서서 멀리 수평선을 짚어보곤 했다. 제일 큰 걱정은 박승휴네 세 사람이 과연 경비정의 감시를 피해 무난히 제주바다를 건너느냐는 데 있었다. 일본은커녕 해상에서 잡히는 날이면 여간 시끄러운 일이 아니었다.

마을에 닿자 그는 곧장 선창가 주막으로 갔다. 청년들이 여럿이 모여 앉아 술을 마시고 있었다. 대부분 학습에서 자주 보던 얼굴들이라 낯이 익었다.

"메가네가 죽었댄 허멍?"

"어. 그런 모양이라."

"그 새끼, 그럴 줄 알았어."

"죽젠 환장을 한 놈이야. 이디도 맨날 달려들더니만."

어딜 가나 메가네의 죽음이 화제에 오르고 있었다. 현준은 늘 그랬듯이 이 날도 담담하게 청년들과 대화를 나누고 있었다. 조금 후, 중학원 학생으로 이 마을 청년회 선전책을 맡고 있는 정형근이 소식을 듣고 달려왔다. 현준은 정 동무를 따라 밖으로 나갔다.

"거긴 여간 시끄럽지 않겠는데?"

"좀 그래. 형사들이 잠복근무에 들어갔어."

"그럴 테지. 그 자식 맨날 뻔질나게 뛰어다니더니 결국 그렇게 되고 말았어."

"대청은 결성했나?"

"무슨! 괜히 폼만 잡고 있었던 거지."

"그래도 조심해. 저쪽에서 계속 파고드니까 변절자들이 생길 수 있어. 우리 조천도 그런 놈들이 몇 놈 생겨서 주목하고 있어. 여긴, 선거 분위기가 좀 어때?"

"정견 발표 한답시고 후보들이 찾아오긴 하지만 사람이 모이지 않아."

"조천도 마찬가지야. 선관위원들은 모두 사퇴했나?"

"한 놈이 어딜 갔는지 감쪽같이 꼬리를 감췄어. 겁이 나니까 도망친 거겠지. 아무튼, 이번 선거는 철저히 차단하기로 하고 있어."

"우리 조천도 그런 각오로 임하고 있어. 앞으로 며칠만 잘 견디면 될 텐데."

"범인들의 윤곽은 드러나고 있나?"

"아직, 조천 청년들이라는 것밖엔."

"그 새끼, 그럴 줄 알았어. 누구 손에 죽어도 죽게 돼 있었는데."

"메가네, 그 놈, 보통 놈이 아니야. 그동안 어떤 연막을 쳐 두었는지 잘 살펴야 할 거야."

"걱정 마. 우리 신흥은 아직 탄탄하니까."

현준은 다시 주막으로 돌아가 청년들과 시간을 보냈다. 정보를 얻는

데는 이보다 더 좋은 기회가 없었다. 기왕 나선 김에 인근 부락들을 더 러 들르고 싶었지만 오늘은 그만 돌아가기로 했다. 신작로로 나서자, 해 가 지는 때를 기다려 봉화가 여기저기서 피어오르고 있었다. 아직 초저 녁인데도 나다니는 사람이 없었다. 통금 싸이렌이 울기 전에 빨리 돌아 가야 했다. 재수가 없으면 토벌대들이 몰고 다니는 경찰트럭에 끌려가는 일이 종종 있었기 때문이었다. 그는 잠시 만세동산에 올라 봉화의 위치 를 더듬어보았다. 멀리 남쪽으로는 바매기오름과 검은오름, 꾀꼬리오름, 그리고 서쪽으론 원당봉으로 보이는 여러 방향에서 불꽃이 아련히 타고 있었다. 어둠 속에선 그 불꽃이 훨씬 가깝게 보였다. 거기 어딘가 인숙 이가 있을 것만 같았다. 무언가 더욱 강력한 어떤 힘을 얻으려는 듯 그 는 봉화를 바라보며 계속 걸어 나갔다. 할아버지도 배도 알고 보면 일시 적인 고통에 지나지 않을 것이었다.

104

이튿날 아침, 현준은 할아버지가 흔드는 바람에 눈을 떴다. 꿈이었다. 얼마나 끔찍한 꿈이었는지 다시 생각하고 싶지도 않았다. 일어나 멍하니 앉아 있다가 밖으로 뛰쳐나갔다. 바다가 툭툭 잘려 나가고, 주위에는 무 수한 절벽과 낭떠러지가 우글거리고 있었다. 언제 그 조막배가 어디로 끌려 들어갈지 모르는 아슬아슬한 순간이었다. 하도 무서워서 아악악, 고함을 치다가 깨어난 것이다. 지금이라도 당장 그들의 가족을 찾아가 이 사실을 알려주고, 그들의 슬픈 영혼을 위로해줘야 할 것이 아닌가 하는 반성이 들기도 했다. 누구보다 이문선의 젊은 아내와 아이들을 생각하면 가슴이 뭉클해 왔다.

날씨는 계속 좋은 편이었으나 그 쬐그만 조막배를 타고 일본까지 간다는 게 도무지 믿기지 않았다. 이런 땐 차라리 일을 하는 게 상수였다. 내일 세상이 무너진다 해도 오늘 하루는 일을 하면서 속을 비우고 싶었다. 현준은 마구간으로 갔다. 망아지가 두 달 사이 눈에 띄게 자랐다. 잠시 콧잔등을 쓰다듬어 주고 나서 헛간에 가 도끼를 들고 나왔다. 마당 한 구석에 오랫동안 쌓아둔 나무토막을 굴려다가 패기 시작했다. 올해는 열심히 일해서 할아버지의 고깃배를 장만해 드리고 싶었다. 밭을 몇 개 병작 내어 농사도 더 많이 짓고, 숯가마도 더 많이 실어 날라야 했다. 이런 저런 생각으로 머리가 복잡해질수록 그는 더욱 열심히 장작을 팼다. 지금 같아선 그럴 만한 시간이 있을지 모르겠으나 어떻든 하는 데까지 해 보는 수밖에 없었다.

그 때, 익수 또래의 까까머리 소년 하나가 그의 곁으로 다가와 섰다. 처음 보는 아이였다.

"김응삼 선생님을…."

현준은 깜짝 놀라서 도끼를 놓았다. 김응삼이라면 민주부락을 놀며 교양을 주러 다닐 때 잠시 사용했던 자기의 가명이었다.

"난데, 무슨 일로?"

"이거, 뜯어 봅서."

그 소년이 짚신 한 켤레를 건네주고는 재빠르게 골목 밖으로 사라져 갔다. 현준은 얼른 뒤뜰로 갖고 가서 뜯어보았다. 몇 겹으로 접은 쪽지가 그 안에 들어 있었다. 당일 오후 3시까지 북촌곶으로 나오라는 지시였다. 깨알 같은 글씨를 살펴보니까 정성곤 회장의 친필임을 곧 알아볼 수 있었다. 끝에 정이라고 쓴 다음 동그라미를 친 사인도 눈에 익었다. 그는 담배를 찾아 입에 물며 가만히 생각해 보았다. 정 회장을 만나면 그동안 막혔던 가슴이 탁 트이고, 인숙의 행방도 알아볼 수 있을 것 같았다.

현준은 일이 손에 잡히지 않았다. 11시 40분. 시간은 충분했다. 그는 대충 점심을 찾아 먹고 나서 연북정으로 올랐다. 바다엔 조막배가 떠 있는 것이 간간이 보였다. 혼자 뒷방에 틀어박혀 마른기침만 쿵쿵 삼키고 있을 할아버지를 생각하면 마음이 아팠다. 비석거리를 지나 신작로로 나서다 보니 제천영감이 집 앞에 나와서 어떤 양복쟁이 신사와 이야기를 나누고 있었다. 그리고, 그 곁에는 젊은이 한 명이 서 있었다. 현준은 조심스럽게 그 쪽으로 걸어가다가 일정한 거리를 두고 지켜보았다. 놀랍게도 그 신사는 국회의원 후보로 출마한 지명은이었으며, 그 젊은이는 바로 백두진이었다.

잠시 후, 제천영감은 지 후보와 악수를 나누고 나서 집 안으로 들어갔다. 현준은 두 사람의 뒤를 따라 신작로로 나섰다. 선거운동원들이 트럭 운전석 위에 확성기를 걸어 놓고 맹렬하게 구호를 외치고 있었다. 지명은이 운전석으로 오르자, 백두진은 운전석 곁으로 해서 그 뒤쪽으로 뛰어 올랐다. 곧 이어, 마이크를 잡더니 큰 소리로 구호를 외치기 시작했다. 기호는 3번, 기호는 3번, 지명은 선생을 국회로 보냅시다.… 이승만 박사의 뜻을 받들어 이번 제헌국회의원 선거에 입후보한 기호 3번 지명은 선생을 우리 제주도민의 대표로…. 백두진은 컥컥 쉰 소리로 목이 터져라 외쳐댔다. 쇳소리가 나는 그 쉰 목소리만 들어도 그가 얼마나 이 선거운동에 열심으로 뛰고 있는지 알 수 있었다.

차는 서서히 움직여 면사무소 쪽으로 나가더니 네거리 정자나무 앞에서 섰다. 현준은 그 못 미쳐 차부에서 버스를 기다리기로 했다. 거기 서 있는 사람들도 호기심을 가지고 일제히 그 쪽으로 시선을 돌리고 있었으나 누구 하나 지 후보의 연설에 귀를 기울이는 것 같지는 않았다. 히죽이죽 웃으며 저희들끼리 수군거리는 데 바빴다.

"저 사름 조천 사름 맞아?"

"흐응! 잘덜 햄신게. 성님 아시 허멍."

"게나저나, 조천 지씨덜 바쁘크라. 집안싸움까정 허젠 허민."

지 후보가 운전석에 앉은 채로 열변을 토했다. 차 주위에는 어린것들이 삐죽삐죽 모여서 웅성거리고 있을 뿐, 성인들의 모습은 찾아볼 수 없었다. 이번 선거의 분위기를 잘 말해 주는 대목이었다. 엊그제 오일장엔 지민규 후보가 다녀갔는데, 그 때도 이곳 주민들은 물론 지씨 일가들까지 내다보는 사람이 별로 없었다.

현준은 버스가 오자 북촌으로 향했다. 누구보다 제천영감의 처세에 대해 생각해 보지 않을 수 없었다. 큰아들은 독립운동을 하다가 해방을 몇 달 남겨 놓고 감옥에서 숙고, 작은아들은 시금 이 신기에 반대해서 산에 가 있다. 그리고, 제 목숨같이 아끼는 손주까지 중산간 민주부락을 돌며 이 선거 저지투쟁에 뛰어들고 있다. 그런데도, 그 영감이 딴 쪽으로 꾸준히 손을 벌리고 있다면 그건 대체 뭘 뜻하는지 속마음을 헤아리기 어렵다. 인숙이 말대로, 이런 난세를 극복하는 그 노인 특유의 계산과 지략으로 보아야 할 듯싶다. 아무렇거나, 이번 선거가 그네들 뜻대로 잘 끝나게 되면 백두진이가 지 후보를 업고 제천영감에게 접근할 것이 분명하고, 그렇게 되면 인숙이의 처지가 여간 난처하지 않을 것이었다.

현준은 이런 생각 저런 생각으로 머리가 복잡해졌다. 북촌에서 내리자마자 곶을 끼고 남쪽으로 곧장 올랐다. 통신문의 지시대로 얼룩배기 송아지를 몰고 가는 한 농부가 기다리고 있었다. 암호를 대자, 40대 초반으로 보이는 그 사내는 송아지를 길가 출왓에다가 몰아넣은 다음 그를 데리고 숲 속으로 들어갔다. 방향을 알아볼 수 없을 만큼 곶은 넓고 깊고 아득했다. 그 사내는 벙어리처럼 입을 꾹 담은 채 빠른 걸음으로 안개 속을 계속 파고들어 갔다. 마치 이 일대의 지리를 제 손바닥 펴보듯 빤히 들여다보고 있는 듯하다. 말할 것도 없이 이곳에서 나고 잔뼈가 굵은 테우리일 것이다. 곶 안으로 들어갈수록 안개는 차츰 비가 되어 나뭇가지 사이로 뚝뚝 떨어졌다. 현준은 젖은 옷소매를 걷어붙이고 그 사내의 뒤를 바짝 따랐다. 잡목림이 우거진 숲 사이로 빠져나가자 넓은 소나무밭이 나왔다. 나지막한 언덕이 시작되는 그곳 한 모퉁이에는 덤불에 가려서 보일 듯 말 듯한 움막 한 개가 초라하게 숨어 있었다. 그 사나이는 그를 그 안으로 떠밀어 넣고 가 버렸다.

움막 속에는 세 사람이 앉아 있었는데, 어두워서 처음엔 누가 누군지 얼굴을 분간할 수 없었다.

"어서 오게, 김 동무!"

그중 맨 안쪽에 앉아 있는 한 명이 일어나 악수를 청했다. 지인철이었다.

"아, 선생님."

"잘 왔어. 자, 옷을 벗어서 걸지."

"네."

현준은 비에 젖은 잠바를 모닥불 가까운 곳에 걸어놓고 나서 지 선생이 가리키는 맞은편 자리로 가 앉았다. 선거를 앞두고 민주 인사들이 경찰에서 모두 풀려났다는 것은 지인숙을 통해 이미 알고 있었지만 어느 사이 그들이 이 숲 속으로 달려와 진을 치고 있을 줄은 몰랐다.

"자, 이리로."

"네."

현준은 불 가까이로 나앉았다. 땀과 안개비로 축축하게 젖은 몸에선 김이 무럭무럭 솟아올랐다. 작대기를 몇 개 걸쳐놓았을 뿐인 이 초라한 움막 속의 좁은 공간이 생각과는 달리 열기에 차 있었다.

"부장님, 우린 그만 가겠습니다."

"조심하십시요."

지 선생이 고개를 들어 바라보자 거기 있던 두 사람은 깍듯이 인사를 하고 밖으로 나갔다. 흔히 시골서 보는 것과 같은 순박한 옷차림이나 토박이 사투리로 보아 그들 또한 교육 수준이 낮은 농민 출신 레포임을 알 수 있었다. 아까 자기를 이 움막으로 데려다주고 간 그 사내의 모습이 떠올랐다. 안개 낀 숲 속을 혼자 쓸쓸히 걷고 있을 그 사내가 가까운 친척이나 동넷 사람처럼 신근하게 느껴졌다.

"그동안 수고 많았어. 이 선거는 한사코 저지해야겠는데, 자네 보기엔 어떤가? 그곳 분위기가?"

"현재로선 우리의 계획대로 잘 진행되고 있는 줄 압니다만."

"그래. 앞으로 3일, 마무리를 잘 해야 돼. 자네, 이것부터 검토해 주게." 지 선생은 몇 장의 얄팍한 서류 뭉치를 건네면서 말했다. "다 아는 이름들일 텐데, 그중엔 집을 나간 사람들도 있을 거고, 아직 조천에 남아 있는 사람들도 있을 거야. 그러고, 이것도." 그는 다시 한 장의 서류를 넘겨주었다. "민주 부락 청년들인데, 자넨 그동안 학습 지도원으로 활약해 왔으니까 대부분 아는 얼굴들일 거야."

현준은 그가 준 서류를 손에 들고 자세히 살펴보았다. 처음 준 것에는 조천리 출신 청년들의 이름이 한 줄씩 차례로 적혀 있었는데, 주로 중학원 학생들이어서 한눈에 알아볼 있었다. 두 번째 서류엔 양대못, 잿골, 하늘, 정뜨르, 차낭골 등, 조천면 관내 중산간 일대의 민주 부락을 중심으로 마을마다 3, 4명씩 청년들의 이름이 적혀 있었다.

"어떤가, 자네가 알만한 사람들일 텐데?"

"네. 대부분 그렇군요."

"잘 됐어. 5월 10일, 투표 당일을 기해서 주민들을 모두 산야로 집결시키도록 되어 있어. 이 일을 맡아 줄 청년들이 필요한데, 이 사람들 잘 살펴보게. 갑작스런 결정이라 빨리 서둘러야겠는데."

"명단부터 뽑아 보지요."

"그래. 해변은 물론 중산간 부락까지 일제히."

"알겠습니다."

지 선생은 이미 구체적인 계획을 짜놓고 있었다. 그는 한 묶음의 서류 뭉치를 계속 뒤적이며 말했다.

"조천선 너븐드르로 가게 됐어. 새벽에 한꺼번에 밀어붙일려면 적어도 10명은 있어야겠지?"

"네, 그 정도는."

"팀을 잘 짜야겠어." 지 선생은 쪽지 한 장을 또 건네면서 말했다. 그 쪽지엔 지역별 집결 장소가 적혀 있었다. "물고기가 물을 떠나선 살 수 없듯이, 우리도 인민을 떠나선 살 수 없어. 인민의 편에 서서 항시 인민과 함께 숨쉬고 행동하는 것, 이것이 필요하네. 이번 선거 무효 운동의 성패는 여기에 달렸다고 보네." 그는 잠시 고개를 숙이고 있더니 다시 말을 계속해 나갔다. "그런데 말일세. 김 동무, 인민은 스스로 생각하고 판단할 능력을 갖추고 있지 못 해. 그러니, 우리가 인민을 대신해서 생각하고 판단할 근거를 제공해줘야 돼. 이것이 우리에게 주어진 과제야. 왜 이번 선거를 거부해야 되는가? 자넨 무엇보다 그 이유를 잘 설명해 주고, 인민들 스스로가 판단할 수 있도록 도와주어야 할 걸세."

인철은 열심히 말했고, 현준은 메모를 하며 들었다. 고요한 숲 속이 갑자기 교실로 바뀐 느낌이었다. 도대체 그 열정과 포부는 어디서 오는 것일까. 놀라운 마음으로 현준은 가끔씩 눈을 들어 그를 바라보았다. 나이로 보면 불과 서너 살밖에 차이가 나지 않았지만 이 젊은 교사는 자신이 손들어 닿을 수 없는 높은 곳에 있는 것 같았다. 문득 지인숙을 떠올리고, 두 사람의 표정을 비교해 보았다. 육촌지간인 그들 두 사람 사이에는 어떤 공감대가 형성되어 있는 것같이 보였다. 지유철이나 지용근도 여기서 크게 다를 게 없었다.

"김 동무!"

"아, 네, 부장님!"

지 선생이 갑자기 소리를 높여 부르는 바람에 현준은 고개를 치켜들고 긴장해서 그를 쳐다보았다. 그 순간, 자기도 모르게 부장이란 낱말이 제 입에서 튀어나오고 있는 데 대해 적이 놀라지 않을 수 없었다.

"어디를 가나 기존 조직이 움직이고 있을 텐데, 필요할 경우엔 언제든지 별도 조직을 만들 수 있어. 그런 경우, 우리가 특히 유의해야 될 것은,

항시 그 마을 세포책과 의논하면서 묵묵히 뒤에서 도와주는 일이야."

"조천면 관내만 하더라도, 우리 청년 조직은 그동안 많은 상처를 입었습니다. 어떤 곳은 리더를 잃고 방황하고 있는가 하면, 어떤 곳은 조직 자체가 완전히 뿌리를 뽑히는 바람에…."

"알았어. 빨리 손을 써야 해. 우리 빨치산 투쟁이 성공을 거두려면 무엇보다 하부구조가 튼튼해야 되거든."

"우리 조천리도 예외는 아닙니다. 박승휴라고, 기억하실지 모르겠습니다만."

"알다말다. 지금 열심히 뛰고 있지 않나?"

"그저께 밤에 여길 떠났습니다."

"떠나다니? 어디로?"

"일본으로 간다곤 했습니다만."

현준은 그들 3명이 경찰에 쫓기다가 탈출하기까지의 과정을 대충 설명해 주었다.

"조막배를 타고? 그거, 참, 대단한 용기군! 이젠 조천에도 일할 사람이 몇 안 남은 셈인데."

"그렇습니다. 승휴와 같은 조에서 일해 온 동무들이 더러 있을 겁니다만."

"좋아. 조직부로 알아보도록 하지. 배덕교는 좀 어때?"

"사람 되긴 틀렸습니다."

"중증인가 보지?"

"차마 눈 뜨곤 못 보겠습니다. 비가 오거나 바람이 불거나 혼자 어정어정 떠돌아다니는 걸 보고 있으면 참담한 느낌이 들 뿐입니다."

"그럴 테지."

"정성곤 회장님 뵐 수 없을까요?"

"왜?"

"통신문을 보니까, 그 분 글씨였습니다. 거기 사인까지도 그렇구요."

"아, 그래? 내가 정 부장한테 부탁했었지. 그 양반, 자넬 대단히 아끼고 있더군. 여긴 없지만, 머지않아서 곧 만나게 될 거야. 자네 형님하고 같이 있어."

"우리 형하고 말입니까? 지금 어디서…?"

"차차 알게 되겠지."

그 날 밤, 현준은 거기서 조금 떨어진 또 다른 움막으로 갔다. 잠이 오지 않았다. 예상했던 일이지만 형은 끝내 떠나지 않고 여기 남아 있었다. 저녁 때 나간 레포가 2명을 더 데리고 들어왔다. 어두워서 얼굴은 알아볼 수 없었으나 모두들 손쉽게 제 자리를 찾아 취침하는 걸로 보아 이 선전부 소속들인 것 같았다.

빗소리는 점점 커 가고, 바람이 세차게 일기 시작했다. 숲 속 한 구석에 웅크리고 있는 이 쬐그만 아지트 공간이 마치 풍우를 만난 조각배처럼 먼 바다에 떠 있는 느낌이었다. 모두들 잠든 시긴에도 현준은 가끔씩 혼자 일어나 앉아 모닥불을 살피곤 했다. 우마를 찾아다니다 보면 들판에서 자는 일이 종종 있었다. 그 땐 주로 궤를 이용했었는데, 같이 간 친구와 이야기꽃을 피우며 고요한 산속의 밤을 즐길 수 있었다. 그렇지만 오늘은 사정이 달랐다. 을씨년스런 빗소리와 나뭇가지 부딪는 소리, 바람이 휘몰아칠 때마다 거기 누가 있어서 와와ㅡ, 하고 응얼거리는 듯한 비명과 통곡소리ㅡ이런 모든 것들이 함께 어울려서 그의 복잡한 상념을 자극했다. 출입구의 문을 조금 열고 밖을 내다보려면 굵은 빗방울이 머리 위에서 떨어지는 것이 아니라 수평으로 매섭게 달려들었다.

숲 속의 아침은 뿌리로부터 왔다. 바람이 자고, 땅 밑을 기어다니는 벌레처럼 아침 햇살이 길고 가느다란 나무줄기를 타고 솟아올랐다. 현준은 자신의 내부에 자리잡고 있는 어떤 은밀한 세계가 나무줄기를 흔들며 그 사이 사이로 빛을 발하고 있다고 생각했다. 그윽히 틔어 오는 그 빛의 예감은 참으로 눈부신 것이었다.

밖에선 어느새 사람들이 모여 아침 식사를 준비하고 있었다. 현준은 거기서 뜻밖에도 홍윤식을 만났다.

"어, 김 동무!" 윤식은 도리우찌를 고쳐 쓰면서 다가왔다. "언제 왔어?"

"엊저녁." 현준은 그가 머리에 걸치고 있는 때묻은 모자를 보자 웃음이 났다. "그 벙거지 오랜만인데?"

"흥, 이거? 아직 내가 건재하다는 뜻이지."

그들은 손을 굳게 잡았다.

여기저기서 사람들이 꾸역꾸역 모여들기 시작했다. 아침 식사는 이 움막에서 하게 돼 있었다. 지인철 부장도 와서 앉았다. 현준은 얼른 먹어 치우고 나서 윤식과 함께 밖으로 나섰다. 20미터쯤 떨어진 곳에 또 한 채의 움막이 있었는데, 윤식은 거기서 기관지 〈혈화〉를 편집하고 있었다. 현준은 그가 부러웠다. 자기에게도 기회가 주어진다면 이런 곳에 머물며 잡지를 만들고 싶은 충동을 느꼈다.

"이거 본 적 있어?" 윤식이 잡지 한 권을 집어주면서 말했다.

"그럼! 조천도 오는데. 홍 동무가 만드는 줄은 몰랐지."

"나도 이번 호부터 갑자기 맡은 거야. 이런 일 처음이어서 애먹고 있어."

현준은 지 부장이 있는 움막으로 다시 돌아가서 명단을 검토했다. 그 명단에는 나이, 학력, 가족 상황, 교우 관계 등, 몇 가지 사항들이 한 사람씩 구체적으로 작성돼 있었는데, 의식·성분·취미·습관 등 밖으로 드러나지 않는 은밀한 부분들은 주로 공란으로 남아 있었다. 그러고 보니 이동혁이 하는 일들이 바로 이런 게 아니었나 싶었다. 그동안 세포 활동을 하면서 온갖 잡다한 정보를 얻고 있었지만 이런 경우 어떻게 처리해야 될지 난감할 때가 많았다. 그는 자기가 아는 범위 내에서 소신껏 기록했다. 어떤 건 그대로 비워 두었다.

"규모가 큰 해안 마을들도 중요하지만, 특히 중산간 부락들을 잘 살펴보도록 하게. 지도 요원이 필요할 테니까, 가급적 중학원 학생들을 한두 명씩 파견하는 것도 좋을 거야. 아, 그러고, 조천에 내려가면 김기호를 만나지. 박승휴와 함께 활동하고 있었던 모양인데."

지 부장은 움막 안쪽의 한 구석에 자리 잡고 앉아서 계속 무엇을 작성하고 있었다. 현준은 명단에서 뽑아낸 인원들을 가지고 고을 별로 조를 짜 보았다. 제일 곤혹스러운 것은, 많은 청년이 집을 나가 밖으로 떠돌고 있었기 때문에 과연 연락이 닿을 수 있을지 그들을 선별하는 작업이었다.

아침엔 제법 하늘이 맑게 개어서 날이 좋을 것 같았는데, 오후부터는 다시 비가 내리기 시작했다. 이 정글 속의 날씨는 전혀 예측이 불가능했다. 그는 담배 생각이 나서 출입구를 열고 나갔다. 다른 사람들은 지 부장 앞에서 자유롭게 담배를 피웠지만 그는 아직도 사제간의 구속에서 벗어날 수가 없었다. 우장을 썼는데도 빗발이 자꾸만 속으로 파고들었다. 쉬지 않고 뻐끔뻐끔 담배 연기를 몇 모금 뱉고 나서 다시 움막 안으로 뛰어 들어갔다. 새로 작성된 명단을 최종적으로 한 번 더 검토한 뒤에야 그는 용기를 내어 지 부장에게 제시했다. 스승의 까다로운 성격을 잘 아는 터여서 여간 신경이 쓰이지 않았다.

"좋아!" 지 부장이 유심히 살펴보고 나서 쾌히 웃으며 말했다. "앞으론 자네 임무가 더욱 막중해졌네. 그동안 열심히 일해 왔으니까, 잘 할 수 있으리라 믿네. 이따, 레포가 오면 같이 내려가도록 하게."

"네."

"주로, 중산간 부락들은 자네가 직접 뛰어다니면서 분위기를 파악하고, 그때그때 보고해 주기 바라네."

현준은 비로소 첫 번째 관문을 통과한 셈이었다. 이제 모든 동무들, 아니, 누구보다 지인숙이 보는 앞에서 떳떳이 나설 수 있는 한 사람의 확실한 전사가 된 기분이었다.

한 시간쯤 기다리고 있으려니까 레포가 돌아왔다. 지 부장이 일어나 악수를 하며 말했다.

"이 사람 조천으로 내려갈 겁니다."

"예, 부장님!"

레포는 선 채로 허리를 굽히며 깍듯이 인사를 하고 나서 밖으로 걸어 나갔다. 현준도 곧 일어섰다.

"잘 가게." 지 부장은 현준의 어깨를 두드리며 말했다. "적은 어디나 있네. 밖에도, 내부에도, 또 멀리도 가까이도. 그러니까 제일 중요한 것은 자기 자신의 판단일세. 물론 그 판단은 당이 결정하는 것이지만."

"명심하겠습니다."

현준은 꼿꼿이 서서 경례를 붙인 다음, 밖으로 나섰다. 비는 그쳤으나 여기저기 엷은 안개가 끼어 숲 속이 마치 불투명한 베일에 싸인 것같이 보였다. 레포의 뒤를 따라 정글을 헤치고 나가는 동안 현준은 아까 지부장이 한 말이 계속 뇌리에서 떠나지 않았다. 적은 밖에도, 내부에도…. 그렇지. 어디에나 있어. 오늘의 동지가 내일의 적으로 둔갑하기도 하니까. 그는 어쩐지 혼란스런 느낌이 들었다. 그동안 전향했거나 조직을 떠나 멀리 가버린 친구들을 생각하면 이제 고향집으로 돌아간다는 것 자체가 예전처럼 그렇게 단순한 일이 아니었다.

앞에 가던 중늙은이가 돌연히 돌아서면서 손가락을 입에다 갖다 대고 조용히 하라는 시늉을 해 보였다. 현준은 걸음을 멈추고 서서 잠시 그 사내의 동정을 살폈다. 그 사내는 무슨 기미를 알아차린 듯 덤불 뒤쪽을 가리키면서 몸을 피하라는 신호를 보냈다. 그는 얼른 덤불 뒤로 가서 숨었다. 그 사내의 모습도 보이지 않았다. 바위를 타고 높이 솟아오른 맹게나무 줄기 사이로 얼굴을 박고 전방을 살피고 있었으나 별다른 조짐은 없었다. 안개가 가끔씩 이동할 때마다 시야의 한 부분이 밝아오는 듯하다가 곧 사라져 갔다. 이윽고 전방 왼쪽 수풀 사이로 두 사람이 걸어오는 것이 어렴풋이 보였다. 그는 숨을 죽이고 조용히 응시했다. 조금 후, 레포가 빠른 소리로 한 마디 던진 뒤 그들에게로 뛰어갔다. 그 다음엔 서로 무슨 말을 나누는 듯했는데 전혀 알아들을 수 없었다. 두 사람이 곧 안개 속으로 사라졌다. 그는 일어나 레포가 있는 곳으로 갔다. 그 중늙은이는 아무 일도 없었다는 듯 다시 숲 속을 헤쳐나가기 시작했다. 그는 그 중늙은이에게 물어볼까 하다가 그만두었다. 가버린 두 사람 중 한 명은 이덕구 선생임이 분명했다. 시야가 흐려서 자세히 확인하진 못 했지만 그 걸음걸이나 맵시로 보아 누구인가를 직감적으로 알아차릴 수 있었다. 이렇게 되면 중학원 선생 모두 이 싸움에 가담하고 있는 게 아닌가. 작년 7월 마지막 수업 시간에 서울로 떠난다고 했었는데, 이덕구 선생은 그동안 어디서 뭘 하고 있었단 말인가. 의문은 계속 꼬리를 물고 그의 복잡한 상념을 어지럽혔다.

"동무는 정말 신통한 능력을 갖고 있군요."

"무사?"

"사람이 오는 기척을, 어떻게 멀리서부터 알아내지요?"

"다 아는 수가 있주. 새소리만 들어도, 우린 이 곳 안에 무신 일이 일어나고 있는지 아니까는."

"대단하시군요."

"그거, 뭐, 별거 아니고, 귀를 잘 달고 댕겨야 해."

그 사내는 아주 의기양양한 모습이었다. 오늘 그가 이렇게 신이 난 것은 아마도 이덕구 선생과 같은 훌륭한 분을 만났다는 것, 그리고 그들과 운명을 같이한다는 것이 그를 더없이 고무시켰기 때문인 것으로 생각되었다.

"이젠 알크라? 저 소래기동산만 내려가민 바로 신작론디."

"네, 됐습니다. 이 지경은 전에 많이 다녀봐서 잘 압니다."

현준은 레포와 헤어져 숲 밖으로 나섰다. 처음 갈 때와는 달리 이번에는 함덕리 윗쪽 중산간 지대로 나온 것이다. 해는 거의 져서 어슴푸레했다. 아지트에서 기다리고 있을 동지들을 생각하며 그는 걸음을 재촉했다.

멀리 크고 작은 산봉우리에는 어느새 봉화가 오르고, 다시 하루의 전의를 되새기고 있었다.

105

조천리에 닿았을 땐 이미 해가 지고 땅거미가 짙게 깔리고 있었다. 현준은 마을의 동쪽 끝으로 우회해서 연북정 방향으로 나아갔다. 엷은 안개에 가려서 정자는 보이지 않고 파도소리만이 그윽하게 들려왔다. 그는 아주 먼 곳에서 돌아온 느낌이었다. 아마 그곳은 세상 사람들이 미처 생각할 수도 없었던 가장 먼 세계의 한 지점과 같이 보였다. 비록 이 사실을 동지들에게 전할 순 없다고 하더라도 지금 그가 느끼고 있는 이러한 감격과 기쁨을 단 한 조각만이라도 나누어줘야 하겠다는 듯이 서둘러 아지트로 달려갔다.

지우가 불을 켜지 않은 채 어두운 방에서 혼자 바다를 보며 서 있었다.

"영진인 어디 갔어?"

"…"

지우는 아무 반응이 없었다. 현준이 그의 곁으로 가서 나란히 섰다. 갑자기 불안한 예감이 머리 속을 스쳐 갔다.

"왜, 무슨 일이야?" 현준이 지우의 어깨를 흔들며 다시 물었다.

"당했어." 지우가 마침내 짧게 대답했다.

순간, 현준은 무엇인가 무거운 물체가 가슴 밑에서 툭 떨어지는 소리를 들었다. 그는 더 이상 무슨 말을 하거나 들을 힘도 없어서 지우의 곁에 그대로 서 있었다.

"삼양서 만나기로 했는데," 지우의 음성은 거의 울음에 가까웠다. "기다려도 안 오길래 빗개로 다시 내려갔더니…."

"그럼, 지금 삼양 지서에 있나?"

"경찰서로 넘어갔을 거야. 둘이."

"둘이라니?"

"장덕진이하고 같이 가다가 당한 모양이야."

이건 전혀 뜻밖의 사고였다. 그렇다고 여기서 주저앉을 순 없는 일, 현준은 이런 경우 어떻게 해야 좋을지 몰라 목석처럼 우두커니 서서 창밖의 어둠을 응시하고 있었다. 밀려와 부서지는 파도소리뿐, 어둠 속에선 그 어떤 것도 의미를 가질 수 없었다. 그는 이 함정에서 벗어나야 한다고 속으로 외치고 있었다.

"김 동무, 내 말 잘 들어. 우린 처음부터 각오했던 거야. 언제든지 잡혀갈 수 있고 또 고통을 감수해야 된다는 거, 우린 그렇게 시작했던 게 아니야? 이런 땔수록 정신무장을 단단히 하고 의연하게 대처해야 되겠지. 자, 앉아서 얘기해."

현준은 지우를 바닥으로 끌어내렸다. 말은 이렇게 하고 있었지만 현재 부영진이 경찰에서 당하고 있을 걸 생각하면 그 역시 견딜 수 없는 분노에 몸을 떨어야 했다.

"결국 이렇게 되고 말았어. 그 친구, 유격대로 가고 싶었는데." 지우가 반쯤 울음에 섞인 목소리로 말했다.

"알아, 니 심정! 하지만 지금 우리는 개인적인 감상에 젖어있을 시간이 없어. 빨리 서둘러야 해. 자넨 내일 봉아름 갔다가 새미, 봉개, 명도암, 그리고 10일 아침엔 너븐드르로 나와. 조천 사람은 모두 너븐드르로 나가게 돼 있어." 주어진 일정과 임무에 대해 간단히 요약해 주고 나서 현준이 다시 말했다. "영진이 문제는 그 때 가서 다시 생각하기로 하지."

"알았어."

"이 쪽지는 니가 갖고 있어. 다 알만한 사람들이야."

현준은 명단을 지우에게 넘기며 손을 꼬옥 잡았다. 이제야말로 지우가 자기의 곁에 남아 있는 마지막 동지였다. 저도 모르게 목이 메이고 눈물이 고여 오는 것을 겨우겨우 참으며 그 집에서 빠져 나왔다.

김기호는 면사무소 뒤 좁은 골목 안에 살고 있었다. 현준은 쫓기는 사람처럼 허겁지겁 달려갔다.

"어, 코뿔소! 무슨 바람이 불었지, 이 밤에?" 기호가 의외라는 듯 큰 소리로 말하며 그를 데리고 방으로 들어갔다.

"자네 얘긴 많이 들었어. 승휴한테." 현준은 한 마디로 딱 찍어서 말했다.

"뭐, 승휴가?"

"그 친구가 늘 그랬지. 니가 많이 도와준다고."

예상했던 대로 기호는 사뭇 놀라는 표정이었다. 원래 조장은 조원들이 누군지 밝히지 않도록 되어 있었기 때문이다.

"그 친구 지금 어딨어?" 기호가 갑자기 다급한 목소리로 물었다.

"그저께부터 안 보이는데, 자네도 몰라?" 현준은 이 기회를 놓치지 않겠다는 듯 기호의 얼굴을 빤히 늘여다보며 말했다.

"나도 찾고 있어. 결국, 일을 저질렀나본데."

"그래. 그 친구가 부탁하고 갔어." 현준은 곧장 본론으로 들어갔. "그건 그렇고, 자네가 승휴 대신 도와줘야겠어."

"무슨 일인데?"

"이거야." 현준은 쪽지에 적힌 명단을 그에게 건넸다. "투표 당일 아침에, 조천선 모두 너븐드르로 나가게 돼 있어."

"너븐드르?"

"우리 청년들이 앞장서서 주민들을 인솔해야 돼. 집에 있으면 투표를 강요당하는 사태가 벌어질지 모르니까, 그 날 하루 아예 밖에 나갔다 오자는 거야."

"알았어." 기호는 명단의 이름을 하나하나 짚어보면서 말했다. "여기 없는 사람도 끼어 있는데."

"필요하면 자네가 직접 가서 불러오도록 하지. 모든 건 자네 책임 아래."

"이 정보 틀림없는 거야?"

"믿어줘. 틀림없는 거니까. 앞으론 자네가 승휴 대신 뛰어야겠어."

"여러 사람 필요하겠는데."

"그렇지. 그 날 아침 한꺼번에 밀어붙일려면 적어도 10명은 있어야 할 거야. 병자나 걷지 못하는 노인을 빼면 모두 집을 비우고 나가야 해. 천막과 기타 필요한 물품들은 그쪽 가까운 마을에서 준비할 거야. 여기선 몸만 가면 돼."

"좋아. 해봐야지."

"그럼, 먼저 가 있을께. 모레 아침 거기서 만나."

"그래, 모레 아침."

"건투를 빈다."

그들은 악수를 하고 헤어졌다.

현준은 곧장 새코지로 갔다. 이 만남은 그에게 더없이 큰 힘을 주었다. 박승휴가 떠난 뒤의 그 빈 자리를 이제 기호가 메꾸어 준 셈이었다. 어두운 길을 걸으면서 그는 수없이 감사하고 또 감사했다. 투쟁 전선에 가담하고 있는 모든 사람, 모든 동지들을 향하여. 운동 과정에서 가장 소중한 존재는 오직 동지뿐이라는 사실을 또 한번 되새기게 하는 대목이었다. 그러나 부영진을 생각하면 한시도 마음을 놓을 수 없었다. 얼마나 고문을 이겨낼 수 있을 것인지, 지금이야말로 어떤 결단을 내려야 할 중대한 고비에 이르렀다. 7명으로 출발한 세포 조직이 죽음과 방황, 도피, 체포, 고문, 이제 조장인 자신과 조원 한 사람밖엔 남아 있지 않았다. 세포가 없는 조직은 이미 기능을 상실하고 말았다. 정글의 그 움막에서 지인철 부장과 헤어질 때만 해도 보이지 않는 어떤 힘이 그를 지탱해주고 있었는데, 마을로 내려오자마자 마치 끈을 놓아버린 꼭두각시처럼 와르르 무너지고 말았다.

  어떻게 할 것인가. 그는 혼자 방에 드러눠 끙끙 앓고 있다가 문득 우석 선생을 생각해 냈다. 그 순간, 그의 뇌리를 스쳐가는 한 줄기 빛이 있었다. 어떤 상황에서도 인간적 자부심을 잃지 않고 끝까지 떳떳하게 나아가는 것. 그렇지, 바로 그거야. 죽음을 두려워하지 않고 과감하게 맞선다는 것, 그것이 사람이 사람답게 사는 것이 아닐까. 거기에, 지용근의 장엄한 최후가 있었고, 지유철의 방황과 모험이 있었다. 그는 한참동안 먹먹한 심정으로 눠 있다가 마침내 일어나 보고서를 작성하기 시작했다. 이 보고서는 단순한 사실의 기록이 아니라 한 말단 세포의 체험과 정신적 지향점을 솔직히 고백하는 것으로 삼고 싶었다. 작은 글씨로 빽빽이 기록하는 동안 그는 몇 번이나 정성곤 회장을 떠올렸다. 그러고 보면, 이것은 정성곤, 아니 지인숙, 아니 모든 동지에게 보내는 그의 마지막 편지와 같은 느낌이 들었다.

연복정 197

106

익수가 아침 일찍 찾아 왔다. 현준은 소년을 데리고 토끼굴로 갔다. 이게 이 소년하고도 마지막일까 생각해선지 웬걸 서운하고 쓸쓸한 마음이 앞섰다. 그는 이 소년의 손을 꼬옥 잡고 언덕을 타고 내려갔다.

"암만해도 그 배 도망자덜이 탕 간 모양입니다."

"도망자들이라니?"

"문선이 형님네 집이서도 갈만한 딘 다 가본 모양인디 아무디도 없었답니다. 그 배 탕 간 거 아닙니까?" 익수가 현준의 곁으로 돌아앉으며 물었다.

"갑자기 사람이 안 보이니까 괜히 해보는 소리겠지."

"아닙니다, 형님! 어떤 아지망이 밭이서 보았답니다. 그 날 셋이 중산간 오르는 거."

"그래? 그 아지망 어디 사는 분인데?"

"건 모르쿠다. 사름덜이 경 고르난."

현준은 고개를 들어 하늘을 바라보았다. 다행히 맑은 날씨가 계속되고 있었다. 아직 아무 말이 없는 걸로 보면 지금쯤은 그 세 사람이 경비정의 눈을 피해 멀리 나가 있을 듯했다. 이것만도 천만다행이었다. 조금만 더 날씨가 좋으면 충분히 육지에 닿을 수 있으리라. 일본이면 어떻고 조선반도면 어떠랴. 어디든 가서 안전하게 발을 붙이고 살 수만 있다면 더 바랄 것이 없었다.

"나도 여길 떠나야 할 것 같다. 내가 없더라도, 넌 잘 지낼 수 있겠지?" 현준이 언덕에 기대어 누운 채로 팔을 뻗어 소년의 어깨에다 손을 엎으면서 말했다.

"형님, 나도 갈 겁니다."

"너도? 어딜?"

"어디라도, 형님이영 같이만 가민."

"익수야, 내 말 잘 들어. 네가 갈 수 있는 길이 있고, 갈 수 없는 길이 있어. 아직 넌 어리지 않아? 이제부터 우리가 가는 길은 너무 힘들어서, 넌 같이 갈 수가 없다."

"나도 갈 수 있습니다. 형님만 같이 이시민."

익수가 정색을 하고 현준을 바라보았다. 현준은 어떻게 하면 이 소년을 이해시킬 수 있을지 난감한 생각이 들었다.

"그동안 고생 많이 했다. 우리가 돌아올 때까지 학교 잘 다니고 있어."

"…"

지금까지 심부름만 시켰지 별로 대화를 해본 기억이 없었다. 현준은 소년의 손을 잡고 사랑스럽게 쓰다듬어 주었다. 그새 참 많이 성숙해 있었다. 어디서나 편리하니까 이런 소년들을 레포로 활용하고 있었지만 익수만큼 영특한 소년은 다시 찾아볼 수 없었다.

"익수야!"

"네."

"나도 널 두고 가는 게 서운하지만, 지금부턴 니가 갈 곳이 못 돼."

"아닙니다. 형님, 난 갈 겁니다."

소년은 생각했던 것보다 완강했다. 현준은 잠시 망설이지 않을 수 없었다. 부영진이 고문에 못 이겨 전향을 하게 되더라도 이 소년까지 심한 처벌을 하진 않을 테고, 또 이 소년이 붙들려가서 본의 아니게 비밀을

폭로하게 된댔자 그 땐 이미 모든 사실이 적나라하게 드러난 때이므로 별 문제가 되지 않을 것이다. 아무리 생각해봐도 이 소년을 더 이상 위험한 곳으로 데리고 갈 수는 없는 일이었다. 그렇지만 이 소년의 의지를 여기서 무턱대고 꺾어버리는 것이 과연 옳은 것인지, 그는 갈등을 느끼지 않을 수 없었다. 그는 난감한 생각으로 고개를 돌려 소년을 가만히 돌아보고 있었다. 그 때, 소년이 벌떡 일어나더니 그의 앞에 서서 간곡히 부탁하는 것이었다.

"형님! 나도 데려가 주십시요."

"…"

"갈 수 있습니다."

"거긴 정말 위험한 곳이라는데도?"

"네, 형님!"

"딱한 일이구나. 니가 그렇게 꼭 가고 싶으면 이따 상두거리로 나와. 세 시쯤."

"형님! 감사합니다."

소년이 씩씩하게 언덕을 뛰어 올라갔다. 현준은 소년이 떠난 뒤에도 혼자 그 자리에 누워 있었다. 이제는 이 언덕바지도 떠날 때가 되었다고 생각하니까 공연히 마음이 설레었다. 어느 하나도 추억이 깃들지 않은 것이 없었다. 검은 바위 위로 넘실대는 푸른 물빛과 갈매기 떼, 먼 수평선, 이 모든 것들이 다 인숙이와 깊은 관련을 맺고 있는 것처럼 보였다. 이 토끼굴이야말로 그들 두 사람이 남몰래 가꾸어 온 꿈과 열정과 희망의 산실이었다. 그러나 그녀가 없는 지금은 어딘가 비어 있는 것만 같고 쓸쓸해 보였다.

그는 문득 그녀의 번역 원고가 생각나 방으로 돌아갔다. 장방문을 열고 보니, 그 원고는 이것저것 허드레 물건과 함께 맥 속에 깊숙이 들어 있었다. 언젠가 소지품을 땅 속에 파묻을 때 이것만은 굳이 빼어 놓았던 것이다. 어수선한 마음을 추스를 겸, 그는 그걸 꺼내다가 한 장씩 읽어보았다. 굵고 반듯반듯한 글씨가 그녀의 명쾌한 성품을 잘 말해 주고 있었다. 그는 그중 한 대목에 특히 눈이 갔다. 그 대목을 몇 번이고 되풀이해 읽어보았다. 가난한 한 노동자가 방직 공장에서 일을 하며 동지들을 규합하고 열렬히 투쟁하는 장면이 아주 생생하게 묘사되어 있었다. 비록 생활환경은 다르다 하더라도 이곳 농촌 청년들이 읽어서 감동을 받기에 충분했다. 선거가 끝나고 좀 한가해지면 프린트판으로 묶어 동지들에게 나누어줄 생각이었는데 이제는 그것도 기약할 수 없는 일이 되고 말았다.

현준은 먼저 방을 정리하고 나서 밖으로 나갔다. 울타리를 돌며 몇 군데 허술한 곳은 돌담을 다시 쌓기도 하고, 자잘한 돌멩이들을 주워다가 구석구석 엉성한 데에다 끼워 넣었다. 정낭문도 손질하고, 헛간의 땔감도 자구로 잘게 쪼개어 한 단씩 차곡차곡 쌓아 놓았다. 멍석도 새로 잘 말아서 천정에 매달아 놓았다. 이번에 나가면 언제 다시 돌아올 수 있을지 모를 일이기 때문에 이모 혼자 사는 이 집을 위해 무엇이고 솜 도와주고 싶었다.

"애야, 혼저 오라. 국 식읔키여."

"예, 이모님."

그는 이모가 독촉하는 바람에 얼른 손을 씻고 갔다. 이모는 어느새 장을 보아 왔는지 삶은 돼지고기에다 상추, 쇠고기미역국, 고등어조림까지 푸짐하게 반찬을 준비해 놓고 있었다.

"탕관도 안 나가고, 오늘 무신 일 잇수꽈?"

"기여. 귀헌 손님 대접허젠 허난."

"예?"

"혼저 먹으라. 뜨신 때."

"무신 일이우꽈?"

"일은 무신 일? 느 멕이젠 허는 거주. 사름은 어딜 가나 밥 세낄 잘 찾앙 먹어사 헌다."

"원, 이모님도!"

"조심해여. 느네 어멍은 아덜 둘만 보멍 살아신다." 이모는 밥을 먹다 말고 현준을 빤히 들여다보면서 말했다. "영진이가 잽혀갔댄 허멍?"

"어디서 들읍데가?"

"경덜 고람서라. 게난, 는 어떵헐 것고?"

"안직 모르쿠다."

"내일 선거 끝나민 토벌이 심헐 거엔 허는디. 이젠 군인덜이 나설 거 아니가."

"경 헐템주."

"느네 성은 어디 강 이신디사. 게도 요새 날씨가 좋으난 잉? 돈이나 물건사 있다가도 없는 거고, 사름이 제일 귀헌 거여. 그까짓 배 너무 걱정 허지 말라."

"예, 이모님."

그는 깜짝 놀랐다. 이모님이 말은 안 해도 모든 사실을 다 알고 있는 눈치였다. 그는 슬며시 눈을 들어 이모를 바라보았다.

"국 식읔키여."

"예."

"이거 놓으라." 이모는 지폐 한 묶음을 건네면서 말했다. "급헌 땐 연락선이라도 탕 나가. 젊은 놈이 아무디 가민 못 살카?"

"나, 돈 잇수다."

"어서 놓아! 어서! 시상 못 만나민 다 고생허는 거여."

"이모님!"

"기여."

"당분간 못 뵘직허우다."

"안 고라도 다 알암서. 게난, 어디 강 이실 것고?"

"가 봐삭쿠다."

"경 허주."

그는 식사가 끝나자 헛간에서 하던 일을 대충 마치고 집으로 돌아갔다. 덫을 놓을 때 쓰던 청산가리가 아직 남아 있었다. 종이에 조금 싸서 실로 단단히 동여매었다. 이것만 갖고 있으면 어떤 상황에 처할지라도 구차한 목숨을 지탱하기 위해 바둥거리지 않아도 되리라. 그는 청산가리를 윗도리 안주머니 깊숙이 찔러 넣은 다음 난간으로 나갔다. 하릴없는 사람처럼 난간에 길러있아 집 주위를 돌리보고 있으려니까 어쩌면 이게 마지막이 아닌가 하는 미묘한 느낌이 들었다.

아무도 없는 줄 알았는데 할아버지가 뒷방에서 나오더니 낚시 도구를 챙기기 시작했다. 그는 할아버지 곁으로 갔다.

"바릇 가젠 마씸?"

"어."

"올 한 해만 기다립서. 나가 배 장만해 드리크메."

"됐다. 이젠 나도 손을 놓을 땐디." 노인은 그래도 기특한 생각이 들어서 고개를 들고 손자를 보았다. "이거, 그냥 심심소일 나가는 거여."

"빌레아방이영 감수꽈?"

"기여. 나 걱정 말고, 급헐 땐 연락선 탕 나가."

노인은 서둘러 바구니를 메고 집을 나섰다. 현준은 노인이 골목 밖으로 사라질 때까지 하염없이 눈으로 쫓고 있었다. 말은 그렇게 했지만 다시 집에 돌아와 열심히 일하고 배를 장만해 드릴 수 있을지 예측하기 어려운 일이었다.

그는 마구간으로 가 보았다. 망아지 두 마리가 사이좋게 나란히 서서 마른 풀을 먹고 있었다. 며칠 사이로 태어났다는 이 두 마리는 똑 쌍둥이처럼 닮은 데가 있었다. 아랑과 공주 이야기는 너무 슬프다고, 니가 그랬지? 그는 인숙의 말을 되씹으며 한참 거기 서 있다가 복잡한 상념에서 벗어나기라도 하듯 후다닥 집을 나서 상두거리로 향했다. 세불 검질을 다 마치지 못한 사람들이 보리밭에 앉아 부지런히 손을 놀리는 모습이 틈틈이 눈에 띄었다. 아마, 어머니와 형수도 지금쯤 밭에 나가 있을 것이었다. 밤골을 거쳐 중산간으로 나가는 이 길은 그에게 많은 것을 가져다주었다. 길은 곧 희망이며 기대, 새로운 가능성이었기 때문이다. 그러나 이 날만은 달랐다. 교양을 주러 갈 때면 으레 이 길을 선택했듯이 이 길로 돌아오곤 했는데, 앞으론 그런 보장이 없었다.

익수가 먼저 와서 기다리고 있었다. 밭담에 걸터앉아 있던 그 소년은 멀리서 그를 발견하고 일어났다. 그는 그 소년을 보며 걸어갔다. 문득 그 소년이 슬픔으로 다가왔다. 가슴 한 구석에 촉촉이 젖어드는 것 같은 이런 쓸쓸한 감정은 어디서 오는 것일까? 그는 기이한 느낌이 들어 줄곧 그 소년을 바라보았다. 열두 살짜리 어린애가 뭘 안다고 이렇게 끝까지 따라나서는지 이해하기 힘든 일이었다.

"용근이 형님 저기 아닙니까?"

"그래. 저 동산 너머데."

현준은 고개를 들어 그 쪽을 살펴보았다. 거기서 그리 멀지 않은 곳에 지용근의 무덤이 있었다. 그새 풀이 우거지고 계절이 바뀌었지만 한번도 가보지 못했다. 산 자와 죽은 자는 이렇게 다른 것인가 싶었다. 이런 생각을 하며 묵묵히 걷고 있었는데, 익수가 느닷없이 엉뚱한 얘기를 꺼냈다.

"형님, 흰 까마귀 얘기 들었습니까?"

"흰 까마귀라니?"

"며칠 전에 삼양서 보았답니다. 흰 까마귀가 뜨민 사름이 많이 죽고 큰 난리가 난답니다."

"그래?"

"생각만 해도 끔찍합니다. 머리가 허옇게 세었겠지요?"

"세상이 어지러우니까, 사람들이 공연히 헛것을 보는 모양이다."

현준은 길가의 밭담 위에 앉아 다리를 쉬고 있었다. 이렇게 높은 지대에서 내려다보면 바다가 더욱 푸르고 투명한 빛으로 다가왔다. 평생 바다에 몸이 닳은 늑신네가 남의 배를 수눌고 다닌다니 참으로 안타까운 일이었다. 할아버지를 생각하면 가슴이 미어지는 것 같았다.

"형님."

"응."

"우린 정말 자유를 찾을 수 있습니까?"

"왜 그런 생각을?"

"사름덜이 너무 많이 당하고 있습니다."

"자유는 풀과 같은 거야. 밟고 또 밟아도, 불을 질러도, 저 땅 속 깊은 곳에서 오는 힘을 누가 막을 수 있겠니?"

허벅을 등에 진 밤골 여인들이 힘겹게 동산을 오르고 있었다. 빗물을 받아쓰는 이런 산간 지역에서는 생수 한 방울이 여간 귀한 게 아니었다. 현준은 문득 갈증을 느끼고 다시 걷기 시작했다. 보리밭 돌담 위에 한 줄로 죽 늘어서 있던 까마귀 떼가 일제히 푸드득 날아올라 서쪽으로 갔다. 흰 까마귀. 늙은 여우에 대한 이야기는 어려서부터 많이 들었지만 늙은 까마귀 이야기는 오늘 처음이었다.

밤골에 도착하자 현준은 소년을 데리고 지용욱의 집으로 갔다. 용욱이 난간에 앉아서 신문을 보고 있었다.

"인숙이 못 봤습니까?"

"며칠 전에 잠깐 들렀다가, 곧 떠났어."

"부녀회원들 또 당했다면서요?"

"걱정 마. 인숙인 잘 있으니까. 날이 저무는데 자네 지금 어디 가는 길인가?"

"차낭골로 해서 한 바퀴 돌아올까 합니다."

"이 사람, 오늘도 토벌대가 여러 차례 지나갔어. 밤엔 무조건 총질을 하는 거, 알고 있지?"

"예. 곧 갈랍니다. 형님, 애 좀 여기 있게 해 주십시오."

"알았네." 용욱은 소년을 보며 말했다. "우선 저 방으로 들어가 있어. 내가 쓰는 방이니까."

익수는 현준을 한번 쳐다보고 나서 집 안으로 들어갔다. 현준은 소년이 방에 들어가 문을 닫을 때까지 가만히 지켜보며 서 있었다.

"영진이가 잡혀갔다고?" 용욱이 물었다.

"우리도 인젠 떠돌이 신세가 되고 말았습니다. 유철인 요즘 안 들렀든 가요?"

"며칠 됐어. 내일 내려오겠지."

"나도 내일 너븐드르 갑니다만."

"너무 낙심 말게. 상부서도 생각이 있을 테니."

"처음부터 각오했던 일인데요. 저 애는 내일 저녁에 와서 데려가겠습니다."

"걱정 말고, 갈려면 어서 가게."

"내일 뵙지요."

현준은 곧장 남쪽으로 걸어 올라갔다. 차낭골은 중산간도로에 위치하고 있는 가장 큰 마을일 뿐 아니라 그 밖의 여러 고을로 나갈 수 있는 이점을 지니고 있었다. 그래서 그는 이 일대의 민주부락을 순회할 때마다 반드시 이곳을 거치곤 했다. 개 두 마리가 길에서 놀다가 낯선 사람을 보며 짖어댔다. 그는 서서히 어둠이 깔리는 동구 밖에 서서 멀리 해안지방을 바라보았다. 어느새 봉화가 여러 군데 피어오르고, 새로운 결의를 다지고 있었다. 고요한 산촌에서 내려다보는 그 광경은 밑에서 보는 것보다 더 엄숙한 느낌을 주었다. 서둘러 강민성을 찾아갔으나 집에 없었다. 하는 수 없이 이 마을 케이를 만나기 위해 발길을 돌렸다.

"요새는 양코배기들이 종종 온다면서요?"

"말도 마라. 어제는 여군 하나가 왔다 갔는디."

"여군이 말입니까?"

"허리에 권총 차고, 차를 가정 왔어. 거, 참, 뭐옌 헐까, 당차기도 하지! 우리 조선말도 잘 허는 여잔디 말여, 얼매나 떵떵거리는지 구장이 아주 혼이 났주."

"왜요?"

"협조를 안 헌다는 거지. 투표함을 놓고 가면서 허는 말이, 이번 선거 결과에 따라 문책을 헐 것이니 그리 알라는 거여. 선거가 임박허니까는, 군정청에서도 여간 다급해진 게 아닌 모양이라."

"그렇습니다. 계속 여론 조사만 하더니, 요즘은 양놈들이 직접 뛰고 있습니다. 여기도 자주 오지요?"

"발써 여러 차례 댕겨갔어."

"오면서 들으니까, 경찰 토벌대가 갈수록 발악을 하고 있다든데요?"

"우리 마실은 좀 달라. 경비대 군인덜이 요 근처에 주둔허고 있으니까는, 경찰이 함부로 설치진 못 허지. 견디, 경비대는 언제까정 저렇게 진을 치고만 이실 건가, 난 암만해도 그게 걱정이라. 경비대가 중립을 지키고 있는 한은, 게도 큰 싸움을 막을 수 있겠지마는…." 케이는 장죽을 툭툭 털면서 신음하듯이 말했다. "연대장도 갈렸다는디, 이거 어떵 되는 건지, 원! 경비대까정 돌아서는 날이믄 우린 다 죽었어. 경 아니 헌가. 경비대 군인덜이 주둔허고 이시난 우린 요만큼이라도 버티고 있는 건디 말여."

"상부에서도 이 점을 예의 주시하고 있을 겁니다. 우선 주민들을 안심시키도록 하지요. 작전권이 이미 경비대에 넘어 갔으니까 앞으론 좀 달라질 겁니다."

"우린 경비대만 믿고 있는디."

"경비대마저 우릴 배반하겠습니까? 평화회담은 깨졌지만 그런 일은 일어나지 않을 겁니다." 현준은 단호한 어조로 말했다.

"이번 평화 회담도 검은개덜이 반대해서 깨어진 거라던디." 케이는 좀처럼 불안이 가시지 않았는지 한참 시무룩한 표정으로 장죽을 빨다가 또 이렇게 말했다. "다 된 밥에 재 뿌린다더니, 어디 이런 일도 있는 건가. 경찰이라는 것들이."

"지금 제일 중요한 것은, 이번 선거를 막는 일입니다. 무슨 일이 있어도 꼭 막아내야 합니다. 이것만이 우리 인민의 뜻이 어디에 있는지 똑똑히 보여주는 게 되겠지요."

107

현준은 다시 강민성을 찾아갔다. 민성이 기다리고 있다가 그를 데리고 방으로 들어갔다.

"통신문 받았지?"

"받았어. 내일 너븐드르로 나간다고?"

"그래. 걷지 못하는 노약자만 빼고, 모두."

"참 좋은 생각이야. 오전에 통신문 받고, 부락별로 회원들을 파견했어. 지금쯤은 모두 전달되었을 거야."

"잘 했어."

"이젠 안심해도 되겠지?"

"그래도 마음을 놓을 순 없어. 저쪽에서 어떻게 나올지 모르니까, 우리가 직접 찾아다니면서 점검하는 게 좋겠어."

"지금?"

"응."

"좋아! 빨리 나가지. 더 어둡기 전에."

"난 동쪽으로 돌 테니까, 자넨 서쪽으로 돌아오지."

그들은 지금부터 각자 들를 곳과 할 일을 간단히 숙의한 다음, 이튿날 아침 서아름에서 만나기로 하고 서둘러 출발했다. 현준은 가는 길에 몇 개의 조그만 동네를 거쳐 동아름으로 올랐다. 차낭골에서 남쪽 4키로 지점에 있는 이 마을은 해발 300미터의 고지대인데다 앞이 확 트여 있어 조천면 관내 해안지역을 한눈에 내려다볼 수 있는 곳이었다. 그러나 지금은 어둠에 덮여 시야를 가늠할 수 없었다. 봉화가 멀리 해변에 이르기까지 사방에서 피어오르고 있었는데, 그 불꽃은 고요함속에서도 사뭇 긴장되고 다급한 상황을 전하고 있었다.

그는 마을 안으로 깊숙이 걸어 들어갔다. 해변에서 올라온 사람들로 북새통을 이루고 있었다. 집집마다 사람들이 모여앉아 떠들어대는 소리가 골목 밖으로 새어나와 온 동네를 들끓게 했다. 빠른 걸음으로 지나가며 하나하나 눈여겨봤다. 한 집에 서너 세대가 몰려든 탓으로 갑자기 많아진 아이들이 어두운 마당에 서서 재기차기를 하거나 땅뺏기놀이를 즐기고 있었다. 여기저기서 부녀자들이 아이들 이름을 부르며 거칠게 야단치는 소리가 유난히 크게 들렸다. 무슨 큰 축제를 준비하는 사람들 같았다. 어느 집이나 방과 마루와 난간을 가릴 것 없이 사람들이 가득가득 앉아서 식사를 하는 게 보통이었으며, 때로는 철 아닌 평상을 펴놓고 화투를 치는 모습도 보였다. 이 마을은 그런 대로 평온한 상태를 유지하고 있었다. 일찍 주민들이 떠나버린 뒤의 텅 빈 고장들과는 달리 여긴 소란한 가운데서도 뭔가 활기가 있고 사람이 사람답게 살고 있는 것 같은 느낌을 주었다. 이제 하루만 잘 버티어내면 승리는 보장되어 있었다. 그는 산밑 동네에 사는 고영길을 찾아갔다.

"어서 와." 고영길이 방으로 도로 들어가더니 깍지 불을 켜고 상대방을 가만히 응시하면서 말했다. "혼자 왔어, 이 밤중에?"

"예. 지금 막 오는 길입니다만."

"경허당 토벌대 만나민 어떵 허젠? 사나흘 전인 바루 요 위서 터졌는디."

"우리 산군이 왔던가요?"

"대단했어. 한 시간 이상 싸움이 벌어졌는디."

"오면서 보니까, 오늘은 아주 조용합니다. 선거를 의식해서, 주민들을 자극하지 않으려는 계산인가 본데."

"그 사름덜 차로 왔다가 해 지기 전에 떠나. 어떤 땐 여기 주둔허기도 허지만."

"무섭긴 무서운 모양이군요."

"그야 그럴테주. 언제 공격을 당헐지 모르니까. 그런디, 무슨 일로, 이 밤에?"

"한번 둘러볼려고요. 여기선 내일 아침 저 오름 밑으로 나가게 되었지요?"

"그런 모양이라. 서너 시간 전에, 차낭골서 청년덜이 왔다 갔는디, 우린 저 오름 알 소낭밭으로 가게 됐덴 허더고. 내일 아침 나갈 거옌 집집마다 다 알리긴 했구나만, 이거 어떵 될 건고? 이번 선거라도 꼭 이겨야 헐 건디."

"이겨야지요. 민심이 천심이란 걸 보여줘야 합니다."

"겔쎄 말이여."

현준은 이곳 사정을 자세히 알아보았다. 밑에서도 계속 정보를 입수하고 있었지만 직접 현장에 와서 듣고 보니 더욱 실감이 났다. 지난 한 달 동안 무장 투쟁이 계속된 이후 주민들이 겪은 고통은 말로 다할 수 없었다. 선거가 다가올수록 경찰 토벌대의 만행은 극도에 달했고, 청년들의 보복 투쟁도 더욱 극렬해 갔다. 토벌대가 왔을 땐 청년들이 그들의 일거일동을 살피고 있다가 자취를 감춘 뒤였다. 이렇게 되면 결국 녹아나는 건 마을에 남아 있는 노약자와 아낙네들이었다. 토벌대는 한 집 한 집 수색하며 사람들을 찾아내 닦달했다. 달아난 아들과 딸, 남편을 내놓으라고 으름장을 놓았다. 때로는 공포를 쏘기도 했고, 본보기로 하나 둘 희생시키기도 했다.

청년들의 저항과 분노는 날이 갈수록 점점 커 갔다. 낮에는 인근 야산이나 동굴에 숨어 있다가 밤이 되면 몽둥이를 들고 나서는 젊은이들이 자연스럽게 무리를 짓게 되었는데, 사람들은 흔히 그들을 가리켜 몽둥이부대라고 했다. 토벌대가 그들의 부모나 아내를 해치는 대신, 젊은이들은 몽둥이나 죽창을 들고 다니면서 대동청년단 간부와 선관위 위원들을 공격했다. 어느 쪽에서 일을 벌이든 간에 하루도 조용할 날이 없었다. 살인과 방화, 약탈, 강간 등 온갖 죄악이 이제는 아무렇지도 않은 듯 습관처럼 되풀이되고 있었다. 어떤 고을에서는 이런저런 피해를 덜기 위해 선거일을 이틀이나 남겨 놓고 일찍 딴 마을이나 산야로 떠나고 말았다.

108

현준은 이튿날 아침 일찍 미릿골로 건너갔다. 이 마을에선 검은오름 서쪽 밀림 지대로 가게 돼 있었다. 아침 8시를 기해 이 집 저 집에서 사람들이 하나둘 몰려들기 시작했다. 기다리고 있던 청년들은 마차에 짐을 받아 실었다. 아기를 등에 업거나 구덕을 지고 나선 부녀자들도 있었고, 우마를 몰고 나온 남정네들도 있었다. 목숨처럼 아끼는 가축을 종일 굶길 순 없는 일이라고 했다. 신이 난 것은 아이들뿐이었다. 어른들의 세상과 고통을 모르는 천진난만한 아이들은 소풍 가는 날처럼 좋아라 껑충껑충 뛰어다녔다.

그는 이 마을 청년회 총무를 맡고 있는 임석진을 발견하고 그 쪽으로 갔다.

"경찰이 와서 강제로 투표를 시킬지 모르겠는데."

"저녁때까진 해산하지 말고 거기 그냥 눌러앉아 있을 생각이야. 자넨 같이 가는 거 아니야?"

"난, 또 갈 데가 있어."

사람들은 차례로 서서 굴을 짓고 들판을 건너갔다. 현준은 힐미니 힌 분을 모시고 긴 행렬을 따라 나섰다. 고갯마루에 이르자 그는 지나가던 청년에게 맡기고 할머니와 헤어졌다. 할머니는 뒤뚱뒤뚱 걷다가 돌아서서 고맙다는 인사를 했다. 할머니를 바라보며 그는 한참동안 그 자리에 서 있었다. 선거라는 건 한번도 해본 적이 없는데, 아니 선거가 뭔지도 모르고 있을 텐데, 저 할머니는 어쩌다 먼 길을 나서게 되었을까 하는 의문이 들었다. 그러나 이렇게 해야 된다는 것만은 분명히 느끼고 있을 것이다. 평생 몸담고 살아온 마을 공동체가 대신 생각하고 판단하며 이끌고 있을 테니까.

　언덕 위에 서서 마을을 내려다봤다. 마을의 한 모서리가 아침 한때 엷은 안개에 가려 나무숲 사이로 가늘게 떨고 있었다. 언덕 밑 마을에서 시작된 행렬은 고개 하나를 넘어 숲으로 길게 뻗어 있었다. 마차바퀴 구르는 소리와 이따금 컹컹 개 짖는 소리, 그리고 쉴 사이 없이 삑삑 허공을 자르는 호각소리에 놀란 듯 긴 행렬이 뱀처럼 꿈틀거렸다.

　거기서 20분 정도만 걸어 내려가면 서아름이란 조그만 마을이 있었다. 이 마을은 엊저녁에 이미 사람들이 떠났기 때문에 빈 집들만 고요한 정적 속에 쓸쓸히 남아 있었다. 현준은 마을 안으로 들어가지 않고, 동쪽 귀퉁이를 돌아 중산간도로 방향으로 향했다. 새벽에 잠시 내린 비로 풀밭은 촉촉히 젖어 있었다. 그러나 하늘은 맑게 씻겨서 구름 사이로 파랗게 틔어오고, 아침 햇살이 눈앞에 펼쳐진 넓은 초원 위로 눈부시게 빛나고 있었다. 길을 건너 마을 어귀에 있는 소나무밭으로 들어갔다. 강민성은 아직 도착하지 않았다. 발밑에 떨어져 있는 삐라 한 장을 주워서 읽어 보았다. '친애하는 경비대여 검정개를 타도하라' —이것은 경비대에 대한 유격대의 태도를 밝힌 것이었다. 그 때, 어디선가 개 짖는 소리가 들렸다. 그는 나무 사이에 몸을 숨기고 서서 마을 쪽을 바라보았다. 완장을 낀 청년 한 명이 공회당 앞에 서서 큰 소리로 외치고 있었고, 사람들 몇이 쫓기듯 바쁜 걸음으로 공회당 건물 안으로 들어갔다. 그 수는 얼마 되지 않았다. 아마도 집에 남아 있었던 일부 노약자들이 겁을 먹고 투표에 참여하고 있는 모양이었다.

　조금 후, 미군 지프 한 대가 마을에서 나와 동쪽으로 달려갔다. 그는 담배를 피우며 공회당 쪽으로 계속 눈을 던지고 있었다. 아까 건물 안으로 들어간 사람들은 다시 모습을 드러내지 않았다. 완장을 낀 청년도 보이지 않았다. 약속 시간이 15분이나 지났는데 강민성은 감감 무소식이었다. 조금만 더 기다릴 생각으로 서 있었는데, 프로펠러 소리가 갑자기 정적을 깨고 마을 건너편에서 들려오기 시작했다. 정찰중인 미군 헬리콥터임을 알 수 있었다.

민성은 20분이 지난 후에야 도착했다.

"호랑이 없는 굴에선 토끼가 왕노릇 한다더니, 그거 참 맞는 말이야." 그는 가쁜 숨을 몰아쉬면서 담배에 불을 붙였다. "어디 갔다가 인제 나타났는지, 대청놈 하나가 선거 운동을 하고 있잖아? 걸음을 못 놓는 노친네들 붙잡고. 기가 막혀서, 한 방 멕이고 오는 길이야."

"경찰은 없었어? 아까, 미군 지프 한 대가 지나갔는데."

"아무도 없어. 선관위원이란 작자가 한 명 나와 있길래, 돌려보냈어. 거긴 별일 없었지?"

"다들 열심히 뛰고 있어."

그들은 큰길을 피해 사잇길로 나섰다. 들판을 건너 언덕배기 하나만 넘으면 너분드르다. 이렇게 몇 시간만 지나면 피로 얼룩진 이 선거도 끝이 날 터였다. 오늘은 경찰 토벌대가 쉬기로 했는지 모습을 보이지 않았다. 현준은 동산에서 한가롭게 풀을 뜯고 있는 소떼를 보며 생각에 잠겼다. 집에 두고 온 망아지 두 마리가 떠오른 것이다. 그 귀염둥이들도 이런 곳에 데리고 나와 좋은 풀을 뜯게 해 주고 싶었다. 인숙이 어디서 무얼 하고 있는지, 오늘은 집에 두고 온 그 귀엽고 예쁜 공주님 소식을 전할 수 있을 것인지, 그는 갑자기 조바심이 나서 걸음을 재촉했다.

109

너븐드르는 이미 많은 사람으로 붐비고 있었다. 여기 저기 천막이 쳐 있고, 끼리끼리 모여 앉아 밥을 먹는 사람, 술잔을 돌리며 낄낄거리는 사람, 흥분해서 큰 소리로 떠드는 사람, 이렇게 많은 사람이 모여 있는 것을 보니까 마치 소학교 운동회를 연상케 했다.

두 사람은 각자 가족을 찾아 나섰다.

"이 사름 무시거 햄서? 저기 다덜 완 이신디."

동네 아주머니 한 분이 현준을 보더니 저쪽 천막 한 개를 손으로 가리켰다. 그는 그곳으로 뛰어 갔다. 어머니, 형수, 할아버지, 그리고 어린 유나까지도 모두 와 있었다.

"형님 못 보셨어요?" 형수가 그에게로 다가서며 말했다.

"네, 저는."

"삼촌, 어떡하죠? 이지훈씨 편지 보니까, 시험 날짜도 공표됐대요. 두 달밖에 안 남았다는데."

이 광경을 지켜보고 있던 신촌집은 벌컥 화가 났다.

"하르바님 시장허식키여. 혼저 밥 차리라." 그녀는 주위의 소음 속에서 큰 소리로 외쳤다.

"예, 어머님!"

형수가 바삐 점심 준비를 했다. 대나무 차롱을 열어 몇 가지 채소와 돼지고기 볶음, 빙떡을 내놓았다. 현준은 빙떡 한 개를 집어 할아버지한테 권한 다음, 자기도 집어들었다.

"우리 형수님 빙떡 솜씨는 일품이우다." 그가 말했다.

"이 빙떡은 언제 먹어도 좋아. 고소한 것이." 노인도 한 마디 보태었다.

신촌집은 아기를 안고 서서 얼르며 밥 한 술도 뜨지 않았다. 이 날만은 코빼기라도 보일 줄 알았는데 큰아들이 여직 오지 않았다. 이것이 어딜 강 숨어신고? 큰아들을 생각하면 가슴이 미어지는 것 같았다.

천막 안에 모여 앉은 사람들은 무엇이 그리도 즐거운지 농담을 주고받으며 계속 떠들고 있었다. 소풍 나온 아이들 같았다. 누가 한 마디 우스갯소리를 하면 서로 경쟁이나 하듯 까르르 까르르 웃어댔다. 밥을 먹는 동안 현준은 넌지시 할아버지의 맥고모자를 바라보았다. 이 모자는 어쩌다 나들이를 할 때나 쓰는 것이다. 그러니까, 이 모자를 사용하는 날은 1년에 몇 번 되지 않는다. 화물선을 타고 다니던 시절에 일본서 구입했다는 이 모자야말로 노인의 삶과 추억이 담긴 것이다. 글쎄, 이 하루가 그렇게 의미 있고 소중한 날이 될 수 있을 것인지, 그는 혼자 속으로 생각해보지 않을 수 없었다. 그러나 그런 것은 별로 중요한 것이 아니었다. 그는 다만 현재를 사랑하고 싶었다.

그 때였다.

"이덕구 선생 왔어."

누군가가 천막 입구에서 외시사 사람들은 서로 다투듯 밖으로 뛰쳐나갔고, 넓은 들판은 군중의 물결로 술렁이기 시작했다. 현준은 앞으로 나가기 위해 군중 속으로 파고들었다. 이덕구 선생이 국방색 군용 잠바 차림으로 산담 위에 올라서서 인사말을 하고 있었다. 작달막한 키에 어깨가 넓고 몸매가 몹시 탄탄해 보였다. 원래 이 선생은 말을 더듬거리는 편이었으나 그 어눌한 말씨가 오히려 친근하면서도 묵중한 느낌을 주었다.

"오, 오늘 밤은 큰 비가 내릴지도 모르니, 조, 조심해서 가십시요. 만일 문제가 생길 땐 우리 야산대에 연락해 주십시요. 우리 대원들이 요소 요소에서 지키고 있을 테니, 아무 걱정 마시고 펴, 편안한 마음으로….”

현준은 자기의 눈을 의심하지 않을 수 없었다. 제1지대장 이덕구의 곁에 서 있는 병사는 박재수임이 분명했다. 엠원 소총을 메고 지대장 동무를 호위하고 있는 박 동무의 모습이 너무나 당당해 보였다. 경비대에 입대한 그가 어느 사이에 저기에 와서 서 있는 것인지, 그는 도무지 믿어지지 않았다.

군중 속에서 어떤 사내가 큰 소리로 외쳤다. 그 사내는, 자신들도 기왕 여기까지 왔으니 끝까지 남아 유격대를 돕고 싶다는 말을 하고 있었다. 그러자, 이덕구 선생이 손을 흔들며 군중을 향해 외쳤다.

"여러분의 뜻은 고마우나, 여, 여기 남아 있어봤자 밥만 축낼 겁니다. 속히 내, 내려 가십시요. 가사를 돌보는 것이 곧 우리를 돕는 겁니다. 여긴 우리한테 맡기고 빠, 빨리 집으로 돌아가십시요.”

사람들이 와아! 하고 웃었다.

이 선생의 일행은 곧 떠나 버렸다. 현준은 누구보다 박재수를 직접 대하지 못한 것이 안타까웠다. 그렇지만 그의 마음 한 구석은 알 수 없는 기쁨으로 충만되었다. 경비대에 입대할 때의 초췌한 모습과는 달리, 한 사람의 씩씩한 용사가 되어 나타난 박재수의 그 늠름한 모습을 통해서 그는 이제 제 자신의 가능성을 확인하는 것 같은 희열을 느낄 수 있었다.

사람들이 각자 천막을 찾아 사방으로 다시 흩어져 갔다. 현준도 가족이 있는 곳으로 돌아갔다. 지우와 유철이 거기서 기다리고 있었다.

"재수 봤지? 짜식, 참 멋있든데! 엠원 소총을 메고 있었어.” 지우가 몹시 흥분한 목소리로 말했다.

"그래, 정말 훌륭한 군인이 됐어." 현준이 지우에게서 눈을 떼고 유철을 보며 물었다. "인숙이 못 봤어?"

"우리도 찾고 있는데, 아직 안 보여."

"어머니는?"

유철이 말없이 웃어 보였다. 현준은 공연히 말을 꺼냈다 싶어 후회했다. 어쩌면 조손이 그렇게 똑 닮았을까. 텅 빈 마을에 남아서 투표를 하고 있을 그 할아버지나, 집을 박차고 나와 빨치산운동에 가담하고 있는 그 손자나, 따지고 보면 두 사람이 똑같은 종족일 거라는 생각이 들었다.

현준은 유철과 지우를 따라 조용한 곳으로 갔다.

"용욱이 얘긴데, 오늘 안으로 내려오래. 우리 모두, 밤골로." 유철이 말했다.

"그래? 용욱이 형 지금 어딨는데?" 현준이 물었다.

"내려갔어. 이따, 4시에 저 소나무 밑에서 만나."

"알았어."

현준은 친구들과 헤어져 가족이 있는 천막으로 돌아갔다.

110

한편, 북촌곶에 머물고 있는 도당 본부에서는 갑자기 사람들이 분주히 움직이기 시작했다. 예상할 수 없었던 건 아니지만 그날 선거가 끝나면 군경 합동 토벌 작전이 대대적으로 전개된다는 것이었다. 그리고, 아까 낮에 들어온 정보에 따르면 토벌대가 조천면 일대의 산간지대를, 특히 밀림 지역의 숲과 동굴들을 샅샅이 뒤질 계획으로 있다는 것이었다. 도당에선 즉각 비상회의를 열고 대응책을 강구하기에 이르렀다. 우선 아지트를 남쪽 더 깊은 산간지대로 옮기고, 산북과 산남 두 지역에서 동시에 공략하는 양동 작전을 강화하기로 했다. 이것은 토벌대의 공격력을 한라산 전 지역으로 분산시키기 위한 조치였다.

김경준은 회의가 끝나자 자기의 움막으로 돌아갔다. 기다리고 있던 부원들과 함께 먼저 서류를 챙기고 나서 배낭을 쌌다. 배낭 속엔 건빵 몇 봉지와 미숫가루 두 봉지, 담배 세 갑, 구겨진 내의 등 자잘구레한 것들이 들어 있었으나 한 손으로 훅 집어들만큼 가벼웠다. 완전 무장을 하고 끝도 없이 만주 벌판을 진군하던 학도병 시절과 비교하면 이것은 아이들의 전쟁놀이에 불과했다. 하지만 빨치산 투쟁이란 생각했던 것만큼 쉬운 게 아니었다. 저쪽에선 위력적인 과학 무기를 앞세우고 달겨들기 때문에 그들은 늘 소수의 인원으로 기회를 엿보다가 공격하고, 공격이 끝나면 재빨리 몸을 피해야만 했다.

경준은 부원들을 데리고 부녀회 아지트로 갔다. 지인철이 먼저 와서 조직부 청년들과 함께 작업을 하고 있었다. 땅을 파서 보급 물자를 묻어 둔다든가 돌무더기를 쌓아 그 속에 감추어 놓는 일이었다. 모든 작업은 눈 깜빡할 사이에 끝났다. 부녀회원들이 당장 사용할 식기와 부식을 구덕에 담고 짊어졌다. 그 손놀림이 대단히 민첩해 보였다.

그 때, 어떤 아가씨가 와서 경준에게 인사를 했다.

"안녕하세요? 지인숙이예요."

"김경준이라고 합니다."

경준은 깍듯이 인사를 받았다. 언젠가 아내로부터 들은 얘기가 있었기 때문에 이 아가씨가 바로 도당 지정은의 딸이라는 것을 곧 알아차릴 수 있었다.

"김현준 동무 못 보셨어요? 며칠 전에 여기 왔었다는데."

"그래요?"

"저도 까맣게 모르고 있었어요. 지금 본부로 가실 거죠?"

"네."

"가시죠."

내색은 하지 않았지만 경준은 아우의 일을 걱정하는 참이었기 때문에 여간 신경이 쓰이지 않았다.

숲 속은 어둡고 칙칙했으나 여기저기 들꽃이 피어 있었다. 인숙이 꽃을 꺾어 들고 코끝으로 향기를 맡으며 걸었다. 경준은 호기심을 느끼며 그녀의 일거일동을 유심히 살펴보았다. 그녀의 그러한 몸짓과 천진난만한 성격 속엔 제 아우의 어떤 부분들과 연결되어 있는 것처럼 생각되었다.

"여긴 참 아름다운 곳이지요?"

"그렇군요."

"소학교 5학년 때였어요. 우린 이 숲 속에서 얼마나 헤맸는지 몰라요." 그녀는 추억에 젖은 눈으로 경준을 바라보며 말했다. "가도 가도 끝이 없었어요. 해가 질 무렵에야 겨우 빠져나간 곳이 어딘 줄 아세요? 바매기오름 밑이었어요. 전, 그만 드러눕고 말았어요. 한 발작도 옮길 수 없었죠. 현준씨가 마을에 가서 먹을 걸 좀 갖고 왔는데, 뭐라고 한 줄 아세요?" 그녀는 혼자 키득키득 웃다가 다시 말을 이었다. "이 기집애, 겁도 없이 혼자 잘 잤구나. 여긴, 처녀귀신들이 사는 데란 말야. 그러는 거 아녜요? 얼마나 겁이 났든지, 그 다음부턴 고분고분 말을 잘 들었죠. 집에 도착했을 땐 새벽이었어요."

"허허, 걔가 좀 그런 데가 있지요. 엉뚱하기도 하고."

"그래요. 눈 한번 깜빡이지 않고, 사람을 놀라게 해요."

"고생했군요. 이 정글 꽤 길게 뻗어 있나 본데."

그들은 나무 사이로 우거진 덤불을 헤치며 나아갔다.

"선생님, 이 꽃, 참 예쁘지요?" 그녀는 덤불 속에 핀 들꽃 한 송이를 꺾으며 말했다. "솔로몬의 영화도 들꽃 한 송이를 따를 수 없다고 하신 예수님의 비유를 생각게 하는군요."

"교회에 나가십니까?"

"아녜요. 어렸을 땐, 엄마가 하도 불쌍해서 따라다녔는데."

경준은 그녀의 이야기를 듣고 웃지 않을 수 없었다. 지금도 그렇지만, 어린 시절엔 어지간히 말괄량이 기질이 있었을 것 같았다. 그녀를 바라보는 경준의 눈이 가끔씩 호기심으로 빛났다. 어쩌면 아우와 결혼하게 될지도 모른다는 생각에 미치자 그는 더욱 관심이 갔다. 아우가 이 아가씨를 만난 것은 큰 행운이었다. 경쾌한 걸음걸이와 상냥한 말씨, 도시 여성의 세련된 감각, 어디로 보나 손색이 없는 아가씨였다.

갑자기 빗방울이 나무 사이로 투둑 투두둑, 하고 소리를 내며 떨어졌다. 바람이 일고, 숲 속은 파도처럼 설레기 시작했다. 그들은 도당 본부로 뛰어갔다.

비는 곧 그쳤으나 숲 속은 안개에 묻혀 불과 몇 미터 전방밖엔 보이지 않았다. 경준은 학도병 시절의 전투 경험을 살려 임시 소대장을 맡게 되었다. 말이 소대장이지 전투 요원은 고작해야 7명밖엔 되지 않았다. 무기라곤 낡은 99식 소총 3정과 수류탄 몇 알, 단검 4자루뿐이었다. 그는 두 명의 정찰병을 앞세우고 안개 속으로 계속 전진했다. 지리에 밝은 레포가 그와 나란히 걸으며 안내했다.

경준은 가끔씩 멈추어 서서 후발 부대의 상황을 확인한 다음, 다시 선두로 나아갔다. 부녀회원들은 도당 간부진의 뒤를 따르고 있었다.

"괜찮겠어요?"

"우린 자주 경험하는 일이지만, 저기 어르신들이 걱정이군요."

인숙은 아까부터 부친의 건강을 염려하고 있었다. 어려서 돌캥이란 별명이 붙을 정도로 성격이 칼칼하고 무쇠같이 단단한 분이었지만 요즘 부친은 날로 쇠약한 모습을 하고 있었다.

정글에서 벗어나 산등성이로 나서자 시야가 조금 트이는 듯했으나 얼마 안 가서 계곡을 건너고 다시 정글로 들어갔다. 이렇게 세 시간 이상 걸어서 겨우 도착한 곳은 동백꽃 숲 속의 조그만 동굴이었다. 레포의 말에 따르면 낮에 한 시간 남짓 되는 거리라는데 이 날은 사정이 달랐다. 궂은 날씨에 밀림을 뚫고 나가야 했고, 게다가 경찰 토벌대를 피해 멀리 돌아서 가야 했다.

111

형은 끝내 오지 않았다.

현준은 고개를 들어 하늘을 바라보았다. 납덩이처럼 무거운 하늘이 낮게 내려앉아 금세 비를 뿌릴 것 같았다. 사람들이 쫓기듯 마을로 내려가기 시작했다. 그러나 일부는 꿈쩍도 않고 그 자리에 앉아 있었다. 어머니도 그중 하나였다. 모처럼 가족과 만날 기회로 삼고 있었는데 기다리는 사람이 오지 않았기 때문이었다.

그는 천막 입구에 서 있다가 눈짓으로 형수를 불러냈다.

"곧 비가 쏟아질 것 같은데."

"삼촌, 같이 안 가요?"

"저는 좀…."

"같이 가요, 삼촌! 어머니가 걱정이예요."

"죄송합니다. 친구들이 기다리고 있어서."

현준은 돌아서서 바삐 걸어갔다. 형수의 크고 서글서글한, 그 순하디 순한 눈매가 등 뒤에 확산되어 오는 것 같은 느낌을 받았다. 그는 돌아보지 않고 곧장 친구들을 찾아 나섰다. 오랫동안 못 보던 얼굴들이 많이 나와 있었다. 이 날의 화제는 당연히 박재수로 모아져 있었다. 박재수는 잠깐 사이에 그들의 영웅으로 떠오른 것이다. 저마다 갈 곳이 다르기 때문에 그들은 거기 그렇게 서서 떠들다가 뿔뿔이 흩어져 갔다.

현준은 일행과 함께 비를 맞으며 쓸쓸히 밤골로 향했다.

112

부영진이 체포된 뒤 우울한 나날을 보내고 있던 그들은 이제 원군을 만난 셈이었다. 특히, 익수가 유철을 보며 싱글벙글 기뻐했다. 유철도 소년의 손을 잡고 놓지 않았다. 그날 밤, 그들은 지용욱의 안내를 받아 숲가의 조그만 초가집으로 갔다. 골목 안쪽에 깊숙이 자리잡고 있는 이 집은 40대쯤 되어 보이는 주인 내외가 앞방에 거처하고 있었고, 그들은 뒷방을 쓰게 되었다. 키 큰 밤나무가 이 집 뒤뜰을 뒤덮다시피 하고 있어서 자못 고즈넉한 분위기를 자아냈다.

현준은 혼자 뒤뜰 툇마루로 나가 담배를 피우고 있었다. 인숙이 머물던 곳은 거기서 몇 집 건너서였다. 그녀를 본지도 어느덧 한 달이 지났다. 어쩌면 서로 비껴가며 그리워하도록 운명지어진 것인지도 모른다는 생각이 들었다. 이 숲을 거닐며 그녀가 했던 얘기가 떠올랐다. 비 오는 날, 그렇게 쓸쓸히 죽을 거라고. 빗소리를 들으며. 지금 그녀가 그의 곁에 없고 보니 그 얘기가 아주 먼 곳에서 들려오는 것 같았다.

"뭘 해, 거기서?"

"어, 그냥."

"비가 좀 그쳤는데. 기다려."

유철이 나가더니 2홉들이 작은 술병과 김치 그릇, 말린 멸치 한 줌을 들고 왔다.

"여기선 술도 못하게 됐나 봐. 떼를 써서 겨우 얻은 거야. 자, 김현준 동무!"

유철은 술을 따르면서 손을 가볍게 떨었나. 손등에 짐짐이 찍힌 검은 반점이 그대로 남아 있었다. 현준이 잔을 받으며 그의 손을 지켜보았다. 그는 수전증 환자처럼 바르르 떨며 두 손으로 술병을 움켜쥐고 있었다. 병신이 되면 어떡하냐고, 인숙이 그토록 울먹이며 안타까워하던 기억이 났다.

"인숙이 지금 어디 있는지 몰라?" 현준이 물었다.

"글쎄, 나도 본지가 오래. 거의 한 달 가까이 됐어. 걘, 어딜 가나 잘 있을 거야. 오뚝이처럼."

"며칠 전에 여기 들렀다는데."

"그래?"

그 때, 지우도 와서 합석했다. 지우는 등치만 컸지 술은 못 했다.

"자, 한 잔 받어." 유철이 권했다.

"좋아!" 지우도 이 날만은 기꺼이 잔을 받으며 유철을 바라보았다. "어떻게 될 것 같어? 이번 선거?"

"두고 봐야지."

"다들 기권했는데도?"

"거야 얼마든 조작할 수 있잖아? 아무튼, 기다려봐야 해."

"그 땐, 정말 큰 일 날 텐데. 선거를 조작했다간."

그동안 산간벽지로 떠돌던 유철의 경험담을 들으며 그들은 꼬박 밤을 샜다. 박재수 이야기도 한 몫을 했다. 계집질과 닭서리로 사람들을 놀라게 했던 그 건달패가 오늘은 갑자기 영웅이 되어 그들 앞에 나타난 것이다. 이렇게 되면 제일 신나는 것은 지우였다. 꿀 먹은 벙어리처럼 묵묵히 앉아 남의 말을 엿들으며 혼자 빙긋빙긋 웃기만 하는 지우가 시종 입을 다물 줄 몰랐다.

"짜식, 정말 그럴듯하던데. 이덕구 선생을 호위하고 있었어. 국방색 군복에 엠원 소총을 메고 나서니까, 진짜 군인 같더라구. 그 군복, 9연대서 입고 나온 거 아냐?"

동이 틀 무렵, 주인집 아저씨를 따라 그들이 찾아간 곳은 밤나무숲 속의 조그만 움막이었다. 그 움막은 나뭇가지와 덩굴로 덮여 거의 감추어져 있었다. 겉으로 보면 아주 작고 초라해서 사람이 들어가 있을 만한 곳이 못 되었으나 그 안은 제법 넓고 탄탄했다. 7, 8명은 너끈히 지낼 만했다. 반굴로 만든 것인데, 사방으로 고랑을 파고 물이 흐르게 해서 큰비가 와도 별 지장이 없을 만큼 잘 고안되어 있었다.

"어서 오게." 고경수 선생이 일어서서 친절하게 그들을 맞았다. "제군들은 오늘부터 조천면당 선전부 요원으로서 막중한 임무를 맡게 됐네. 각자 주어진 일을 충실히 수행하기 바라네."

그의 목소리는 단호했다. 그들은 그저 놀라움과 호기심으로 그를 바라보았다. '토끼누깔'이란 별명이 말해 주듯 그는 똥그란 눈을 크게 뜨고 그들을 하나하나 뚫어지게 쳐다보았다. 식물 채집이나 하러 다니는 줄 알았는데 언제 또 여기 와 있었는지, 현준은 그저 놀랍기만 했다.

여기선 별로 하는 일이 없었다. 레포가 두고 가는 정보를 종합해서 유인물을 제작한다든가 간혹 도당 본부로 보내는 간단한 보고서를 작성하는 데 그쳤다. 이런 일은 대체로 한두 시간이면 끝났다. 어떤 날은 종일 하는 일 없이 앉아 있어야 했기 때문에 여간 따분한 게 아니었다. 그러나 고 부장의 허락 없이는 그 움막에서 한 발짝도 벗어날 수 없었다. 엄격한 규율이 그들의 일거일동을 통제하고 있었다.

이렇게 무료한 시간을 보내다보면 봉신분이 내난이 반가운 존재가 되었다. 그들은 가리방을 긁고, 등사판을 밀어냈다. 지금까지 이런 일을 많이 해 왔기 때문에 신속하게 처리했다. 그러면 다른 사람들이 와서 가져갔다. 면당이 자리 잡고 있는 이 숲 속에는 선전부 외에도 조직부가 있어서 두 부서가 각기 업무를 분담하고 있었다. 거기 들리는 조직부 요원들은 대부분 중학원 학생으로 모두 낯이 익었다. 이전 같으면 거리낌 없이 물어볼 수도 있었겠으나 지금은 사정이 달라졌다. 그들이 어디서 왔고 또 어떤 직책을 맡고 있는지 아무도 묻는 이가 없었다. 모든 것은 이 숲 속의 정적과도 같이 은밀하게 감추어져 있었다.

　이 움막에는 각종 신문과 잡지, 기타 유인물들이 고루 들어오고 있었다. 어떤 경로를 밟고 이렇게 신속히 처리되고 있는진 모르지만 중앙 일간지가 빠르면 3, 4일 안에 도착했다. 읍내서 발간되는 제주일보는 날개 돋친 듯 척척 제 시간에 날아들었다. 그들은 쭈그리고 앉아서 읽고 또 읽었다. 때로는 같은 기사를 두 번 세 번 읽었다. 그리고, 열심히 시사 토론을 벌이기도 했다. 유철이 주로 말하는 편이었고, 지우는 황소처럼 큰 눈을 껌뻑이며 조용히 듣는 편이었다. 가끔씩 질문을 던지는 것은 소년 동무 익수였다. 어떤 땐 그 질문이 아주 날카로와서 발표자를 당황하게 만들었다. 이 날은 지유철이 군정장관 딘 소장의 인터뷰 기사를 손가락질하면서 자못 흥분된 어조로 비판하기 시작했다. 정치 문제가 나올 때마다 늘 그랬듯이, 그는 누구보다 많은 관심을 보였다. 가끔씩 격양된 목소리로 혼자 대화를 독차지하는 경향이 있었으나 그만큼 정계 동향을 폭넓게 파악하고 있는 사람도 드물었다.

　"선거를 반대하는 자들은 북로당의 술수에 걸려든 거라고? 천만의 말씀! 이건 중상모략이야! 양코배기들이 우릴 너무 얕보고 하는 수작이 아니고 무어야? 남북 통일 정부 수립은…."

　이쯤 되면 고 부장도 일손을 놓고 한 마디 보태지 않을 수 없었다.

　"글쎄, 나는 정치를 모르지만," 그는 입버릇처럼 '모른다'는 말을 자주 했다. "제군들! 이것만은 분명하지. 자주 민주 통일 국가 건설이 우리 모두의 염원이라는 것, 그러니 기필코 관철해야 된다는 것.

우린 이런 점에서 중대한 전환점에 서 있어. 이 고비를 잘 넘기지 않으면 우리 민족은 영영 두 동강이가 나고 말 걸세."

고 부장은 눈을 똥그랗게 뜨고 부원들을 바라보았다. 그들은 자못 숙연해지지 않을 수 없었다. 학교에서 대할 때와는 달리 그는 마치 혁명가와 같은 열정을 지니고 있었다. 다른 선생들이 수시로 끌려가 고문을 당했지만 이 생물 선생만은 비교적 평탄한 길을 걸어 왔다. 그렇기 때문에, 지난 학기에도 빠짐없이 수업을 할 수 있었다. 교장직을 맡고 있는 국어 담당 김동만 선생과 함께 둘이서 마지막까지 학교를 지킨 셈이었다.

"김구 선생이 기어코 38선을 넘어 평양으로 갔는데요. 군정청이 가만히 있을까요?" 현준이 물었다.

"그러면?" 고 부장은 확신을 가지고 말했다. "생각해 보게. 양놈들도 국민 정서를 다 알고 있으면서 괜히 해보는 소리야. 그 어른을 꺾을 수 있나. 만일 그랬다간 폭동이 일어날 텐데. 설사 그런 위험이 닥친다 해도 그 분은 주저앉을 분이 아니야. 어림도 없는 얘기지."

113

어느 날 저녁이었다.

"제군들, 너무 놀라지 말게. 부영진군이 돌아왔어." 레포가 놓고 간 통신문을 들여다보고 있던 고 부장이 으흠, 하고 목을 다듬고 나선 조심스럽게 입을 떼었다.

현준은 넋을 잃은 사람처럼 말없이 고 부장을 바라보았다. 동지들도 누구 하나 입을 열려고 하지 않았다. 잠시 침묵이 흘렀다.

"전향이군요?" 유철이 마침내 침묵을 깨고 말했다.

"그렇게 봐야겠지." 고 부장이 짧게 대답했다.

현준은 갑자기 불안한 느낌이 들어 주위의 동지들을 돌아다봤다. 모두들 약속이라도 한 듯이 입을 굳게 다문 채 앉아 있었다. 침묵은 오히려 더욱 큰 분노와 소음을 일으키며 그들 내부에서 들끓고 있었다. 한 동지의 좌절과 패배가 드디어 그들 자신의 굴욕으로 되돌아왔기 때문이었다.

"이럴 수가 없어." 지우가 혼자 신음하듯이 말했다. "씨팔새끼!"

우직한 황소도 한번 성을 내면 무섭듯이 지우의 얼굴이 일그러질 대로 일그러져 있었다. 고 부장은 혼자 생각해 보았다. 분노가 오히려 고귀한 감정이 될 수 있다. 그것은 불의와 타협할 수 없는 적극적인 삶의 태도를 반영한다. 그러나 분노의 감정이 극에 달하게 되면 인간은 자포자기의 기분이 되어 아무런 억제도 없이 스스로를 주관적 격정에 내맡길 수도 있다. 그가 가장 염려하는 것은 바로 그러한 심리적 허탈 상태였다.

부영진의 전향은 그에게도 큰 충격으로 다가왔다. 그 학생은 그가 가장 아끼는 제자였다. 공부도 잘 했고, 예의도 바른 편이었다. 식물 채집을 다닐 때면 으레 데리고 다녔었다. 여기 있는 제자들도 이 점을 잘 알고 있을 것이다. 그런데, 그 학생이 어느 사이 혁명 투사가 되었다가 지금은 말을 갈아타고 자기에게 총뿌리를 겨누게 되었다니 도무지 이해가 가지 않는 일이었다.

"자, 그만 들어들 가지."

고 부장이 먼저 일어났다. 부원들도 따라 일어섰다. 낮은 움막에서 지내고 밤이 오면 인가로 가서 잤다. 밤 10시 이후엔 레포도 그쪽으로 연락하게 되어 있었다. 이 날은 고 부장이 옆집으로 가지 않고 골목 밖으로 걸어 나갔다. 부원들은 여느 때와 똑같이 숙소로 돌아갔다. 현준은 일찍 이불을 펴고 드러누웠다. 유철이 혼자 방구석에 쭈그리고 앉아서 연신 줄담배를 피우고 있었다.

"보리철엔 사나흘 내려갈 생각이었는데." 지우가 말했다.

"이젠 다 틀렸어. 저 놈들이 겨냥하고 있을 테니." 유철의 말이었다.

현준은 이불을 뒤집어쓰고 누워서 가족들을 생각하고 있었다. 형이 이미 수배 리스트에 올라 있는데다가 자기마저 이렇게 되고 보니 앞으로 가족들이 당할 고통은 말할 수 없이 클 것이었다. 어머니와 형수가 매일 경찰에 불려 다닐 일을 생각하면 눈앞이 캄캄했다. 고집만 세었지 낫 놓고 기역자도 모르는 무식한 어머니가 제일 걱정이었다.

밤이 깊었다. 레포는 이제 더 오지 않을 것이다. 그들은 일찍 불을 끄고 자리에 들었다. 그 때, 느닷없이 고 부장이 찾아왔다. 그들은 깜짝 놀라서 모두 일어나 앉았다.

고 부장은 지체 없이 방으로 들어와 앉더니,

"우리가 이겼어." 잠바 주머니에 불룩하게 넣고 온 술과 안주를 꺼내면서 말했다. "제군들, 기쁘지 않은가? 우리가 이겼다니까."

"발표했습니까?" 유철이 물었다.

"곧 발표할 걸세. 제주도 3개 선거구에서 두 군데가 무효로 판명되었어. 제주도가 남조선에선 유일한 선거 무효 지역으로 역사에 기록될 거야. 자, 축배를 드세." 고 부장이 한 사람씩 술을 따라주며 의기양양하게 외쳤다. "자, 잔을 높이 들게. 조선 통일 정부 수립을 위하여!"

"위하여!"

아까 그토록 침체했던 분위기와는 달리 방안은 다시 활기를 되찾기 시작했다.

"문제는 지금부터야. 오늘 들어온 정보에 따르면, 군경 합동으로 우릴 공략할 모양인데."

"군경 합동이라뇨? 그러면, 경비대가 경찰과 손을 잡는다는 말씀이십니까?" 현준이 놀라서 물었다.

"그렇지. 새로 온 연대장이 중앙에서 밀명을 받고 왔다는데… 어떻게 나올 것인지, 두고 봐야지."

"벌써부터 악명이 높더군요. 조선인민 3천만을 보호하기 위해선 제주도민 30만쯤 단칼에 베어버릴 수 있다고, 연대장 취임식에서 호언장담했다고 합니다." 현준이 다시 말했다.

"그러게 말일쎄. 자네 형님한테 들으니까, 지난 번 연대장은 애국심과 정의감이 투철한 사람이었다는데." 고 부장이 안타까운 듯 말꼬리를 흐렸다.

"그래서 갑자기 교체된 것 아닙니까? 이제는 정치군인들까지 날뛰고 있는데, 선생님, 해방 조국에서 어떻게 이런 일이 있을 수 있습니까?" 유철이 몹시 격앙된 목소리로 고 부장을 보며 말했다.

"이게 우리 현실일쎄. 친일파와 그 하수인들은 이런 난국을 틈타 반공을 내세우고 자신의 사회적 기반을 확보하려는 거지. 이런 땔수록 우리 청년 학도들이 정신을 바짝 차리고, 현실을 직시해야 할 거야. 지금 우리 사회가 돌아가는 꼴을 보면 미군정과 정치 브로커들, 거기 붙어먹는 온갖 인간군상들이…." 고 부장이 드디어 말문을 열었다.

평소 과묵한 편이지만 한번 입을 열기만 하면 열정적으로 말하는 습관이 있었다. 현준은 저으기 놀라지 않을 수 없었다. 식물채집이나 하러 다니는 줄 알았더니 그게 아니었다. 토끼누깔을 똥그랗게 뜨고 꼿꼿이 앉아서 학생들을 정면으로 바라다보며 열변을 토할 땐 그는 생물 선생이라기보다 투사의 모습에 가까웠다.

고 부장이 숙소로 돌아간 뒤에도 그들은 남은 술을 마시며 이야기를 계속했다. 정말 경비대가 나설 것인가? 이건 생각할수록 충격적인 일이었다. 그렇게 되면 아무 데도 기댈 곳이 없었다. 이 싸움은 새로운 국면을 맞게 될 것이고, 지금보다 더 많은 희생을 가져올 게 분명했다. 현재로선 어쩔 수 없이 군정청의 지휘를 받고 있으나 미국이 물러가면 자율권을 가지고 국토수비에 앞장서야 할 군이 아닌가. 우리 군대가 차마 동족을 향해 총부리를 겨눈다니! 현준은 그날 밤 잠을 이루지 못 했다. 형은 지금 어디서 무얼 하고 있는지, 형이 잘 안다는 그 연대장은 왜 떠나야만 했는지, 그런 모든 것들이 그의 무거운 머리를 짓눌렀다.

선거가 끝난 후 며칠동안은 조용했다. 그러나 그 이면에는 무서운 음모가 도사리고 있었다. 9연대가 없어지고, 그 병사들은 수원에서 온 11연대에 배속되었다. 9연대 연대장으로 부임한 박수영 중령이 5월 15일부로 11연대장을 맡게 되었다. 곧 이어 부산 5연대와 대구 6연대에서 각 1개 대대가 차출되어 11연대에 들어옴으로써 박 중령은 명실공히 토벌군 지휘관으로서 막강한 힘을 과시하게 되었다.

한편, 경찰력도 나날이 보강되었다. 응원경찰 450명이 14일 아침 목포 연락선 편으로 산지항에 도착한 것을 시발로 매일 50명 내지 200명씩 반도로부터 들어오고 있었다. 그들은 대부분 해안지역의 경찰서와 지서에 배치되었다. 이러한 병력 이동상황을 보더라도 군정 당국에서는 대대적인 토벌작전을 꾀하고 있는 게 사실이었다. 이쪽에서도 그대로 앉아 있을 순 없는 일이었다. 다방면으로 정보를 수집하여 끊임없이 상부에 보고했다. 겉으로 보면 조용한 가운데서도 불꽃 튀는 긴장이 내부로 확산되고 있었다.

5월 20일, 드디어 군인을 실은 차량들이 산으로 오르면서 상황은 급격히 바뀌기 시작했다. 레포들의 움직임도 그만큼 기민하게 돌아갔다. 선전부에서는 레포가 가져오는 정보를 수합하여 그때그때 보고서를 작성했다. 이 날 하루 밤골을 거쳐 남쪽으로 오른 군인들만 해도 무려 250명에 달했는데, 주로 차낭골을 중심으로 동아름과 그 주변 부락에 진을 쳤다. 이것은 전략상 유리한 고지를 선점하겠다는 의미가 있었다. 그날 밤에 들어온 통신문에 따르면 봉아름에 경비대 대대본부가 설치되고 함덕과 차낭골에도 각각 중대본부가 들어섰다고 했다.

밤마다 봉화가 피어오르고, 불꽃의 위치는 시시각각 이동하고 있었다. 불꽃을 신호로 유격대가 여기저기서 기습 작전을 펴고 있는 것이다. 끝까지 굴하지 않고 항전한다는 의지를 보여 주었다. 그러나 유격대는 군을 대상으로 하지 않고 경찰 지서를 공격하는 데 주력했다. 그들은 밤사이에 지서를 공격하고 급히 산속으로 빠지는 게릴라전을 펴고 있었다. 군이 산간지역의 토벌을 맡고 경찰은 주민이 많이 모여 사는 해변지역의 치안을 담당하고 있었는데, 유격대가 처음부터 공격의 목표로 삼은 것은 군이 아니라 경찰이었기 때문이었다.

주민들은 일체 바깥출입을 삼가고, 집 안에 숨어 있어야 했다. 특히, 산간부락의 고통이 컸다. 무엇보다 그들을 공포에 떨게 한 것은 헬리콥터가 뿌리고 간 삐라였다. 바다에서 5키로 이상 떨어진 산간 마을은 적성 지역으로 선포하고, 무차별 사살한다는 것이다. 마른하늘에 벼락을 쳐도 유분수지, 조상 대대로 살아온 이 땅과 곡식과 가축을 두고 어디로 간단 말인가. 사람들은 삐라를 주워서 주머니에 넣고 다니면서도 그 내용은 읽어 보려고도 하지 않았다. 누렇게 익어 가는 보리밭을 바라보며 올핸 좀더 빨리 곡식을 거두리라 다짐하고 있었다.

114

면당은 이제 독 안에 든 쥐였다. 고 부장은 식물 채집 때 사용하던 2만분의1 지도를 펴 놓고 일일이 점검하고 있었다.

"김군, 이리 오게." 그는 지도의 한 부분을 손가락으로 가리키며 말했다. "여긴 물이 있는데, 숲도 꽤 깊고."

"소를 보러 나갔다가 저도 몇 번 머문 적이 있습니다만."

"궤 같은 건 못 봤나?"

"못 보았습니다. 숲이 깊어서 반굴을 파고 삼복하는 수밖에 없습니다. 부장님, 그보다는 바매기오름이 좋을 텐데요. 알바매기에서 조금만 오르다 보면 굴이 많이 있습니다. 하루는 친구하고 소를 찾아 나섰다가 퉁퉁 울리는 곳이 있어서 장난삼아 구멍을 뚫고 들어가 본 일이 있습니다."

"구멍을 뚫어?"

"네. 좀 무거운 돌로 내리치면 뻥뻥 구멍이 뚫리더군요. 별로 깊지 않아서 밧줄을 타고 내려가도 되고, 돌을 쌓아서 올라올 수도 있습니다."

"그래?"

"굴이 낮고 길게 뻗어 있습니다. 이 굴 저 굴 만나고 있으니까, 여기저기 많이 뚫어 놓으면 좋겠지요. 급할 땐 빠져 나가기도 쉽고, 숨어 지내는 데도 편리할 테니까요."

"알바매기 어느 쪽인데?"

"알바매기에서 윗바매기 쪽으로 조금만 오르다 보면 바위가 무더기로 많이 쌓여 있는 밋밋한 동산이 있습니다."

"좋아! 검토해 보지."

고 부장은 지도를 차곡차곡 접어서 안주머니에다 깊숙이 찔러 넣은 다음, 서둘러 밖으로 나갔다. 식물채집 다닐 때처럼 두둑한 등산용 잠바와 두꺼운 계양말로 완전 무장을 하고 있었다.

암울한 시간이었다. 선거에선 승리했으나 오히려 그 대가를 톡톡히 치러야 할 판국이었다. 그렇다면 이런 선거가 무슨 소용 있을까. 그 날 온 신문을 보면, 군정장관 딘 소장은 투표율 저조로 무효처리하고 1년 후 재선거를 실시한다고 했고, 경무부장 조병옥은 국제 공산주의자들의 선거 방해 공작에 의한 것이므로 군경 합동 토벌로 철저히 응징할 것이라고 호언하고 있었다.

"말려 죽일 모양이지?" 유철이 손에 들고 있던 신문을 놓으면서 현준에게 말했다. "심상치 않아. 언제까지 여기 엎드려 있을 수도 없고."

"그래도 여기가 제일 안전할 거야. 여긴 자네네 일가들만 살고 있으니까 밖으로 말이 샐 리도 없고, 또 그러고, 조천과 가까운 곳이라 토벌대도 별 신경 쓰지 않고 그냥 지나치고 있어."

"건 그렇지만, 그자들이 요즘은 아무데나 달려들어서 가택 수색을 하고, 이 잡듯이 싹 뒤지고 있는 걸."

"그렇게 생각하면, 아무데도 갈 데가 없어."

그 때, 익수가 허겁지겁 달려왔다.

"불이 났습니다. 저기, 기와집에."

"큰길 기와집?"

"예. 큰길… 기와집에…."

소년은 헉헉 숨을 몰아쉬며 겁에 질린 얼굴로 동지들을 바라보았다. 유철이 후닥닥 밖으로 뛰어나갔다. 나머지 부원들도 뒤를 따라서 달려갔다. 검은 연기가 어느새 숲 위로 무섭게 치솟고 있었으며, 사람들이 당황한 나머지 숨 가쁘게 내지르는 격한 음성이 간헐적으로 들려왔다. 그들이 도착했을 땐 이미 불길이 지붕까지 솟아올라 붉은 혓바닥을 날름대며 집 전체를 통째로 삼키고 있었다.

"토벌대가 갔다고?" 지용욱이 거기 서 있다가 익수를 보고 물었다.

"형님 만낭 오단 보난 막 차가 가고 있었습니다."

"위로?"

"예. 위로 올라갔습니다. 석유지름 가정 완 확 질러분 모양입니다."

유철이 처마 밑까지 다가가서 화염에 싸인 집 내부들 들여다보며 큰 소리로 외쳤다.

"부정철이 그놈이 틀림없어. 그놈이 결국은…."

"이 사람, 조심해! 불이 튀는데!" 용욱이 소리쳤다. "그놈이 기어코 복수를 시작한 거야."

"사람이 아무도 없었던 모양인데."

"다행이야, 그래도. 여러 사람 다칠 뻔했어."

아이고 어른이고 다 모여 서서 구경만 하고 있었다. 바람을 받은 불길이 삽시간에 집 한 채를 집어 삼키고 있었으나 누구 하나 손을 쓸 생각은 못 했다. 동고조 팔촌이라고, 한 할아버지의 후손들이 살고 있는 이 부락이 갑자기 화염에 덮여서 그 근저로부터 무너지고 있었다.

"어서들 들어가. 여긴 내가 있을 테니까." 용욱이 유철을 보며 말했다.

현준은 익수를 데리고 움막으로 갔다. 지우도 곧 따라 나섰다. 유철은 용욱과 나란히 서서 지켜보고 있다가 뒤늦게 돌아갔다. 불길한 예감 때문에 그는 줄곧 신음하고 있었다. 오늘 이 화재는 앞으로 일어날 엄청난 비극을 예고하고 있는 것처럼 보였다.

"부정철이 그놈이 환장을 한 모양이지?" 현준이 담배를 피우며 움막 옆에 서 있다가 유철을 보고 말했다.

"그놈이 이를 갈고 있대. 조천 지씨들 씨를 말리고 말겠다고. 그 놈, 그래서 경찰 지로인으로 지원했다는 거야."

"지난 번 궤뜨르 사건 말이지?"

"그래. 사실인지 아닌진 모르지만, 우리 건철이 형이 그 놈 형을 죽였다는 말이 나돌고 있었거든."

"그 분 지금 여기 계셔?"

"행방불명이야. 어디 가서 죽었는지 살았는지. 아무튼, 그 형님이 문제였어. 워낙 성질이 급하고 불같아서 말야, 집에 유품으로 내려오는 긴 칼을 갖고 가서 말 안 들으면 다 죽인다고 으름장을 놓은 건 사실인가 봐."

"일이 참 묘하게 꼬였어. 이덕구 선생 외가라면 토벌대도 그냥 두진 않을 텐데. 이덕구 선생은 자네하고 어떻게 되는 거지?"

"육촌 누님 아들이야."

"그러면, 건철씨가 이 선생 외숙이 되는 거야?"

"그렇지. 나이는 비슷하지만."

"이거, 암만 생각해봐도 보통 일이 아니야." 지우가 두 사람의 대화 속에 끼어들었다. "무슨 수를 써야지, 이대로 뒀다간 큰 일 나겠어."

"지우 말이 맞아. 이건 그대로 넘어갈 문제가 아니야." 현준이 지우와 유철을 번갈아보며 말했다.

115

요즘은 밤에도 인가로 돌아가지 않고 움막에서 잤다. 여기선 해변에서 산간지역에 이르기까지 그날그날의 동향을 거울을 보듯 빤히 들여다볼 수 있었다. 2, 3명의 레포가 시계바늘 돌듯이 릴레이식으로 드나들었으며, 선전부 요원들은 그들이 놓고 가는 정보를 빠짐없이 기록하고 상부에 보고했다. 어디서 몇 명이 죽고, 붙들려 가고,… 매일 똑같은 일이 되풀이되고 있었지만, 그 규모와 숫자는 나날이 증가하고 있었다. 특히 산간 마을에서 희생이 더 컸다. 세상을 모르고 살아온 순박한 농민들이 그렇게 어처구니없이 죽어가고 있었다. 우마를 살피러 들로 나가거나 가족을 찾아다니다가 폭도로 오인 받는 경우가 허다했다. 산야에는 총에 맞아 죽거나 절뚝거리는 짐승들이 많이 있었다.

"김군! 이따, 사람이 오면 같이 가 보게."

고 부장이 뜬금없이 한 마디 던지고는 밖으로 나가 버렸다. 현준은 영문도 모르고 앉아 있다가 여성 동무 한 명이 찾아오자 그녀를 따라나섰다. 선전부에서 불과 200미터밖에 안 되는 곳에 또 다른 움막이 있었다. 정성곤 회장이 이렇게 가까이 와 있을 줄은 몰랐다.

"여기 계셨군요?"

"아, 이 사람! 반갑네. 고생이 많았지?"

"뭘요. 다리는 다 나았습니까?"

"괜찮아. 자, 앉게. 자네가 여기 있다는 말은 일찍부터 듣고 있었지만 통 연락할 길이 있어야지. 나도 내려온 지 며칠 안 돼." 성곤은 현준의 손을 잡고 놓을 줄 몰랐다. "앞으론 나를 도와줘야겠어." 그는 32절지 마분지에 새까맣게 메모한 것들을 한 장 한 장 걷어 넘기면서, "우리 조직부에서 할 일은, 적정을 신속하게 파악하는 거야. 저쪽에선 차낭골에 중대 본부를 두고, 인근 부락과 야산을 샅샅이 뒤지고 있어. 대충 약도로 그려보긴 했는데, 우선 이것부터 검토해 주게."

"네."

현준은 메모지를 넘겨받고 한 장씩 살펴나갔다.

"그동안 민주부락에서 많이 활동했으니까, 이 지역은 누구보다 자네가 잘 알고 있지 않나? 저쪽의 전략 루트와 무기, 마을별 주둔군의 인원수, 대민 관계, 밀고자 등, 구체적인 상황과 움직임들을 체크해야 돼. 자네가 제일 적임자인 것 같은데."

"알겠습니다."

"이젠 경비대도 기대할 수 없게 됐어. 군의 중립이니 평화적 해결이니 하는 건 다 옛날 얘기야. 경찰이 해안지역의 치안을 맡는 대신, 군이 토벌에 앞장선다는 거야. 그리고 또," 성곤은 괴로운 듯 담배 연기를 내뿜으며 눈살을 찌푸렸다. "자네도 잘 알고 있겠지만, 그동안 투쟁 과정에서 불만을 품고 있던 자들이 급기야 저쪽에 붙어 방해 공작을 하고 있어. 아직 몇 안 되지만, 우릴 곤혹스럽게 만들 때가 가끔 있어. 이 부분도 눈여겨봐야 할 거야. 자, 이건 새로 만든 건데, 잘 살펴보게."

그는 위조 도민증 한 장을 현준에게 건넸다. 현준은 그것을 받아 꼼꼼히 더듬어봤다. 사진은 분명 자기 얼굴인데 인적 사항이 전혀 달랐다.

부만근(남). 1928년생. 조천면 동개리 298번지.

"깜쪽같군요. 사진에 찍힌 철인까지."

"경찰에서 만든 거니까, 도민증 자체는 전혀 하자가 없을 거야. 오래 사용한 것처럼 보이기 위해서 때를 좀 묻혀놨지."

"하하. 인제 제가 새로 태어난 것 같군요."

"그렇지. 새로운 인민 전사로."

"하하하!"

"하하하!"

두 사람은 오랜만에 만나 실컷 웃었다. 현준은 비로소 제자리를 찾은 느낌이었다. 막상 만나고 보니 무슨 말부터 해야 좋을지 몰랐다.

"요즘 이동혁 동무 안 보이더군요."

"그 사람 도당에 있다가 대민사업차 내려갔지. 한참 되는데, 무슨 일로?"

"몇 번 만난 적이 있습니다만, 차마 회장님 소식은 물을 수도 없었습니다."

"그런 일이 있었지. 기억하네. 그게 우리 지하활동의 규칙과 생리가 되어 있지 않나?"

"…"

현준이 알고 싶은 것은 누구보다 지인숙에 대해서였다. 그러나 한 마디도 묻지 못 했다. 이성 관계는 철저히 금지되어 있기 때문에 자칫 오해를 불러올 수도 있었다.

"자, 담배!"

"있습니다."

"받어!" 성곤은 라이터를 켜면서 뜻밖의 소식을 전했다. "자네 형님하고 도당에 같이 있었어. 곧 유격대로 파견될 거야. 지휘관이 너무 부족해서 전투 경험이 있는 사람들은 모두 소집하고 있지. 여기 있던 김신득 부장도 그래서 떠나고, 그저께 내가 대신 왔어. 자넨 어떻게 생각하나? 이 밤숲도 수색이 있을 테니 하루 속히 빠져나가야 할 것 같은데."

"제가 보기에도 불안합니다."

"그래. 고 부장이 아까 바매기오름으로 나갔어."

"제가 같이 갈 걸 그랬군요."

"아니야. 자넨 더 시급한 과업들이 기다리고 있어. 곧 출발준비를 해야지. 참, 도당서도 한 사람 내려올 거야. 잘 아는 사이니까 서로 도움이 되리라고 믿어."

저녁때가 되자 여성 동무가 주먹밥을 갖고 왔다. 지인숙과 연극 연습을 하던 단원이었다. 그는 움막 밖에서 기다리다가 그녀를 붙들었다.

"지 동무 여기 있습니까?"

"…"

그녀는 말없이 고개를 젖더니 빠른 걸음으로 가 버렸다. 어딘가 멀지 않은 곳에 또 다른 움막이 있는 것 같았다. 그는 그녀가 사라져 간 방향으로 눈을 모으고 하염없이 서 있다가 다시 움막으로 들어갔다. 조직부 부원들이 하나둘 도착하기 시작했다. 낮에는 밖에 나가 있다가 저녁때 돌아오는 모양이었다. 어떻게 된 셈인지, 이 움막에는 하나같이 모르는 얼굴들뿐이었다. 선전부에 오는 여성 동무들은 대부분 중학원 학생들이었는데 이곳 남성 동무들은 그렇지 않았다. 식사가 끝나자 그는 기억을 더듬으며 밖으로 나섰다. 숲은 깊고, 서서히 어둠이 깔리고 있었다. 전에 인숙과 한번 가본 적이 있는 아기 무덤의 위치를 살피고 있었는데, 레포로 보이는 한 사람이 나무 밑에 돌아앉아 담배를 뻐금뻐금 피우고 있었다. 그는 그 쪽으로 걸어갔다.

"수고하십니다."

그는 말을 걸어볼 요량으로 담뱃불을 얻어 붙였다.

"아, 누구시라고. 김현준 동무?"

뜻밖에도, 그 사나이가 알은 체했다. 보니까, 북촌곶에서 만난 레포였다.

"반갑습니다. 여기 계셨군요."

"가만 있자," 그 사나이는 잠깐 주위를 둘러보더니 갈중이바지 속에서 무슨 이상한 물건 하나를 꺼내 현준에게 건네며 말했다. "얼른 들여놔! 이런 일은 절대로 안 되는 건디, 그 사름이 하도 사정하는 바람에…."

레포는 테우리 출신 특유의 순박함과 따뜻한 인간미를 느끼게 했다. 현준이 얼른 그것을 받아서 뜯어보았다. 시인숙의 글씨였다.

"이 사람 지금 어딨습니까?"

"걸 내가 어떵 알아?"

"부탁입니다. 동무, 아시는 대로 말씀해 주십시요."

"겔쎄, 바랑쉬서 보긴 했주만."

"그게 언젭니까?"

"메칠 됐어."

그 사나이는 귀찮다는 듯이 일어나서 가 버렸다. 현준은 라이터를 켜서 거기 깨알같이 적힌 메모지의 글씨를 가까스로 읽어나갔다.

'바람이 불고 있어. 준아! 풀밭에 엎드려서 간신히 몇 자 옮기는 거야. 준아, 넌 알지? 나는 너고, 너는 나야. 아직 내게 부를 수 있는 이름이 있다는 것, 이건 정말 소중한 거야. 니가 없는 세상은 생각할 수 없어. 하루에도 몇 번씩 불러보지. 네 이름을. 넌 나니까. 나 자신이니까. 니가 있을 때만 나는 존재하는 거야. 너를 부르고 있으면 아직 내가 살아 있다는 걸 확인하게 돼. 이 쪽지가 언제쯤 네게 닿을 수 있을 진 모르지만, 준아! 다시 한번 너를 부르며. 5. 28. 숙. 아니, 네 토끼가.

♡ 다이야징을 바수어서 가루로 만든 건데 꼭 갖고 다녀. 벌레에 물리거나 상처를 입었을 땐 그 부위에 뿌려 주면 돼. 안녕. 토끼.'

5월 28일. 아, 그렇다면 1주일밖엔 안 됐는데. 그는 라이터를 수없이 켜면서 읽고 또 읽었다. 그 쪽지는 그녀의 크고 반듯반듯한 글씨를 무리하게 압축기로 짜 놓은 것 같은 느낌을 주었다. 바랑쉬, 하고 속으로 외어 보았다. 무슨 일이 있어도 이번엔 바랑쉬로 나가 그녀를 찾아보리라 다짐했다. 그는 그 쪽지와 약봉지를 주머니 속에 깊숙이 집어넣었다. 그리고, 청산가리 포장지도 다시 한번 확인해 두었다.

이튿날 아침, 현준은 차낭골로 올랐다. 군인들이 주둔하고 있는 공회당 앞엔 빈 스리쿼터 한 대가 서 있었고, 엠원 소총을 멘 보초 2명이 건물 입구를 지키고 있었다. 그는 그 앞을 지나 얼마쯤 가다가 아래쪽으로 난 좁은 골목으로 들어섰다.

"어서 와!"

강민성이 기다리고 있었다는 듯 그를 데리고 안거리 고팡으로 가더니 널짝 두 개를 걷어낸 다음, 그 안으로 몸을 비비며 들어갔다. 그들은 무릎으로 엉금엉금 기어서 3미터 이상 전진했다.

"여긴 툇마루 밑이야. 비좁지만 할 수 있나. 땅을 더 파낼 시간이 없어서, 급한 대로 이렇게 됐어." 그는 포장을 쳐 입구 쪽을 막으면서 말했다. "촛불을 켤 땐 주의해야 돼. 특히 밤엔 불빛이 새지 않도록."

"가택 수색을 자주 하나?"

"시도 때도 없어. 그저껜 바로 요 아랫동네를 샅샅이 뒤졌어. 잠자는 사람까지 모두 8명을 데려갔는데, 이대로 가다간 사람 씨도 안 남겠어. 요즘 나도 여기서 새우잠을 자고 있지."

"주둔군은 몇 명이나 돼?"

"대중없어. 계속 토벌을 나가기도 하고, 야산에서 밤을 지내기도 하고, 또, 인근 부락과 교체하기도 하니까. 그래도, 여기 이삼십 명은 늘 고정적으로 있는 것 같애."

"가도승도 주둔하고 있나?"

"아니야. 아침에 그쪽으로 나갔다가 해지기 전 돌아와. 어떤 땐 거기 묵기도 하고."

"오늘은 우선 가노승으로 나가볼까 하는데."

"어둡기 전에 돌아올 거지?"

"물론."

"해가 지면 무조건 총격을 가하는 거야. 우리도 밤엔 통 나다니지 못하고 있어. 요 집근처도 눈치 보면서 슬슬 피해 다닐 정도니까."

"자, 그럼, 빨리!"

그들은 서둘러 가도승으로 갔다. 이 날의 주 임무는 군사 동향을 파악하는 데 있었다. 그리고, 토벌대의 이동 경로와 병력, 무기, 일정, 전투 현황 등을 현장에서 직접 메모하고 보고해 줄 사람을 찾는 일이었다. 마을 어귀에 이르자, 현준은 민성을 이 마을 연락책인 조문부에게 보내고 자신은 거기서 더 남쪽으로 올라 바랑쉬로 향했다. 토벌대의 움직임은 눈에 띄지 않았다. 30호 정도의 조그만 동네지만 바랑쉬는 빨치산 활동의 유익한 거점 중 하나로 활용되고 있었다. 이곳 청년들은 학습 때 주로 가도승이나 차낭골로 내려왔었으나 그는 은밀히 연락책을 방문한 적이 몇 번 있었다.

"안녕하십니까?"

"어, 어떵 해연? 어서 들어오주."

연락책이 여느 때와 마찬가지로 반가이 맞아 주었다. 현준은 이것저것 주민들의 고충을 들으며 상대방의 표정을 살피고 나서 조심스럽게 말을 꺼냈다.

"부녀회원들 잘 있습니까?"

"부녀회라니? 떠난 지가 언젠디."

"1주일 전에 여기 있다는 말을 들었습니다만."

"것도 옛날이주. 한 집 한 집 다 뒤지는디, 어떵 이디서 지내는가? 그때 바로 떠났지, 하룻밤 새고."

"그랬군요."

현준은 또 기회를 놓치고 말았다. 그가 찾아갔을 땐 이미 그녀가 떠난 뒤였다. 언제까지 우린 이렇게 숨바꼭질만 하고 있어야 하는 걸까. 허망한 느낌을 떨칠 수 없었지만 그는 곧 화제를 바꾸었다.

"오늘도 토벌대가 이쪽으로 나갔습니까?"

"응. 아침에."

"몇 명이나 되던가요?"

"겔쎄, 차로 한 대 가뜩 탕 가시난, 한 스무 명쯤."

"곶으로 갔을 테죠?"

"건 몰라. 곧장 위로 올라시난."

그는 백지에 줄을 그어가면서 날짜와 시간, 행선지 등 상세히 기록하는 방법을 일러 주었다. 그리고, 그들이 올라간 숫자와 내려간 숫자를 반드시 비교해 보도록 했다.

"우린 어떵 허는 게 좋크라? 살고 싶으민 빨리 해변으로 내려가랜만 허는디."

"우선 보리는 거두어야죠."

"겔쎄 말여. 그 사름덜, 그런 사정 생각허는 사름덜이라?"

언제나 경험하는 바이지만 주민들은 지레 겁을 먹고 고통을 말하거나 두려움에 떨면서 하소연하는 데 여념이 없었다. 현준은 이런 때 무슨 말로 어떻게 위로를 해야 될 것인지 막막했다.

"오늘 오른 차는 내려갔습니까?"

"빌써 샀주. 이냥 또 올시 몰라."

"어려우시더라도, 그런 걸 자세히 적어 주십시오."

"이젠 이 공책에 하나하나 써 두크라."

"이게 아주 중요한 겁니다. 우리가 이길려면 먼저 저쪽을 알아야 하니까요."

해가 지려면 아직도 세 시간은 더 있어야 했다. 그러나 토벌대와 맞닥뜨리지 않기 위해선 일을 속히 서둘 필요가 있었다. 그쪽은 군인들이 많이 들락거릴 뿐 아니라 때론 2, 3일씩 주둔한다고 들었기 때문에 현준은 서둘러 가도승으로 내려갔다. 한적한 이 산촌은 조금도 달라진 게 없었으며, 겉으로 보기엔 아주 평화로웠다. 그는 곧장 조문부를 찾아 나섰다. 모두들 밭에 나갔는지 집은 텅 비어 있었는데, 강아지 한 마리가 제법 앙칼지게 달려들며 짖었다. 목소리를 낮추어 두 차례 인기척을 보냈으나 아무 반응이 없자, 그는 난간에 앉아 몇 분만 더 기다려 보기로 했다.

조금 후, 조문부가 그림자처럼 조용히 집 뒤쪽에서 걸어 나왔다.

"저기, 기다렸서."

"아, 예."

산 밑에 자리잡은 이 집은 뒤뜰 울타리께로 나무가 무성히 자라 있었다. 나무 사이로 20미터쯤 돌아 나가자, 문부는 넓고 평평한 바위를 밀어내고 그 밑으로 들어갔다. 토굴 속엔 민성과 이 동네 청년 2명이 함께 있었다. 토굴은 생각보다 여유가 있는 편이었고, 한 구석엔 돗자리와 담요까지 깔아 있었다.

"훌륭한데요. 급할 땐 좀 신세를 져야 하겠습니다."

현준은 굴속을 죽 둘러보았다.

"경허주. 바랑쉰 어떵 해여?"

"생각했던 대롭니다. 소개령 때문에 고심하고 있더군요."

"여기도 매한가지라. 맨날 닦달인디."

"미친 놈들! 어딜 가면 먹여 준답니까?"

"그런 거 생각허는 놈들이믄 무사 사름을 죽여. 적성 지역인가 뭔가, 밤에 댕기는 사름은 무조건 총살이라."

"여긴 세 분이 맡아주기로 했어. 자, 빨리 나가지."

강민성이 먼저 일어나더니 현준을 보며 채근했다.

"그럼, 수고해 주십시오."

현준도 강민성의 뒤를 따라 나섰다. 동네 청년 2명은 굴속에 그대로 남아 있었고, 조문부가 집 앞까지 나왔다가 도로 들어갔다.

노랗게 익어 가는 보리 이삭이 온 들판을 황금빛으로 물들이고 있었다. 그러나 제대로 익은 후에 베려면 앞으로도 열흘은 더 기다려야 했다. 농민들의 걱정은 이만저만이 아니었다. 해변으로 내려가게 되면 올해 농사는 다 그르칠 판국이었다. 그들은 이삭을 몇 개 따다가 그을어서 한 알 두 알 집어먹었다. 제법 영글어서 구수한 냄새가 났다. 그들은 보리밭 사이 지름길로 들어섰다. 현준이 가짜 도민증을 꺼내 민성에게 건넸다.

"이렇게 됐나?"

"이젠 난 부만근이야. 알았지?"

"하하. 이 사람, 성씨까지 바꾼 건 너무 했잖아?"

"지금 그런 거 따지게 됐어? 부만근이면 부만근이지."

"허긴 그려. 부만근씨, 먼저 들어가시죠. 난 잠깐 살피고 갈 테니까."

민성은 군인들이 주눅하고 있는 공회낭 쪽으로 길이갔다. 현준은 혼자 토굴로 갔다. 촛불을 켜고, 인숙의 편지를 다시 읽어보았다. 몇 줄 안 되는 이 짧은 편지가 그에겐 더없이 소중한 것이 되었다. 그것은 아직도 자신이 이 지상에 몸 붙이고 있으며, 또 이만큼 확실하게 살아 숨쉬고 있음을 입증해 주는 것이 되었다. 그는 굳이 그 글자를 읽어보지 않아도 그 속에 담긴 그녀의 체취와 숨결을 느낄 수 있었다. 종이로 싸서 실로 단단히 동여맨 다이아징 가루를 뜯어볼까 하다가 그냥 두었다. 그보단 그저 소중하게 간직하고 싶은 마음이었다. 1주일밖에 안 됐다면 필시 그 근방을 떠돌고 있을 텐데, 그녀를 또 놓친 것이 아쉬웠다.

밤부터 내리기 시작한 비는 날이 밝은 뒤에도 쉬지 않고 추적추적 내렸다. 어둡고 칙칙한 이런 좁은 공간에서 빗소리를 들으며 혼자 밤을 샌다는 것은 참으로 인내를 요하는 것이었다. 그럴 때마다 그는 쪽지를 꺼내서 읽고 또 읽었다. 이젠 다 외우고 있어서 굳이 읽어볼 필요가 없었지만 그는 그 쪽지를 부적처럼 손에 꼬옥 쥐고 있었다. 넌 나니까. 나 자신이니까.… 빗소리를 들으며 수없이 외어 보았다. 이 몇 마디는 일종의 주문과 같이 그를 지탱해 주는 힘이 되었다.

116

뜻밖에도, 홍윤식이 아침 일찍 굴속으로 기어 들어왔다. 현준은 기쁜 나머지 얼싸안고 뒹굴었다.

"야, 이 친구, 어떻게 된 거야? 도당에서 한 사람 온다는 얘긴 들었는데."

"그래? 자넨 여기 언제 온 거야?"

"어제 왔어. 도당은 좀 어때?"

"뭐, 그렇지. 계속 이동중이야. 아, 참, 지인숙 동무, 자네 얘기 많이 했어."

"지금 어딨는데?"

"거기, 도당에. 부친이 이거 아냐?" 윤식이 엄지손가락을 치켜세우며 말했다.

"아마, 그럴 거야."

"자네 별명이 코뿔소라면서?"

"코뿔소, 하하! 우리 중학원 축구팀 하프센타를 보았는데 그 때 붙은 별명이야. 시골 학교치곤 처음으로 준결까지 갔었지."

"나도 그 날 구경 갔었어. 자네 참 잘 뛰었는데. 야, 이 응큼한 친구, 감쪽같이 속았지 않아? 그 날, 탑바리서 처음 봤을 때, 뭔가 낌새가 이상하더라니깐."

"하하하. 그렇게 됐나? 바랑쉬 갔더니 1주일 전에 떠났다는 거야."

"그랬을 거야. 가끔 내려오는 모양이던데."

현준에게는 그녀가 살아 있다는 것이 제 자신의 현존을 확인하는 것과 같았다. 살아 있다는 것, 그는 그녀가 아직 이 지상에 살아 있다는 것만으로도 무한한 기쁨과 보람을 느낄 수 있었다.

"나 여기 있는 거 알어?"

"모를 거야. 나도 엊저녁에야 명령을 받고 부랴부랴 내려왔는데."

현준은 도당이 이 산속 어디에 있는지, 한번 찾아가서 그녀를 만날 순 없는 것인지 묻고 싶지만 꾹 참았다. 그런 건 아예 묻지 않기로 규정이 되어 있었기 때문이었다. 그는 심사 화제를 바꿀 수밖에 없었다.

"〈혈화〉는 어떻게 된 거야?"

"손뗐어."

"왜?"

"원고를 모을 수 있어야지. 매일 쫓겨다니는 신센데, 그런 거 생각할 겨를 있나?"

"고정 아지트 같은 게 있을 텐데."

"있지. 하지만 지금은 그럴 경황이 없어."

"김경준이라고, 혹시 그런 사람 못 봤어?"

"정치위원으로 있었는데, 요즘 안 보여."

"유격대로 간 건가?"

"그럴지도 몰라. 어떻게 아는 분인데?"

"우리 형이야."

"그래? 보고차 몇 번 찾아가 뵌 적이 있었는데, 그러고 보니 자네하고 많이 닮았군."

"닮기는! 우린 영 딴판인데."

"그래도, 피는 못 속여."

아침에 나간 민성이 한낮이 되어도 돌아오지 않았다. 두 사람은 좁고 어두운 토굴 속에 앉아 이런저런 얘기로 시간을 땜질하고 있었다. 윤식이 이야기 도중에도 꾸벅꾸벅 졸거나 드르륵 코를 골기도 했다. 토벌대의 눈을 피해서 밤새 비를 맞으며 먼 길을 걸어왔으니 그럴 만도 했다. 현준은 그가 잠들 때면 불을 끄고 어둠 속에 누워 인숙을 그려보았다. 무엇보다 그녀의 깊고 서느로운 눈매가 제일 먼저 다가왔다. 눈이 작고 까다롭게 생긴 소석 선생과 달리 엄마를 닮은 모양이다. 입술도 아주 작으면서 예쁘고 단정하다. 그렇게 작고 예쁜 입술을 가진 여자가 이야기를 할 땐 아주 당당하고 도도했다. 그건 아무래도 조천 지씨의 기질과 관련이 있을 거였다. 우리처럼 뽀뽀를 많이 하는 사람도 없을 거야.… 그러면, 그녀는 말했다. 우리라고? 이 깍쟁이가!… 널 보고 있으면 뽀뽀를 하고 싶은 걸! 근데 말야. 난 한번도 뽀뽀를 한 것 같지가 않아. 왜 그러지? 좀더 찐하게 해줄 수 없어?… 또 봐, 또! 누가 본단 말이야!… 보긴 누가 봐?… 저리 비켜. 정갱이 까기 전에. 너, 정말, 근본 떨어지겠어. 그랬다. 그녀는 근본이란 걸 대단히 소중히 여겼다. 그렇게 활달하고 진취적이면서도 근본을 존중하는 여성, 그게 바로 지인숙이었다.

그녀에 대한 기억을 더듬으며 현준은 어둡고 긴 시간의 동굴 속으로 파고들어 갔다. 윤식이 드디어 깊은 잠에 빠져 버렸고, 민성이까지 어딜 갔는지 코빼기도 보이지 않았다. 현준은 조심스레 장막을 치고 나서 촛불을 켰다. 이제는 그 편지를 읽는 것이 큰 기쁨이 되었다. 몇 줄 안 되는 메모지만 그녀의 음성이 생생하게 들리는 것 같았다. '넌 나니까. 나 자신이니까.… 너를 부르고 있으면 아직 내가 살아 있다는 걸….' 그것은 그가 하고 싶은 말이었다. 편지를 손에 든 채 눈을 감았다. 가슴은 자제력을 잃고 마구 뛰었다. 누굴 사랑한다는 것은 살면서 가장 큰 힘이 되기도 하지만 때로는 그만큼 대가를 치러야 했다. 그는 이윽고 편지를 똘똘 말아 주머니 속에 깊숙이 집어넣은 다음, 그 속의 구절들을 주문처럼 입 속으로 외어보았다. 넌 나니까. 나 자신이니까.

그 때, 윤식이 부스럭거리며 일어났다.

"김 동무!"

"어, 더 자지 않고?"

"미안해. 하도 졸려서." 벽에 기대어 꾸벅꾸벅 졸고 있던 윤식이 불현 듯 몸을 고쳐 앉으며 말했다. "중학원 학생 중에, 부영진이라고 있지?"

"응."

"그 사람, 황천길 다 갔다가 왔어. 구사일생으로. 정말 아슬아슬한 순간이었지."

"…"

"조천 청년들이 보쌈을 해서 거기까지 끌고 왔는데 말야. 이구동성으로, 죽여야 한다고 야단들이었지 않나. 그 때, 이덕구 지대장님이 오신 거야."

"그래서?"

"겨우 처형만 면했지. 무슨 짓들이냐, 목숨만은 살려 주라고, 지대장님이 워낙 강경하셨어. 그러니 누가 감히 그 앞에 나서겠어? 아마 지금쯤 한직에 가 있을 걸. 난민 대피소 같은."

현준은 부영진을 생각하면 마음이 착잡했다. 이해가 가는 부분이 전혀 없는 건 아니었지만 그 얘기만 듣고 있으면 마치 제 자신의 치부를 보는 것 같아서 괴로웠다.

"그 사람, 잘 알어?"

"같은 조였어. 이젠 다 끝난 얘기지만."

"그래?" 윤식이 몹시 고달픈 듯 다시 바닥으로 드러누웠다. "그럼, 다른 조원들은?"

"그 땐, 이미 막판이었어. 죽고, 달아나고…."

"자네, 그래서 면당으로 온 거야?"

"결국 그렇게 된 셈이지."

윤식은 현준의 힘없는 목소리를 들으며 잠 속으로 깊이 빠져 들어갔다.

117

민성이 서아름 사건을 들은 것은 오전 10시 반 경이었다. 그는 즉각 현장으로 달려갔다. 동굴 입구엔 사람들이 몰려와 웅성거리고 있었다. 어떤 할머니는 땅바닥에 주저앉아 통곡하고 있었고, 어떤 사람들은 발을 동동 굴리며 가족과 형제의 이름을 숨 가쁘게 부르고 있었다. 횃불을 든 젊은이들이 굴속으로 뛰어 들어가는가 하면 가끔씩 시신을 업은 젊은이가 횃불의 안내를 받으며 걸어 나왔다. 시신은 꺼멓게 그을려 얼굴을 알아보기 어려울 만큼 처참한 모습으로 변해 있었다. 사람들이 달려들어 시신을 확인하느라 정신이 없었다. 민성은 그 광경을 지켜보고 있다가 시신을 업고 가는 한 젊은이의 뒤를 따라나섰다.

시신들은 이사무소 옆 풀밭에 나란히 누여 있었다. 민성이 다가가서 허리를 굽히고 하나씩 살펴보았다. 그새 얼굴이 깨끗이 닦인 희생자 중엔 소학교 동창도 있었고, 엊그제 만나 세상을 개탄했던 그런 청년들의 모습도 보였다. 순간, 그는 자신이 그들을 죽였다는 생각이 들었다. 그는 두려움에 떨며 그 곳을 빠져 나왔다.

통곡과 비명으로 뒤범벅이 된 이 마을은 이제 더 사람이 머물 수 없는 황폐한 세계로 변하고 말았다. 그는 이 마을 청년회장과 함께 조용한 곳으로 갔다. 예측했던 대로였다. 청년들이 굴속으로 도망치자 뒤쫓아 온 군인들이 마침내 보리짚과 나무를 굴 입구에 잔뜩 쌓아놓고 불을 지른 것이라 했다. 현재까지 발견된 시신은 모두 14구인데, 10여구는 더 있을 거라고 추정하고 있었다.

민성은 다시 굴이 있는 곳으로 갔다. 집들이 꽉 들어찬 마을 한복판에서 무슨 거대한 짐승처럼 검은 아가리를 벌이고 있는 이 굴은 보기만 해도 흉측한 느낌이 들었다. 입구가 꽤 넓고 천정도 높은 편이었으나 바닥에는 굵직굵직한 바위가 아무렇게나 널려 있어서 횃불을 든 사람들도 함부로 찾아다닐 수 없었다. 시신을 다 거둘려면 2, 3일은 걸릴 거라고 했다. 어쩌다 시신을 찾게 되면 사람들이 외치는 바람에 어둠 속에서 굴 안이 웅웅거렸다. 주민들은 그 때마다 몰려들어 시신이 나오기만을 기다렸다. 가족을 잃은 주민들은 마침내 누구를 원망하거나 저주할 기력도 상실해 버린 모양이었다. 생사의 문제를 떠나서 시신이라도 찾겠다는 일념으로 매달리고 있었다.

118

민성은 그 날부터 술을 마시기 시작했다. 심한 자책감에 빠져서 헤어나지 못하고 있었다. 밤에는 잠을 자다가도 벌떡 일어나 술병을 찾곤 했다.
"내가 죽였어."
민성은 이 말을 하루에도 몇 번씩 되풀이했다. 이렇게 말한다면 현준도 마찬가지였다. 이번 희생자들은 교양을 주러 다닐 때 자주 만난 청년들이었다. 그 때마다 늘 강조했던 것이 희망이었는데 지금 그 결과는 반대로 돌아오고 있었다. 이런 경우 제일 먼저 떠오르는 얼굴이 우석 선생이었다. 죽음 앞에서도 의연한 태도, 과연 그게 어떤 것인가 하고 묻고 싶었다.
민성은 아침부터 토굴 속에 쓰러져 자다가 오후 늦게야 겨우 밖으로 기어나갔다.
"저 친구, 제발 정신 차려야겠는데." 윤식이 보다 못해 한 마디 했다.
"일체 바깥출입은 못하게 했어."

"잘 했어. 아무래도 내가 나갔다 와야겠지?"

"어느 쪽으로?"

"동아름 가서 하룻밤 잤다가 내일 오후에 돌아올까 해."

"그럼, 나가면서 식구들한테 다시 부탁해 둬. 절대 내보내면 안 된다고. 저 친구 괜히 신경이 쓰여."

"알았어."

윤식이 곧 밖으로 나갔다. 현준은 막막한 심정으로 눈을 감고 있다가 다시 촛불을 켜고, 펜을 들었다. 보고 내용은 매일 비슷했다. 몇 명 사살, 몇 명 체포. 집 몇 채 방화. 그 참상은 날이 갈수록 극심해서 그러한 보고 자체가 이미 의미를 상실한 것처럼 보였다. 조금 큰 마을에선 50명 이상 200명씩 체포됐는데, 그중 일부는 차에 실려 어디론가 끌려갔으며, 일부는 사람들이 모두 지켜보는 가운데 공회당 앞이나 정자나무 밑에서 공개적으로 처형되었다. 어떤 집은 가족이 한꺼번에 희생되었다. 남자들만 아니라 여자들, 심지어 노인과 어린이들까지도 남김없이. 이렇게 되면 누구 하나 빠져나갈 구멍이 없었다. 아들과 딸, 형제, 가까운 친척이 숨어 들어오면 밥 한 끼라도 제공하게 마련인데, 그러면 빨갱이를 도와준 셈이 된다. 빨갱이는 곧 죽음을 뜻한다. 빨갱이로 씌이기만 하면 결코 살아남을 길이 없었다.

현준은 펜을 놓고 생각해 보았다. 지금 자신이 몸담고 있는 좁고 어두운 토굴처럼 세상은 꽉 막혀서 폭발해버릴 것만 같았다. 어디까지 갈 것인가. 이 세상은. 죄는 죄를 낳고, 적극성을 띠고 있었다. 평상시엔 도저히 상상할 수 없는 엄청난 죄악을 범하고 있음에도 불구하고, 인간의 잔악성은 죄를 지을 때마다 그만큼 겁을 모르게 되었다.

언제나 무력하게 당하는 쪽은 민간인들이었다. 아무것도 모르는 천진난만한 주민들. 죽음은 이제 일상적인 것이 되었으며, 그 냄새는 곳곳에 스미기 시작했다. 그런데, 사람들을 더욱 두렵게 하는 것은 죽음 그 자체보다 죽음에 대한 이런저런 이야기들이었다. 온갖 이야기가 쌓이고 쌓이면서 죽음의 공포는 점점 확산되어 갔다. 아직 채 여물지도 않은 보리를 베러 밭에 나갔다가 붙들린 여자들, 엉겁결에 달아나다 총알받이가 된 사내들, 그런데도 이곳 농민들은 곡식을 거두는 데만 혈안이 되어 있었다. 사람이 죽어도 누구 하나 항의할 수 없었다.

신문과 방송은 하나도 믿을 게 못 되었다. 남자든 여자든 아이들이든 죽으면 모두 폭도가 됐고, 그것은 한낱 숫자 놀이에 불과했다. 아무도 의문을 제기할 수 없었고, 또 그럴 필요성조차 느끼지 못 했다. 계엄령 하에선 모든 학살이 아주 당연한 일처럼 공공연히 자행되었으며, 공포와 불안으로 얼룩진 이런 암흑세계에서는 다만 죽음이 있을 뿐, 죽음을 제외하고 나면 자기 것이라고 말할 수 있는 게 아무것도 없었다.

현준은 불을 끄고 누워 있었다. 아까부터 쥐 한 마리가 마루 밑에서 바스락거리더니 점점 그 소리가 가까이 다가왔다. 녀석이 무슨 냄새를 맡은 모양이다. 점심때 먹다 둔 피범덕을 죄끔 떼어 포장 밖으로 슬그머니 밀어 넣었다. 한동안 아무 그적이 없다. 죽은 듯이 숨어서, 녀석이 이쪽의 동정을 살피고 있는 게 분명하다. 그는 짐짓 숨을 죽이고 녀석이 행동을 개시할 때까지 기다려보기로 했다. 고약한 놈, 어둠 속에서 깨알 같은 까만 눈을 깜빡이며 적정을 살피고 있을 녀석의 그 앙징스런 자태가 심상치 않다.

여긴 라디오도 없고, 신문 한 조각 구하기 어렵다. 어쩌다 민성이 주머

니에 구겨 넣고 오는, 그 꼬깃꼬깃한 중앙 일간지라는 것도 며칠씩 때
지난 것들이다. 그래도 그게 고마워서 두 번 세 번 되풀이 읽는다. 하루
의 시간이 이렇게 길 수가 없다. 홍윤식 동무마저 자리를 비우고 보니
더더욱 적막강산이다. 그는 하릴없이 누워 있다가 부스럭소리에 귀가 번
쩍 뜨였다. 녀석이 드디어 머리맡 포장 뒤까지 진출한 것이다. 포장을
걷고 구경할까 하다가 그만두었다. 물에 빠진 사람이 지푸라기라도 잡는
다더니, 지금 그가 꼭 그런 꼴이 된 셈이었다.

119

아침에 잠깐 다녀간 민성이 오후 늦게 다시 나타났다. 어느덧 습관이
된 듯 출입구의 포장을 잊지 않고 닫았다. 현준은 일어나 앉아 촛불을
켰다.
"짜식! 좀 잤어?"
"응. 종일, 잠만 잤어." 민성은 계면쩍은 얼굴로 현준을 보고 있다가
곧 고개를 떨구었다. "홍 농부 대할 면복이 없는네. 어니 샀어?"
"한 바퀴 둘러보고 온대. 어저께 나갔는데, 곧 도착할 거야."
"내가 나가볼까?"
"아냐. 곧 올 텐데, 기다려. 술은 좀 깼나?"
"어, 종일 잤더니 괜찮아. 통신문 어떻게 됐어?"
"인제 좀 정신이 든 모양이지? 이따, 홍 동무 오면 모두 모아서 발송해."
"근데, 나 말야." 민성은 촛불을 켜면서 말했다. "허깨비한테 홀렸나

연복정 259

봐. 저기, 저어, 알동네 신당 같기도 하고, 아주 으슥한 곳이었는데, 망나니같이 생긴 것들이 막 춤을 추고 있었어. 하도 무서워서, 숨어서 힐끗힐끗 보고 있으려니까, 오금이 저려 꼼짝달싹할 수가 있어야지. 놈들이 칼부림을 치면서 와락 달려드는 바람에 눈을 떠보니, 꿈이었어."

"이 친구, 안 되겠는데! 이렇게 심약해서야!"

"아, 그래, 내가 헛것에 씌었나 봐."

"우리 모두 헛것에 씌었어. 너도, 나도. 지금 이 시대가 그렇게 만들고 있어."

현준은 민성이 나간 뒤에도 혼자 깜깜한 토굴 속에 뇌 있었다. 그동안 이렇게 갇혀 있으면서 그가 얻은 것은 누구나 일정한 상황 속에 놓여 있다는 것, 그리고 그때그때의 선택만이, 그것이 옳은 것이든 아니든 간에, 바로 제 자신의 몫이라는 것이었다. 그리고, 그 선택이 어떤 결과를 가져오든 간에 스스로 책임을 지고 대응할 수밖에 없다는 것이었다.

저녁 무렵이 다 되어서야 윤식이 어기적어기적 기어 들어왔다. 어두운 가운데서도 그 움직임이 어쩐지 석연치 않았다. 현준은 촛불을 켜고 희미한 불빛 사이로 그를 바라보았다. 시무룩한 표정이 몹시 창백해 보였다. 뭔가 심상치 않은 일이 벌어지고 있다는 징후이기도 했다.

현준은 묵묵히 일어나 앉아 그가 입을 열기를 기다렸다.

"지용욱 동무 잘 알지?" 윤식이 한참 고개를 떨구고 있더니 마침내 침묵을 깨고 말했다. "아까, 밤골로 내려가다가 당했어."

"뭐라구? 지 동무가?"

현준은 순간 가슴이 덜컥 내려앉고 눈앞이 캄캄해지는 듯한 현기증을 느꼈다. 더 물을 힘도 없었다.

"시신은 방금 청년들이 거두어 갔어. 가슴과 어깨 두 군데에 총상을 입었더군."

"…"

"부정철이 그 놈이… 기어코 일을 내고 말았어. 경찰 스리쿼터 타고 가다가 토벌대에 알리는 바람에…. 그놈들 차 몰고 가서 그 집까지 불을 지른 모양이야. 그 새끼, 지난번엔 이덕구 선생 외가에도 불을 질렀다면서?"

현준은 숨이 차고 가슴이 뛰어 그대로 앉아 있을 수가 없었다. 그는 엉금엉금 기어서 밖으로 나갔다. 어둑어둑 저물어 가는 뒤뜰 처마 밑에 혼자 서서 라이터를 켜는데, 손이 바르르 떨려 왔다. 지금까지 많은 죽음을 보아 왔지만 지용욱의 경우는 달랐다. 그것은 지용욱 한 사람에 그치는 것이 아니었다. 그 죽음 속엔 바로 자기 자신도 내포되어 있었다. 그리고, 그가 그토록 소중하게 여기고 있었던 모든 투쟁과 정신이 바로 그 속에서 질식당하고 있었다. 그는 분노니 저주니 하는 그런 어떤 격한 감정보다 그의 내부에 싸늘하게 얼어붙고 있는 모호한 슬픔 때문에 묶여 있었다.

윤식이 나와서 그의 곁에 서 있다가 데리고 들어갔다.

"자, 이거!"

민성이 기다리고 있다가 술잔을 건넸다. 현준은 갑자기 쏟아지는 눈물을 주체할 수 없었다. 그것은 누구에 대한 것이 아니라 바로 자기 자신에 대한 것이었다. 용근이가 죽었을 때도 그랬지만 오늘은 그 때하고도 또 달랐다. 진실로 고통스러운 것은 분노보다도 슬픔이었다. 살을 저미고 파고드는 이 슬픔은 아무리 술을 마셔도 태워버릴 수 없었다. 생각 같아선 지금 당장 밤골로 뛰어가고 싶지만 그럴 처지도 못 되었다. 갇혀 있는 자를 더없이 힘들게 하는 것은 한 곳에 오래 머물러 지체하는 것이었다. 어떤 변화에 그때그때 대처하지 못하고 자기 의지와는 관계없이 수동적으로 끌려가야 한다는 것이 가장 견디기 어려운 일이었다.

그날 밤, 그는 뜬눈으로 밤을 샜다. 새벽부터 추적추적 내리는 빗소리를 들으며 참으로 길고도 고달픈 밤의 시간 속으로 함몰하고 있었다. 죽음은 이제 아무렇지도 않은, 아주 사소한 일상사처럼 그의 주변 어디에서나 반복되고 있었고, 또 그 죽음의 냄새가 사람들을 압도해서 그 이상 아무것도 느낄 수 없을 만큼 완전히 마비시키고 있었다. 그는 비가 그친 틈을 타 아침 일찍 동아름으로 올랐다. 이대로 앉아서 기다릴 수만은 없다는 생각에서였다. 조그만 언덕을 넘어 샛길로 빠질 때였다. 갑자기 땅을 흔드는 것 같은 폭음이 일고, 그 뒤를 이어 총성이 들려왔다. 그는 반사적으로 걸음을 멈추고 서서 그 쪽으로 바라보았다. 비교적 먼 곳인데도 그 총소리는 아주 또렷하게 감지되었다. 그러나 그뿐, 교전은 곧 끝났으며 주위는 다시 고요한 상태로 되돌아갔다. 불과 몇 분 사이에 일어난 일이었다.

현준은 주위를 살피며 서둘러 마을로 달려갔다. 이 마을 청년회장인 고인규네 집 모커리엔 청년들 5, 6명이 모여 있었는데 하나같이 상기된 표정이었다. 불안하고 초조한 순간이 계속되었다. 모두들 숨을 죽이고 있어서 누구하나 경솔하게 입을 열지 않았다.

"어떻게 된 것 같습니까?" 현준이 침묵을 깨고 조심스럽게 물었다.

"기달려 봐. 곧 사름이 올 테니깐." 곁에 앉은 한 청년이 현준을 보며 자못 심각한 표정으로 말했다.

현준은 영문도 모르고 무작정 기다려야 했다. 침묵은 어떤 명령보다 더 무서운 힘으로 온 방안을 압도하고 있었다. 그들은 숨이 막힐 것 같은 이런 무거운 분위기에 잘 길들여진 사람들 같았다. 그렇게 30분 이상 기다리고 있으려니까 드디어 한 청년이 새파랗게 질린 얼굴로 돌아왔다. 20대 후반으로 보이는 그 청년은 갈중이바지에 흰 무명셔츠를 입고 있었는데, 볕에 그을은 얼굴빛이 더욱 검고 초췌하게 보였다.

"고생했어."

고인규가 그 청년의 손을 잡고 안쪽 자리로 끌어들였다.

"우리가 이긴 건 틀림어신디, 나도 잘 모르크라. 도라꾸가 박살나고, 군인덜 시체도 몇 개 딩굴엄성게."

유난히 눈이 크고 광대뼈가 툭 튀어난 이 청년은 얼마나 겁을 집어먹었는지 얼굴이 몹시 핼쑥해 보였다. 그가 무겁게 고개를 들고 말을 할 때면 그 큰 눈망울이 데룩데룩 구르는 소리가 들리는 듯했다.

"가도승 위라?"

"빌레동산 막 오르는 딘디, 더 가차이 가볼 수도 없고…."

"잘 했어. 밑에서 곧 소식 듣고 달려올 텐디."

"발써 완 지켬서. 군인덜이. 아까 보니깐, 시신덜도 차로 실언 감선게."

"그럴 테지. 그 사람늘, 오늘 밤이 고비라. 누가 성모를 세웡했느냐고 닦달할지 모르니까, 다들 조심해야겠어. 그렇잖아도 맨날 오해를 받아왔는데, 그 사람들이 그냥 지나갈 것 같지 않아."

"곱은굴로 가는 건 어떵허코?" 그중 나이 들어 보이는 한 청년이 회장에게 물었다.

"아니라. 오늘은 집에덜 가만히 누웡 이서. 의심받을 짓 허지 말고."

청년회장이 딱 잘라 말했다.

현준은 가도승으로 나갈까 하다가 서아름으로 방향을 바꾸었다. 현장에서 가까운 곳보다 군인들이 많이 주둔하는 서아름이 정보를 얻는 덴 더 유리할 것 같았다. 그는 걸으면서 줄곧 지용욱을 생각했다. 지용욱의 죽음은 오히려 그를 망각의 상태에서 눈 뜨고 깨어나게 했다. 무언가 새로운 전환이 필요한 때였다. 적진에 뛰어드는 병사처럼 비장한 각오로 입술을 깨물고 앞으로 앞으로 나아갔다.

비는 그쳤으나 길이 몹시 질퍽거렸다. 군용 트럭이 지나간 자리엔 더욱 깊게 파여 웅덩이를 이루고 있었다. 지까다비는 이미 흙투성이로 변해 버렸다. 언덕 밑에서 오는 자동차 소리를 듣고 그는 얼른 보리밭 사이 좁은 농로로 빠져 나갔다. 군인을 실은 스리쿼터 한 대가 언덕을 오르자마자 쏜살같이 달려갔다. 조금 후엔 트럭 한 대가 흙탕물을 튕기며 덜커덕덜커덕 그 뒤를 쫓아갔다. 그는 곧바로 마을로 내려갔다. 서아름은 아무 일도 없는 듯 평온했다. 군인들도 보이지 않았고, 가름밭에선 한창 보리걷이로 사람들이 분주히 움직이고 있었다. 어떤 사람은 밭 한가운데 틀을 매어놓고 보리를 훑고 있었다. 아직 설익은 곡식을 서둘러 거두고 있는 것이다. 그는 중학원 학생으로 이 마을 선전책을 맡고 있는 고동선의 집으로 갔다. 고동선은 난간에 걸터앉아 발을 씻다 말고 그를 방으로 데리고 들어갔다.

"나도 나갔다가 막 들어오는 길인데, 군인들이 되게 당황하고 있었어. 오늘은 완전히 당한 모양이야."

"그런 것 같어. 가도승 조금 지난 지점인가 본데."

"언덕배기 소낭밭에 잠복하고 있다가 기습적으로 공격을 가한 거야. 철저히 길목을 지키고 있었던 셈이지. 그런데, 중요한 건 말이야," 동선이 만족스런 표정을 지으며 말했다. "그 트럭이 무기를 싣고 있었다는 거야. 이번 수확이 컸을 걸!"

"요즘 토벌대가 여러 군데서 야영을 한다면서?"

"바로 그거야. 짜식들, 한 몫에 해치울려다가 되레 당한 거지."

이 소식은 대단히 고무적인 것이었다. 주민들은 물론 젊은이들의 투쟁 노선에 새로운 힘을 실어 주게 되었다. 산군은 총알이 없어서 그나마 갖고 있는 약간의 무기마저 쓸 수 없게 됐다고 걱정들을 하고 있었는데, 이제 그러한 우려는 조금이나마 씻게 되었다.

"내려갈 거야?"

"응."

현준은 시계를 보며 일어났다.

"조천까지 갈 시간이 없는데."

"걱정 마. 해가 지려면 아직 한 시간은 있으니까, 가다가 어디서든 쉬고 가면 돼."

동선은 그가 차낭골에 머물고 있다는 사실을 까맣게 모르고 있었다.

120

그 날 저녁, 동아름에서 온 통신문에 따르면 유격대가 거둔 전리품은 엄청난 것이었다. 수십 개의 탄환 상자와 엠원 소총 20정, 그밖에도 수류탄과 단검, 부식에 이르기까지 트럭 한 대 분량이었다. 이렇게 되면 한때 저조했던 유격대의 활동이 다시 승기를 잡고 있는 셈이었다.

어둡고 칙칙한 좁은 토굴에도 오랜만에 새로운 빛이 스미기 시작했다. 그들은 굴을 더 깊숙이 파고 나가 뒤뜰에다 조그만 구멍을 뚫었다. 그 위에다 판자를 깔고 입구를 단단히 구축한 다음 보리눌을 쌓고 보니, 이제부턴 자유롭게 바깥출입을 할 수 있게 되었다. 밭 세 개만 건너면 야산이므로 급할 땐 밖으로 나가기에 편했다. 그리고, 뒤뜰에는 제법 큰 나무가 몇 그루 덮고 있어 몸을 숨기기도 좋았다.

"하하! 내가 미처 이 생각을 못 했어." 민성이 모처럼 밝은 목소리로 웃었다.

"이젠 됐어. 날씨만 궂어도 냄새가 아주 고약했는데."

현준이 먼저 시험 삼아 나가 보았다. 통로가 너무 비좁아서 바닥에 바짝 엎드린 채 엉금엉금 기었다. 팔과 팔꿈치로 겨우 몸을 앞으로 끌 수 있었다. 그래도 조금만 수고를 하면 곧 맑은 바람을 쐴 수 있다는 희망이 있었다.

"어떤 놈은 도야지 통새로 들어가서 굴을 팠더군." 민성이 껄껄 웃으며 말했다.

현준은 조짚 두 단을 밀고 나가서 빈 자리에 도로 집어넣었다. 감쪽같이 그 어둡고 음험한 구멍이 자취를 감추고 말았다. 됐다. 이만하면 아무도 의심할 여지가 없었다.

"아, 살 것 같은데! 거긴 좀 어때? 바람이 들지?" 현준이 토굴 속으로 도로 기어 들어가면서 말했다. "아무리 고약한 세상이지만 똥 묻은 옷을 입고 살아?"

"거, 제일 안전하긴 할 거야." 민성이 받았다.

이 싸움은 언제까지 갈 것인지 끝이 보이지 않았다. 이런 상황에서는 그저 현재에 만족하고 살아야 했다. 추수가 끝나면 군에선 유격대의 발목을 끊기 위해 주민들을 해변으로 몰아낼 작정이라는데, 그렇게 되면 이런 모든 노력이 다 수포로 돌아갈 것이 아닌가? 지금은 전선이 따로 구분되지 않았고, 해변에서 산간지역에 이르기까지 온 주민이 유격대와 하나로 결합하고 있지만, 군에서는 기어이 모든 연결 고리를 끊어버릴 것이라 했다. 빨치산의 전략도 전면적으로 수정하지 않으면 안 될 중대한 고비를 맞고 있었다.

하루는 민성이 싱글벙글 들어와서 촛불을 켰다.

"박승휴 말야. 일본서 편지를 했는데, 기가 막혀서!"

현준은 누워 있다가 깜짝 놀라서 일어나 앉았다.

"승휴가, 일본서 편지를?"

"그렇다니까."

"하아, 그 친구! 기어이 해냈단 말이야?"

"넌, 그럼 알고 있었어?"

"하하하! 하하하하하!"

현준은 웃음이 나서 말을 할 수 없었다.

"난, 그동안 안 보이길래 어디 가서 고수라신 줄만 일있지. 이떻게, 일본으로 튈 생각을 다 했나 모르겠어."

"하하, 그 땐 워낙 다급한 상황이었으니까. 그렇잖아, 강 동무, 죽기 아니면 살긴데?"

"그래도 그렇지. 대단한 놈이야."

"하하하!"

"하하하!"

"그 놈 정말 웃겼어."

"말도 마. 그 자식, 편지에서 그랬대. 민족의 공적을 처단했을 뿐이라고. 아주 당당하게."

"하아, 짜식!"

현준은 꿈만 같았다. 생각 같아선 당장 밖으로 뛰어나가 만세를 부르고 싶었다. 이것은 누구보다 남아 있는 모든 동지들의 승리로 받아들이고 싶었다. 살암시민 만날 날 이실거라. 이문선의 절박했던 마지막 한마디와 이여도사나, 어둡고 황량했던 그 검은 바다가 이제 새로운 가능성으로 그의 가슴속에 밀물쳐오고 있었다.

민성은 정보를 찾아서 다시 밖으로 나갔다. 윤식이 영문도 모르고 두 사람의 대화를 엿듣고 있었다.

"미안해. 우리만 얘기해서."

현준이 그 이야기의 내막을 대충 간추려서 전해 주었다.

"그래?"

"형사들이 달려드니까, 엉겁결에 도망친 거야."

"노 하나만 믿고?"

"흐음! 난, 지금도 믿을 수가 없어."

"요즘 많이들 나간다는 말은 들었는데, 대부분 반도로 빠지고 있어."

"이판사판 아니겠어? 앉아서 죽을 순 없으니까."

"자네 말이 옳아. 죽음 앞에선 무슨 짓인들 못 하겠나?"

"그렇지? 죽음 앞에선?"

"인간은 상황이 만드는 거야."

"그래, 상황이… 하하하!"

이 얘기는 무한한 꿈과 용기를 북돋아 주었다. 학생운동 과정에서 얻은 모든 경험이 결코 헛되지 않았을 뿐 아니라, 현재까지도 자신을 지탱해 주는 어떤 근원적인 힘이 되고 있었다. 중학원과 연북정, 독립지사들, 그때 그 교사와 학생들, 그것은 처음부터 하나였으며 어떤 커다란 흐름을 형성해 왔던 것이다. 현준은 종일 토굴 속에 앉아서 지난날들을 돌이켜보지 않을 수 없었다. 박재수도, 박승휴도, 지유철과 김지우, 아니 지금 전선에 나가 싸우고 있는 모든 동지들이 다 그 어떤 정신의 힘 속에서 태어나고 있는 것처럼 보였다.

민성이 도당에서 온 통신문을 놓고 갔다. 그들은 통신문을 받을 때만큼 기쁜 시간이 없었다. 그것은 도당이 이 산속 어딘가에 존재하고 있으며, 레포를 비롯한 하부조직이 그대로 움직이고 있음을 뜻했다. 그리고, 이 통신문이야말로 끝없는 기다림과 좌절과 울분과 통곡의 악순환 속에서도 굳세게 나아가라는 희망의 메시지였다.

"냉골에 다녀와야겠어. 포구 가까운 곳에 3, 4명이 당분간 머물 수 있는 곳을 물색하라는 거야." 홍윤식이 손에 들고 있던 통신문을 현준에게 건네며 말했다.

"그래?"

"김 동무, 마을 케이와 상의하라는 말도 없이 대뜸 이런 지시만 내린 걸 보면, 독자적으로 조용히 알아보라는 것 같은데."

"글쎄, 왜 포구 가까운 곳이지?"

"간부 중에 응급치료를 받아야 할 환자가 생겼거나, 무슨 긴급 상황이 발생한 모양이야."

"그렇다면, 화북이나 삼양이 더 낫지 않겠어? 선박을 이용해서 읍내로 잠입하거나 의사를 불러들일려면 말이야."

"글쎄. 전에도 그런 일이 좀 있기는 있었어. 그 땐 화북으로 가서 치료를 받게 했었는데, 이번에는 왜 냉골인지… 하여간, 오늘 밤 내려가서 그쪽 정황부터 알아봐야겠어."

"지금?"

"조금 있다가 저녁 어스름을 타고 가야지."

"같이 갈까?"

"아니야. 혼자 가는 편이 낫겠어. 근데, 왜 면당에선 아무 소식이 없지?"

"벌써 나흘째야. 이동중이라고 해도 무슨 연락이 있을 법한데."

"기다려 봐. 이쪽 산간 마을에도 고정 아지트가 몇 군데 있을 텐데, 하필이면 그런 외진 바닷가에 정하려는 이유가 뭔지 모르겠어."

윤식이 주섬주섬 옷을 찾아 입고 해가 지기를 기다렸다. 어둠을 이용하려면 앞으로 두세 시간은 더 기다려야 했다.

현준은 도당이라는 말만 들어도 지인숙을 떠올리게 되었다. 그에겐 도당이 곧 지인숙이며, 가장 그립고 간절한 곳이 되고 말았다. 깊은 밤에 혼자 눈을 뜨고 있거나 종일 토굴 속에 쭈그리고 앉아서 무료한 시간을 보내고 있으면 도당이 이 산속 어디쯤에 가 있을까 하고 여기저기 후보지를 더듬어보곤 했다.

"홍 동무!"

"응."

"누굴 사랑해 본 적 있어?"

"왜, 갑자기?"

"죽음을 보고 있으니까 오히려 사랑이 더 절실하고 소중한 것처럼 생각돼. 하루하루가 마지막인지도 모른다는 그런 어떤 절박감 때문일까?"

"꼭 그런 건 아니겠지."

"그럼?"

"사랑은 곧 생명이니까. 죽음을 이길 수 있는."

"아무리 그립고 슬픈 사랑이라 해도?"

"김 동무, 난 자네가 부러워. 죽음 앞에서도 사랑을 생각할 수 있다는 것. 나도 그런 사랑을 갖고 싶어. 죽음은 우리를 무너뜨릴 수 있어도 사랑을 정복할 수는 없을 거야."

"무슨 뜻인데?"

"난, 그렇게 봐. 죽음은 이곳에서 저곳, 다만 차원을 바꾸고 떠날 뿐이야. 그렇지만 저승에 가서도 사랑하는 사람들이 있다면 누가 그걸 막을 수 있겠어? 조물주도 어쩔 수 없겠지."

"저승에서도 사랑하는 사람들? 하하, 그거 말 되는데."

"그럼, 자넨 아니야?"

"난 꼭 만날 거야. 죽기 전에. 나 아직 살아 있다는 걸 확인하고 싶어."

현준은 생각할수록 숨이 막힐 것 같았다. 좁고 어두운 곳에서 뛰쳐나가고 싶은 충동을 느낄 때가 많았다. 그는 그럴 때마다 그녀를 그려보며 위안을 삼기로 했다. 지금 자신을 가두고 위협하는 어둠의 세계 저 너머엔 언제나 그녀가 있고 꿈이 있었기 때문이다. 난, 죽지 않아! 절대로! 널 만나기 전엔…. 그는 눈을 감고 짐짓 아름다운 기억을 더듬어 보았다. 새코지 바닷가와 토끼굴, 눈이 하얗게 내린 날이면 더욱 푸르러 오는 그 청아한 물빛과 검은 바위들, 돌코지, 바람에 나부끼는 흰 머플러. 그녀는 늘 짙은 갈색 오바를 즐겨 입었다. 동백꽃 숯막을 찾아 눈 속을 헤매던 일이 한 폭의 아름다운 풍경화처럼 그를 먼 세계로 이끌고 있었다. 그 때, 별안간 목마장과 그 넓은 들판이 눈앞에 떠올라 왔다. 그래, 우린 꼭 해낼 거야! 토끼, 넌 내 꿈이니까! 그는 자유로운 상상의 날개를 펴고 초원의 드넓은 공간으로 나아가고 있었다. 거기, 한 마리 독수리가 태양을 향해 힘차게 날고 있었다.

"김 동무, 그거 좀 줘." 윤식이 뜬금없이 손가락으로 현준의 가슴께를 가리키며 말했다.

"…"

현준은 무슨 소린가 하고 말없이 그를 바라보았다.

"그 청산가리 말이야. 이번에 가면 나도 준비해둬야겠어."

"난, 또…."

현준이 웃으면서 옷 속에 감추어 둔 것을 꺼내주었다.

"뭘 이렇게까지 단단히 동여맸어? 급할 땐 빨리 풀어서 쓸 수도 없겠는데."

윤식이 반쯤 덜어서 다시 종이로 싼 다음, 바지 주머니 속에 집어넣었다.

"지금 나갈려구?"

"잿골에 가 있다가 야음을 타서 내려갈까 해. 일이 잘 풀리면 내일 안으로 돌아올께."

윤식이 힘을 주어 굳게 악수를 하고 나서 서둘러 출발했다. 현준은 촛불을 끄고 벽에 기대어 앉아 그 악수의 의미를 생각해 보았다. 그에겐 오직 현재가 있을 뿐, 앞으로 올 시간들은 아무것도 확실한 것이 없었다.

121

민성이 놓고 간 통신문에는 전사자 명단이 들어 있었다. 숨을 죽이고 들여다 보았으나 형의 이름이 보이지 않았다. 현준은 그래도 안심이 안 되어 한 번 더 살펴보았다. 무사히 하루를 넘긴 셈이었다. 형은 왜 떠나지 않았을까? 전사자 명단을 접할 때마다 그는 늘 의문을 품게 되었다. 가난한 해녀의 아들로 태어나서 온갖 고생을 하고 이제야말로 세상 사람들이 다 부러워하는 그 성공이라는 것을 거머쥐게 되었는데, 왜 그걸 마다하고 이런 험난한 길을 택했을까? 형을 생각하고 있으면 어머니가 보이고, 형수가 보이고, 할아버지와 유나, 그리고 얼굴도 모르는 아버지의 모습이 보였다. 만일 그런 일이, 생각하고 싶지도 않은 그런 끔찍한 일이 일어나게 된다면 형 한 사람이 아니라 온 식구가 떼죽음을 당하는 것이나 다름이 없었다.

어찌 된 셈인지, 홍윤식이 사흘째 감감 무소식이었다. 사고가 났으면 면당에서 즉각 알려 주었을 텐데 아직 그런 통지도 없었다. 면당으로 연락을 넣어볼까 하다가 조금만 더 기다리기로 했다. 날이 갈수록 홍 동무의 빈 자리가 크게 느껴졌다. 하릴없이 앉아 있다가 그는 또 쥐를 생각해 냈다. 장막을 걷고 삼방 밑으로 보리떡 한 조각을 밀어넣은 다음, 촛불을 끄고 조용히 누워 있었다. 쥐란 놈은 워낙 후각이 발달해 있어서 머지않아 달려들 것이었다. 눈으로 볼 수는 없지만 그 놈들이 찍찍 소리를 지르며 뛰어다니거나 이쪽 눈치를 보아가며 야금야금 접근하는 걸 살피고 있으면 시간을 보내는 데 도움이 되었다. 깊은 밤에 혼자 보초를 서고 있는 병사처럼 그는 온 신경을 모아 집중하고 있었다. 얼마나 영악

한 것들인지 함부로 덤비는 일이 없기 때문에 인내력을 가지고 기다려야 했다. 외로울 때면 늘 그랬듯이 그는 짐짓 주머니를 더듬어 그 쪽지를 꺼냈다. 몇 줄 안 되는 그 조그만 쪽지가 그에겐 유일한 기쁨이고 희망이었다. 라이터를 켜고, 조심스레 비추어봤다. 이제는 다 외우고 있는 것이지만 그는 버릇처럼 눈으로 확인해야만 했다. 어둠 속에서 눈을 감고 가만히 손에 쥐고 있어도 지인숙의 표정과 함께 생생한 목소리를 들을 수 있었다. 무엇에 홀린 사람처럼 한참 그렇게 쥐고 있다가 다시 접어 옷 안으로 깊숙이 집어넣었다.

한낮이 되자 강민성이 가쁜 숨을 몰아쉬며 토굴 속으로 기어 들어왔다.

"연대장이 죽었어!"

그는 이 한마디를 내뱉고는 바닥에 벌렁 드러눠 버렸다.

"이 사람, 지금 무슨 소리야?"

"연대장이 죽었다니까."

"연대장이, 왜?"

"걸 누가 알아? 중대 본부에서 나온 얘긴데, 죽은 건 틀림없어."

강 동무는 몹시 흥분해 있었다. 현준이 촛불을 켜 그의 얼굴을 더듬어 봤다.

"다들 쉬쉬하고 있는데 말야, 아무래도 그게 수상해. 말 못 할 사정이 있는 것 같어."

강민성이 곧 뛰어나갔다. 도무지 믿기지 않는 일이었다. 신임 연대장 박주영이라면 천하에 무서울 것이 없는 사람인데 그 자가 그렇게 갑자기 죽다니. 만일 그게 사실이라면 거기엔 뭔가 중대한 비밀이 있을 게 분명했다.

민성은 한 시간이 멀다 하고 계속 소식을 전하고 갔다. 악명이 높았던 만큼 박주영의 죽음은 삽시간에 급물살을 타고 널리 퍼져 나갔다. 소문이 소문을 낳고, 온갖 추측을 불러 일으켰다. 자다가 급살을 맞았다고도 하고, 복상사를 당했다고도 하고, 유격대의 기습공격으로 그 자리에서 쓰러졌다고도 했다. 연대장뿐 아니라 부하들도 많이 다치고, 연대 본부가 박살이 났다고도 했다.

하루는 민성이 나갔다 들어오더니 의기양양하게 외쳤다.

"그 자식, 부하들한테 당했대."

"그래?"

"희한한 일이야. 부하들 7, 8명이 모의를 해서 아주 멋지게 해치운 모양인데, 주모자는 문 중위라고 충청도 사람이고, 선임하사는 부산 사람이래. 나머진 아직 확인되지 않았어. 이거, 정말 웃기는 사건이지 않아?"

"확실한 정보야?"

"어, 확실해. 장교들이 식당에서 하는 말을 들었대. 근데, 놀라운 건 말이야. 자기네들이 죽였다고, 그 사람들 아주 당당하게 나서서 주장했다는 거야. 군법회의에 회부되면 총살감일 텐데."

"그렇겠지."

"다들 그렇게 말하고 있었어."

"연대장이란 작자가, 뭐 그렇게 허술하게 당할 수 있나?"

"아, 그게, 그러니까," 민성이 몹시 들뜬 상태에서 담배연기만 퍽퍽 내뿜고 있다가, "이렇게 된 거래. 그 날, 시내 요정에서 기관장들 모아놓고 대령 진급 자축파티를 열었는데, 그 자식 죽을라고 환장을 한 모양이지, 얼마나 술을 퍼먹었든지 인사불성이 됐나 봐. 연대장실에 도착하자마자 고꾸라져 자는 것을, 부하들이 엠원 소총으로 갈겨버린 거야. 바로 이마에 갖다 대고."

"중대 본부는 지금 분위기가 어때?"

"토벌은 계속 나가고 있지만, 그만하면 한풀 꺾이지 않았겠어?"

"그렇지도 않아. 오히려 더 강압적으로 나올지 모르지."

"글쎄, 부연대장 채 소령인가 하는 자가 연대장 대행을 맡게 됐다는데, 지켜보자구. 그럼, 나 나갔다 올께."

민성은 쉬지 않고 정보를 찾아 나섰다. 미궁에 빠진 이 사건은 시간이 흐르면서 차츰 베일을 벗기 시작했다. 현준이 주목하고 싶은 점은, 신임 연대장이 강경 진압작전을 펴 나가자 불만을 품은 사병들이 조직적으로 움직이게 되었다는 것이다. 이것은 아직 이 사회에 정의가 살아 있다는 반증이기도 했다.

홍윤식이 닷새째 되는 날 저녁에 돌아왔다. 오랜만에 고향에 가더니 아주 딴 사람이 되었다. 이발도 하고, 옷도 새로 말쑥하게 갈아입었다.

"이 사람, 가서 재미 많이 봤나? 신수가 환해졌는데."

"간 김에 그쪽 사정을 좀 알아보느라고. 근데, 연대장이 죽었다면서?"

"어, 참, 놀라운 일이야. 거기까지 소문이 퍼진 모양이지?"

"앉으면 그 얘기뿐이야. 강 동무는?"

"그 친구 지금 정신없어. 하루에도 수십 번 들락거리고 있는데, 부하들한테 암살당했다는 거야."

"나도 그렇게 들었어. 지가 뭘 잘했다고, 뻔뻔스럽게 자축 파티를 열고…."

"부임 한 달만에 일계급 특진이라니, 꽤나 흥분했었나 봐."

"짜식! 군정청의 밀명을 받고 달려온 놈인데, 무슨 짓인들 못 하겠어? 보이는 게 없었을 거야."

"요즘은 완전히 정치군인들 세상이 되고 말았어. 그래도 그런 의로운 사람들이 있다니 이 세상은 아직 희망이 있어. 아까 강 동무한테 들었는데, 그 사람들이 아주 당당하게 주장했다는 거야. 자기네들이 죽였다고. 군 내부에도 민족적 자각이 싹트고 있다는 증거가 아니겠어?"

"나도 그렇게 보고 싶어. 지휘관 한 명의 처단보다 더 소중한 것은, 그 사람들의 애국 충정이라고 생각해. 결국 그들은 상관을 죽인 범죄자로 처형당하겠지만, 언젠간 역사가 진실을 밝혀 줄 거야."

"그렇지. 오늘의 승리자가 반드시 영원한 승리자는 아닐 테니까."

"죽으면 계급장도 읽을 수 없어. 영원히 비열한으로 남는 것보담은 평범하지만 깨끗하게 살다 가는 편이 나았을 텐데."

현준은 포장을 걷고 난간 밑 어두운 공간을 바라보았다. 아까부터 쥐 한 마리가 와서 바스락대더니 쪼르르 달아나는 소리가 들렸다. 그는 다시 포장을 치고 나서 촛불을 켰다. 윤식이 고개를 푹 숙이고 앉아 있었다.

"고달픈 모양인데, 눈 좀 붙이지. 불을 끌까?"

"아니야."

"뭐, 안 좋은 일이라도…?"

"그게 아니고," 윤식이 벽에 기대어 앉으면서 말했다. "홍 동무! 쫓겨난 연대장도 이 소식을 듣고 있겠지?"

"흐흠! 어이가 없을 거야."

"두 사람 아주 단짝 친구였다는데."

"임관도 똑같이 했대."

"그러니 더 기가 막힐 일이야. 한 쪽은 말 안 듣는다고 감방 신세를 지고 있는데, 한 쪽은 승승장구하다가 고꾸라졌으니 말이야."

"저쪽에서 4·28 평화회담만 깨지 않았어도 이런 일은 결코 없었을 거야."

"그렇지. 난, 미국놈도 밉지만 박주영이 같은 놈이 더 미워. 우리 동족이라는 게 부끄럽고 화가 날 뿐이야."

"그런 놈들이 어디 한둘이라야 말이지."

"지금이라도 민족 정통성을 확립하지 못 하면 우린 두고두고 후회하게 될 거야."

그 때, 민성이 누이가 저녁밥을 놓고 갔다. 현준이 나가서 받아 왔는데 생각지도 않은 자리회가 조그만 양푼에 가득 들어 있었다.

"이거, 자네가 갖고 온 거야?"

"어. 맛이나 좀 보라고."

"혼자 먹기가 미안했나 보지."

"건 그래. 바닷가에 나가서 회 치고, 된장 찍어 먹으니까 눈이 번쩍 뜨이는 것 같더군. 자네 생각도 나고 말이야."

"좋아! 내가 곱빼기로 뛸 테니까, 자넨 가서 이런 거 많이 줏어 와."

"어떤 친구들은 한 달씩 집에 가서 쉬고 있더군. 참 묘한 생각이 들었어. 전선이 뚜렷하게 구분되어 있는 것도 아니고, 이 싸움은 그야말로 뒤죽박죽이 되고 말았어. 어떤 집에선 말이야, 한 쪽이 경찰, 한 쪽이 빨치산이 되어서 형제가 서로 총을 겨누게 되었다는 거야."

"우린 그만큼 과도기에 처해 있어. 이 싸움이 그래서 더 중요한 것인지도 몰라."

122

 며칠동안 소강상태를 보이더니, 불꽃 튀는 전투가 다시 시작되었다. 더욱 열을 올리는 쪽은 11연대였다. 신임 연대장 대행은 하루가 멀다 하고 시찰을 다녀갔으며, 바퀴가 크고 힘이 센 국방색 군용트럭이 쉬지 않고 새 병사들을 실어 날랐다. 경기도 수원 주둔 5연대에서 왔다고 했다. 이제는 군인 세상이 되었고, 경찰 토벌대는 거의 눈에 띄지 않았다.
 유격대는 길목을 지키고 있다가 공격했다. 특히 밤 시간을 많이 활용했다. 눈 깜빡할 사이에 치고 빠지는 게릴라 작전이었지만, 때로는 두 시간 이상 교전이 지속되는 경우도 있었다. 주로 마을 가까운 야산에서 전투가 벌어졌기 때문에 일부 주민은 겁을 집어먹고 해변으로 내려갔다. 마차에 세간들을 가득 싣고 가족과 함께 길을 떠나는 사람들이 틈틈이 보였다. 그러나 대부분의 주민들은 끝까지 고향집을 지키려고 안간힘을 다하고 있었고, 견디다 못하면 야산으로 도주하기도 했다. 산에 간 아들 딸과 형제들을 두고는 저 혼자 살겠다고 고향을 등질 수 없는 일이었다.
 낮이고 밤이고 올빼미처럼 굴속에 숨어서 지내야 하는 이 생활도 날이 갈수록 지긋지긋했다. 요즘은 신분도 커르는 날이 많았나. 무료아세 앉아 있노라니까, 위에서 부르는 소리가 났다. 민성이 누이였다. 현준이 어기적어기적 기어서 굴 입구로 나가자 조그만 쪽지 한 장을 주고 갔다. 인숙의 글씨였다. 현준은 깜짝 놀라서 읽고 또 읽었다. 다섯 시 반이라면, 그렇다면 인숙이가 와 있단 말인가. 그는 부랴부랴 굴속으로 기어들어가 옷을 주워 입고 나갈 채비를 했다.
 "홍 동무, 나 나갔다 올께."

"지금?"

"응."

"늦은 시간인데, 멀리 가는 건 아니지?"

"걱정 마. 가까운 데니까. 곧 올게."

현준은 무슨 말을 할까 하다가 확실한 내용을 알 수 없어서 그냥 밖으로 나섰다. 민성이 누이가 마당에서 빨래를 걷고 있었다.

"그거, 누가 가져왔든?"

"나도 몰르는 사름입디다."

"그래? 남자?"

"아니우다. 여자 아인디, 것만 주엉 가난."

"알앗어. 민성이 오면 나 나갔다 온다고."

"예."

그는 서둘러 골목으로 빠져 나갔다. 5시 5분전. 시간은 충분했다. 왠걸 가슴이 두근거리고 숨이 찼다. 가끔씩 내려온다는 말은 들었지만 이렇게 가까이 와 있을 줄은 몰랐다. 아니, 정말 와 있는 걸까. 거기로 나오라고만 했으니 직접 오진 않고 무슨 소식만 전하는 건지도 모를 일이었다.

여러 날 어두운 곳에 갇혀 있다가 갑자기 밖으로 나오니까 눈이 부시고 어리둥절했다. 그는 급한 마음에 밭 몇 개를 가로질러 그 동네로 가는 샛길을 찾아냈다. 그 동네는 불과 30여 호도 안 되는 조그만 부락이었다. 지나다니며 자주 보아 왔지만 직접 들른 적은 없었다. 그래도 단촐한 부락이어서 약도대로 가면 곧 찾을 수 있을 것 같았다. 꿈을 꾸는 사람처럼 그는 그저 그 동네만을 바라다보며 곧장 걸어갔다. 야트막한 야산 기슭에 옹기종기 모여 앉은 초가집들이 그림처럼 예쁘고 단정했다.

산모퉁이를 돌아 그 동네 초입으로 들어서자 어떤 여자애 하나가 그의 곁으로 다가왔다. 그는 아까 메모에서 본 암호를 대었다.

"여기 달레네집이…?"

"예. 혼저 옵서."

그 여자애는 골목 안의 어떤 초가집으로 들어갔다. 그 집은 안거리와 모커리 두 채로 되어 있었는데, 그는 모커리로 안내를 받았다. 안으로 들어가자 인숙이 방문을 조금 열고 서서 기다리고 있었다.

"오랜만이야."

그녀가 씽긋 웃어 보였다. 싱싱하고 젊고 아름다웠다. 이렇게 아름다운 여자는 처음 보는 것만 같았다.

"토끼!"

그는 단번에 사랑의 불길이 타올랐다. 가슴 속의 모든 것이 뒤집히는 것 같았다. 그녀가 그의 손을 잡고 방으로 들어가더니 문을 닫았다. 그리고, 그의 가슴에 얼굴을 묻었다. 그는 그녀를 와락 끌어당겨 키스했다. 그녀의 뛰는 가슴이 그에게 그대로 느껴 왔다.

"아아!" 하고 그는 나직이 부르짖었다. "꿈만 같어."

"나도."

그녀는 두 팔로 그의 허리를 안고 놓지 않았다. 그는 다시 키스했다. 그녀의 입술이 불처럼 뜨거웠다. 그는 드디어 자신의 존재를 확인할 수 있게 되었다.

"자, 앉아!" 그녀가 그를 떼어 놓으며 말했다. "너 정말 말이 아니구나. 옷부터 갈아입어."

인숙이 방 한 구석에 있는 옷 보따리를 그의 앞으로 밀어 놓고 나서 밖으로 나갔다. 그는 문을 닫고 나가는 그녀의 뒷모습을 바라보고 있다가 그 보따리를 풀어 보았다. 양말, 팬티, 각반, 면장갑, 남방셔츠까지 필요한 물건이 고루 들어 있었다. 그는 서둘러 내의를 갈아입고는 문틈으로 밖을 내다보았다. 그녀가 무슨 옷가지 같은 걸 들고 이쪽으로 걸어오고 있었다. 그는 영문을 몰라 가만히 지켜보았다.

"이 옷 입던 거지만 깨끗이 세탁이 돼 있어."

그는 그녀가 시키는 대로 했다. 바지까지 갈아입고 나니 한결 몸과 마음이 가벼워서 날아갈 듯했다.

"오늘 온 거야?"

"응."

"무슨 일로?"

"너 보러 왔다, 왜?"

"정말이야?"

"그럼, 내가 잘못 내려온 모양이구나."

"하하하! 너 조금도 변하지 않았는데."

아까 본 그 여자애가 조그만 밥상을 들고 왔다. 지금 다시 보니까 열다섯 살쯤 되어 보이는 청순한 소녀였다.

"됐어, 이따 연락할께."

그녀는 그 애를 보내고 나서 반찬들을 가지런히 챙겼다.

"이거, 진수성찬인데! 어디서 이렇게 많은 음식을?"

"어서 먹어."

"넌?"

"먹을 거야."

인숙이 수저를 들다 말고 그를 바라보았다. 얼마나 바짝 말랐는지, 얼굴이 반쪽이 되어 있었다.

"속에서 놀라겠는데." 현준이 입안에 음식을 가득 넣은 채로 말했다.

"천천히 잘 씹어서 먹어."

"우리, 그러니까 석 달쯤 된 거지?"

"석 달하고도 반이야. 용근이 장례식 때 보고 못 보았으니까. 자, 이 잔 받어."

"그래. 우리 공주님!"

인숙이 술을 따르며 웃었다. 그 눈매가 맑고 고왔다. 그는 단숨에 죽 마시고 나서 그녀에게 권했다.

"이거, 암만 해도 꿈을 꾸는 것 같어. 우리 정말 같이 있는 거지? 그렇지?"

"그래. 나 손 잡고 먹어."

그녀가 그의 곁으로 가서 앉았다. 그는 왼쪽 팔로 그녀를 끌어안고서 술을 마셨다.

"편지 받고 바릉쉬 갔더니 떠난 뒤였어."

"그랬어?"

"내가 갔을 땐 넌 언제나 떠나고 없었어."

"나도 몇 번 그런 경험을 했어. 거긴 좀 어때?"

"토굴 속이라 답답하긴 하지만, 그런 대로."

"잘 견딘다 싶었어. 얼마 전에도 거길 지나면서 너 생각 했어."

"도당에 가 있다고?"

"그래. 홍 동무하고 같이 있지? 말이 도당이지, 난 혼자 있을 때가 많어."

"혼자?"

"어떤 땐 종일 한 사람도 못 봐. 반굴 같은 데 숨어서, 고작 하는 일이란 게 말이야, 가리방 긁고 프린트 하는 거야. 쟤들이 매일 와서 가져가. 먹을 것도 갖다 주고. 난, 쟤들 없으면 아무것도 못 할 거야."

"이 집 쟤네 집이야?"

"안 됐어. 오빠가 둘 있는데, 끌려간 지 한 달이 지났지만 아무 소식이 없대. 할머니 혼자 집을 보고 있어. 이 근방으로 오게 되면 가끔씩 이 집을 이용하곤 해. 오늘도 쟤가 데려다 줬어. 쟤들 참 대단해. 밤중에도 단숨에 산을 오르내려."

"선생님 건강은?"

"나도 뵌 지 오래."

"…"

"준아!"

"으응."

"오늘은 우리 얘기만 하고 싶어. 다른 아무 생각도 하지 말고."

"그래. 그게 좋겠어. 우리 얘기도 할 시간이 부족한데."

"나 말이야. 너하고 있으면 할 말이 참 많을 것 같았는데."

"나도 그랬어. 낮이고 밤이고 껌껌한 토굴 속에 박혀서 너 생각만 했어. 그래도, 니가 있어서 견딜 수 있었던 것 같아. 널 생각하고 있으면, 그 어둠의 세계 저쪽에는 언제나 꿈이 있고 희망이 있다는 것을 발견하게 됐어."

"너, 언젠가 그랬지? 우리처럼 뽀뽀 많이 하는 사람 없을 거라고."

"흐흠! 그건 사실인데."

"이 깍쟁이!"

"그러면 넌 늘 그랬지. 근본 떨어진다고."

"호호. 오늘은 그런 거 생각하지 않기로 했잖아? 우리 둘만을 위해서."

"그래, 우리 둘만을 위해서."

그는 그녀를 그의 앞으로 끌어당겼다. 그녀의 고동치는 맥박소리가 그의 가슴 속에 와서 쿵쿵 울렸다.

그녀는 이윽고 그의 품속으로 몸을 던졌다. 그것은 그녀가 오랫동안 바라는 바이었다. 아니, 그녀가 할 수 있는 전부였다. 이 시간이 처음이고 마지막이 될지라도 결코 후회하진 않으리라. 그녀는 몇 번이나 마음속으로 다짐했다. 누구를 사랑한다는 것은 다른 사람이 아니고 자기 자신의 문제였으며, 자기의 전부를 내어놓는 것이라고 생각했다.

123

현준은 잠깐 잠이 들었었다. 눈을 떠 보니까 곁에 있어야 할 인숙이 보이지 않았다. 문득 이상한 예감이 들었다. 문을 열고 밖으로 나가 보았으나 아무도 없고, 빈집의 적막감만이 감돌고 있었다.

안거리로 가서 기척을 보내자 할머니 한 분이 나왔다.

"여기 아무도 없습니까?"

"우리 족은년?"

"아, 네에."

"아까덜 간디. 그 사름이영."

현준은 다시 방으로 찾아 들어가 윗도리를 걸쳤다. 보니까, 머리맡에 인숙이가 놓고 간 메모가 있었다.

'널 보고 있으니까 갑자기 기도하고 싶은 생각이 들었어. 그리고, 어머니가 보이고 교회가 보였어. 이건 처음 느껴본 경험이야. 난 지금 떠나지만 항상 네 곁에 있을 거야. 너를 위해 기도할 거야. 이제 난 확신을 갖고 가게 되었어. 누군가 한 사람을 사랑할 수 있다는 것은 아직 꿈을 잃지 않았고, 내일이 있고, 희망을 향해 가고 있다는 증거일 거야. 인숙.'

그는 그 쪽지를 몇 겹으로 접어서 주머니 속에 깊숙이 넣고, 그 집을 나섰다. 해가 거의 기울어 어둠이 산기슭으로 몰려오고 있었다. 울컥, 가슴 속에서 치미는 슬픔과 그리움을 느꼈다. 어딘가 멀지 않은 곳에서 어둠에 묻혀 그 속으로 떠나고 있을 한 사람의 그림자가 오히려 분명하게 다가서는 것 같았다.

산기슭을 돌아 큰길로 나서자 해는 이미 지고 땅거미가 서서히 깔리고 있었다. 멀리 중대 본부의 카바이트 불빛을 지켜보면서 그는 빨려 들어가듯 어둠 속으로 걸어갔다. 달이 있는 밤은 더욱 불안하다. 달이 뜨기 전에 속히 돌아가야 한다는 생각으로 시오리길을 단숨에 건너가는데 강민성이 동구 밖에서 기다리고 있었다. 현준은 그를 따라 잡목림이 우거진 숲 속으로 들어갔다. 그리고, 마을의 동쪽 끝을 빙 돌아 집 뒤 소나무밭으로 빠져 나갔다.

"무슨 일인데?" 현준이 목소리를 낮추어 조용히 물었다.

"여긴 지금 초비상이야. 닥치는 대로 막 잡아들이고 있어. 지나가는 청년들은 다. 그리고, 이 밤에도 토벌대가 계속 산으로 오르고 있어."

그들은 소나무 밑에 잠시 서서 주위를 살펴본 뒤 밭을 건너 집으로 들어갔다.

"이것 봐. 도당에서 온 통신문인데, 오늘은 대대적인 수색 작전이 있을 것 같아."

홍윤식이 몹시 긴장하고 있었다.

현준은 그가 건네준 쪽지 한 장을 들고 촛불에 비추어가며 읽어 보았다.

"뭐, 9연대 장병들이?"

"그렇다니까. 장병 41명이 완전 무장을 하고 우리 쪽으로 넘어왔다는 거야."

"이런 일도 있나?"

"나도 그래서 몇 번 읽어봤는데, 틀림없어."

"이젠 우리가 이겼어. 대세가 우리 쪽으로 기울고 있다는 거지 않아?"

"그렇지?"

"홍 동무, 이건 단순히 41명의 문제가 아니야. 사람들의 마음이 그렇게 돌아가고 있다는 거야."

"연대장 암살사건이 터질 때부터 뭔가 조짐이 이상했어. 경비대 내부에서 어떤 새로운 반성과 자각이 싹트고 있다고 보아도 좋겠지."

"그런 거 같아. 군인도 사람인데, 동족끼리 피 흘리고 싸우는 걸 정당화할 순 없지 않겠어?"

두 사람은 뜻하지 않은 일로 너무나 큰 감동을 받아서 좀체 잠을 이룰 수 없었다. 현준은 굴속으로 깊숙이 기어 들어가 보릿단을 밀어 젖히고 밖으로 나갔다. 어느새 닭이 울고, 밤이 가고, 다시 아침이 올 것을 예고하고 있었다. 그는 묵묵히 손을 모았다. 기도하는 마음으로. 그리고, 그 쪽지를 읽어 보았다. 라이터의 가냘픈 불빛이 하늘거릴 때마다 그 쪽지의 글씨도 파르르 떨고 있었다. '이제 난 확신을 갖고 가게 되었어. 누군가 한 사람을 사랑할 수 있다는 것은 아직 꿈을 잃지 않았고, 내일이 있고, 희망을 향해 가고 있다는….' 그는 두 손으로 그 쪽지를 꽉 움켜쥐었다. 갑자기 목이 메이고, 가슴 속으로부터 무언가 뜨거운 것이 울컥 치미는 것을 느꼈다. 밖으로부터 어떤 조그만 충격이 가해져도 곧 폭발해 버릴 것만 같은 자기의 감정을 억제하기 위해 그는 그 쪽지를 계속 힘주어 붙들고 있었다. 깊은 산속, 어둠의 세계를 찾아 나서는 한 여인의 그림자가 또렷이 보이는 것 같았다.

124

인숙은 숨이 차고 목이 말랐다. 허리께로 차오른 키 큰 억새풀 속에 서서 그녀는 수통을 열었다. 멀리 들판 너머로는 희미한 불빛이 깜빡이고 있었다. 다리 마을에 주둔하고 있는 군부대의 가스등이었다. 처음엔 그것이 보기만 해도 오금을 저리게 하는 공포의 대상이었으나 지금은 오히려 그 반대가 되었다. 그들은 그 불빛을 바라보며 계속 들판의 한가운데로 걸어 들어갔다. 억새풀 속에 몸을 담그고 앞으로 앞으로 헤엄쳐 나아가노라면 그 불빛들이 마치 밤바다의 등대처럼 길을 안내해 주는 표지가 되었다. 그랬다. 정작 두려워해야 할 것은 공포 그 자체가 아니고 공포에 대한 공포였다. 그녀는 그동안 여러 차례 이 길을 오르내리면서 두려움 없이 그 불빛을 바라보게 되었다. 이것은 큰 소득이었다. 죽음을 각오한 자에게는 더 아무것도 두려울 게 없다는 사실을 깨닫게 된 것이다.

실개천을 건너 나지막한 언덕으로 오르자 그녀는 나무 밑으로 가 자리를 잡고 앉았다. 정자도 곁으로 와서 나란히 앉았다.

"녹산장이 저쪽 건너편이지?"

"저기, 족은 오름 두 개 보이지예? 성제처럼 성 이신 거."

"그래. 조그만 게 아주 귀엽게 생겼구나."

"그디 참 좋은 디우다. 바름 부는 날도 그디만 가민 조용해여 마씸."

"그렇구나."

"약초 캐래 댕기당 보민 그디만큼 좋은 디 못 보았수다."

"오늘 음력 며칠이지?"

"열나흘 마씸."

"아, 그래서 달이 밝구나. 정말 아름다운 곳이야."

"앞으로 두어 달만 이시민 억새꽃도 필 건디."

"정자야."

"예."

"이렇게 넓은 들판에 억새꽃이 하얗게 피면 그 땐 정말 볼만하겠구나."

"예. 언니!"

인숙은 말없이 앉아서 넓은 들판을 바라보았다. 구름 사이로 둥그스름한 달이 얼굴을 내밀자, 드넓은 평원의 끝으로 빙 둘러서 있는 낮고 자잘한 봉우리들이 긴 능선을 이루어 마치 고요한 선율처럼 은은히 흐르고 있었다. 그녀는 모든 슬픔과 고통을 잊어버린 듯 하염없이 먼 들판을 바라다보고 있었다. 순간, 말을 타고 광야를 달리는 두 사람의 그림자가 언뜻언뜻 눈앞을 스쳐 가는가 하면 어딘가 높은 언덕에 서서 힘차게 울부짖는 백마의 울음소리가 들려오는 것 같았다. 그녀는 알 수 없는 충동에 이끌려 몸을 부르르 떨었다.

"가자."

그녀는 소매를 걷어 올리고 나서 다시 걸음을 떼어 놓았다. 산굼부리 뒤편으로 돌아서 2, 3키로만 서남쪽으로 나가면 숲 속에 도당 아지트가 있었다. 그 숲에만 닿으면 일단 위험에서 벗어나는 것이다. 그러나 앞으로도 한 시간 남짓 걸어야 했다. 여기선 얼마 안 되는 가까운 거리이지만 수풀을 헤치고 가려면 훨씬 많은 노력이 필요했다. 더구나 이런 달밤에는 토벌대의 눈을 피하기 위해 더 많이 돌아서 다녀야 했다.

"언니!"

"응."

"어디 아판?"

"아니다."

"이젠 조금만 가민 될 건디."

"괜찮아. 빨리 가야지."

그녀는 쉬지 않고 수풀 속으로 걸어 들어갔다. 바람에 일렁이는 이 초원 지대는 또 하나의 바다와 같은 느낌을 주었다. 어딘가 깊이를 알 수 없는 저 먼 곳에서 들려오는 듯한 어떤 신령스러운 힘이 솟구치고 있었다. 그것은 인간의 온갖 복잡한 소리를 넘어서 오는 자연의 소리이며, 그 속에서만 들을 수 있는 고독한 영혼의 울림과도 같은 것이었다. 총성이 그치고, 모든 것이 정지해버린 이런 깊은 밤에만 들을 수 있는 것이었다. 그녀는 3개월 동안 산생활을 하면서 차츰 그 소리를 알아들을 수 있게 되었다. 사람도 자연도 마침내 순화되어 초자연적인 엄숙한 경지에 도달하고 있는 것일까. 산이 깊을수록 숭고한 정적이 깃들고 있었으며,

거기엔 세상에서 전혀 느낄 수도 상상할 수도 없었던 무한한 신비가 깔려 있었다.

"좀 앉았다 갈까?"

"예, 언니!"

그들은 조그만 산기슭에 자리를 잡았다. 이 산기슭을 돌아서 나가면 다시 넓은 평원이 나오고, 그 평원을 가로질러 30분만 곧장 걸어 나가면 도당이 있는 숲으로 들어갈 수 있게 되었다. 인숙은 이곳을 그냥 지나가기가 아쉬웠다. 그녀는 무성한 억새 속에 몸을 숨기고 앉아서 가없이 먼 들판을 바라다봤다. 이번 산행은 마지막까지 그녀에게 많은 걸 생각게 하고 있었다. 지금까지 이 코스를 여러 번 이용해 왔지만 오늘 처음 대하는 세상 같고, 모든 것이 새롭게 느껴졌다. 그리고, 한 인간으로 비로소 태어난 것 같은 느낌이 들었다.

그녀는 입술을 굳게 깨물었다. 다시는 그를 볼 수 없게 된다고 하더라도, 그리고 이 산속에서 쓸쓸하게 혼자 죽어가야 할 운명에 처하게 된다 하더라도, 그녀는 결코 울지 않으리라 다짐했다. 메모를 남기고 떠날 때, 그는 천진난만한 소년처럼 행복하게 잠들어 있었다. 이전 같으면 대번 꼬집어 수었을 텐데 오늘은 그럴 겨를이 없있나. 내 귀여운 코뿔소! 그녀는 오랫동안 마음속 깊은 곳에 담아 두었던 무슨 큰 비밀이라도 들킨 사람처럼 서둘러 일어나 허위허위 달음질치기 시작했다.

125

이 날도 무장 군인을 실어 나르는 차량들이 중대 본부가 있는 이 마을을 거쳐 사방으로 달려갔다. 군의 토벌작전은 날이 갈수록 강도를 더하고 있었다. 신문과 방송에서는 하루에 수십 명의 폭도를 사살 또는 생포했다고 떠들고 있었지만, 현준은 처음부터 그러한 보도를 믿지 않았다. 그들이 말하는 폭도의 개념은 애시당초 잘못된 것이었다.

아침부터 주룩주룩 비가 내리더니 한낮이 되자 뚝 그쳤다. 어둡고 칙칙한 이 토굴은 비가 오게 되면 비위를 건드리는 이상한 냄새가 났다. 그는 굴에서 나가 한참동안 뒤뜰 처마 밑에 서 있다가 돌아왔다. 오늘 따라 그 냄새가 더욱 역겹게 달려들었다. 그 냄새는 대기뿐 아니라 내의 속까지 깊숙이 스며들어서 오장육부를 다 흔들어 놓았다. 고약한 것은 냄새만이 아니었다. 옷 속으로 구물구물 기어 다니는 빈대와 이는 어떻게 처치할 길이 없었다. 맨날 어두운 곳에 누워서 극적극적 긁다 보니 온몸에 딱지가 일었다.

강민성이 두 통의 통신문을 가지고 들어왔다. 하나는 도당에서 온 것이고, 또 하나는 면당에서 온 것이었다.

"어어, 이것 봐! 소환이야! 내일 저녁 7시까지 꾀꼬리오름으로 나오라는데."

윤식이 그 쪽지를 현준에게 건넸다.

"그래? 나도 일곱 시로 되어 있어."

"꾀꼬리오름?"

"응. 꾀꼬리오름이야. 근데, 면당이 언제 그쪽으로 옮겼지?"

"자네가 모르면 누가 알어?"

"지금쯤 바매기오름에 가 있을 줄 알았는데."

"그러니까, 이건 이동중이란 말이겠지. 거기서 합류하라는 뜻일 거야."

"아무튼, 잘 됐어. 같이 가."

"그래. 같이 가."

이제 두 사람은 헤어질 때가 되었다. 현준은 다음 날 다시 만나기로 하고, 조문부의 집과 토굴의 위치를 자세히 가리켜 주었다.

"그럼, 내일!"

"잘 가."

윤식이 민성과 함께 먼저 밖으로 나갔다. 현준은 면당에 보낼 통신문을 간단히 메모해서 촛불 가까운 곳에 둔 다음, 그곳을 빠져나갔다. 잿골은 거기서 걸어서 50분 거리였다. 그는 가는 길에 조그만 부락 한 개를 둘러보고, 가급적 큰길을 피해 소릿길로 돌아서 갔다. 대부분 수확이 끝났는데, 어떤 밭들은 보리가 누렇게 땅에 누워서 썩고 있었다. 주인을 잃은 밭이었다. 잿골에 도착하자 그는 먼저 이 마을 청년회장을 찾아갔다.

"군 내부에서 변화가 일고 있는 모양입니다."

현준은 그저께 통신문에서 읽은 병사들의 이야기를 전해 주었다.

"41명이나? 연대장도 죽었다고 들었는데."

"네. 이건, 분명, 민족적 자각이 싹트고 있다는 증겁니다. 토벌대가, 동백곶을 뒤졌다구요?"

"말도 말게. 많이 당했어."

"그럼, 그 사람들은 다 어디로 갔습니까?"

"그래도, 동백곶이 제일이지. 숲이 깊고, 굴이 많으니까."

현준의 관심은 주민들의 투쟁열에 있었다. 무엇보다 놀라운 것은 억압할수록 사람들이 그만큼 강해지고 죽음을 두려워하지 않는다는 것이었다. 그들은 이미 죽음을 넘어선 것일까. 아니, 죽음까지도 삶의 한 부분으로 수용하고 있는 것일까. 그는 박 회장의 말을 듣고 있는 동안 계속 이런 상념에 잠기고 있었다.

"조천하르방 소식 들었나?"

"네? 무슨 일 있었습니까?"

"잡혀 갔어. 그 노인네, 좋은 분인데, 도피자들 숨겨줬다고."

"다행이군요. 그래도, 죽이진 않아서."

"앞으로가 문제지. 이용 가치가 있다고 살려주긴 했지만, 앞으로 그 노인네가 어떤 일을 당할는지…!"

그런 줄도 모르고, 현준은 이날 밤 그 숯막에서 지낼 계획이었다.

"어드롱이 또 당했다면서요?"

"함정에 걸려든 거야. 산군으로 변장하고 달려들 줄이야 누가 꿈엔들 생각이나 했겠나. 기가 막힐 노릇일세. 생각해 보게. 밤중에 찾아가서 배고프다, 밥 달라, 그러니 먹을 걸 줄밖에. 그것도 죄가 되는가. 폭도를 돕는 빨갱이라고 줄줄이 끌고 가서 작살을 내는 거야. 불쌍한 노친네들, 여자들, 어린 아이들까지, 빨갱이 가족은 다 씨를 말리고 말겠다는 거지."

"어드롱만이 아닙니다. 가는 곳마다 함정토벌이라는 악랄한 수법을 쓰고 있는데, 빨리 사람들에게 알려서 희생을 줄여야 하겠습니다."

"글세말야. 알 만한 사람들은 다 알고 명심하고 있지만, 지 새끼 지 형제 생각하고 밥술이나 줄려다가 그만 당하는 거지. 그보담도 더 큰 걱정은 대살이라는 걸세. 도피자 가족을 찾아가서 어디 갔느냐, 안 내놓으면 대신 죽인다니, 이거 어디 사람 살 세상인가. 요 며칠 전에도 여러 집 당했어. 대살이라니! 그 놈들은 사람 목숨을 파리 목숨만큼도 안 알어."

현준은 시계를 보며 일어났다.

"회장님, 저는 또 가볼 데가 있어서…."

"어느 쪽으로 나갈 건가?"

"고분들에 잠깐 들러볼까 합니다만."

"당분간 그쪽으론 나가지 말게. 우리도 그저께부터 소식이 끊겼어. 무슨 조금 이상한 정보만 있으면 불시에 가택 수색을 하고, 잡아들이는 판국이니 말일세."

현준은 방향을 바꾸고 그 마을에서 조금 남쪽으로 올랐다. 재를 넘어 30분이면 가는 가까운 거리였지만 사람들의 눈을 피해 숲과 계곡을 이용했다. 해가 진 뒤여서 앞이 잘 보이진 않았으나 익숙한 곳이므로 별로 어려움은 겪지 않았다. 개 짖는 소리가 멀리 들판을 넘어서 들려왔다. 처음엔 아주 멀고도 가냘프게, 그러나 그 소리는 점점 가까이 다가왔다. 이제 곧 그 곳에 닿으리라는 신호이기도 했다.

마을 어귀의 정자나무를 지나 그는 골목 안쪽으로 깊숙이 걸어 들어갔다. 몇 개월 전만 해도 한 달에 두세 차례는 꼬박꼬박 들리던 곳이었으나 이 날은 어둠 속에 고요히 잠든 이 산촌의 적막함이 왠걸 섬뜩하고 쓸쓸한 느낌까지 자아냈다. 그 집 정문 안으로 들어서자 갑자기 개가 컹컹 짖으며 난간 밑으로 들어갔다. 그 때, 창호지문이 반쯤 열리면서 집주인이 달려나왔다.

"어, 이 사람!"

"오랜만입니다."

"어서 오게."

장승백은 이전과 똑같은 호쾌한 목소리로 반갑게 맞아 주었다. 현준은 오랜만에, 참으로 오랜만에 사람이 사는 세상으로 들어선 느낌을 받았다.

"고생이 많지요?"

"뭘, 다 겪는 세상인데." 승백은 문에다 포장을 친 다음 깍지불을 켜면서 말했다. "우리도 이젠 이렇게 살고 있어. 저녁엔 일찍 불을 끄고, 꼭 필요할 땐 포장을 치지."

"잘 생각하셨습니다."

"저녁은?"

"뭐, 아무거나 요기할 거 있으면 좀 주십시오."

승백이 잠시 나갔다가 다시 들어왔다. 뒤이어서 청년들이 오고, 또 얼마동안 이야기를 나누는 사이에 그의 아내가 메밀국수 몇 그릇을 갖고 들어왔다. 오랜만에 먹는 꿩메밀국수였다. 현준은 이야기를 나누며 동지들과 맛있게 먹었다. 이 고장 사람들은 언제나 형제처럼 다정한 분위기를 지니고 있어서 좋았다. 40여 호의 조그만 부락이지만 이곳 청년들은 단합이 잘 되고 있었다. 여기엔 누구보다 승백의 도움이 컸다. 서당에 다니다가 열다섯 살이 지난 뒤에야 소학교 5학년에 입학한 늦깎이인데, 그는 워낙 부지런해서 농사도 잘 지을 뿐 아니라 그 소탈한 성격으로 인심을 얻고 있었다. 그래서 이 마을 사람들은 그의 말이라면 무조건 잘 따르는 편이었다.

"여긴 아직 큰 희생이 없었지요?" 현준이 승백을 보며 물었다.

"두어 번 들이닥쳤는데, 운이 좋았지. 자, 한 잔 하면서." 그는 먼저 현준에게 술을 권하면서 말했다. 그의 표정은 밝고 가식이 없었다. "우린 고분고분 말을 잘 들으니까. 모이라면 모이고, 죽으라면 죽는 시늉이라도 하니까는, 그 사람들도 불쌍해서 봐주는 모양이야."

청년들은 순진한 어린이들처럼 히죽히죽 웃었다. 현준도 함께 웃었다.

"안 그런가, 김 동무? 이런 난세는 그저 미련하게 살면서 목숨만이라도 부지할 수 있으면 제일일세."

승백의 이 말은 의미가 있는 것이었다. 현준은 또 한번 그의 처세관을 생각해보지 않을 수 없었다. 거기엔 난세를 극복하는 자의 지혜와 달관이 담겨 있었기 때문이었다.

이 날 밤은 유익한 대화를 많이 나누었다. 청년들은 정신적인 무장이 잘 되어 있었고, 토벌대가 찾아와도 지레 겁을 먹거나 달아나는 일 없이 떳떳이 나아갔으며, 겉으론 항상 평온을 유지하고 있었다. 현준은 김창영이라는 한 청년을 따라서 그의 집으로 갔다. 이 청년도 방에 들어가자 장막을 친 다음에 깍지불을 켰다.

"급할 땐, 저 대나무숲으로 가십시오. 저길 나서면 바로 계곡이지요. 아랫쪽으로 100미터만 내려가면 조그만 궤가 있습니다만, 덤불이 우거져서 입구를 찾는 건 쉽지 않을 겁니다." 그 청년은 장막 한 귀퉁이를 열어 보이면서 말했다. "며칠 전엔 이덕구 지대장님이 오셨습니다. 마침 활동이 있는 날이었는데, 우연히 지나다가 오셔서 한 사람씩 악수를 하며 격려해 주셨습니다."

"내림골로 갔던 날?"

"네."

보고에 따르면 대단히 큰 성과를 거두었다. 지서를 습격 점거하고, 무기도 많이 거두었으며, 경찰관도 2명이나 사살했다. 무엇보다 산군이 건재하다는 사실을 주민들에게 분명히 보여줄 수 있었다.

"볼기는 여간 어려운 게 아닌 모양인데."

"거긴 이번에 들리지 않는 게 좋을 겁니다. 많은 수는 아니지만, 일부 반동들이 장난을 치는 바람에 엄청난 피해를 본 거지요."

"청년들이 몽땅 붙들려서 곤욕을 치르고, 일부는 구속됐다면서?"

"그 날, 현장에서 총살당한 사람만 30명쯤 된답니다."

김창영이 자기 방으로 돌아간 뒤에도 현준은 불을 끄고 창가에 서서 대나무숲을 바라보고 있었다. 이 동네는 집들이 계곡을 끼고 옹기종기 모여 있었는데 집과 계곡의 사이에는 대나무숲이 길게 뻗어 있었다. 이 대나무숲은 유격대의 활동에 유익하게 활용되고 있었다. 소총을 가진 유격대원 3, 4명이 이곳에 도착하면 이 마을 청년들은 대나무숲을 건너 계곡으로 모인다. 이들 청년들은 무기라고 해야 고작 단검과 몽둥이를 소지하고 있을 뿐이다. 그리고, 운이 좋으면 그중 일부가 사제 폭탄 한두 개씩 보급받는다. 그래도 그들은 발이 빠르고 지리에 밝았기 때문에 해변까지 단숨에 뛰어갔다가 온다. 가는 길에 여러 마을에서 인원이 보충되어 유격대의 일행은 30명 내지 40명에 이르지만, 첫 출발점이 되는 이 마을에서 시작해서 공격 활동이 모두 끝날 때까지 이곳 청년들은 조직을 이끌고 도와주는 가장 중요한 역할을 맡고 있는 셈이었다.

현준이 아침부터 나가 주변 부락들을 살피고 나서 가도승에 도착한 것은 오후 5시 조금 지나서였다. 홍윤식이 먼저 와서 조문부네 집 토굴에서 기다리고 있었다.

"요즘도 토벌대가 가택수색을 자주 합니까?"

"조금 뜸해여. 서너 번 쓸고 갔시니까. 언제 또 달려들 건지, 사름덜이 겁을 먹고 해변으로 내려가고 있어. 근디 말이라. 지 면장 딸, 같은 조천

중학생 아닌가?"

"예. 잘 압니다만."

"이거, 원, 이런 시상도 있는가." 조문부는 쯧쯧 혀를 찼다.

현준은 무슨 일인가 하고 의아한 눈으로 그를 바라보았다.

"차마 입에 담기도 민망해서, 원! 이 사름아, 그럴 수가 있는가? 총을 맞고 바로 죽어 부러시민 조아실 텐디, 목숨이 붙어 있었던 모양이라! 경찰이 가니까, 두 팔 번쩍 들언 만세를 불렀댄 허는구나. 그러니까는 경찰이 또 총을 쏜 거라. 그런디도 죽지 않고 만세를 부를려니까 경찰이 또 총을 쏜 거라. 견디 말여. 그놈들이 그 사름 거시기를 단도로 도려내서 막대기에 꽂아갖고 댕기면서 말이지, '이거 조천면 지 면장 딸 거시기' 라고 선전허멍 다닌다는 거라. 난 못 보았주만, 우리 마을도 왔다 갔어."

현준은 속이 울렁거리고 금세 토악질이 날 것 같았다. 조문부도 말을 하고 나니 속이 불편했던지 눈살을 찌푸리면서 말없이 앉아 있었다. 현준은 그에게 담배를 권했다. 그리고 나서, 자기도 한 가치 꺼내어 입에 물고 불을 붙이려는 순간 손이 바르르 떨리어 왔다. 그는 아무 말도 할 수 없었다. 그가 받은 충격은 너무나 컸지만, 말을 한다는 자체가 야비한 일이어서 입에 담을 수도 없었을 뿐 아니라 숙은 영혼에게노 인격석 손상을 입히는 것만 같아 괴로웠다. 지영자를 생각하고 있으면 그는 곧 인숙을 떠올리게 되었고, 그들 육촌 자매의 운명이 바로 제 자신의 불행처럼 여겨졌다.

꾀꼬리오름은 과거에 많이 다녀서 눈을 감고도 찾아갈 수 있는 익숙한 곳이었다. 현준은 홍윤식과 함께 가도승 뒷산을 끼고 돌아 숲 속으로 들어섰다. 레포와 만날 지점은 조천산으로 되어 있었다. 이곳 사람들은 지유철의 증조부 묘소를 그렇게 부르고 있었다. 그들은 숲 속으로 깊숙이 걸어 들어갔다. 조그만 계곡 하나를 건너면 넓은 소나무밭이 있고, 거기서 또 조금만 남서쪽으로 오르면 조천산이 있었다. 소나무밭이 거의 끝날 때였다. 난데없는 총소리가 고요한 밤의 정적을 깨고 폭발적으로 터지기 시작했다. 그들은 그 자리에 엎드려 총소리의 방향을 더듬어보았다. 처음엔 동아름 근방인가 싶었는데 잠시 후 다시 들어보니까 그보단 훨씬 더 먼 꾀꼬리오름 쪽이었다. 그들은 소나무밭을 지나 조천산으로 달려갔다.

 총소리는 잠시 멎었다. 산담 위에 올라서서 그 총소리가 났던 곳을 계속 주시하고 있었다. 다시 총소리가 격렬하게 들려오기 시작했는데, 이번에는 그것이 두 방향에서 울려왔다. 그렇다면 토벌대와 무장대가 교전 중임을 알 수 있었다.

 레포는 기다려도 오지 않았다. 총소리는 틈틈이 멎었다가 또 격렬하게 터졌다. 교전은 한 시간 이상 지속되었다. 어떻게 한다. 현준은 막막한 심정으로 하늘을 우러러보았다. 달이 없는 어두운 밤은 별들이 더욱 가까이 내려와 금세라도 주루룩 쏟아질 듯 찬란하게 빛났다. 이제 그들은 선을 잃고 미아가 된 것이었다. 현준은 윤식을 데리고 격전지로 조금씩 가까이 다가갔다. 면당이 이동 중에 습격을 받게 되자 유격대가 나서서 그들을 엄호하고 있는 것이 분명했다. 이제 그 총소리는 그들의 발밑에서 터지고 있었다. 한 쪽은 꾀꼬리오름 산기슭의 낮은 위치를 차지하고 있었고, 또 한 쪽은 그 너머로 산에 붙어 좀더 높은 지점을 차지하고 있었다. 엠원 소총을 사용하고 있는 것으로 보아서 낮은 곳이 토벌대인 모양인데, 그들과 불과 4, 5백 미터밖엔 떨어져 있지 않았다. 그들은 거기서 더 나갈 수도 없고, 가도승으로 다시 돌아갈 수도 없었다. 가까운 동아름으로 내려가는 것도 위험한 일이었다.

총소리가 그치자 주위는 갑자기 소름이 끼칠 정도로 고요했다. 아랫마을에서 가끔씩 개 짖는 소리가 컹컹 들렸다. 아직은 밤이 깊지 않았는데 마을은 온통 어둠에 휩싸이고, 여기저기 희미한 불빛들이 더러 쓸쓸히 남아 있었다. 어디든 가서 하룻밤을 보낸 다음 다시 선을 찾아야 할 텐데 마땅한 곳이 없었다.

"가지. 저기, 조그만 궤가 하나 있는데."

현준은 윤식을 데리고 그곳으로 갔다. 가까스로 서너 명 들어가 쉴 수 있는 조그만 궤였다. 그들은 허기진 배를 붙들고 하룻밤 하루를 여기서 견디어야 했다. 가까운 거리라 비상식품도 챙기지 않은 게 큰 실수였다. 낮에는 현준이 나가서 보리이삭을 한 주머니 주워 왔다. 불에 그을은 다음 손바닥으로 비벼서 먹어 보았지만 그걸로는 별로 요기가 되지 않았다.

해가 질 무렵, 그들은 다시 2선을 찾아 나섰다. 이번에도 레포를 찾지 못하면 일단 가도승으로 돌아갈 수밖엔 없었다. 조심스럽게 계곡을 건너 정글 속으로 들어갔다. 어젯밤 면당이 습격을 받은 게 사실이라면 이 날은 토벌대의 대대적인 수색 작전이 있을지 모를 일이었다. 숲은 깊고 어두워서 방향을 잡기 어려웠으므로 계곡을 끼고 계속 걸어갔다. 나지막한 언덕 하나를 넘자 계곡 건너편으로 비교적 넓은 초원이 시작되고 있었다. 그들은 거기서 레포를 기다렸다. 서 있을 힘도 없었다. 계곡 어딘가엔 청미레덩굴이 있겠지만 아무리 목이 말라도 그걸 찾아나설 엄두가 나지 않았다. 윤식은 아예 풀 위에 드러눠 버렸다.

"레포는 8시로 돼 있어?"

"으응."

"17분 남았는데."

현준은 몹시 초조한 심정으로 풀밭에 엎드려 있었다. 그는 마침내 전존재가 사라지고 귀 한 개만 남아 있는 느낌이었다. 빈 들판은 풀벌레 울음만이 가득한데, 왁자한 그 울음소리가 포말을 이루면서 가랑비처럼 고요한 주위에 떨어져 내리는 것 같았다. 그는 그 때 북촌 곳에서 레포가 한 말을 떠올렸다. 귀를 잘 달고 다녀야…. 아, 그렇지, 귀를 잘 달고 있어야 이 들판과 숲 속의 움직임을 감지할 수가 있지. 그는 그 때부터 오직 귀 하나에만 매달렸다. 가도승도 면당도 그 다음 문제였다. 지금 같아선 자칫 잘못 찾아다니다가 토벌대가 파놓은 함정을 스스로 자초하는 것이나 다름없었다.

깜깜한 밤, 시간이 흐를수록 대지는 싸늘하게 얼어붙고, 풀벌레 소리만이 정적의 깊이를 더해 주고 있었다. 현준은 어둠 속에서 눈을 감은 채 오직 귀 하나에 온 신경을 끌어모으며 초원의 그 내부로 향하고 있었다. 그 때였다. 어디선가 기이한 움직임이 사박사박 다가오고 있었다. 잠시도 쉬지 않고, 일정한 속도로. 사박 사박 사박 사박…. 그것은 아주 작고 은밀하면서도 힘이 있었다. 그러나 그 소리는 생각보다 멀리 떨어져 있어서 좀처럼 거리가 좁혀지지 않았다. 그는 풀 위에 납작 엎드리고선 마치 줄다리기라도 하듯이 있는 힘을 다해 그 소리의 끈을 잡아 당겼다.

한참 후, 들판의 빈 공간 가장자리로 그 소리의 문이 열리고 있었다.

"왔어."

그는 한껏 목소리를 낮추어서 그러나 힘있게 외쳤다.

"엉?"

윤식이 벌떡 일어나 앉았다.

소리는 가속도가 붙어서 점점 분명하게 그 실체를 드러내기 시작했다. 그들은 더 기다릴 것도 없이 비틀거리며 그 소리의 문을 찾아 나섰다.

126

"우린 어젯밤 선을 잃었습니다."

윤식이 어린애처럼 울먹이며 레포의 뒤를 따르고 있었다.

"알암서. 가주."

레포는 걸으면서 안주머니를 뒤지더니 뭔가 꺼내어 반쪽으로 찢은 다음 한 조각씩 그들에게 나눠주었다. 육포였다. 그 투박한 레포의 음성은 현준이 어디선가 들어본 적이 있는 낯익은 것이었다. 그러나 분명히 기억이 잡히지는 않았다.

"면당이 당한 겁니까?" 윤식이 레뽀에게 물녔다.

"응." 레포는 짧게 대답했다.

"희생이 큰 모양이지요?"

"컸어. 아주."

"제2선을 찾을려고, 우린 하룻밤 꼬박 샜습니다."

"그 사름 죽었어. 나하고 같이 있다가."

바농오름 밑 정글에 이르자 두 번째 레포가 기다리고 있었다. 그들은 새로 만난 레포와 함께 빽빽이 들어선 나무와 덤불 사이로 계속 파고들어 갔다.

"일단 도당으로 가지." 윤식이 현준을 돌아보며 말했다.

"그래. 나도 생각중인데, 거기 가서 다시 선을 찾아야겠어."

현준이 그의 말에 동의했다. 현재로선 그 길밖엔 다른 방도가 없다고 판단했기 때문이었다.

셋은 나지막한 언덕 밑 조그만 궤에 들어가 다리를 쉬었다. 레포가 주는 건빵 한 봉지를 가지고 둘이서 나누어 먹었다. 도당! 그렇지, 도당! 현준은 속으로 불러보았다. 면당이 습격을 받고 지금 그는 방황하고 있지만 도당이 그에게 새로운 희망을 안겨주고 있었다. 그리고, 지금 그가 놓여 있는 어둠의 끝에는 인숙이 오롯이 기다리고 있었다. 그는 힘을 얻고 정글 속으로 계속 걸어 들어갔다. 갑자기 새로운 꿈과 기대로 숨이 차올랐다. 이곳은 지금 끝이 보이지 않는 깊은 밤과 안개로 덮여 있지만 이 어둠을 뚫고 그 곳으로 갈 수만 있다면 그는 동지와 사랑을 한꺼번에 얻을 수 있었다. 좋아! 조금만 기다리자. 조금만 더. 그 곳에 닿을 때쯤이면 이 기나긴 밤의 시간도 희망의 아침으로 밝아올 테니까. 마침내 정글에서 벗어나 산기슭으로 나서자 현준은 자신의 목표가 눈앞에 있는 것처럼 생각되었다. 그는 레포의 뒤를 바싹 붙어서 따라갔다. 레포가 말하지 않더라도 이곳의 지리를 잘 알 수 있었다. 우마를 찾아 수없이 다닌 곳이므로 그는 발끝으로 많은 것을 알아볼 수 있었다. 돌과 잔디와 가시덩굴이 때로는 눈이 되고 귀가 되어 주었다.

레포는 산굼부리를 지나 절물오름 쪽으로 가고 있었다. 다시 숲으로 들어섰다. 갑자기 저승새가 카악! 하고 짖었다. 이 새는 참으로 묘한 놈이었다. 사람이 막 가까이 갈 때까진 죽은 듯이 숨을 죽이고 있다가 돌발적으로 적막을 깨뜨리며 달아났다. 어둠을 찢는 듯한 그 울음소리가 하도 고약해서 사람들은 그런 끔찍한 이름을 붙이고 있었다. 레포는 그 숲이 거의 끝나는 곳에서 조그만 언덕으로 올랐다. 현준은 고개를 들어 바라보았다. 어두워서 시야를 분간할 수 없으나 나무가 울창해서 밖으로부터 완전히 차단된 은밀한 장소였다.

"잠깐." 레포는 조심스레 바위틈으로 기어들어 가더니 잠시 후 두 사람을 불러들였다. 그리고, 현준에게 횃불을 건네며 말했다. "자, 들어들 가주."

"네?" 현준이 다급하게 그를 붙들었다. "우린 지금 도당으로 가야 합니다."

"기다렴서. 가서 선을 대어줄 테니."

레포는 밖으로 나가려 했다.

"도당 어딨습니까?" 윤식이 그의 앞으로 다가서면서 물었다.

"걸 어떵 알아? 매일 이동허는디."

"그래도 그 위치를 좀…?"

"모른댄 허난. 기달렴시민 곧 연락 이실 거라."

"동무!"

"…"

레포는 서둘러 그곳을 떠났다. 현준이 넋을 잃은 듯 멍하니 서 있다가 횃불을 들고 굴 안으로 걸어 들어갔다. 윤식도 곧 현준의 뒤를 따라 나섰다. 바닥이 몹시 험해서 불 없이는 한 발작도 옮길 수 없었다. 두 사람은 횃불을 주고받으며 바위와 바위 사이로 계속 더듬고 나아갔다.

127

부영진을 여기서 만난 것은 뜻밖이었다. 현준은 무심결에 손을 잡았다가 곧 놓았다. 반가움과 함께 어떤 섬뜩함을 느꼈다.

"유철이가 저기…."

"그래?"

현준은 즉각 영진의 뒤를 따라 나섰다. 안쪽으로 더 들어가자 부상병들이 여기저기 널려 있었다. 영진이 손을 들어 가리키는 곳으로 뛰어가 환자를 보는 순간 그는 가슴이 덜컥 내려앉았다. 산 사람이라기보다 시체에 가까웠다. 이럴 수가! 횃불을 더 가까이 갖다대도록 한 다음 자세히 살피기 시작했다. 얼굴이 퉁퉁 붓고 눈은 감겨 있었는데, 가슴께가 몹시 들썩거렸다. 흰 헝겊으로 무릎을 여러 겹 싸매고 있는 걸로 보아 그 부위에 총상을 입은 모양이었다. 가끔씩 끙끙, 하고 앓는 소리를 낼 뿐 의식은 전혀 없어 보였다. 다만 그 신음소리가 아직 목숨이 가까스로 붙어 있음을 알려 주었다.

"지 동무!"

현준은 유철의 어깨를 잡고 흔들었다. 환자는 허억허- 가쁜 숨을 내쉴 뿐 아무 반응이 없었다. 푸르딩딩한 얼굴이 이미 죽어서 반쯤 썩어 가고 있는 느낌이었다. 귀공자다운 옛 모습은 어디 한 구석도 찾아볼 수 없었다. 지 동무, 넌 죽으면 안 돼! 내 말 안 들려? 그는 눈으로 외치고 있었다.

"이 새꺄!"

"…"

"이럴 수가 있어? 환자를 이렇게 방치해 두다니!"

"…"

현준은 참을 수 없어서 고함을 질렀다.

"너 지금 정신 있어, 없어? 사람이 죽어가는데."

"…"

현준이 자제력을 잃고 미친 사람처럼 계속 소리쳤다. 영진은 햇불이 타고 있는 건너편 바위 위에 턱을 괴고 앉아서 그저 묵묵히 상대방을 바라볼 뿐이었다.

"유철이가 죽는 날은 너도 끝장이니까, 그런 줄 알어!"

"어떡허란 말야, 나더러?"

"치료를 받게 해 줘야지. 이게 뭐야?"

"뭐, 치료를…? 하하하!"

"이 새끼!" 현준은 당장 달려들 기세로 영진을 노려보았다. "이대로 죽게 내버려둔단 말야?"

"너도 오면서 봤지? 우린 지금 꼼짝달싹할 수 없어. 토벌대가 여길 완전히 장악하고 있단 말야. 저 사람들 봐! 약은커녕 먹을 것도 없어서 굶어 죽을 판인데."

영진의 음성이 거의 울음에 가까웠다. 현준은 할 말을 잃고 말았다. 잠시 후, 그는 고개를 들어 상대방을 노려보며 신경질적으로 물었다.

"레포는?"

"어젯밤 왔다 갔어. 지우하고."

"그 새낀 어딜 갔는데?"

"면당 찾아 갔겠지."

현준은 순간 온몸에서 힘이 빠지고 다리가 후들거렸다. 죽을 고비를 넘기고 겨우 겨우 찾아 왔는데 이젠 완전히 끝장이구나 싶었다. 그는 더 이상 자기를 지탱하지 못하고 그 자리에 풀썩 주저앉아 버렸다. 윤식이 와서 그를 데리고 갔다. 두 사람은 환자들로부터 조금 떨어진 곳의 바위 위에 가서 나란히 앉았다.

"저대로 두면 며칠 못 넘길 텐데." 윤식이 걱정스러운 눈으로 현준을 돌아다보며 말했다.

"의무병을 찾아야지." 현준이 고개를 푹 숙인 채 대답했다.

"의무병을? 어디서 의무병을 찾아?" 윤식이 결심한 듯 현준을 다시 돌아다보며 말했다. "투항하도록 해. 귀순 삐라를 갖고 가면 죽이진 않을 거야."

둘은 서로 쳐다보았다. 침묵이 흘렀다. 약속이나 한 듯이 아무도 입을 열지 않았다.

현준이 마침내 벌떡 일어났다.

"안 돼! 두 번 죽일 순 없어!"

"자네 심정 모르는 바 아니야. 그렇지만…."

"그렇지만?"

"…"

윤식은 현준의 태도가 너무나 단호했기 때문에 입을 다물고 말았다. 이런 문제로 더 이상 부딪고 싶지 않았다. 그는 단념한 듯 환자와 피난민들이 있는 곳으로 갔다.

그 때, 여기저기서 신음소리가 들려 왔다. 현준은 허탈한 마음으로 엉거주춤 일어나서 허리를 굽히고 주위에 널려 있는 부상자들의 모습을 더듬어봤다. 바위를 안고 끙끙 신음하는 사람이 있는가 하면, 너덜너덜 찢어진 옷 사이로 상처를 드러낸 채 숨을 가쁘게 몰아쉬는 사람, 죽은 듯이 누워서 눈만 크고 똥그랗게 뜨고 있는 사람, 칭얼대는 아이들, 다리를 길게 뻗고 앉아서 넋을 잃은 듯 꾸벅꾸벅 졸고 있는 사람도 있었다. 희미한 횃불에 비친 그들의 얼굴에는 한결같이 죽음의 그림자가 짙게 깔려 있었다.

문득 그는 모든 희망이 무너져버린 것 같은 공허함을 느꼈다. 현재까지 자신이 신명을 바쳐 달려 온 투쟁의 길이 지금 이곳에 와서 삽시간에 나동그라지고, 최후의 경련에 떨고 있는 듯했다. 그의 내부에 들끓고 있던 분노와 증오의 감정이 슬픔으로 바뀌어 무기력하게 가라앉고 있는 것을 보았다. 다리가 후둘거려 더 이상 한 곳에 서 있을 수 없었다. 그는 비틀거리며 도망치듯 그 자리를 빠져 나가다가 영진을 발견했다. 그러나 똑바로 바라볼 수 없었다. 영진을 보고 있으면 마치 자기의 치부를 대하는 것 같은 께름칙한 느낌이 들었다. 그래, 이놈이야. 이놈이 모든 비극을 불러들였어. 고약한 놈, 이런 놈부터 쳐 없애야 해. 한때의 동지가 전향 이후엔 적으로 둔갑했다가 다시 제 곁에 와 있다는 게 어쩐지 메스껍기만 했다. 가까스로 처형을 면하고 한직인 이 피난소의 관리책으로 밀려나 이런 식으로 구차하게 목숨을 부지하고 있다는 섯 사제가 수치스러운 일이었다. 한편으론 영진을 동정하면서도 또 한편으론 죽이고 싶을 만큼 미웠다. 사람이 이처럼 구차하게 목숨을 부지해야 되는가 싶기도 했다. 순간적으로 느끼는 연민의 감정은 곧 사라지고 증오의 불길이 그의 가슴속에 타올랐다. 빌어먹을 자식! 고문이 그렇게 두려우면 왜 투쟁의 길을 택했어? 넌, 그 때, 깨끗이 죽을 수 있어야 했던 거야!

그는 홱 돌아섰다.

128

레포는 오지 않았다. 무작정 기다릴 순 없는 일, 동굴에선 하루가 참으로 긴 시간이었다. 차낭골 그 토굴과는 달리 여기선 모든 것이 땅 속 깊이 묻혀서 외부세계와 완전히 차단되어 버렸다. 현준은 횃불을 들고 굴 입구로 나갔다. 밖에는 비가 내리고 있었다. 굵은 빗방울이 바람을 타고 굴 안쪽으로 쏟아져 들어왔다. 비바람을 피하기 위해 바위 뒤로 몸을 숨기고 나서 하염없이 밖을 내다보고 있었다. 가끔씩 나뭇가지 부딪는 소리가 어둠 속에서 황량하게 들려 왔다. 무엇이 이토록 좁고 음습한 곳으로 사람들을 떠밀어 넣고 있는 것일까. 현재 자신이 처하고 있는 상황을 비로소 제 눈으로 확인하고 있는 것 같은 처참한 기분이 들었다.

비바람이 치는 이런 궂은 날씨야말로 탈출하는 데 좋은 기회이기도 했다. 유철을 짊어지고 빨리 이곳에서 벗어나고 싶었다. 면당이든 도당이든 있는 곳만 알 수 있다면 한시라도 바삐 떠나고 싶었다. 어디로 갔을까. 토벌대의 공격을 받고 산산조각이 났다곤 해도 어딘가 멀지 않은 곳에 면당이 다시 자리를 잡고 있을 텐데, 그게 어딜까, 하고 곰곰 생각해 보았다. 대충 몇 군데를 예상해 볼 수 있었다. 그러나 확실한 목표 지점이 없이 무작정 방황할 수도 없는 일이었다. 더구나, 사경을 헤매고 있는 위급한 환자를 들쳐 업고서는 더욱이나 무모한 일이었다. 생각다 못해 가까운 인가로 내려갈까 하고 여러 가지 방도를 찾아 보았으나 이것 또한 바람직한 일이 아니었다. 다행히 주민의 협조를 얻어 피신하는 데는 성공한다고 치더라도 토벌대의 눈을 속여 치료를 받는다는 건 도저히 불가능했다. 자칫하면 스스로 함정을 파고 들어가는 것밖엔 안 될 것이었다.

 하루만 더 레포를 기다려 보기로 하고 다시 굴 안으로 들어갔다. 뱀처럼 땅 속 깊이 꽈리를 틀고 있는 이 굴은 어둡고 음험했다. 이따금 부상자들의 신음소리가 가냘프게 들릴 뿐 아무도 입을 열지 않았다. 그는 횃불을 들고 부상병들이 몰려 있는 곳으로 갔다. 대피소라는 것은 말 뿐이지 오히려 죽음을 강요하고 있는 것이나 다름없었다. 약 한 방울도 가져다주는 사람이 없었다.

 부상병 중 한 명이 아까부터 그를 살피다가 힘겹게 일어나 앉았다.

 "박재수 동무를…?"

 "네, 지금 어딨습니까?"

 그 부상병은 몹시 고통스러운 듯 현준이 묻는 말엔 대답도 주지 않고 도로 드러눠 버렸다. 현준은 횃불을 낮게 기울이며 그의 곁으로 다가갔다.

 "박 동무 지금 어딨습니까?"

 "전사했습니다."

 "뭐, 뭐라구요? 박 동무가?"

 "그저께, 꾀꼬리오름 전투에서 그만…." 그 부상병은 더 말을 잇지 못하고 흑흑 느껴 울다가 한참 후에야 다시 입을 열었다. "우리 소내는 신급 명령을 받고 꾀꼬리오름으로 갔지요. 우리가 도착했을 땐 이미 토벌대가 면당 아지트를 공격하고 있었습니다. 면당 사람들을 무사히 이동시키기 위해선 우리가 직접 나서서 토벌대와 맞서는 길밖엔 없었는데," 그 부상병은 입술을 깨물고 울음을 삼켰다. "소대장님이 그만 쓰러지고 말았습니다. 자기는 틀렸으니, 빨리 가서 면당 요원들을 도우라고, 그게 마지막 명령이었습니다."

"그럼, 박 동무만 혼자 남아서?"

"소대장님이 지키던 최후의 저지선이 뚫리고 다시 공격을 받게 되자, 면당은 뿔뿔이 흩어지고 말았습니다. 저도, 그 때, 어깨에 총을 맞고…."

현준은 당시의 긴박했던 상황이 떠올랐다. 어두운 숲 속에서 마지막까지 방어하다가 혼자 숨을 거둔 박재수의 장엄한 최후가 보이는 것 같았다.

그날 밤, 그는 유철의 곁에 나란히 누웠다. 유철이 혼수상태에서도 가끔씩 끙끙, 하고 신음소리를 냈다. 그 신음소리는 환자가 목숨을 유지하기 위해 마지막 안간힘을 다하고 있는 것처럼 들렸다. 끊길 듯 끊길 듯 하면서도 간헐적으로 이어지는 그 신음소리를 기다리며 그는 꼬박 밤을 샜다. 살아 있다면 벌써 돌아왔을 텐데, 김지우마저 면당을 찾아 나섰다가 희생된 것이 아닐까 하는 의문이 들었다. 그리고 보면, 7명으로 출발한 그의 조원들은 어떤 형태로든 이 산과 들판에 완전히 버려지고 만 것이다. 부영진에 대해서도 이젠 더 미워할 수 없게 되었다. 아니, 그런 모든 감정 자체가 무의미하게 느껴졌다. 어떤 상황에 처하더라도 끝까지 비굴하지 않고 떳떳하게 죽기 위해선 어떻게 해야 될 것인지, 그는 오직 이 문제에 매달리고 있었다.

이튿날 새벽, 현준은 환자의 음성을 듣고 벌떡 일어나 앉았다.

"유철아! 나야 나, 김현준!"

"어, 어, 현준아!"

"그래, 나야." 그는 유철의 손을 그러쥐고 외쳤다. "걱정 마! 내가 있으니까."

"난, 틀렸어."

"무슨 소릴? 내가 널 지킬 거야."

"아, 아, 죽고 싶어. 너, 그 청산가리…."

유철은 말을 맺지 못한 채 끄응끙, 하고 고통을 호소했다. 건너편에서 이 광경을 지켜보고 있던 아지망 한 분이 아기한테 먹이던 미음 그릇을 들고 왔다. 현준은 그걸 떠서 입안으로 넣어 보았다. 영진과 윤식도 뛰어 왔다. 그러나 유철은 몇 분도 못 버티고 다시 혼수상태에 빠져 버렸다. 현준은 허겁지겁 앓는 다리를 풀어헤쳤다. 피고름으로 엉겨서 헝겊과 살이 하나로 붙어 있었으나 총상을 입은 곳은 바로 무릎 위 부위임을 알 수 있었다. 그는 문득 청산가리를 떠올리고는 주머니 속을 뒤져보았다. 있었다. 얼른 그걸 꺼내서 그 가루를 상처 부위에다 뿌렸다. 환자는 갑자기 몸을 뒤틀며 경련을 일으키더니 곧 잠잠해졌다. 이게 끝인가 싶어 더럭 겁이 났다. 이마를 짚어보니 불덩이처럼 뜨거웠다. 열심히 냉수 식보를 해 보았으나 유철은 틈틈이 앓는 소리를 내지를 뿐 끝내 의식을 회복하지 못했다.

레포는 이 날도 오지 않았다. 몇 번이나 굴 입구로 가서 기다렸다. 해가 진 뒤엔 더욱 초조하고 불안했다. 이대로 여기 갇혀서 말라 죽을 순 없는 일이었다. 더구나, 유철이 치료 한 번 받아보지 못하고 죽는 날이면 자신은 평생 자책감 때문에 헤어나지 못할 것 같았다. 이 날 밤까지만 기다리고 레포가 오지 않으면 혼자서라도 면당을 찾아 나설 생각이었다. 그는 면당이 갈 만한 곳들을 머리 속에 그려보면서 윤식의 곁으로 갔다.

"홍 동무! 멀지 않은 곳에 가 있을 텐데." 현준이 쪽지를 꺼내 메모를 해 가면서 말했다.

"그 때 해체된 것 같아. 그렇지 않고서야…."

"아니야. 그럴 리가 없어. 내가 가서 알아보고 올 테니까, 기다려."

"자네 혼자?"

"오늘밤도 안 오면."

"좋아. 같이 가. 그런데," 윤식은 아무래도 불안했다. 다행히 면당을 찾는다고 해도 무슨 뾰족한 수가 있을 것 같진 않았다. 그래서, 그는 또 한 번 제안했다. "위급한 환자들만 내려보내지. 사람들을 먼저 다른 곳으로 이동시킨 다음에 내려보내면 보안도 지킬 수 있어."

"그 문젠 더 생각해봐야겠어. 하지만, 저 친군 안 돼."

"지 동무가 제일 위독한데."

"그래도 안 돼. 저 친구는 내가 제일 잘 알아."

현준은 횃불을 들고 굴 입구로 나갔다. 밖에는 그 사이 비가 그쳤으나 안개가 엷게 끼어 있었다. 그는 굴에서 벗어나 숲 속으로 들어갔다. 이따금, 개 짖는 소리가 어둠 속에서 컹컹 들려왔다. 정뜨르 마을이 바로 그 아래쪽임을 직감적으로 느낄 수 있었다. 그는 갑자기 눈물이 핑 돌았다. 나뭇가지 사이에 촉촉이 젖은 종이쪽지가 걸려 있었다. 무의식중에 그 쪽지를 집어서 차곡차곡 접은 다음 주머니 속에 넣었다. 보나 마나 저쪽에서 뿌린 삐라임을 알 수 있었다. 이것은 이율배반적인 행위가 아닐 수 없었다. 누가 뭐라든 지유철을 선선히 내어줄 수는 없는 일이었다. 그런데, 왜 자신이 이런 짓을 해야 되는지 이해할 수 없었다. 복잡한 마음에 쫓기듯 그는 다시 횃불을 들고 굴 안으로 뛰어 들어갔다. 이 굴속엔 30여 명이 피신하고 있었다. 부상병을 제외하면 대개가 인근 마을의 농민들이었다. 군경 토벌대가 달려들자 그들은 겁을 집어먹고 무작정 도망쳐 온 것이다. 조상대대로 물려받은 이 땅 어딘가에는 자신들을 받아주고 보호해줄 만한 곳이 있다는 그런 막연한 믿음 때문이었다. 앞으로 겪게 될 고난과 같은 것은 생각할 겨를도 없었다. 단 몇 시간만이라도 눈앞의 위기에서 벗어나 안전을 기할 수 있다면 그들은 그 길을 택했다. 아무 숲이나 궤나 동굴에 가서 숨어 있으면 어떻게든 살아날 희망이 있으리라고 믿고 있었다.

헬리콥터가 매일 날아와서 삐라를 뿌리고 갔다. 이 삐라를 가지고 귀순하면 살려준다는 것이다. 그러나 누구도 그 말을 믿으려 하지 않았다. 먹을 게 없어 뱃가죽을 움켜쥐면서도 이렇게 견디는 것만이 목숨을 부지하는 일이라 여기고 있었다. 그중엔 백발이 성성한 노인들도 있었고, 배가 고파 칭얼대는 어린것들과 젊은 여인들도 있었다. 세상물정 모르는 순박한 농민들, 이들에게 무슨 죄가 있을까. 처음엔 집에서 몰래 갖다 먹었으나 토벌대가 마을에 주둔하면서부터는 보급마저 끊기고 말았다. 그렇지만 그들은 전혀 탓하지 않았다. 산군이 숲 속으로 피하고 토벌대가 이 중산간 일대를 장악하게 되었으나 머지않아 산군이 다시금 돌아와 토벌대를 몰아낼 것으로 믿고 고통을 참고 있는 것이다.

사람들이 청미레덩굴로 불을 지피고 저녁 준비를 했다. 이 나무는 연기가 나지 않아서 좋았다. 현준도 가서 거들었다. 눈치를 챈 부상병들이 여기저기서 꾸역꾸역 몰려들었다. 그러나 부상병 중엔 꼼짝도 않고 누워 있는 이들이 더러 있었다. 지유철도 그 중 하나였다. 현준은 안타까운 마음으로 바라다봤다. 어쩌다 신음소리가, 그것도 간헐적으로 아주 작고 은밀하게 들려올 뿐, 유철은 이미 죽은 사람이나 다를 게 없었다. 일본으로 달아나라는 할아버지의 밀항 권유에 못 이겨 가출한 후 지금까지 오로지 지하활동에만 매달려 온 이 친구가 이런 식으로 죽게 내버릴 순 없는 일이었다. 이날 밤 안으로 레포가 오지 않는다면 더 지체하지 않고 면당 아지트를 찾아 나설 생각이었다. 습격을 받고 산으로 피했다면 꾀꼬리오름 기슭의 어딘가에 숨어 있을 게 분명했다. 빨리 아지트를 찾아가서 의무병을 보내는 것만이 자기가 할 수 있는 최선의 방법이었다.

그는 사람들의 틈에 끼어 앉아서 죽 한 그릇을 얻어먹었다. 죽인지 미음인지 모를 정도로 물컹한 그 음식은 가다가 좁쌀이 낟알로 씹혔다. 사람들은 굶주린 악귀처럼 허겁지겁 빠른 속도로 먹어치웠다. 어떠한 공포와 불안도 기아를 물리칠 수는 없었다. 식사가 끝나자 횃불마저 꺼 버렸기 때문에 완전히 암흑 속에 묻혀서 누가 누군지 분간할 수도 없게 되었다. 끙끙, 앓는 소리와 아이들 보채는 소리만이 지하의 세계 저 너머에서 흉물스럽게 들려올 뿐이었다.

이 날도 밤이 깊었으나 레포는 오지 않았다. 그는 초조한 마음으로 유철의 곁을 지키고 있었다. 이러다가는 끊어질 듯 끊어질 듯 가까스로 이어져오고 있는 그 미약한 신음마저 영영 놓쳐버릴 것 같은 두려움이 앞섰다. 제발 한번만 깨어나라고, 한 마디만 하고 가라고, 와락 달려들어 흔들며 소리치고 싶은 충동을 느꼈다. 몹시 어두웠으므로 그는 아까 동굴 밖에서 주워 온 삐라를 조심스럽게 꺼내어 환자의 바지 주머니 속에 찔러 넣었다. 그리고 나선 넋을 잃은 사람처럼 우두커니 서 있다가 횃대에 불을 붙이곤 굴 입구로 달려나갔다. 사람들이 겨우 드나들 정도의 좁은 구멍을 통해서 그는 목을 길게 뽑고 주위를 살펴보았다. 밖은 어두워 아무것도 보이지 않았다. 변덕스런 날씨는 다시 안개를 몰아 와서 시야를 가리고 있었다. 이렇게 머뭇거리고 있다간 영원히 그 좁고 음험한 구멍 속에 매몰되어 버릴 것 같은 불안감이 들었다. 그러나 그는 한 발작도 움직일 수가 없었다. 이제 그는 완전히 고아가 된 기분이었다. 선을 잃고 떠돌다가 이 대피소로 왔으나 상황은 조금도 달라질 기미를 보이지 않았다. 군경 합동 토벌대는 산간 마을을 모조리 점령했을 뿐 아니라, 빨치산을 고립시키기 위해 주민들을 닦달하기 시작했다. 그리고, 조금이라도 의문이 가는 집을 불태우고 사람들은 해변으로 강제 이주토록 했다. 겁을 집어먹고 달아나거나 산군에 협조한 사실이 드러나면 현장에서 막바로 쏘아 죽였다. 산군의 보급로를 완전히 차단하겠다는 것이다.

그는 눈을 감고 생각해봤다. 어떻든, 여기서 빠져나가 아지트를 찾아내는 것이 급선무였다. 그렇지만 어디 가 숨었는지 찾을 길이 없었다. 그가 놓인 현실은 마치 이 동굴과 같이 어둡고 꽉 막혀 있을 뿐이었다. 그는 몸을 부르르 떨었다. 죽음이 두렵다든가, 죽음 앞에서 비겁하게 굴복할 생각은 없었다. 죽더라도 떳떳이 죽는 것—지금 그에게는 그것이 가장 중요한 문제였다.

129

인숙은 도당과 함께 매일같이 쫓겨 다녀야 했다. 토벌대의 압박이 날이 갈수록 그만큼 심했다. 그래도 물장오리에 온 뒤부턴 며칠동안 한 곳에 머물게 되었다. 이 오름은 울창한 숲으로 에워싸인 검푸른 호수가 특이했다. 잔물결조차 일지 않는 고요한 호면에는 무거운 산속의 고요가 깔리고 있었다. 거기엔 세속의 인간이 함부로 접근할 수 없는 어떤 초자연적인 기운이 있었다. 전에도 잠시 거쳐 간 적이 있었지만 이번에 다시 와서 보니 참으로 아름답고 신비로운 곳이었다.

 호수 남쪽 정상 부근의 숲 비탈엔 수백 년 묵은 노가리가 빽빽이 들어서 있었고, 거기서 조금만 아래로 걸어 내려가면 동굴이 하나 있었다. 높이 2미터에 폭 1미터, 길이 5미터 가량의 아주 작은 굴이었다. 입구엔 덤불이 우거지고, 굴 전체가 숲 그늘에 가려 있었다. 인숙은 그동안 여기서 묵고 있었다. 이른 새벽에 나간 정자가 날이 저물도록 돌아오지 않았다. 그녀는 종일 혼자 있다가 숲으로 갔다. 무성한 조릿대가 무릎 언저리서 바스락거리고, 싱그러운 숲냄새와 함께 청량한 공기가 싸하게 감싸 와 깊은 산속임을 피부로 느끼게 했다. 예로부터 이곳을 신성시해 온 이유를 알 수 있을 것 같았다. 사람들은 청정한 마음으로 제물을 올리고 비념이 끝날 때까지 운무가 일지 않으면 소망이 이루어진다고 믿고 있었다. 그도 그럴 것이, 해발 1,000미터의 높은 산 위에 자리잡고 있는 이 호수는 구름이 자주 부서져 내리고 엷은 안개가 서려 있었다. 울창한 숲 사이로 틔어 오는 맑은 하늘을 만난다는 것이 여기선 그리 쉬운 일이 아니었다. 그녀는 조심스럽게 물가로 다가갔다. 설문대할망 이야기도 이 호수의 아름답고도 신비로운 느낌을 한층 더해 주었다. 전설에 따르면 제주도 개벽신화의 여신인 설문대할망이 치마폭에 흙을 담아 가지고 가면서 한줌씩 집어 놓은 것이 무수한 오름이 되었다고도 하고, 그중 하나인 이 오름에 와서 설문대할망이 마침내 호수 속으로 영원히 자취를 감추었다고도 했다. 그래서 그런지, 창(밑)터진물이라고 부르는 이 호수는 아무리 가물어도 물이 마르지 않는다고들 했다. 백록담이 어쩌다 바닥을 드러낼 때에도 이 호수엔 항상 검푸른 물이 가득차 있다는 것이다. 그녀는 이 대목이 가장 인상적이었다. 어찌 보면 슬픈 애기처럼 들릴지 모르지만 실은 그런 게 아니었다. 설문대할망은 이 호수 속에 빠져 죽은 게 아니라 호수가 된 것이다. 이 섬나라의 창조주답게 그는 영원히 마르지 않는 생명의 물을 제공하고 있는 셈이다. 사람들이 굳이 이 높고 험한 곳까지 찾아와서 축원을 빌게 된 이유가 여기에 있었다. 깊이를 알 수 없다고 해서 흔히 창터진물이라고도 부르는 이 호수야말로 인간의 근원적인 갈망과 구원의 의미를 함축적으로 상징하는 것이라 볼 수 있었다.

영원히 마르지 않는 생명의 물! 그녀는 속으로 이 구절을 끊임없이 되뇌이며 굴로 돌아갔다. 뜻밖에도, 지인철 부장이 와서 기다리고 있었다.

"오빠가, 어쩐 일로?"

지 부장의 갑작스런 방문을 보고 그녀는 적이 놀라지 않을 수 없었다. 요즘 아버지의 건강이 별로 좋아 보이지 않았는데 혹시 무슨 변고가 생긴 건 아닌가 하는 의문이 들기도 했다.

"뭐 좀 상의할 게 있어서 왔다만," 지 부장은 말을 꺼내 놓고도 본론으로 들어가지 않고 딴전을 피웠다. "여긴 좀 어떠냐?"

"괜찮아요, 난."

"혼자 적적하지 않겠니?"

"밤에는 애들이 와서 같이 자요."

"우리 선전부 레포들?"

"네."

"다행이구나."

"혹시 아버지 건강이…?"

"아니다. 위원장님 워낙 바쁘셔서 내가 대신 왔는데, 이번에 같이 가는 게 어때?"

"어딜요?"

"해주 인민대회에 참석하시게 되었다. 넌 서울 외가에 가 있는 게 좋겠다고 하시더라."

"안 돼요. 나는."

"여긴 점점 험악해지고 있다. 요즘 같아선 이 싸움이 언제까지 갈 것인지 모르겠구나. 남자들도 견디기 어려운 판국인데, 니가 그동안 잘 견딘다 싶었다. 이번에 위원장님 가실 때 너도 같이 따라가는 게 좋겠다."

"오빤 그럼 위험을 각오하지 않으셨나요?"

"하루 이틀도 아니고 장기화되다 보니, 여긴 여성이 있을 곳이 못 된다."

"난 못 가. 오빠가 가서 그렇게 전해 주세요."

"숙모님도 곧 일본으로 나가실 모양이다. 그쪽으로 생각해 보는 건 어떻겠니? 모든 필요한 연락은 내가 취할 테니까."

"그럴 순 없어요."

"왜, 무슨 딴 사정이라도?"

"그런 건 아니지만, 난 여기 있겠어요. 그런 얘기라면 그만 거두시지요."

인숙이 완강하게 잡아뗐다. 인철은 더 어떻게 말을 붙여보기가 어렵게 되었다. 어려서부터 보아 와서 인숙의 성격을 잘 아는 터라 이쯤에서 물러설 수밖에 없다고 판단했다.

"본부에 무슨 일 있어요?"

"왜?"

"애들이 오늘은 하나도 보이지 않아서요."

"아, 아직 모르고 있었구나. 어젯밤 면당이 당했다."

"네? 그럼, 유철인 어떻게 된 거예요?"

"걱정이다. 걘 지금 어디 가서 엎드려 있는지."

"큰일이군요."

"다행히 우리쪽에서 지원사격을 해 주니까, 일부는 피신을 하고, 일부 손상을 입은 모양인데."

"그래도 면당 지도부는 어디로 옮겼을 거 아니에요?"

"그걸 모르지. 어디로들 뿔뿔이 흩어져 버렸는지."

"성곤이 형부도 연락 없구요?"

"기다려 봐야겠다. 레포들이 샅샅이 뒤지고 있으니까. 그럼, 또 보자. 아까 내가 한 말, 오늘밤 다시 생각해 봐라."

"난 안 되니까, 오빠가 가서 잘 말씀드려 주세요. 조심히 다녀오시라 구요."

"김 사령관이 원로들 몇 분 모시고 가니까, 염려하지 마라. 서울까지만 가면 삼팔선은 다 루트가 있을 거야."

지 부장이 간 뒤에도 인숙은 굴 입구에 남아서 혼자 쓸쓸히 시간을 보냈다. 면당이 토벌대의 공격을 받았다면 도당에서도 물론 비상이 걸렸을 텐데 아버지가 굳이 사람을 보내서까지 자기를 설득하고 데려가려는 의도를 이해할 수 없었다.

밤이 깊었는데도 정자는 끝내 오지 않았다. 선전부 레포로 뛰고 있는 소녀들이 때로는 2, 3명씩 몰려와서 같이 자곤 했는데 오늘은 사정이 달라졌다. 그녀는 하는 수 없이 미숫가루와 건빵으로 끼니를 때워야 했다.

이튿날도 역시 마찬가지였다. 그녀는 시간이 흐를수록 불안해서 견딜 수 없었다. 굴 입구로 나가 앉아서 계속 밖을 지켜보고 있었다. 키만 컸지 약골인 유철이가 그런 위급한 상황에서 민첩하게 잘 빠져나갈 수 있없는지 걱정이 되지 않을 수 없었다. 생각 같아선 즉각 달려가서 알아보고 싶지만 본부의 지시가 없는 한 자기 마음대로 나다닐 수도 없는 처지였다. 이런 땐 무슨 하는 일이라도 있어야겠는데 사람 구경도 못 하는 판국에 일거리가 올 리 만무했다.

다시 하루가 가고, 땅거미가 짙게 깔리기 시작했다. 그녀는 굴에서 나가 숲으로 들어갔다. 인적이 끊긴 이런 깊은 산속에서는 동지와 적을 가릴 것 없이 누구든 사람을 만날 수만 있으면 숨이 트일 것 같았다. 그녀는 살면서 이렇게까지 사람을 기다려본 기억이 없는 것 같았다. 밤골에서 숨어서 지낸 그 한 달도 이토록 외롭고 고달픈 것은 아니었다. 단원들이 붙들려 가고 경찰에서 고문을 당하고 있을 걸 생각하면 가슴이 미어지는 듯했지만 그래도 그 때는 오늘만큼 긴박한 상황이 아니었다. 오늘은 그야말로 자신이 생사의 기로에 서 있는 셈이었다. 그녀는 숲 속 나무 밑에 앉아 있다가 부르르 몸을 떨며 굴을 찾아 나섰다. 밤이 오면 이런 깊은 산속에서는 한여름에도 옷을 많이 껴입지 않으면 안 되었다. 뛰어가 게쉐타를 찾아 입었으나 오한은 좀체 가시지 않았다. 추위에 견디기 위해서 좁은 공간을 왔다 갔다 부산스럽게 움직이고 있는데 아버지가 난데없이 굴 안으로 들어서는 것이었다. 이런 일은 지금까지 처음 겪는 것이어서 그녀는 몹시 놀란 나머지 걸음을 멈추고 서서 아버지를 바라보았다. 아버지도 묵묵히 자리를 잡고 앉아서 한참동안 그녀를 지켜볼 뿐 한 마디도 하지 않았다.

"바쁘실 텐데 어떻게 오셨어요?" 인숙이 떨리는 목소리로 먼저 말문을 열었다.

"나하고 가는 게 어떻겠니?"

"…"

아버지답지 않으시군요. 왜 이렇게 약해지셨어요? 그녀는 속으로 외치고 있으면서도 차마 말로는 소리내어 표현할 수 없었다.

"왜 고집을 쓰는 거냐? 넌, 서울 외가에 가 있는 게 좋겠다."

"아빤 이번 가시면 안 돌아오실 거예요?"

"거기 사정이 어떤지 가봐야 알겠지만, 나는 가급적 속히 돌아올 생각이다."

"다녀오세요. 건강 조심하시구요. 엄마도 일본으로 가신다구요?"

"그런 말이 있더라. 무근성 고모한테 연락하면 니 엄마 있는 데는 알 수 있을 거다. 같이 일본으로 가든지."

"전, 안 돼요."

"나도 많이 생각해보고 하는 말이다. 이 산생활이 여자로서는 너무 버겁지 않겠느냐? 한번 더 생각해 보아라."

"아버지, 다녀오세요. 저는 이미 각오한 길인 걸요."

지정은은 말없이 딸의 표정을 살펴보았다. 이제 더 무슨 말을 해봤자 아무 소용이 없다는 것을 깨닫고는 그는 침울한 심정으로 일어나 굴 밖으로 걸어갔다. 인숙의 마음도 아팠다. 여기까지 찾아올 적엔 여간 벼르지 않았을 텐데 쓸쓸히 돌아서는 아버지의 뒷모습이 어쩐지 몹시 허전해 보였다. 그녀는 따라 나가서 가만히 뒷모습을 지켜보고 있었다. 어두워서 얼굴의 표정까지 선명히 알아볼 수는 없었으나 숲으로 들어가기 전에 아버지가 잠시 서서 돌아다봤다. 그리고 나서 곧 떠났다. 밖에서 기다리고 있던 어떤 젊은이도 아버지와 함께 숲 속으로 사라져 갔다. 그녀는 갑자기 가슴이 뛰고 눈시울이 뜨거워오는 것을 느꼈다. 어쩌면 이것이 마지막 작별이 아닐까 하는 생각이 들었다.

정자는 아버지가 가신 뒤 한참 후에야 돌아왔다.

"어떻게 됐어, 면당?"

"안직 모르쿠다."

"모르다니, 사망자 명단도 확보를 못 했단 말이야?"

"몇 사람 연락은 받았주만, 그걸론 안직…."

"혹시 거기 지유철이라고… 그런 사람 이름 못 봤니?"

"지유철 마씸? 그런 이름 어서시디. 레포덜이 2선, 3선으로 나감시난 곧 또 연락이 이실거우다."

정자는 배낭을 뒤지더니 보리빵 두 개와 주먹밥 한 덩이를 내놓았다.

"지금 본부에서 오는 길이지?"

"예. 잠깐 들렸당은에 바로 넘어왔수다."

"그럼, 넌 종일 어디 있었니?"

"어젯밤 늦게 조천 내려갔당 오늘 오는 길인디, 그디도 말이 아니우다. 벌써 소문이 쫙 퍼진 모양이우다. 언니, 조금만 기다리민 레포덜이 무신 연락 이실거우다."

"그래. 고생이 많았다. 어서 자자!"

인숙은 마지못해 자리에 누웠으나 도무지 잠을 이룰 수 있을 것 같지 않았다. 그녀는 정자가 곤히 잠든 틈을 타 조용히 굴 입구로 나갔다. 일이 이 지경에 이르렀으니 유철이뿐 아니라 현준이도 위기에 처해 있을 것 같았다. 내일 새벽 정자가 나갈 땐 어떻든 도당으로 같이 가서 구체적인 상황을 알아보고 싶었다.

130

 분화구의 한 모서리가 허물어져 오름 안쪽으로 깊숙이 패어 들어간 이곳은 사람들이 숨어 지내기에 적합한 피난처를 제공해 주었다. 출입구는 병마개같이 좁게 뚫려 있으나 그 내부는 꽤 넓은 편이었다. 현준은 천정에서 떨어지는 물방울을 피하기 위해 바위 밑에 쭈그리고 앉아 있었다. 벌써 3일째 되었는데 레포는 소식이 없었다. 올 때가 충분히 지났는데도 아무 소식이 없는 걸 보면 연락망이 모두 끊긴 건지도 모를 일이었다. 그는 짐짓 불안한 생각을 떨치기 위해 눈을 꼭 감았다. 그리고, 속으로 몇 번이나 반복해서 다짐해 보았다. 레포는 반드시 올 거라고. 이것은 어떤 절망 상태에서도 신념을 잃지 않으려는 그의 몸부림이기도 했다. 그렇다. 유철의 죽음은 곧 그의 죽음이었다. 동지들, 아니 그 자신의 꿈과 열망을 포기하는 것이나 다름없었다. 이대로 죽게 내버릴 순 없는 일이었다. 오늘 밤까지도 레포가 오지 않는다면 날이 밝기 전에 야음을 이용해서 마을로 잠입할 생각이었다. 그리고, 1단계로 유철이를 업고 가서 갖추어둠 공간을 확보하고 싶었다.
 바위 밑에 웅크리고 앉아서 잠깐 눈을 붙이고 있을 때였다. 갑자기 인기척을 듣고 현준은 벌떡 일어나 앉았다. 그리고, 가만히 귀를 기울였다. 어둠 속에서 분명 누군가가 구멍을 비집고 들어오고 있었다. 그 자는 아주 익숙하게 손을 더듬더니 어떤 물체 하나를 찾아들고 안으로 쑥 들어섰다. 라이터를 켜서 불을 붙였다. 횃불에 비춘 그 사내의 얼굴을 보는 순간 그는 너무나 기쁜 나머지 탄성을 지르지 않을 수 없었다. 그 사내는 잠시 주춤하더니 곧 태연한 자세로 손가락을 입술에 갖다대면서 쉿,

하고 조용하라고 했다.

"접니다. 밤골서 만난."

"아니, 이 사름이!"

그 사내는 한 쪽 팔로 햇불을 높이 치켜들고 또 한 쪽 팔로는 현준의 등허리를 두드리며 반갑다는 인사를 했다. 현준은 그 사내와 함께 굴 안으로 들어갔다. 바닥의 울퉁불퉁한 바위 덩어리들과 간간이 고인 빗물이 불빛에 반사되어 홀연히 생기를 얻고 되살아나는 듯했다. 사람들은 구세주를 만난 듯 여기저기서 튀어 나왔다. 그 사내는 짚으로 싸고 끈으로 단단히 동여맨 물품들을 하나씩 배낭에서 꺼내 영진에게 건네주었다. 거기엔 아까징끼와 옥도정기, 붕대, 디디티, 다이야찡 등 약간의 의약품이 들어 있었다.

"급한 환자가 있다고 했지 않습니까?" 영진이 다급하게 물었다.

"그럴 경황이 어디 이서? 이것도 제우 구헌 걸."

"면당 지금 어딨습니까?" 현준이 물었다.

"나도 몰라. 어디사 가신디." 레포는 고개를 돌려 현준을 보며 말했다. "어떵 된 거라, 지네덜? 도당서 두 차례나 소환이 이섰는디. 자, 가주."

"위급합니다. 이 환자!"

"시간 어서. 빨리 일어나!"

"안 됩니다. 이 환자, 이대로 두면 곧 죽을 텐데, 의무병 없습니까?"

"지금 무신 의무병?"

레포가 서둘러 떠날 채비를 했다. 현준은 배낭을 메다 말고 유철이 있는 곳으로 갔다. 어쩌면 이것이 마지막이 될지도 모른다는 생각에 왈칵 치미는 슬픔을 억제할 수 없었다. 그는 입술을 깨물며 환자의 용태를 더듬어봤다. 얼굴과 목 언저리가 곪아터질 듯 탱탱 부풀어 있었다. 헉헉, 가쁜 숨을 몰아쉬며 본능적으로 고통을 호소할 뿐 의식은 내내 돌아오지 않았다. 힘을 내! 곧 돌아올게. 그렇지만 이 한 마디가 소리가 되어 밖으로 나가지는 못 했다.

현준은 쫓기듯 고개를 돌려 부상병들에게 외쳤다.

"동무들! 곧 오겠습니다. 의무병 데리고."

그는 레포를 따라 밖으로 나섰다. 영진이 등 뒤에서 따라오는 걸 느낄 수 있었으나 그는 잠시 돌아다봤을 뿐 아무 말도 하지 않았다. 윤식이 그를 대신해서 짧게 인사했다.

"또 만납시다."

"잘 가시오."

부영진의 힘없는 목소리가 들렸다.

비는 이미 그쳤지만, 그 대신 안개가 내리고 있었다. 현준은 홍윤식과 나란히 서서 묵묵히 레포의 뒤를 따랐다. 길이 젖고 질었으나 걷는 덴 별로 불편함이 없었다. 고요한 밤, 그러나 그에게는 어둠 속에 숨을 죽이고 있는 모든 것들이 그저 불투명하고 아득하게만 보였다.

"홍 동무, 먼저 가."

현준이 마침내 걸음을 멈추고 우뚝 섰다.

"왜 그래, 갑자기?"

"안 되겠어, 난. 도무지."

"이 사람, 참!"

"지인숙 동무에게 전해 줘."

현준은 다시 굴속으로 뛰어 들어갔다. 부영진이 어느새 굴 안쪽으로 저만치 멀어져가고 있었다. 현준이 미친 듯이 달려가 횃불을 뺏고 앞장서 나아갔다. 가쁜 숨만 헉헉 내쉬는 지유철의 그 푸르딩딩한 얼굴이 자꾸만 그의 눈앞을 가로막고 있었다. 안 되지, 안 돼. 절대로. 그는 자책과 울분으로 뒤죽박죽이 되어 있었다.

 가까스로 환자를 등에 업고 일어섰으나 허리를 굽혀 발밑에 있는 횃불을 집을 힘이 없었다. 막대기를 짚고 서 있던 부상병 한 명이 횃불을 들고 따라나섰다. 현준은 돌아다볼 새도 없이 비틀거리며 곧장 걸어 나갔다. 좁은 통로에서는 환자를 내려놓고 두 팔로 끌어낼 수밖에 없었다. 환자는 생각했던 것보다 훨씬 무거웠다. 이런 과정을 두 차례나 거쳐야 했다. 겨우 겨우 동굴에서 벗어나 밖으로 나서긴 했지만 그 때부터가 문제였다. 어디로 갈 것인가. 멀리 깜박이는 불빛을 의식하면서 그는 무작정 봉아름으로 향했다. 이 마을엔 경비대 1개 대대가 주둔하고 있었다. 앞으로 두 참. 아니 두 참 반. 지금 그는 환자를 짊어지고 이 먼 거리를 갈 수 있느냐는 것 뿐, 그 다음에 일어날 일들에 대해선 생각할 겨를이 없었다.

 가끔씩 유철이 끙끙, 앓는 소리를 냈다. 그것은 살아 있다는 소리, 아직 살아 있는 사람의 소리였다. 천지신명이시여 이 사람을 구해 주십시요 이 사람은 아무 죄가 없습니다 이 사람을 구해 주시기만 한다면 저는 어떤 굴욕도 고통도 감수하겠습니다 제발 이 사람을… 이 사람을… 이 사람에게도 가족이 있고 어머니가 있고 친구가 있습니다 저는 이 사람을 잘 압니다 천진난만한 친구 돈을 모르고 세상을 누구보다 사랑한 사람 이 사람을…

 그는 숨이 차서 걸을 수 없을 때마다 환자를 등에 업은 채 잠시 섰다간 다시 걸음을 떼어놓았다. 그러곤, 멀리 불빛을 바라보았다. 어둠 속에서 가냘프게 깜빡이는 그 불빛은 죽음의 손짓처럼, 아니 자꾸만 그에게서 멀어져 가는 제 자신의 의식처럼 그의 한계 밖에서 명멸하고 있었다. 그는 힘이 부칠 때마다 두 팔로 환자를 들쳐 업으며 주문을 외기 시작했다. 그 주문 속에는 그가 살아온 모든 것들, 투쟁과 인숙, 동지들, 도당, 면당, 형, 정성곤, 어머니, 이런 모든 것들이 한데 어울려서 물결치고 있었다. 그래. 토끼. 미안해 정말 미안해 난 이 세상에 없는 거야 난, 난, 아 그렇지 니가 그 때 말했었지 니가 죽을 땐 비가 내리고 쓸쓸한 비가 내리고 넌 그렇게 떠날 거라고 빗소리를 들으면서 아, 아니야 난 죽음 같은 건 겁나지 않아 죽음은 내 일부일 뿐 난 그저 내가 갈 길을 가고 있을 뿐이야 난 그저 이 길을 숙명처럼… 바보, 천치, 어릿광대, 사람들은 뭐라고 할지 모르지만 토끼 넌 그렇게 말하면 안 돼… 넌 나야 니가 그랬어 나라고 넌 나라고 나하고 같이 가고 있는 거야 넌 지금도 또 영원히 영원히 나하고 함께 있는 거야 넌 지금 도당에 있고 나는 봉아름으로 가고 있지만 그런 건 전혀 문제가 되지 않아 우린 하나니까 항상 같이 있으니까…

그 때, 횃불을 든 한 사내가 그의 앞으로 나섰다. 그는 그 자를 보는 순간 분노의 감정이 치밀어서 몸을 부르르 떨어야 했다. 이 새끼가! 지금까지 내부에 소중하게 간직하고 있었던 그 어떤 것이 뜻밖의 침입자에게 들킨 기분이었다. 그러나 그는 그렇게 느꼈을 뿐, 아주 짧은 동안 신체적인 경련을 일으키고 있었을 뿐, 분노의 감정이 그 이상 입 밖으로 소리가 되어 나가지는 않았다. 이제 그는 그럴 만한 힘도 갖고 있지 않았다. 잠깐 서기 멈칫하고 서 있다가 다시 그 횃불을 따라 나섰다. 그리고, 환자를 놓칠까 봐 두 팔로 힘주어 붙들었다. 그가 할 수 있는 일은 그밖에 아무것도 없었다.

 부영진은 한 손에 횃불을 들고, 또 한 손엔 흰 헝겊이 꽂힌 막대기를 높이 쳐들고 있었다. 돌아볼 겨를도 없이 곧장 앞으로 걸어갔다.

 마지막이라는 생각과 함께 현준은 온몸에서 힘이 빠져 자신을 더 지탱할 수 없게 되었다. 마침내 길바닥에 주저앉고 말았다. 멀리 봉아름 마을에 진을 치고 있는 경비대 대대본부의 불빛이 어둠 속에서 아련히 보이기 시작했다. 그저, 그 불빛이 더없이 멀고 아득하기만 했다. 그는 일어서려고 안간힘을 해 보았으나 도무지 몸이 말을 듣지 않았다. 이제 그는 마지막이라는 것, 오직 그 한 가지 생각에 붙들려 있었다.

- 1950년 7월

131

목포형무소에서 1년 10개월의 형기를 마치고 집에 돌아온 지도 벌써 열흘이 지났다. 그동안 머정을 다니면서 현준은 조금씩 생활의 감각을 되찾게 되었다. 조죽 끓인 걸 마구간으로 들고 가 두 마리 고루 나누어 준 다음, 흰말의 콧등을 유심히 살펴보았다. 몽생이로 처음 데려왔을 땐 가늘게 줄이 하나 나 있었는데 지금은 두 눈 사이로 제법 굵고 까만 줄무늬가 세로로 반듯하게 자라 있었다. 손으로 콧잔등을 쓰다듬어 주자 녀석은 좋아서 긴 머리를 조금 높게 쳐들고 가만히 기다리는 자세를 취해 보였다.

"얘야!"

할아버지가 불렀다. 현준은 얼른 대나무차롱을 어깨에 메고 따라 나섰다. 아침 포구는 여전히 생기가 있었고, 만나는 사람마다 따뜻한 정을 느끼게 했다. 빨갱이니 폭도니 하는 걸 잠시나마 잊을 수 있는 곳은 이 포구뿐이었다.

노인이 다가가자 먼저 배에 와서 기다리고 있던 빌레아방이 벌떡 일어나 큰 소리로 외쳤다.

"삼춘, 오늘은 멀리 나갑주."

"경 해여."

노인이 밝게 웃었다.

현준은 밧줄을 잡아당겨 노인이 배에 오르기 쉽도록 도왔다. 거동이 예사롭지 않았다. 한 쪽 발을 걸치고 조심스레 오르는 걸 보니 기력이 많이 쇠해 있었다.

아침 배는 언제나 신선한 느낌을 주었다. 가슴 한 쪽으로 짓눌러오는 어둠의 굴레로부터 벗어나기라도 하려는 듯 현준은 힘껏 노를 저었다. 포구를 벗어나자 빌레아방이 일어나 돛을 올린 다음 맞은편으로 가서 노를 잡았다. 배는 검푸른 파도를 가르며 날쌔게 나아갔다. 이런 때, 신이 나서 먼저 입을 여는 쪽은 빌레아방이었다.

"삼춘, 요새도 그 사름 와십디가?"

"잊어불만 허민 와."

"그 사름, 참, 고마운 사름이우다. 이런 험헌 시상에."

"맞아. 엊그제도 왔다 갔어. 자이 만나캔 한참 기다리당 가신디."

그 사람이란 이지훈 검사를 가리키는 말이다. 형이 없는 지금도 변함 없이 찾아준다니 참으로 고마운 일이었다. 그런데도, 난 왜 이렇게 미루고 있는 것일까. 한번은 꼭 만나야 할 텐데. 그 때 그 서울양반이 어떤 모습으로 변했는지 궁금하기도 하지만, 그 사람을 통해 형의 한 부분을 느낄 수 있을 것 같았다.

"현준이!"

"예."

"다 털어부러."

빌레아방이 맞은편에서 노를 저으며 큰 소리로 외쳤다. 이젠 아무도 탓할 사람 없으니 남의 눈치 보지 말고 새 삶을 시작하라는 것이리라. 고마운 말이었다. 하지만 이런 말을 듣고 있으면 현준은 저도 모르게 서글픈 생각이 들었다.

이 날은 우럭코를 지나 몰래바당으로 갔다. 이 바다는 옥돔이 사는 고장으로 노인이 즐겨 찾는 곳이다. 자릿여를 비껴 조금 동북쪽으로 나가다가 닻을 내렸다. 노인은 천천히 줄을 풀면서 한 손으로 바닷물에 얼굴을 훔쳤다. 이것은 그가 일을 시작할 때의 의식과 같은 것이었다. 현준은 노인이 줄을 몇 번 튕겨본 다음 가만히 붙들고 있는 것을 보고 나서 자신도 줄을 풀기 시작했다. 며칠째 머정을 다니면서 드디어 한 사람의 어부로 다시 태어났다. 그는 이제 모든 걸 훌훌 털어버리고 멀리 나와 있었다.

"하아, 요놈 봅서. 제법인디 마씸."

빌레아방이 제일 먼저 선수를 쳤다. 낚시를 떼는 동안, 아침 햇빛을 받아 붉고 빤질빤질한 비늘에 까만 눈을 한 옥돔 한 마리가 손끝에 매달려 파닥거리고 있었다.

노인도 질세라 줄을 팽팽하게 잡아당기기 시작했다. 현준이 가서 도와주었는데, 엄청 큰 놈이었다. 족히 두 뼘은 될 듯싶었다.

"삼춘, 그 놈 참 어지간헌디 마씸."

"게메 말이여."

"용왕님이 생각핸 보낸 모양이우다. 손지도 와시난." 빌레아방이 고개를 돌려 현준을 보며 말했다. "하르바님이 얼매나 기달린 줄 알아? 하르바님 마음사 나가 알주."

"고맙수다, 삼춘! 우리 하르바님 지켜주언."

"거, 무신 말을! 하르바님 따문에 나도 영 지내는디."

빌레아방도 잘 해 주었지만 노인 역시 그를 끔찍이 아끼는 편이었다. 아들이 없는 노인에겐 이보다 소중한 사람이 없었다. 바람이 불어 머정을 못 나가는 날이면 둘은 포구에서 만나 쐬주를 마시거나 낚시 도구를 챙겼다. 그 때는 노인이 주로 말했고, 빌레아방은 듣는 쪽이었다. 외항선을 타고 이 항구 저 항구 찾아다니던 한 늙은 마도로스의 회고담이 매양 똑같은 투로 되풀이되고 있었지만 빌레아방은 조금도 싫은 기색을 보이지 않고 "예, 예," 하면서 즐겨 들었다.

노인이 연거푸 줄을 감아 올렸다.

"삼춘, 이래 줍서."

빌레아방이 대신 두 손가락으로 아가리를 벌려서 낚시를 빼 주었다. 현준이 돌아다보니 노인의 손등에선 붉은 피가 낭자하게 흐르고 있었다. 깜짝 놀란 그가 달려가 노인의 손을 붙들고, 엄지손가락 끝으로 꾹 눌렀다. 피는 좀체 멎지 않았다. 낚시에 찔린 상처가 생각했던 것보다 꽤 깊어 보였다.

"됐어. 그만."

노인은 피 묻은 손을 바닷물에 헹구었다. 현준이 런닝셔츠를 찢어 노인의 손등을 처매 주었다.

"게난 무사 고집을 부렴수꽈? 혼저 병원에 가사주. 현준이 경 안 해여?"

"예. 빨리 가삭쿠다."

현준은 노인의 손과 얼굴을 번갈아 바라보았다. 허옇게 눈에 낀 백내

장도 문제지만 그새 건강이 많이 상해 버렸다. 희끗희끗하던 머리칼은 인제 완전히 백발이 됐고, 깡마른 몸에 거죽만 입혀 놓은 허수아비처럼 옷이 바람에 훌렁거렸다.

노인이 헝겊으로 싸맨 왼손을 물에 담근 채 낚시를 계속했다. 현준은 제자리로 돌아갔으나 일이 손에 잡히지 않았다. 고개를 들어 한라산을 바라보았다. 긴 능선이 온통 구름에 덮여 알아볼 수 없는데도 정상을 이루는 세 개의 봉우리만은 투명하게 높이 떠 있었다.

현준은 입술을 깨물며 다시 줄을 잡았다. 구름에 가려 목마장과 푸른 초원이 지금은 모호한 어둠 속에 묻혀 버렸지만 그 깊고 그윽한 분위기가 눈에 선히 보이는 듯했다. 그곳만이 그가 세상에서 떨어져 나가 자유롭게 숨쉴 수 있는 곳이며, 영혼이나마 남아 있다면 그녀와 함께할 수 있는 곳이었다. 그는 순간 가슴 속에서 울컥 치밀어 오르는 슬픔의 무게를 견디기 위해 몸을 꼿꼿이 하고선 줄 끝으로 신경을 모았다. 미끼를 뜯는 고기의 감촉이 손끝에 와 닿을 적마다 힘있게 잡아챘다.

고기가 많이 찾는 날은 으레 그랬듯이 그들은 이 날도 점심을 늦게 먹었다.

"시장이 반찬이우다." 빌레아방이 만족스런 표정으로 고기 구덕을 건너다보며 말했다.

"이젠 이것도 막물이라." 노인이 응수했다.

"예. 다 철이 이신 모양이우다. 옥돔은 뭐엔 해도 구시월이 나사 괴기 맛도 나고."

"사름살이가 다 그런 거지."

"낼랑 테우 탕 강 자리나 거두카 마씸?"

"글쎄."

노인은 별로 신통한 표정이 아니었다. 빌레아방이 곧 말을 바꾸어서 우럭밭으로 가기로 했다. 노인의 고집스런 성미를 잘 알고 있었기 때문이었다.

132

지유철이 포구에서 기다리고 있었다. 목발을 짚고 사람들 틈에 서 있는 그의 모습이 유난히 쓸쓸해 보였다. 현준은 꿰미에 꿴 잡어 몇 마리를 들고 먼저 배에서 내렸다. 이번 와서 이모네 집은 처음이었다. 선뜻 발이 내키지 않았지만 그래도 거기 무엇이 있는지 한번은 꼭 가봐야 할 곳이기도 했다. 하나도 변한 게 없는데도 새코지 가는 길이 어쩐지 낯설게만 보였다. 유철과 이 길을 가고 있으면 누군가가 그림자처럼 등 뒤에 따라오는 것만 같은 느낌이 들었다.

"아침 뉴스를 들으니까," 유철이 또 그 얘기를 꺼내고 있었다.

"…"

현준은 천천히 걸음을 놓으며 그의 가쁜 숨소리를 들었다. 부상당한 왼쪽 다리가 무릎 밑으로 잘리어서 옷이 맥없이 홀렁거리고 있었다.

"인민군이 낙동강까지 밀려 왔어. 이대로 가면 부산도 곧 함락될 모양인데."

유철이 제 나름대로 전황을 분석하면서 멀리 반도의 사정을 전했다. 원래 정치적 관심이 많은 편이었지만 이번 전쟁에 대해선 특히 호기심을 갖고 있었다. 그러나 현준은 별로 할 말이 없었다.

"피난민들이 많이 오고 있어. 우리 조천도." 현준은 그저 담담하게 말했다.

"방 한 칸 얻을려고, 오죽하면 이 촌구석까지 찾아오겠어? 어저껜 성내 갔더니 온통 피난민 세상이더군. LST로 막 갖다 퍼붓고 있대. 이 전쟁은, 그러니까, 미쏘 양군의 틈바구니에서 우리만 죽어나게 된 거야."

유철은 이 전쟁이야말로 무의미한 거라고 비판하면서, 민족 분단을 사전에 막지 못한 것이 한스러울 뿐이라고 했다. 현준은 속으로 동의하는 부분이 없지 않았으나 그의 울분을 돋구는 일이 될까 봐 조심스럽게 응했다.

"그건 그렇지. 통일 정부를 수립할 수만 있었다면…."

"그러니까, 하는 얘기지. 그 때 우리 운명은 이미 갈린 거야."

현준은 손에 든 생선 꿰미를 이모에게 건넨 다음 토끼굴로 갔다. 외로울 때면 혼자서 이곳을 찾는다고, 유철이 말했다. 그러나 현준은 아무런 감동도 느낄 수 없었다. 울음 우는 갈매기도, 먼 수평선도, 이제 그에겐 공허한 세계가 되고 말았다. 그래도 무언가를 건지고 싶은 충동으로 돌멩이를 한 개 주워서 바다로 던져 보았다. 그저 그것뿐이었다. 그는 그러한 자신의 행동이 어쩐지 어색하고 생소하게 느껴졌다.

"이 조천도, 몇 사람 남지 않았어. 우리가 알만한 얼굴은…. 일본으로 건너간 치들이 더러 있다곤 하지만, 그 수가 얼마 되진 않을 거야."

"지우는 그 후 소식이 없었나?"

"없었어."

"익수도?"

"그 때 죽었겠지. 영진이는 제주서에서 근무하고 있어. 사상 담당 형사로."

"그래?"

"난, 그 새끼만 보면 미칠 것 같애. 쥐새끼 같은 놈, 지가 뭐 뒤에서 우릴 돕는다고, 어림도 없는 소리."

"소석 선생도 산에서 돌아가셨겠지?"

"글쎄, 저쪽으로 갔다는 얘기가 있어. 우리가 그렇게 됐던 그 다음달인가, 당 간부들과 해주 인민대회에 참석하기 위해서. 그야 떠도는 소문이니까 확인할 길이 없지만."

유철은 인숙에 대해 아무 말도 하지 않았다. 현준도 묻지 않았다. 이제 더 물어볼 필요를 느끼지 못 했다. 그 와중에 산에서 행방불명이 되었다면 이미 이 세상 사람은 아닐 것이었다.

어느덧 해가 지고, 서편 하늘에 노을이 곱게 물들고 있었다. 그녀는 노을을 너무나 좋아했었다. 그에게 비스듬히 기대어 하염없이 노을을 바라볼 때면 그녀의 얼굴이 저무는 해에 반사되어 붉게 이글거리곤 했었다. 그러나 그것은 한낱 공허한 꿈, 이제 그는 그것이 다시는 돌이킬 수 없는 지나간 날의 환상이라는 것을 확인하기 위해 여기 이 자리에 와 있다는 생각이 들었다.

"자네, 참 많이 변했군. 그 때 그 열정을 찾아볼 수가 없어."

"…"

그들은 묵묵히 앉아 있었다. 해가 지고, 어둠에 묻힌 바다가 안으로 조용히 웅얼거리고 있었다.

"유철아!" 현준이 침묵을 깨고 마침내 입을 열었다. "난, 한 사람을 사랑했어. 참으로 한 사람을. 내가 그를 사랑하는 만큼 세상에 대해서도 열정을 가질 수 있었지. 그는 내 끈이었으니까. 이 세상 모든 것들, 모든 사람과 맺어 주는 그런 끈 말이야."

"인숙이는 마지막까지 자신에게 충실했던 거야."

"그렇지. 나도 그렇게 봐. 하지만 지금 난 아니야."

"영혼이 있다면 걘 그렇게 보지 않을 텐데."

"넌 정말 하나도 변하지 않았구나. 이제 내 마음속에는 고뇌니 열정이니 하는 것이 없어. 숙이 없는 지금 난 완전히 떠났다고 할까, 이 세상으로부터. 이젠 난 해방된 거야. 완전히. 내가 세상에 나가서 무슨 할 일이 있겠어?"

"네 기분 알겠어. 하지만 시간이 해결할 거야, 아마."

"난 이젠 더 잃을 사람이 없어."

"걘 내 누이지만 우리 모든 투쟁의 표상이었어."

"숙이가 선택한 것은 코뮤니즘도 아무것도 아니고 열정이었어. 그걸 어떻게 말할 수 있을진 모르지만 유철아, 우리가 몸담고 있는 이 시대 이 사회에 대해 숙인 참으로 정직하게 대응했던 거야. 그리고, 그것이 운명이라고 하더라도 숙인 확실하게 걸어간 거야. 하지만 코뮤니즘은 이미 내게서 떠난 지 오래. 아까 니가 말한 통일 정부 수립도 그렇지. 다 끝난 거야. 이젠 남과 북이 나뉘어서 싸우는 판국인데, 우리가 더 무얼 바라겠어?"

"그러니까, 지금 이 전쟁이 문제가 되는 거야."

현준은 유철의 말에 대해서 아무런 흥미도 느끼지 못했다. 그는 오직 저무는 하늘과 붉은 노을을 바라보며 자기 안에 아직도 꺼지지 않은 불씨가 남아 있다면 그걸 한 가닥이라도 붙들고 싶은 심정이었다.

"숙이는, 그래, 전혀 관심이 없었을 거야. 이 따위 전쟁에는…." 잠시 후, 그는 다시 말을 이었다. "난 거기 가 있는 동안 아무것도 생각하고 싶지 않았어. 벽을 보고, 또 보고, 종일 그렇게 앉아 있으면 말이야 난 오히려 자유로웠고, 온갖 장애와 경계를 넘어서 어떤 영적 대화를 할 수 있을 것 같았어. 내가 꿈꾸고 있었던 모든 것이 앞으론 이 세상에 매어 있지 않을 거야. 눈에 보이는 것도 아름답지만 보이지 않는 것은 더 아름다워. 그건 더욱 자유롭고, 확실하고, 가치 있는 것이고, 내가 영원히 만들어갈 수 있는 세계야."

니가 이렇게 망상에 빠져 있는 동안, 하고 유철은 생각했다. 수많은 인숙이가 총탄에 쓰러지고 있어. 수많은 용근이도….

현준은 다리를 쭉 뻗고선 언덕에 기댄 채 길게 누웠다. 유철도 할 말을 잃은 듯 그 곁에 누웠다.

그 날은 끝내 오지 않는 것일까. 우리가 완전히 하나임을 확인하는 날이 되었을 텐데…. 현준은 어둠 속으로 깊숙이 빠져 들어가는 그런 기분으로 한참 눈을 감고 있었다. 머리칼을 가볍게 흔드는 바람이 두 사람의 몸 위로 스쳐갔다. 그는 그 바람이 자기의 의식 속을, 아니 의식 속에 정체되어 있었던 자기의 시간처럼 다시 살아나 몸속으로 흘러가는 것을 느꼈다. 목장의 넓은 초원과 풀을 뜯는 짐승들, 비둘기 같이 예쁜 집, 맑은 샘물, 말을 타고 들판으로 달리는 두 사람의 그림자가 언뜻 눈앞을 스쳐갔다.

"만일 숙이가," 하고, 현준이 다시 입을 열었다. "혁명이니 투쟁이니 하는 것 밖에서 살았더라면 결코 빨치산이 되지는 않았을 거야."

133

두 사람은 연북정 앞에서 헤어졌다. 유철이 목발을 짚고 뚜벅뚜벅 비석거리 쪽으로 걸어갔다. 현준은 그대로 그 자리에 서서 그의 뒷모습을 지켜보고 있었다. 하루가 멀다 하고 매일 찾아오는 걸 보면 참으로 외로운 생활을 하고 있었다. 그 친구가 어둠 속으로 사라질 때까지 현준은 하염없이 거기 그렇게 서 있다가 집으로 돌아갔다. 어머니 혼자 난간에 앉아 있었다. 희미한 달빛 속에서도 새하얀 머리칼이 유난히 돋보였다. 그새 십년은 더 늙으신 듯했다. 늦은 밤에도 이렇게 밖에 나와 앉아 시간을 보내고 있는 걸 보면 꼭 누군가를 기다리고 있는 것처럼 보였다.

현준은 그 곁으로 조용히 가서 앉았다.

"유난 잠수꽈?"

"기여."

어머니는 그림자처럼 묵묵히 앉아 있다가 쿨럭쿨럭 기침을 하며 방으로 들어갔다. 옛날 그 칼칼했던 성깔은 어디서도 찾아볼 수 없었다. 풀이 죽은 얼굴로 방구석에 저박혀 있는 어머니는 이미 이 세상 사람 같지 않았다. 불을 켜지 않아 온 집안이 어둠 속에 깊이 잠겨 있었다. 그는 난간에 그대로 걸터앉아서 담배를 피워 물었다. 어쩌면 형무소에 있을 때가 좋았는지도 모른다는 생각이 들었다. 거기선 그토록 손꼽아 기다렸는데 막상 집에 돌아와 보니 자신이 얼마나 단순했는가를 깨닫게 되었다.

그가 온 이후로 밖거리는 한번도 불을 켠 일이 없었다. 형이 사용했던 책상과 책장도 그대로였고, 형수가 시집올 때 갖고 온 가구들도 그대로 놓여 있었다. 주인을 잃은 채 방치되어 있는 저 공간이야말로 지금 그가 놓여 있는 현실을 잘 말해 주고 있었다. 그래도, 유나를 건진 것만은 정말 다행이었다. 하마터면 어린것까지 생죽음을 당할 뻔했다. 세상물정 모르는 형수가 엉겁결에 아기를 안고 지서로 끌려갈 때 동네사람들이 달려들어 뺏었다고 하니 그때 그 상황이 얼마나 절박하고 처절했던가를 알 수 있었다. 형수는 그때 임신중이었다고, 어머니는 그게 제일 마음에 걸린다고 했다. 그 아이만 낳게 해 주었어도 이렇게 원통하지는 않을 거라고 울음을 삼키며 말했다. 그 아이는 분명 꼬추가 달린 사내애였다고, 어머니는 굳게 믿고 있었다.

형은 언제 죽었는지 모르기 때문에 형수의 기일에 합제로 지내고 있었다. 더구나, 안타까운 것은 형의 시신을 찾을 수 없어 옷가지만 넣고 형수와 함께 쌍묘를 만들었다는 것이다. 그는 아직도 묘소에 가보지 못했다. 아니, 선뜻 찾아갈 용기가 없었다고 해야 옳을 것이다.

밤에 혼자 난간에 앉아 있으면 불을 켜지 않은 밖거리의 적막감이 곧 자신의 한 부분에 닿아 있음을 깨닫게 되었다. 영혼이 머물다 가는 자리, 그것은 눈에 보이지 않으나 그에게는 분명 존재하는 그 무엇으로 다가오고 있었다. 그는 담배를 피우며 밖거리의 그 어둡고 쓸쓸한 공간을 바라보고 있다가 문득 말이 보고 싶어서 마구간으로 갔다. 그새 주인을 알아보는지, 두 마리 모두 긴 머리를 들고 어정쩡하게 서 있었다. 조죽 남은 걸 가져다가 고루 나누어 주었다. 사람이든 짐승이든 자주 만나다 보면 정이 드는 모양이다. 흰말의 콧등을 쓰다듬어 주면서 그는 혼자 속삭이듯 말했다. 그 사람은 죽었단다. 불쌍한 사람, 널 보고 싶어 했는데. 어머니의 품안에 유나가 남아 있듯 그에게도 말 한 쌍이 남아 있었다. 이게 그가 가지고 있는 전부였다. 날씬한 정강이에 높은 발굽, 날카로운 머리에 짧은 허리, 더구나 두 귀가 쫑긋한 품이 한라산도 단숨에 오를 듯했다. 기다려! 공주! 네가 태어난 목마장 그 푸른 초원으로 데려다줄께. 우린 거기서 살 거야. 네 주인님도 영혼이 있다면 기뻐하시겠지. 그는 혼자 속으로 이렇게 속삭이며 말 잔등을 어루만지고 있었다. 불현듯 눈물이 고이고, 가슴이 꽉 조여 왔다. 그 순간, 눈앞이 캄캄해지면서 온몸에서 힘이 쑥 빠지고 곧 쓰러질 것 같은 위기감을 느꼈다. 그는 비틀거리면서 팔을 뻗어 말 잔등을 붙들고는 겨우 몸을 기대어 섰다. 형무소에서 얻은 현기증이 고향에 돌아와서 다시 도진 모양이었다.

잠시 후, 마구간에서 나오다 보니 할아버지가 마당에 서서 그를 지켜보고 있었다.

"잘 생겼어. 골격이 튼튼허고."

"예. 하르바님!"

"그 놈들, 얼마나 먹어치우든지… 해도, 남 주기 아까와서 그냥 두었다. 이젠 느가 와시니깐 잘 키워라."

"걱정 맙서. 데령댕기멍 풀도 뜯게 허고, 먹을 걸 구해 볼 거난."

"기여. 가르치민 좋은 날 될 기어."

"종자가 좋은 거우다. 세 살이민 구실을 다 헌다는디, 길을 잘 들여사 쿠다."

그들은 난간에 나란히 걸터앉아서 오랜만에, 참으로 오랜만에 두 사람만의 사랑스런 대화를 나눌 수 있게 되었다.

134

출옥 후 첫 나들이다. 버스에 오른 현준은 사뭇 긴장된 눈으로 차창밖을 살피고 있었다. 이제 막 수확을 마친 뒤의 빈 보리밭과 땅을 갈아엎는 농부들, 누렇게 쏟아지는 햇살, 멀리 산등성이로 내다보이는 푸른 바다와 묏부리들, 그에겐 이런 모든 것들이 어쩐지 예사롭지가 않고 자기 존재의 어떤 깊은 곳에 닿아 있는 것만 같았다. 그는 그런 생각이 들 때마다 질끈 눈을 감았다. 어머니가 보이고 유나가 보였다. 어린것을 데리고 난간에 앉아서 이 작은아들의 외출을 마지막까지 지켜보고 있던 어머니의 그 초췌한 모습이 자꾸만 그의 시야를 가리고 있었다.

머리를 식히기 위해 그는 짐짓 창밖으로 눈을 던지고 있었다. 털털거리며 차가 자갈길을 밟고 거칠게 달리는 바람에 먼지가 뽀얗게 길을 덮고 있었다. 머리에 쓴 여인들의 흰 미녕수건과 함께 등에 진 구덕이 잠시 먼지 속에 가려 있다가는 차가 지나갈 때쯤 해서 다시 움직이기 시작했다. 읍내까지 왕복 열 참 길을 걸어서 매일 생선장사를 다니던 어머니를 생각하면 지금 그는 무슨 큰 죄를 짓고 있는 것만 같았다. 지금부터라도 새로운 각오로 숯도 실어다 팔고 밭농사도 열심히 해서 식구들을 도와야 할 텐데 그게 그렇게 쉬운 일 같아 보이지는 않았다.

버스는 가으니마루동산을 지나 읍내 시가지로 달려 들어갔다. 그는 종점인 제주차부에서 내렸다. 승객들이 모두 흩어져 간 뒤에도 한참동안 관덕정 마당 한 구석에 서서 주위를 둘러보았다. 이전과 별로 달라진 건 없었다. 굳이 변화를 찾는다면 피난민으로 보이는 낯선 사람들이 거리에 지나다니거나 행상을 하는 모습이었다. 광장 건너편에 자리잡고 있는 법원과 검찰청도 경찰서 서측 그 자리에 그대로 있었다. 그는 무슨 어려운 결정이라도 내린 듯 광장을 가로질러 검찰청으로 똑바로 걸어갔다.

이지훈 검사는 나가고 없었다. 서기에게 간단히 메모를 남긴 뒤 그 근처 동백다방으로 갔다. 그새 다방 이름이 바뀌어 있었다. 순간 난감한 느낌이 들었지만 그대로 문을 밀고 들어갔다. 카운터로 가서 전화를 걸어 아까 만난 서기에게 이 사실을 알릴까 하다가 그냥 두었다.

"이 다방 이름 언제 바뀌었지요?" 현준은 차 주문을 받으러 온 레지에게 물었다.

"글쎄요. 몇 달 됐을 텐데, 왜 그러세요?"

"아, 아닙니다. 커피 주십시요."

현준은 갑자기 얼굴이 달아오르는 걸 느꼈다.

조금 후, 레지가 차와 신문을 놓고 갔다. 그는 무심결에 신문을 들었으나 어쩐지 낯설고 눈에 들어오지 않았다. 대부분 전쟁 기사들이었는데 그런 건 자신과 아무 관계가 없는 것처럼 보였다. 아니, 생각하고 싶지도 않있다. 들고 있던 종이뭉치를 탁자 위에 밀어놓고는 눈을 감았다. 갑자기 머리가 무겁고, 온몸에서 힘이 쑥 빠지는 것을 느꼈다. 지금이라도 당장 돌아가고 싶은 심정이었다. 형이 없는 지금, 이지훈 검사, 아니 그 서울양반을 만난다는 것이 무슨 의미가 있을까 싶기도 했다. 이런 생각을 하고 있으면 자신이 너무나 초라하게 보였다. 세상의 모든 관계에서 혼자 뚝 떨어져 있는 것 같은 비참한 마음이 들기도 했다.

그는 그때 그의 이름을 부르는 어떤 낯선 여자의 목소리를 들었다. 그 이름이 그렇게 생소할 수 없었다. 엉거주춤 앉아 있던 그는 마침내 카운터로 가서 레지가 건네주는 수화기를 받아들었다. 순간, 가슴이 꽉 조이고 손이 부들부들 떨리어 왔다. 가까스로 전화를 받고 나서 이 검사가 가리켜 준 대로 그 동네 중국집으로 찾아갔다. 이 검사가 식당 앞에 서 있다가 그를 데리고 들어갔다.

"많이 기다렸지?"

"아닙니다. 바쁘신데 제가…."

"잘 왔어. 그렇잖아도, 자넬 꼭 만나고 싶었는데."

이 검사는 음식을 시키고 나서 찬찬히 상대방을 뜯어보았다. 옥살이를 하고 온 사람치고는 얼굴이 맑고 건강해 보였다. 그는 이제 유명을 달리한 옛 친구를 다시 만난 것과 같은 그런 반가움과 함께 한편으로는 마음 한 구석에 고여오는 공허감을 떨칠 수 없었다. 그래도 이 섬에 온 것은 잘한 일이었다. 국토 변방이라고 해서 모두들 근무를 꺼려하고 있지만 자신은 이곳에서 무엇인가 꼭 의미를 찾을 수 있을 것만 같았고, 그것은 그가 젊은날의 꿈과 함께 묻어 버린 어떤 정신적 부채와 같은 것이어서 결코 외면할 수도 없었다.

"자, 들면서 얘기할까?" 이 검사는 먼저 현준에게 술을 권했다. "근무 시간이어서 나는 이거 한 잔만 할 테니까 자네가 다 마셔야 해."

현준은 얼른 들이키고 나서 빈 잔을 앞에 놓으며 상대방을 건너다봤다. 서울 손님은 그 때나 지금이나 상냥한 말씨로 아주 친절하게 대해 주었다. 하지만 검사가 되어 자기 앞에 앉아 있는 이 사람이 그때 그 형의 친구라고는 생각하기 어려웠다.

"유나 아주 예쁘고 영특하게 생겼어. 외가에 갔다던데."

"어제 데려 왔습니다. 유나 외할머니가 몹시 위독하신가 봅니다."

"그래? 참 좋은 분이셨는데." 이 검사는 옛 기억을 더듬으며 씁쓸한 표정을 지었다. "지금도 그 집에 그대로 사시지?"

"네."

"세상이 어쩌다 이렇게 됐는지 모르겠어. 무슨 몹쓸 꿈을 꾸고 있는 것만 같아. 어머니도 건강이 안 좋아 보이시던데."

"네, 좀…."

"그래도, 자네가 왔으니까…. 아, 나도, 한 잔만 더 할까?" 이 검사는 단숨에 쭈욱 마시고는 잔을 놓으며 말했다. "난 말이야, 어머니가 따다 주신 그 전복이 가끔씩 생각 나. 그 바위, 무슨 바위라고 했지?"

"너럭바위 말입니까?"

"그래, 너럭바위! 참 신기한 얘기야! 그 얘기 속엔 우리 조상의 지혜가 담겨 있어. 아마, 그렇게만 산다면 틀림없겠지. 평소엔 아껴 두었다가 집안에 무슨 경사가 있거나 귀한 손님이 왔을 때만 찾아간다면서?"

"네. 그렇게 알고 있습니다."

"아무튼, 신비로운 얘기야. 그 후에도 가셨었나?"

"그 이후론 찾아갈 일이 별로 없었을 겁니다."

"으음!"

이 검사는 문득 김경준을 생각하면서 그 아우를 바라보았다. 또박또박 말하는 품이라든가 신중한 태도로 보아 제 형을 많이 닮아 있었다.

"그동안 잊지 않고 저의 집을 찾아 주셔서…."

"무슨 말을! 내가 큰 빚을 지고 있지."

"…."

현준은 말없이 고개를 떨구고 있었다.

"어려운 일이 한두 가지가 아니겠지만, 힘을 내게. 혹시 군에 입대할 생각은?" 이 검사가 조심스럽게 입을 열었다.
"저는 전과자입니다. 제게 그런 자격이…?"
"됐어. 앞으로 기회가 오면 그렇게 할 수 있지?"
이 검사는 안타까운 마음으로 현준을 바라보았다. 그러나 더 채근하지는 않았다. 이런 때 어떤 대답을 기다린다는 것 자체가 무리한 일이었다.
"언제 좀 시간 내게. 회포도 풀 겸."
"감사합니다."
"기다릴게. 아까 그 다방에 와서 전화 줘. 토요일 12시쯤."
"네."
"그럼, 그렇게 알고 있겠네. 자, 오늘은…."
두 사람은 칠성통에서 관덕정 광장으로 나가 서쪽으로 곧장 걸어갔다. 버스를 타기 위해 현준이 광장을 건너 제주차부로 향했다. 이 검사는 잠시 그 자리에 서서 그를 지켜보고 있다가 사무실로 돌아갔다. 곧 예비검속이 실시되고, 사람들이 붙들려오고, 아 그렇게 되면 무모한 희생이 따를 수밖엔 없는데…. 아무리 전시하라 하더라도 제주 사태를 이렇게 한쪽으로만 보아도 되는 걸까. 정말 그래도 되는 걸까. 며칠동안 이 문제로 고심하고 있었는데, 현준이 그의 제안을 거부하지 않고 수용해 준 데 대해 감사하고 싶었다. 한 사람의 목숨이라도 구한다는 것, 이것은 비단 옛 친구에 대한 우정 때문만은 아니었다. 그는 무엇인가 막연하지만 자기가 해야 될 도리와 같은 것을 깨닫고 있었다.
이 날 회의에서 그 제안을 한 것은 지금 다시 생각해봐도 잘 한 일이었다. 한때 빨치산운동에 가담했던 청년들이라 해도 전시체제하의 위급한 상황에서 군 병력으로 활용하고 구제의 길을 터주는 것은 여러 모로 유익한 일이라고 판단했기 때문이었다.

135

현준은 할아버지와 함께 연일 바다로 나갔다. 마을에서 벗어나 이렇게 멀리 나와 있으면 잠시나마 해방된 느낌이 들었다. 그는 그래서 짐짓 먼 곳으로 배를 몰았다. 그의 이런 심중을 읽고 있는 듯 노인도 그가 하는 대로 가만히 두었다.

빌레아방이 가끔씩 농담을 해서 웃겼다.

"삼춘!"

"응."

"여자엔 헌 건 말이우다. 잘 달램서사 예?"

"경 허주. 맥바위도 자주 썸서사 보드라와지는 거난."

"맞수다. 자주 사구 썸서사 보드라와지난."

그들은 웃지도 않고 툭툭 한 마디씩 던졌지만 입가엔 항상 웃음이 떠나지 않았다.

"여자가 바름나는 것도 알고 보민 남자 책임이 더 하 마씸. 연필도 깎앙 써사 연필인디."

"건 경 해여."

농담을 먼저 시작하는 쪽은 빌레아방이었지만 노인도 척척 잘 응수해 주었다. 그들은 어쩌면 이 재미로 머정을 다니는 건지 모를 일이었다.

현준은 한 손에 낚싯줄을 잡은 채 한 손으로는 담배를 꺼내 물었다. 그리고, 멀리 한라산을 바라보았다. 산은 온통 구름에 덮여서 형상을 알아볼 수 없으나 산허리 밑으론 오히려 투명하게 틔어 있었다. 구름 아래 아스라이 보이는 초원 지대에 눈이 닿자 그는 숨을 죽이고 그곳에 머물렀다. 분명, 그 푸른 세계엔 뭔가 소중한 것이 있을 것만 같았다. 그게 무얼까. 그런 생각을 하며 가만히 응시하고 있으려니까 불현듯 지인숙의 그 한 마디가 떠올랐다. 넌 나니까. 나 자신이니까. 니가 있을 때만 나는 존재하는 거야. 그는 몇 번이나 속으로 외어 보았다. 내일이라도 곧 목마장의 푸른 초원과 산기슭을 찾아가 보고 싶었다. 예전에 보아둔 그 옹달샘과 집터도 다시 확인하고 싶었다. 몸은 비록 썩어서 흙이 될지라도 그녀의 영혼만은 남아서 거기 어딘가 헤매고 있을 것이다. 지금은 한라산 일대에 입산금지령이 내려져 있지만 머지않아 해제가 되는 대로 산에 들어가 오두막을 짓고 그녀와 함께 하리라 다짐했다.

환각에서 깨어나듯 그는 몸을 부르르 떨며 낚싯줄을 끌어올렸다. 어느새 고기가 미끼를 다 채어갔다. 다시 낚싯줄을 드리우고 앉아 멀리 마을과 들판을 바라보았다. 연북정의 한 모서리가 어렴풋이 눈에 들어왔다. 이제는 흔들림 없이, 일정한 거리를 유지하면서, 그 모습 그대로 바라볼 수 있을 것 같았다. 그것이 아무리 고통이라 하더라도 자기 몸속의 오랜 상흔처럼 어루만지며 살리라 생각했다. 포구를 찾아 노를 저으며 그는 계속 연북정을 쫓고 있었다. 저녁 햇살을 받아 쓸쓸히 서 있는 정자를 끼고 갈매기 몇 마리가 그 주위로 낮게 날고 있었다. 말을 할 줄 모르는 갈매기, 지금 그는 그 갈매기와 조금도 다를 게 없었다. 그랬다. 갈매기는 진실을, 아니 모든 사람의 고통과 비애를 알고 있지만 다만 말을 할 수 없을 뿐이었다.

배가 뭍에 닿자, 기다렸다는 듯이 어머니가 그의 곁으로 다가왔다. 낯빛이 어쩐지 어두워 보였다.

"지서에서 와서라."

"지서에서?"

"기여. 느 오민 빨리 보내랜."

"알았수다. 유철이 안 보입데가?"

"게메, 가이 오늘은 못 보키여."

현준은 다시 한번 둘러보았다. 배가 돌아올 때면 으레 나와 있었는데 이 날은 어쩐 일인지 그 친구가 보이지 않았다. 목발을 짚고 사람들 틈에 서서 자기를 기다리고 있었던 그 친구의 쓸쓸한 표정이 눈에 선했다. 그는 다시 배에 올라 이것저것 널부러진 물건들을 대충 정리하고 나서 곧장 지서로 향했다. 집에 가서 옷을 갈아입을까 하다가 그냥 잠깐 들르기로 했다. 아무리 생각해봐도 무슨 특별한 일이 있을 것 같지는 않았다.

비석거리로 나서는데 사람들이 우르르 몰려오고 있었다. 보니까, 배덕교와 그의 노모였다. 배덕교는 끈으로 두 손이 묶인 채 히죽이죽 웃으며 늙은 어머니의 뒤를 따르고 있었다. 현준이 다가가서 그의 묶인 손을 꽉 잡았다.

"이 사람, 나 모르겠어?"

"으흐흐… 으흐흐흐…."

덕교는 계속 뒷걸음쳤다. 그의 노모가 아들을 보며 안타깝게 외쳤다.

"얘야! 현준이 아니가, 현준이? 현준이도 모르크냐?"

이윽고 그들 모자는 집이 있는 광콧으로 갔다. 무슨 대단한 구경거리가 생긴 듯 아이들이 떼를 지어 따라가고 있었다. 현준은 잠시 서서 그 광경을 지켜보고 있다가 다시 걸음을 떼어 놓았다. 갑자기 눈시울이 뜨거워졌다.

뜻밖에도 지서에는 사람이 많이 나와 있었다. 현준은 출입문 가까이에 자리잡고 있는 어떤 순사의 책상 앞으로 가서 이름을 대었다.

"김현준?"

"네."

"저기, 앉아 있어."

그 순사는 창가의 긴 나무의자를 턱으로 가리켰다. 현준은 그가 시키는 대로 그 쪽으로 가서 앉았다. 지유철이 그 긴 나무의자의 반대편 끝에 앉아 있었다. 모두들 불안하고 초조한 표정이었으나 아무도 입을 열지 않았다. 순사들이 부지런히 들락거리며 사람들을 데리고 왔다. 한 시간쯤 지나자 거기 불려온 사람의 수는 20명가량 되었다. 장총을 어깨에 멘 순사 두 명이 그들을 인솔하고 어디론가 떠났다. 지유철이 목발을 짚고 힘겹게 그 뒤를 따라나섰다. 현준은 잠시 일어서서 그 친구의 뒷모습을 창밖으로 내다보았다. 무언가 예기치 않은 일이 벌어지고 있는 게 분명했다.

어깨에 총을 멘 검은 제복의 순사들이 사람 수가 차기만 하면 어디론가 데리고 갔다. 그가 와 있는 동안에도 이런 일이 두 차례나 있었다. 현준은 자기 또래의 청년 한 명과 함께 계속 그 자리에 남아 있게 되었다. 거의 해가 지고 어두워 갈 무렵 트럭 한 대가 지서 앞에 와서 서자, 순사들은 두 사람을 데리고 가서 인계했다. 무장 경찰 2명이 호송을 맡고 있었는데, 차 안에는 이미 많은 청년이 타고 있었다. 그들은 고개를 떨군 채 아무것도 깔지 않은 짐칸 바닥에 주저앉아 있었다.

136

제주경찰서로 간 그들은 몇 개의 방으로 배치되었다. 조천 지서에서 같이 탄 청년은 그 후 보이지 않았다.

이튿날 아침, 현준이 끌려간 곳은 정보과 형사실이었다. 취조를 받는 동안 부영진의 얼굴이 잠깐 보였으나 두 사람은 서로 알은체하지 않았다. 부영진의 쪽에서 먼저 고개를 돌리고 외면했기 때문이었다. 조서를 작성하는 형사가 출옥 후 일상생활에 대해 의례적으로 대충대충 물어보았을 뿐, 이렇다할 만큼 특별한 관심은 보이지 않았다. 그 다음 사람의 차례가 되었을 때도 마찬가지였다.

몇 사람씩 끌려왔다가 도로 끌려갔다. 그 날 하루는 그렇게 공허한 시간이 지나갔다.

137

유치장 분위기는 하루하루 험악하게 바뀌어갔다. 새로 들어온 어떤 청년의 말을 빌면 각 지서마다 많은 사람을 불러다가 농산물 창고 같은 데에 수감하고 있다고 했고, 또 어떤 고장에서는 스리쿼터나 트럭 같은 것에 싣고 가서 무더기로 총살을 했다고도 했다. 들리는 것은 모두 불길한 얘기뿐이었다.

이 감방에서도 하루 몇 자례씩 사람들이 불려 나갔는데, 그 중엔 돌아오지 않은 이들이 많았다. 다른 곳으로 이송된 것인지, 어디 가서 총살을 당하고 있는 것인지, 여기서는 떠도는 소문만 무성할 뿐 아무것도 확실한 것이 없었다. 새로운 얼굴들이 쉬지 않고 매일 들어오는가 하면 그만큼 또 불려 나갔다. 현준은 누구보다 지유철의 행방이 궁금했다. 이렇게 끝나고 마는 것일까. 목발을 짚고 절뚝거리며 조천 지서를 나서던 그의 뒷모습이 자꾸만 눈앞에 떠올라 왔다. 그 친구를 등에 업고 봉아름 대대본부로 하산했던 것이 엊그제 같은데 세상은 또 많이 변해 버렸다. 전쟁이 나고 사람들의 공포와 불안이 날로 가중되고 있었다. 귀순 아닌 귀순을 하고 옥살이를 한 것까진 이해할 수 있으나 정작 자신에게 돌아온 것은 좌절과 분노뿐이었다. 이런 생각을 하면 잠시도 앉아 있을 수가 없었다. 지금 당장 옥문을 부수고 나가거나 머리를 벽에 처박고 산산조각을 내고 싶은 심정이었다. 아무리 초연한 자세를 취하려고 해도 세상이 너무나 허망하고, 산다는 것 자체가 무의미하게 보일 뿐이었다.

4일째 되는 날 오후였다. 현준은 같은 방의 어떤 청년 두 명과 함께 정보과로 불려갔다. 먼저 와서 기다리고 있는 사람이 10명쯤 되어 보였는데 곧 인원이 늘어 20명 남짓 되었다. 모두들 긴장한 탓인지 얼굴이 딱딱하게 굳어 있었다. 조금 있으려니까, 40대 중반의 사복형사 한 명이 와서 일장 연설을 늘어놓기 시작했다.

"잘 들어라. 잔인무도한 공산도배들이 소련제 탱크를 앞세우고 남침을 감행하여 하루에도 수만, 수십만 명의 우리 동포가 무참하게 총탄에 쓰러져 죽어가고 있다. 집과 고향을 잃고 방황하는 피난민들의 대열은 무려 수백만 명에 달한다. 천인공노할 일이 아닐 수 없다.… 제군들은 한때 공산당의 감언이설에 넘어가 죄를 지은 몸이라 하더라도 이 땅에 태어난 피 끓는 청년 학도로서 조국의 부름을 받고…"

그는 전시하의 참혹한 상황을 소개하고 나서, 지금이라도 개과천선하고 새로운 마음으로 전선에 나가 적과 싸울 용의가 있는 자는 손을 들고 앞으로 나오라고 했다. 이것은 아무도 예측하지 못한 일이었다. 현준은 그 순간 이지훈 검사를 떠올리고, 무심결에 앞으로 나갔다.

"좋아! 다음 사람, 다음 사람…."

청년들이 처음에는 당황한 나머지 한 명씩 한 명씩 앞으로 나아가더니, 급기야는 모두 손을 들고 우르르 몰려나갔다. 생각할 겨를도 없이 순식간에 벌어진 일이었다. 잠시 후, 국방색 군복이 한 벌씩 그들 앞에 던져졌고, 그들은 기다렸다는 듯 부랴부랴 새 옷으로 갈아입은 다음 인솔자의 뒤를 따라갔다. 긴 복도를 거쳐 경찰서 뒷마당으로 나가자 이미 많은 사람이 두 대의 트럭에 실려서 떠날 채비를 하고 있었다. 현준은 일행과 함께 서둘러 차에 올랐다. 모두들 어리둥절한 표정이었으나 또 그런대로 안도의 숨을 내쉬고 있는 것같이 보였다. 그 중엔 생각보다 나이가 많은 이들도 더러 끼어 있었다.

그들을 실은 차량은 차례로 후문을 향해 나아갔다. 그 때, 이지훈 검사가 후문 옆에 서서 손을 흔드는 것이 보였다. 현준은 그를 발견함과 동시에 아무 생각 없이 손을 반쯤 들어 올렸다. 그것은 슬프다든가 고맙다든가 하는 그런 어떤 감정이 개재하지 않은, 아니 그럴 틈도 없이 취해진, 그저 단순한 동작에 지나지 않았다.

어느새 관덕정 마당을 가로질러 원정로 큰 거리로 달리고 있었다. 시민들이 길가에 서서 그 광경을 지켜보고 있었고, 어떤 사람은 두 팔을 흔들며 만세를 불렀다. 현준은 이제 한 명의 국군 병사가 되어 있음을 깨닫게 되었다. 한 줄기 눈물이 그의 뺨을 적시고 있었다. 오랜만에 느끼는 감정이었다. 그는 갑자기 한라산이 보고 싶어서 돌아섰다. 시가지 너머로 우람하게 서 있는 한라산의 긴 능선을 조금이라도 더 바라보기 위해 그는 자꾸만 한 쪽으로 몸을 돌려서야 했다. 맑게 갠 하늘엔 흰 구름이 몇 송이 떠 있었고, 거기 어딘가 투명하게 다가오는 엷은 보랏빛 산자락에선 누군가 한 여인이 가녀린 목소리로 쓸쓸히 외치는 소리가 들려오는 것 같았다. 거기, 한 소년의 모습도 있었다. 익수야! 그는 입 속으로 불러보았다.

  차는 동문교를 지나자 바다를 향해 달려갔다. 냇물을 따라 제주부두 방향으로 곧게 뻗어 나간 연도에는 사람들이 태극기를 들고 수없이 몰려가고 있었으며, 국방색 군복을 입은 수많은 병사들이 멀리 LST 갑판 위에 도열해 있는 것이 보였다. 모두들 싸우러 가는 것이다. 나라와 겨레를 지키기 위해. 그는 무의식중에 자기의 옷소매를 만져 보았다. 빳빳한 옷소매의 그 미묘한 감촉을 느끼는 순간, 그는 속으로부터 터져나오는 웃음을 억제할 수 없었다. 으하하! 으하하하하! 미친놈처럼 웃고 또 웃었다. 그것은 웃음이라기보다 일종의 전율과 같은 것이었다. 곁에 선 젊은 이들이 깜짝 놀라 붙드는데도 그는 전혀 의식하지 못한 채 혼자서 자지러질 듯 큰소리로 웃었다. 얼마나 크게 소리 내어 웃었던지, 눈에 눈물이 고이고 한 쪽 뺨이 촉촉이 젖고 있었다.